飞鸟之歌

Border Songs

〔美〕吉姆·林奇 著

龚甜菊 译

北京联合出版公司
Beijing United Publishing Co.,Ltd.

图书在版编目（CIP）数据

飞鸟之歌 / （美）林奇著 ； 龚甜菊译. -- 北京 ：
北京联合出版公司，2016.5
ISBN 978-7-5502-7148-7

Ⅰ. ①飞… Ⅱ. ①林… ②龚… Ⅲ. ①长篇小说－美国－现代
Ⅳ. ①I712.45

中国版本图书馆CIP数据核字(2016)第023254号

Border Songs By Jim Lynch
Copyright ©2009 by Jim Lynch
This edition arranged with InkWell Management, LLC.
through Andrew Nurnberg Associates International Limited

飞鸟之歌

作　　者：吉姆·林奇
出版统筹：新华先锋
责任编辑：徐　鹏
特约编辑：李　娜
封面设计：郑金将
版式设计：刘　宽

北京联合出版公司出版
（北京市西城区德外大街83号楼9层　100088）
北京鹏润伟业印刷有限公司印刷　新华书店经销
字数208千字　620毫米×889毫米　1/16　22印张
2016年5月第1版　2016年5月第1次印刷
ISBN 978-7-5502-7148-7
定价：39.50元

第一章

1

人们永远忘不了那天晚上，布兰登·范德库尔飞过克劳福德家族的那片雪原，逮住了来自乌有之乡的王子和公主①。事情太不寻常了，所以人们乐此不疲地重复了无数遍，每一遍都说得栩栩如生，如同身临其境，让你忘了自己根本没有亲眼目睹过事情的发生。故事似乎已经和边境两边的人的记忆，交织在一起了。

那一夜，和前四个晚上没什么不同。布兰登的目光掠过飞逝的田野、树木和小卡车，打量着人群、汽车、麻袋、影子以及所有外来之物。他总也想不通自己到底是怎么当上警察的，但他也一直尽量避免把自己想成是滥竽充数的人。

布兰登开着车子，晃晃悠悠地驶过汤姆·邓巴那片正在冬眠的树莓地。地里耸立着一座自由女神像的复制品，有六米多高，是某次老汤姆突然大发爱国主义精神建造的。石像很快就老化了，老汤姆却不以为然，一口咬定是被那些加拿大小流氓糟蹋成这样的。布兰登极不情愿地向埃里克森兄弟挥了挥手——这两个家伙，每次看见他穿制服就嘲笑他，故意朝他敬礼——他加大油门开了过去，路过德克·霍夫曼的牛奶厂。德克正站在木梯上，赶着完成最近刚做

---

① 原文为the Prince and Princess of Nowhere，nowhere原意为"不知道的地方"，作者诙谐地将这一单词大写，虚拟出了一个"乌有之国"，而布兰登逮到的偷渡客，也被称为"王子与公主"。

的一个阅读板，上面写着：**漱口水也是杀虫剂！**——这是他专门用来抨击环保主义者的。布兰登礼貌地鸣笛示意，然后一转方向盘，压过路上结冰的小坑，越过了中线。啊！他终于看清红尾鹰那优雅流畅的侧影了，这是第二十六只；还有啄木鸟那白色的小屁股，第二十七只；当然，它们都比不上那一只来回不停穿梭的树燕，第二十八只。

现在，布兰登不仅可以在自己热爱的道路上来回巡逻，还能因此拿上一笔工资。在外人看来，这样很好。他做着自己钟爱的工作，可以一遍又一遍地仔细观察周围的一切。这种周而复始的工作也刚好适合他，况且没人比他更熟悉这里了。他长到二十三岁，还从来没有离开过这些农田和周围平淡无奇的小镇。这片土地处于群山和内陆海之间，在华盛顿州最北部。只要布兰登稍稍跨出这个圈子之外，就一准儿迷路。要是来到狂放不羁的大城市，看到那不停闪烁的霓虹灯、成群的鸽子，还有那些张大眼睛只能傻傻盯着他看的侏儒们，他就更晕了。要是在西雅图或者温哥华那些如明镜般的大峡谷内绕上几小时，那他肯定完蛋——车坏了，人也不会说一句完整话。他甚至还可能担心自己会不会就这样死掉，那样的话，他就永远都没有机会去弄清楚生命到底是什么了。

有人说他脾气古怪都是因为他患有阅读障碍症。不过他的症状的确挺严重，连那个目光呆滞的儿科医生也说这是**上天的礼物**：虽然他的读写水平永远都不会超过一个四年级学生，但是，他总能看见我们平常看不见的东西。还有些人总是疑心他过于庞大的身躯和这个世界是否搭调。布兰登总说自己的身高只有两米多一点，因为这是人们普遍能接受的最大高度。超过这个，他们就会感到困惑不解。其实他实际身高恐怕有将近两米一。不过，他绝对不是一根瘦长的麻秆。相反，他可是个大块头，足足有一百零五公斤，一身结结实实的肉和骨头，让他这两米一的个子完全没白长。他笑起来时嘴是歪着的，头发又总是一副愤怒冲天的样子，所以怎么看都像一座未完工的雕像。庞大的体型也让他的生活充满各种奇妙的经历。美术老师夸他画的鸟儿很特别，就像他的体型一样异于常人，能让人忽然之间灵光乍现。篮球教练逢人就称赞他多么有天赋，可是自从他看到电影《飞越疯人院》里，印第安巨人替玩世不恭的杰克·尼克尔森[1]往篮网内投球后，就决定永远告别篮筐。高个子的女人们本来认为他挺有潜力，也有点想法，可是再仔细瞅瞅他的绘画，听听他模糊不清的吐字，还有哼哼唧唧的笑声后，又都敬而远之了。

暮色渐近，布兰登驾着车子往北伍德路方向驶去，那里就是寂静的边境地区，路边的草坪上插着很多"禁止赌博"的牌子。这里就是所谓的地理交界线的起点，其实不过就是一条排水沟罢了。春天的时候，会有很多发情的青蛙在沟里叫唤。而到了秋天水面上涨时，水会溢出河岸流向两个国家。

水沟是这条边界线上为数不多的界标之一。其实，这条把喀斯喀特山一分为二的边界线也很少被人注意到。排水沟向西一路延伸，穿过郁郁葱葱的小山。不管这条线如何断开蜿蜒的山脊或者碾过茂密的杂草，最后也不过是湮没在植物茂密的群山之中，无迹可寻了。它划分开所有的湖泊、沼泽、树林和田地，却又仿佛不存在一般。接下来几公里的边界线就是这条水沟。翻过一道山后，分界线还是这条水沟，直到穿过和平拱门国家公园，止步于盐湖前。大多游人来到这片边境地区，看到的只是这个国家公园。如果是当地人，他们会直接开进山谷，到水沟边上流连一番。其实，真正能让你吃惊的不是你所见到的东西，而是你没看见的。你绝不会想到

---

① Jack Nicholson（1937— ），在电影《飞越疯人院》中成功扮演了桀骜不驯、追求自由，却不幸被旧体制所残害的男主角麦克默菲，并荣膺1976年第48届奥斯卡奖最佳男演员。而此处的"印第安巨人"指的是电影中与麦克默菲一同进行抗争、身高惊人的印第安人齐弗。

这条长满水草的水沟，原来就是两个大国的边界线。水沟的南面是边境公路，北边是零号大道，两条路夹在一起形成了一条分布凌乱的北美乡村地带。两国的双行车道之间只有一河之隔的距离，路上驾车行驶的加拿大人和美国人常常像邻居一般彼此友好地打着招呼——至少最近之前都是如此。

大多数路人都没有察觉这里和往日有什么不同。山谷里，湿润肥沃的土地还是一如既往地向周边绵延数公里，一直伸展到大山的马蹄谷下——北面矗立着一座像阿尔卑斯山一般的山峰，东面是参差不齐的大山豁口，东南面则是一年四季披着白雪的贝克山，如一个巨型雪球般耸立在那里——这样看来似乎通往山外的道路只有西面那个圣胡安群岛①了，那儿的地势较低，常年吹拂着太平洋凉风。大片湿润的土壤上覆盖着一排排整齐的树莓藤。这里有一大片绿意盎然的湿地，比玫瑰碗球场②更宽敞也更青翠欲滴。山里还有几十个奶牛场，都养了很多的母牛，所以味道比较刺鼻。奶牛从喂食到挤奶都由电脑自动化控制，装牛奶的罐子也排成一排。这些金属家伙的容量很大，每个都和油罐车大小相当。每天都有大量的牛奶像小河般源源不断地流入其中。

其实仔细一瞧，你就能察觉到些许变化：不少谷仓和青贮塔③遭到废弃，不再用来装粮食或者喂牛。以前，从贝克山滑雪归来的加拿大人，返程路上都会在这些美国的边境小镇上逗留一会儿，吃点汉堡，稍事休息。刚刚迈入十九岁、可以合法喝酒的美国少年会穿过边界线去喝点酒、找点刺激。尽管合法的贸易往来有所减少，但

---

① San Juan Islands，位于美国华盛顿州普吉特湾（Puget Sound）北部，与加拿大边界相邻。

② Rose Bowl，位于美国洛杉矶，美国每年的大学生橄榄球联赛都在这里举办。

③ 用于储存青贮饲料的圆筒形高塔。青贮就是把青饲料埋起来发酵，使之与空气隔绝，产生有机酸，经久不坏，并可减少养分的损失。

是分界线两边仍然有一大批房屋悄然地冒出来。一条条单行道向北延伸，看不到头，仿佛行进中的队伍一般。年轻的加拿大小伙子继续在险峻陡峭的山上搭建玻璃房子，那里可以将下面的美国风光尽收眼底。

布兰登开车在边界路上来回巡视，苏菲·温斯洛的家就在路边。她是个按摩女郎。好像所有人都光顾过她，但从未有过一个人了解她。沟渠对面的加拿大公路上也有一辆黑色轿车在来回巡视，车里的司机躲开布兰登的眼神，直接加速开了过去。很快，布兰登开到了自家的奶牛场，他家这场子有将近十四公顷，里面盖了三个牛棚、一个青贮塔和一个二层小楼。房子上的木板经过风吹日晒，显得十分沧桑，冬天里没了繁茂的柳树或者郁金香花丛的陪衬，看着有些突兀。后院牛棚的吊灯是亮着的，他父亲这会儿肯定又在一遍遍打磨那根柚木，木棍已经被磨得和黄铜一般光滑了。他肯定又在想那些自己到现在也买不起的东西了——桅杆啊，风帆啊，一台好的柴油机啊。透过厨房的窗户，他看到正在闪烁的电视画面。放的是《智力大冒险》①吗？这么快就开始了啊。这个节目他母亲一期都没有落下过，用她的话说，看这个很好地锻炼了她的记忆力。布兰登回头瞥了一眼那座位于水沟对岸零号大道旁边的加拿大人的房子。玛德琳·卢梭还和她父亲住在一起吗？上次和她说话已经是什么时候的事情了呢？显然，现在你在路上偶遇加拿大人已经不可能了。天真烂漫已经彻底飞离了这个山谷。

布兰登悠闲地晃过莫法特的农场后，停下车来仔细瞅了一眼悬挂在路边小屋屋檐上的冰凌。他拍了拍自己的脑袋，舒展了一下身子，钻出车外随手折了一根粗粗的冰凌。他把较为平整的那头放在

---

① "*Jeopardy!*" 美国最家喻户晓的问答竞赛类电视节目，1964年初次登上电视荧幕，多次获得美国电视艾美奖。

一个雪泥交融的水坑里浸湿后，再冻在自己坐驾的引擎盖上，犹如一根晶莹剔透的长矛。机器发出的最后几声疲惫轰鸣，传入布兰登的耳里——发动机启动时的隆隆声、V8引擎发动失败时的闷响声，以及扫雪机的吱吱打磨声。

布兰登踩踩脚下厚重的靴子，努力想给自己的脚指头腾出更多的空间。他不想让别人知道自己穿着局里最大的鞋，却还是小了半号，否则他总会产生一种错觉，似乎自己并不属于这个星球。耳边又传来一只毛茸茸的啄木鸟笃笃的凿木声，这该是第二十九只了。啊，还有一只黑眼雪鸭在焦急地嘎嘎叫，第三十只。哪怕隔着一两公里的距离，布兰登也可以根据鸟儿的大小和飞行方式，说出它们的品种；只需一个叫声，他就能从各式各样的鸣啼中分辨出它们。每到春天鸟儿多的时候，布兰登就更厉害了，清晨还没有睁开眼呢，他就能听出在他枕边欢叫的十几种鸟儿分别是什么。很多观鸟的人会把自己见到的鸟儿分门别类，还有些更热衷的人会把每年看到的每个种类都记录下来。但布兰登从来不用费这个心思，他无须刻意去做，就能将每天看见的鸟儿全部记在脑子里。

他又折了两根小一点的冰凌放在水里，想把它们也粘在引擎盖上的那根"长矛"上，但无论如何也接不上。于是他用牙齿把冰凌那参差不齐的底磨平，又重新插在雪水里浸湿，试图再粘一次。终于粘上了一个，接着又一个。就这样，他给引擎盖装上了一个银光闪闪的装饰品。只可惜没支撑几秒钟，它便摇摇晃晃地倒下了，像一个玻璃酒杯一般跌碎了一地。他满心雀跃想重新做一个，却又听到一种类似于玻璃纸发出的噼里啪啦声。

是麋鹿吧？它们就喜欢趁这会儿偷偷溜过去。要不就是莫法特家的火鸡又挣脱绳索了。布兰登抬头四顾，却发现雪又开始纷纷扬扬地下了起来。突然间，他似乎看到有七个孩子般高矮的身影窜进了杉木林。这个林子像是一片天然屏障，隔开了莫法特的农场以及克劳福德家的湿地。于是他抬头瞥了一眼边境地带，想看看是不是有人从水沟那边跳了过去，可除了远处的汽车尾灯外，什么也没有发现。等他返回林子时，发现黑影已经不见了。他立即抓起无线电对讲机，努力想用自己已经练习过多遍的简单对话向上级报告。

"我看看二二九号在不在你那一带。"对讲机传来调度员惯有的冷漠声音。

二二九号是迪昂。回想起过去教员对自己的大力举荐，布兰登并不会觉得很尴尬。事实上曾有两个警察警告过他，说他只配做后备。迪昂却不这么想，她坚持认为布兰登所需要的仅仅是有个人给他铺平道路而已。他记得自己第一次单独巡逻时，听见无线电里传来她的声音："我这儿发现了一具尸体。"语气镇定自若，仿佛逮捕六个巴基斯坦人和在奎克车站捡到六毛钱一样，不过是小菜一碟。她逮住的犯人几乎平均是其他探员的两倍，因此也赢得了其他人的尊重，尽管不是那么乐意。当然，还是有人会说她是"狗屎运"。

布兰登飞身向杉树林跑去，跑了几步才想起来车子还没熄火，警帽也落在了车后座上。没时间了，他明白从这片树林跑到头就是一块租赁出去的牧场，而牧场那边又通向庞宝公路，现在很有可能已经有车在那里等待接应了。如果他们已经到了那里，他就追不上了；即便他赶到，肯定也只能听着车里的流行歌曲渐渐消失在五号州际公路上。森林里茂密的树枝好像飞机的机翼一般，下面散落着一团凌乱的小脚印。布兰登加快脚步拼命追赶。终于，有两个身影落入了他的视线里。"站住，边境巡警！"他喊道。这是他第一次听到自己这样喊，怎么听都像是在用假声做自我嘲讽。他可能还喊了一句："喂！还不给我站住！"

个子较矮的身影回头望了一眼，便尖叫一声摔倒了，跪在地上。另一个赶紧过去抓住他抱了起来。如果他们只是孩子怎么办？这是他心里担心的另一个问题。那不就会吓着他们了？小婴儿是很喜欢他的，可是孩子们却很怵他，不管他怎么友好、怎么低三下四都无济于事。

林子里的地面崎岖不平，两次都差点把他绊倒。最后，他终于跑出了林子来到空地上。天空依旧下着小雪，地上的雪被他踩得嘎吱作响。他知道克劳福德这块地上最近刚挖了很多沟壑，准备用来建造排水系统，但并不知道具体的位置在哪里。脚又被绊了一下，他打了一个趔趄，歪歪摔倒在地，一阵疼痛向他袭来。但就在他几乎倒地的那一刻，他看到了另外五个人——还是七个？——在前面四处逃窜。

虽然他从学校毕了业，也接受了一个星期的培训，还独自巡逻了四个晚上，但他从来没有想象过自己会有追捕罪犯的一天。而且他所学的只是理论，对于一切都很茫然，他感觉自己好像在参加试镜，而这个角色他从来就没希望得到过。可是，他又有什么办法呢？父亲逼他离开奶牛场，周围又没有谁需要帮手。他只好来到这里，所以现在才会穿着一双根本不合脚的鞋子，在克劳福德湿滑的地上奔跑着，追逐犯人。其实这里离他家才不过一两公里远呢。不过和模拟巡逻比起来，现场追逐反而显得十分轻松，他跑的时候可以缩着身子，因为这样能避免滑倒。终于，对讲机里传来了迪昂的声音：这几个人身上很可能携带了核装置！

现在距离前面的公路还有差不多五十五米，路上并没有发现什么在接应的汽车，虽然他的确听到也看到有一辆车，正呼啸着朝他们的方向驶去。那个小个子又回头望了一眼，并尖叫了一声，灯光下足以看清那张充满恐惧的面容。是个女人？亚洲人还是墨西哥人？或者别的什么国家？他本能地想去帮助她，可等他真正追上他们的时候，已经上气不接下气了，他只能朝着他们的肩膀猛冲过去。几乎同时，他左脚的靴子被绊掉了，一阵疼痉从右小腿传来，他直直地飞了出去。就在这时，一束光照在了他腾空飞起的身子上——迪昂拿着手电筒赶过来了。

他的这一形象很快传遍了边境地区。这也是第一次出现这种强有力的证据，证明安排布兰登·范德库尔在边境巡逻不是一个笑话，选择他并不是在浪费资源，他也没有白白便宜那些不法分子。

亚历山德拉·科尔其实并没有亲眼目睹整个过程，但她后来打赌说布兰登当时绝对腾空飞了八米才着地。人们对此深信不疑，谁让布兰登飞出去的那天恰好是三月二十一日呢？那天的黄昏，下着暴风雪，一切都显得十分诡异。况且他当时还手无寸铁，脚上又穿着那双完全不合脚的十九号靴子，等等。故事愈演愈烈，人们后来都觉得席卷山谷的那股疯狂和诱惑，就是从这里开始的。当然，这是后话。发生在边境地区的这一爆炸性事件之所以会为人们津津乐道，是因为主角竟是大家耳熟能详的人物。而且事件解决后，人们得知布兰登追捕的不法分子并非普通的外国人，而是从一个不知名的国家来的一对富豪夫妻。

从布兰登的角度来看，他之所以能看见自己腾空飞起，只是因为他的滞空时间足够长而已。其实之前他已经有过很多次这种灵魂出窍的感觉，所以后来每一次他都凭着自己的天赋从容化解了。不管怎么说，当时他看见自己在天上飞着——胳膊垂直张开，像一只信天翁一样，最后落在了那群人身边，这勉强算是个飞翔式的拥抱吧。不过他着陆的位置是那群瘦小的躯体上，因此，他没有直接亲吻大地。迪昂呼喊着他的名字，手电筒发出的强光照射着鹅毛般的雪花。他记得在那之前他还听到一声类似骨头断裂的咔嚓声，接着眼前一片黑暗。他心里反倒愧疚不已，不过这种感觉没有持续多久，他就听到仓鸮凄厉的叫声，第三十一只。

2

玛德琳·卢梭接到布兰登·范德库尔的电话时，一个名叫蒙提的美国走私犯正在帮她揉脚。

刚开始，这个走私菜鸟就在不停地恭维她，说她的喜马拉雅蓝罂粟花是多么漂亮，于是当下她就决定和他出去约会。而当他又对她的黑郁金香赞不绝口时，她干脆同意托儿所关门后就去和他喝上一杯。不就一杯酒嘛。在她喝到第三杯玛格丽塔酒时，蒙提甚至告诫她说自己有一点恋脚癖。

"是吗？"她问，"有多迷恋？"

"当然，我肯定不会收集高跟鞋或者其他什么乱七八糟的东西，我想我还是更像一个窥视狂吧。"

"那你觉得我哪里吸引了你呢？"她感觉可能是因为自己的脚长得很有异域风情吧——自己的脚呈半月般的拱形，非常纤细，好看的脚趾按照长短顺序一字排开。不过她还是希望能听到他亲口说出来。

虽然他蓄着海盗胡子，可还是遮不住瞬间涨红的脸。后来她才意识到，留着胡子的他是那么的老，看着年龄几乎是自己的两倍大。"当然是你的性格了。"他说道，还向她脚上常年穿着的那双帆船凉鞋瞟了一眼，"不过你的足弓很漂亮。"

她觉得他盯着女人的鞋子看时特别可爱，甚至连女服务员踩着尖跟靴子走来走去时，他屏住呼吸的样子，她也喜欢。他身上有股椰子的味道，看起来是那么的无害。她很清楚，在他承认是通过费舍尔认识她的时候，她就应该抽身而出。因为费舍尔是她接触过的另一个瘾君子。

其实在那一刻，那个夜晚就已经脱离了轨道。她没有像往常一样直接开车回到自己位于白石镇①的公寓，反而是任性地让蒙提和她一起回那个发霉的小宾馆，那儿和美国边境只有一街之隔，属于她父亲名下的财产。然而，当他虔诚地跪在蒲团上，用那双强有力的大手给她的脚按摩时，她就完全后悔了。"对不起，"她说，"这实在是太奇怪了，我……"她努力搜刮脑中的词语，希望能说些什么好把自己的脚收回来。正在这时，她的手机响了，他惊了一下，手松开了。

她还以为有人打电话来告诉她何时能拿到钱呢，不过也没有那么快吧。难道出了什么岔子？费舍尔可是不止一次信誓旦旦地向她保证，说这个活儿完全是零风险的。现在才刚刚过了三个星期而已，想当初他要她帮忙种植大麻时，她答应得极不情愿。可是现在她已经开始在等着拿卖毒品的报酬了，而且还在这里如此纵容这个中年走私贩。突然，她发现蒙提看着很老，根本不像能背得动满满一麻袋果实的样子——当然，在费舍尔嘴里，这个应该叫货。她甩了甩脚，从衬衣里面掏出手机接起电话。

"玛德琳吗？我，布兰登，就是布兰登·范德库尔啊。"

真好笑，干吗又连名带姓地说一遍？

人们议论布兰登，就和议论地震或者日食月食一样。他的大块头、他的"艺术天赋"，还有他所说的、所做的每一件奇奇怪怪的事情，都会成为人们茶余饭后的谈资。人们称呼他为"超级大怪物"

---

① White Rock，地属加拿大，位于温哥华以南约40公里，紧临美国边境，据说这里一年四季都热闹非凡。

或"大鸟"或任何一个适用于他的绰号。一月份的一场暴风雪过后，人们才慢慢意识到，原来布兰登堆的那座屏障根本不是雪人，而是一只雪企鹅。还有一天早上，他背对冉冉升起的太阳，站在边境公路旁长满杂草的车道上，不停摆动双臂，足足摆了二十分钟。来来往往的美国人和加拿大人都十分好奇，纷纷放慢车速想看清楚他是不是出了什么问题。他的脚像是被钉在了地上，一动不动，直到太阳升得很高，把周围的白霜——除了他身后的那片——全都晒化之后，他才动身大步向牛棚走去。而他背后没有融化的霜竟组成了一张天使图，贴在草地上，又过了好几分钟才慢慢消融。

"玛德琳？"

"找我有事吗？"她问道，声音里透着不耐烦，心里却开始戒备起来。他怎么会有她的号码？此刻她仿佛能看到他的那只大手，正捏着一个小小的手机，放在他那巨大的耳朵旁边，身体别扭地缩在车里，又或是像一座巨塔似的站在车外，身上冒着蒸气，笑着的脸歪斜着，说不清到底是出于开心还是震惊，空出来的那只手带着一垒手用的大手套，在空中比画着他试图想说明的东西。

"我们刚刚抓到几个越境的不法分子，他们刚才跑到克劳福德农场去了。可能是中东人吧。长得真矮。也可能是伊朗人。没有身份证。口音非常奇怪。我也不知道。不过肯定不是墨西哥人或者韩国人，也许是菲律宾人？真的很矮。眼睛长得像黑橄榄。"

对于他那一字一顿的说话节奏，她早就已经不陌生了。奇怪的是，这次他居然能讲得如此头头是道。起初她父亲和她提过，听说布兰登加入了巡警队，那时候她根本没把它当真，还以为人们又在拿美国人开涮了呢。**猜猜他们现在找谁巡逻边境呢？**之前她还收到过布兰登从学校寄来的信，喋喋不休地描述着他在新墨西哥看到的鸟儿和星座。信写得乱七八糟的。

她深吸了一口气，但说话声音依旧很尖厉刺耳："那你打电话给我干吗？"她想敷衍他一下算了。蒙提现在正独自一人坐在蒲团上。

布兰登那头怎么不说话了？电话断线了？"你是代表边境巡逻局打来的？"她试探地问道。

她看到蒙提的眼睛里布满了血丝。他到底多大年纪了？四十？四十五？她朝门指了指。

布兰登那头传来的依旧是噼啪啦啦、断断续续的声音，他好像有点迟疑，似乎她给他出了个难题。还以为电话又断了，终于，他咕哝出几句要说的话，然后又以平常的音量匆匆忙忙地重复了一遍："开始还以为那些是动物。一直追到克劳福德地。刚刚还结结实实地摔了一跤。女的住在圣彼得。是个女人。开始不知道她是女的，一直到后来才晓得。男的本来和她一起跑的，女的滑了一跤，他又跑回来拉她。明明看到我追来了，他还是跑去拉她了。你相信吗？女的穿得像个精灵，又像个公主。我跟她说我很抱歉了，但是她听不懂我说什么。你等一下。"

布兰登那边又没声音了，她愣在那里，不知道到底该不该挂电话。门砰的一声关上了，蒙提出去了。她盯着自己涨红的双脚，发现红红的脚指头快赶上刚出生的老鼠幼崽了。布兰登又跑到哪里去了？

"玛德琳？"

"怎么？"

"刚刚给你父亲打电话了。没人接。打了两次。他出去了吧？灯还开着呢。打了两次。灯还……我感觉他们是从你父亲那边越过马路跑过来的。怎么还有人大雪天越境呢？我的意思是说，那样不就会留下所有的脚印和证据了吗？"

玛德琳透过雾气蒙蒙的窗户望向她父亲的屋子，灯是开着的。"可能他们以为，你们觉得下雪天肯定不会有人越境的。"她听见自己这样说道。她手里拿着毛巾，开始揉搓自己的脚，脑子里却在掂量自己到底喝了多少酒。不过她还是强迫自己把注意力集中到电话上。

"你知道吗？"布兰登说，"这几天来，我发现我碰到的最有趣的人，就是罪犯了——或者是正在犯罪的人。"

迷你冰箱的轰隆声更大了，她也不知道要说些什么好。他想套她的话吗？他知道什么了吗？

"嗯……嗯，"布兰登嘀咕着，"唉，我讨厌——"

她的手机嘟了两声之后没电了。该死的！他接下来还想说什么？他讨厌什么？为什么会给她打电话？

她在盆里洗着脚，疯狂地打着肥皂，不停地洗，又用毛巾反复地擦。她要不要用父亲的电话给费舍尔报个信，通知他警察打电话来过了呢？或者这不过是布兰登自己私人打来的？这些天总是这样，她不过打算喝一杯鸡尾酒或者抽半根烟而已，思绪却又飘回到了过去。布兰登是怎么知道她的手机号的？记得她十四五岁以后，他们就渐渐生疏了啊，然后关系也淡漠了。其实谁又曾真正与他亲近过呢？她走出门外，飞快地往父亲的屋子赶去，那里靠近零号大道。黑暗中，她有点看不清方向，脚下的雪又很滑，走在上面仿佛在溜冰一样。

她迅速地向南边扫视了一圈，试图找到一盏巡逻灯或者其他信号，来证明确有不同寻常的事情在发生。但是除了远处的房屋和牛棚发出的闪烁灯光外，她什么也没有看见。范先生①还在继续造那条船吗？她感觉风在呼呼地抽打着自己的脸庞。"航海能学会吗？"记得数年前，他曾十分急切地向她询问过，好像她给的答案就是他通向来生的密码。她很想回答他：当然没问题。但是，他身上的某些特质让她无法敷衍。所以她说："不一定，得看你是否在行。"

那个时候，水沟还只是一条水沟，对她而言，范德库尔一家也只是与别人不太一样的美国邻居，布兰登也不过就是个块头比旁人

---

① 原文为Mr. V，这里指的是布兰登的父亲，老范德库尔先生。

大点的孩子。他可以整日地呆在那里看家燕，然后告诉她鸟儿怎么筑巢，如何下蛋，又怎么唱歌。其实他只比她大一岁而已，可他十一岁的时候，身体就长得像大人一般高，站在她身边犹如一座巨塔。他紧张或兴奋的时候就说不好话。丹尼·克劳福德还取笑他是个结巴。记得偶尔几次，他还大胆还击过，回敬道："幸好我还不是你！"

听到布兰登说话结结巴巴，人们的第一反应是什么呢？觉得他**弱智**吗？

她父亲四肢摊开地躺在双人沙发上，身边放着半升波尔图葡萄酒和两截烟蒂。格伦·古尔德①的钢琴曲卡在那里，不停地重复着同一段旋律，听上去仿佛是一个不安的天才正在喃喃自语。最新一期的《麦克林斯》杂志②——封面上还写着"年度最伟大的发明"——盖在他轻轻起伏的胸口上，戴着的双光眼镜也已经滑到了鼻梁上。从这个角度看去，歪着脖子的他显得更为暴躁。这个季节因为没有什么曲棍球比赛可以看，她父亲经常就这样很早地睡过去了。在玛德琳看来，罢工改变了加拿大人的生活：夫妻之间重新相互了解，经常聊天，做爱也更频繁，不过离婚的也更多了。这个国家的男人开始重新寻找新的个人爱好或去装修厨房，而对于她父亲来说，也就是多了一个烟灰缸和每天那些琐碎的小发明而已，也可以说他在忙着重新活一次。

他再一次捡起了创造发明的爱好，同时又开始抽起了大麻——她也不知道这二者先来后到的顺序——很快，他吸食大麻的事情被医生诊断出来，导致他提前一年退休了。他呢，也乐得清静，干脆

---

① Glenn Gould（1932—1982），加拿大著名钢琴家，以演奏巴赫作品而闻名。

② *Maclean's*，加拿大著名的新闻周刊，创刊于1950年，现在已经成为政治弱势国家打造时事杂志品牌的榜样。

将这两大癖好贯彻到底，那股热乎劲儿让她都难以置信。要知道，维尼·卢梭教授可曾是个狂放不羁的大师啊，而现在却已经沦落为一个瘾君子了。他只要不睡觉，就在捣鼓发明，什么火枪、指南针和蒸气机，谁知道他还在发明什么其他东西呢。

她轻手轻脚地打开电话留言机，听完那三条闪烁的留言，还好没把他吵醒。"卢梭先生吗？我是布兰登。也就是范德库尔。我是说我现在正在执行边境巡逻……"他的留言依旧时断时续，直到挂上电话都没能说出一句完整的句子。接着的一条留言是一个女性的，声音听着很轻柔："维尼，我是苏菲。如果想听布兰登的爆炸性新闻，那就打电话给我。"原来如此，布兰登就是从苏菲那儿弄到她的号码的——那个神秘的按摩女郎。第三个电话还是布兰登的，不过只是把刚才的话又重复了一遍，还是没有说出一句完整的。玛德琳后悔刚刚敷衍他了。他现在应该需要有人来安抚一下的，可是她呢，甚至连一句关心的话都没有说。也不知道他现在状况如何。她转头望向窗外，真希望此刻能够看到他的身影出现在田野上，可是除了玻璃上面反射出的自己那张恍恍惚惚的脸，什么都没有看见。

她收回目光看向父亲，他两只手叉着腰，这个姿势看着特别像在装死，不过是有点演过头了。他不说话的时候，看着总是那么瘦小，也没有那么咄咄逼人，多发性硬化症倒是给他平添了一份男孩般的脆弱。他的日子也不远了。可能就是明天，又或许得再过个五年又十七天。不管怎样，那一天都不远了。她推了推父亲，把他叫醒。他身上传来的还是那些熟悉的气味——发酸的衣服、廉价的红酒和昂贵的大麻烟，所有的气味都混在了一起。他眨了眨眼睛，又咂了咂嘴。她假装不经意地提了一下布兰登打来电话的事，等他缓过神来接自己的话。

他继续眨巴了一会儿眼睛，把眼镜往鼻梁上推了推，又挠挠下巴上稀疏的胡子。"这些事情不在他们的管辖范围之内吧。"他停顿了一下，"妮可知道这件事了吗？"当然，他的第一反应仍旧是勃然大怒，但冷静下来后就开始想她大姐会怎么看待这件事。"如果边境巡逻队以为它有权力在边境的两边都进行调查的话……"他又来了，又开始发表长篇大论了。

该不该溜出去给费舍尔打个电话呢？她这才意识到自己甚至不知道"费舍尔"到底是他的名还是姓。窗户太大了，客厅又这么亮，她忽然感觉自己这个目标已经暴露了。

"他什么时候打的电话？那头该死的长颈鹿具体是几点打来的？"他有些六神无主，站起身子，转而又重新缩回到沙发上。他用被大麻烟熏黄了的手指头磨蹭着右边的脖子，说道："他会问什么呢？他会说什么呢？你没有说错什么话吧，是不是？"

"我怎么可能会告诉他什么呢？"玛德琳缓缓地说着，希望这句话她只用说一次。她站起来去把灯光调暗了一些，又关上百叶窗，这才开始配合父亲装作也很生气的样子。每次想想那些大学生如饥似渴地研读着父亲所主张的道德底线，事实上她父亲不仅常常唾弃这些东西，而且一不高兴就把它们丢到一旁时，她就觉得十分好笑。忽然她闻到手上的椰子味，浑身莫名地抖了一下。蒙提又是谁？难道这只是他走私毒品时用的假名？就像那些脱衣舞女郎都叫"糖心"和"天使"一样吗？她给父亲倒了一杯冰苏打水，又帮他弄好药，再给锦紫苏、一品红和喜林芋都浇了点水。忽然她意识到此刻自己真正想要的，是找个人说说话。她可以告诉他自己遇到了一个喜欢女人脚的男人，而这个人听完以后能够同情她一下或者一笑而过，最后还能为她保守这个秘密。

3

　　维尼·卢梭三更半夜就爬起来去重新发明电灯泡了。

　　其实不过是在地下室里就着煤气灯和蜡烛瞎忙活而已——挺滑稽的，是吧？——他就这样围着一圈圈铂线、钛线、镍线和铜线，像模像样地干了半天，直到右手的每一根手指都被烤得体无完肤才善罢甘休。只是弄出来的东西持续照明都不超过十一秒钟，要不然就是忽明忽灭，或者干脆直接爆掉了。

　　上个星期，维尼把爱迪生试验过的八十四种灯丝全都试了一遍，每一步都完全仿照爱迪生的步骤——给每一样材料重新切割、固定、通电、再断开。这些实验都在一个复制的爱迪生时代的真空管里进行，这还是他特地向蒙特利尔一家奇怪的公司定制的。但到目前为止，他也没有完成爱迪生实验的十分之一，而且他已经感到挫败和绝望了。他把钨丝固定在管子里，封上口，又把它连接到电池上并打开开关。电灯亮了，但没过几秒钟就开始忽闪忽灭，最后还是爆掉了。维尼扯掉护目镜，无奈地再一次拿起东西打扫残局。

　　爱迪生和他的助手们尝试过一千两百种材料——包括胡须、纸牌和钓鱼线——直到最后才找到一种真正合适的灯丝。一千两百种啊。

　　维尼越尝试爱迪生所走过的道路，就越感惊讶。他想知道，一个人究竟有着怎样顽强执拗的性子，才能把每天所面临的无数次失败和打击，转化为前进的动力呢？

爱迪生发明灯泡的时候才三十二岁。才他妈的三十二岁啊，还没有维尼一半大呢！维尼仔细看过他那张肖像，画上的他表情无比坚定——他就是那个具有远见卓识的巫师，是他照亮了现代世界；但也是个史无前例的卑鄙小人，他将所有功劳独揽于一身。而维尼的想法越来越倾向于后者。没有哪个人能单独发明音乐和动画产业，拉线娃娃和另外一千多项发明创造也就无从谈起。如果没有爱迪生，这一切还要多久才能实现呢？这个问题值得思考一番。如果把这个该死的美国佬踢出历史，那么像他这样研究出灯泡、创造了奇迹、开启电力革命的人，可能还要等到下一代才能出现吧。唱片业呢？可能要更久吧。而完成这件事的爱迪生既没有受到过任何教育，耳朵也几乎听不见，还半途辍学了。他甚至不够世故，所以意识不到他所设想的、将要和助手从事的事业，是多么的难以企及。这可能就是爱迪生式的遗传基因吧，可能也是所有的科学巨匠都具有的厚积薄发的能量吧——而且都是典型的美国式的！爱迪生、福特、盖茨，哪个不是如此呢？这些人表面看起来都不是那么聪明，大概只有靠近一点才能发现他们是多么的与众不同吧，是不是呢？可能不光美国人如此，全世界大部分发明家都应该是推动社会进步的非凡黑马吧。这是维尼做了一上午实验所总结出来的道理。没有启蒙，没有荣耀，没有天机，只有金属和留在嘴里的余味。经过这些将他的耐心消磨殆尽的无数次尝试之后，这便是他所学会的一切。维尼把钨丝从单子上划掉后，突然觉得筋疲力尽。

　　去他妈的爱迪生。

　　他拖着沉重的步子向楼上走去，腰间传来一阵阵剧痛，爬上楼后才发现早上的阳光是如此的刺眼。他服了十一粒药丸又煮了一个鸡蛋，然后把电视打开转到CBC台①，记得上次有个节目还没有看

―――――――――――

① 加拿大广播公司。

完，这个半点会播出下半集，结果他看到的是新闻。太无耻了！看完后他想道，如果这回他有接到电话，他知道自己该说些什么。那些妄想狂是对的！他也是这么对他们说的。或许他还可以提一下前天晚上接到的范德库尔那个孩子发来的反常信息。说不定皇家骑警队会认为这很有趣呢。现在不是他们何时过来的问题，他心里喊了一声。啊，他们已经来了！

可为什么他的电话到现在都还没有响呢？他不停地给大学里的朋友和《温哥华太阳报》打电话，都没有人接。他又发了十三封邮件，然后坐在那里焦急地等着，几秒钟不到就把邮箱刷新一次。可是除了一个住房贷款推销广告和信用卡的诈骗邮件外，他什么都没有收到。他又给大女儿妮可打了一个电话，可是她正忙着*接待客户*。周围一片寂静，此时厨房的时钟滴答声听着也分外诡异。他只好去研磨速溶咖啡豆，希望能打破这种寂静，并又连着喝了两个双人份的咖啡。他反复重播这则新闻，声音放得很大，希望能帮自己找到置身其中的感觉。他又跑到泥泞的廊檐上，来回踱着步子，手里还抓着昨天剩下的一半大麻，表情一阵抽搐，那模样好像脸上的骨头被韧带绑得太紧似的。

他上上下下摸着衣服的口袋，找着打火机。忽然，他听到有人在动花园浇水用的水管，抬头一看，原来布兰登·范德库尔的父亲又在刷洗他那辆大卡车呢，好像如果任由这辆蓝色福特车变脏了，就跟整夜把国旗挂在户外一样，都不是美国人的风格。

诺姆的身躯看着比以前更加庞大，胸膛好似有一米厚，脑袋也像一块大石头。这让维尼想起了某位苏联的领导人。而所有这些却让这位奶牛场主更喜欢自己那只有毛病的左腿。维尼一步步小心翼翼地走下门廊前光溜溜的台阶，开始冲着水沟那边喊去。

诺姆不确定除了自己的名字外，他还听到了什么，无非是什么

"美国人"以及一些脏话吧。他大概知道是谁在喊自己，所以故意不去理睬。可是那边仍旧不肯罢休，还在那里不依不饶地喊着。

倒霉的是，诺姆在车道上刚好能听到维尼在廊檐下的大喊大叫。那个教授住的地方和他隔着边境公路、水沟还有零号大道，尽管如此，他仍旧是距离诺姆最近的邻居——如果他们也算是邻居的话。他们两人的家，原本中间只隔着一条边界线而已，后来几个加拿大人把附近的土地出让了，结果诺姆农场的前面就变成了一个小型郊区。不要理会那个教授，他心里想道，无视他。可最后，诺姆还是极不情愿地关上水管，转过身去对着水沟另一边。他转身的动作十分僵硬，仿佛自己的腿已经被钉在了桩子上。他的眼睛瞟向别处，那模样看着非常困倦无力，就像昨夜喝了一杯咖啡到凌晨三点还没睡着一样。"你今天又要说我们什么，维尼？"

"你没听到我在说什么吗？"维尼用一个冲浪板形的打火机点着了那根短粗的手卷烟，"你当然没有听见。反正你总是对的，不用知道我在说什么，是吧？好啊，你家的缉毒官昨晚跑到温哥华去了，他说阿姆斯特丹咖啡馆的主人做的生意不干净。对，他就是这么说的：不干净！加拿大广播公司都播报出来了！"

"不然呢，那他应该怎么说？"诺姆漫不经心地答道，故意把音调拖得很长，心想这个话题肯定只是铺垫，下面的讨论应该更加火暴。

"你还没闹明白是吧？"维尼歪着脑袋，他的脖子还没有诺姆的手腕粗呢，他又往左边挪了挪，想借着太阳光看清楚诺姆的眼睛，"你的口气好像我们的土地也是你们的一样！"

诺姆仔细瞅着维尼那乱七八糟的新胡子。一个礼拜前，他留着马克思式的山羊胡；再往前一个月，他的胡子还刮得干干净净。天知道他多么希望这个教授退休以后还能过着和以前一样的生活，可现在的他就像一个上了年纪又不停换装的亡命之徒。他身上没有一个地方还像维尼·卢梭了。他的事大家都听说过了——靠着教授的工资夜夜醉生梦死，喝着五十美元一瓶的红酒，醉醺醺地进到他那个温室里。莫非维尼在里面种植土豆？他这个教授可不是一般难搞，反正诺姆是对付不了。和两年前他扔下的那颗"原子弹"相比，星期天时他在门口插的古巴和伊朗国旗都只是让人讨厌的小儿科而已，算不上大刺激。"美国政府执行血腥的外交政策直接导致无辜的美国人丧生！"说了这些话，他非但不道歉，还对每个打来电话的好事记者都重复一遍——血腥啊！血腥！因此，德克·霍夫曼干脆也写了一个牌子——"卢梭是恐怖分子"。当然，卢梭也不甘示弱，在门外挂了一面国旗，让它在狂风中飘了好几天，直到后来大家才认出来那原来是面格林纳达的国旗。①

"你想想，如果一个加拿大官员，任何一个官员——随便哪个吧，比如我们的贸易官员②、垃圾官员，或者是寻宠物官员——跑到你那边横行霸道，"维尼喊道，仿佛他的听众远不止对面这个意兴阑珊的美国奶牛农场主，"还叫嚣着骂你们那边的哪一家店主见不得人，你会怎么想？"

"你刚刚说了，他指的是店里的生意——而不是店主——见不得人吧。"

"诺姆，这有什么分别吗？"一缕薄薄的烟从他们之间的水沟上空缓缓升起。"我知道你觉得所有的大麻都是狗屎，但是你能理解要是没有半克这种'臭鼬三号'MC-9型大麻，我的日子是多么难熬吗？"

诺姆咳嗽一声："可是你今天吸这个臭鼬好像也不怎么管用嘛。还有，你非得在这里吸吗？"诺姆感觉自己的头顶已经开始冒青烟了，可是他知道维尼还没有把真正让他暴怒的事情说出来。"你非得

---

① 格林纳达（Grenada）是位于加勒比海的一个小岛国。1979年，美国为遏制苏联、古巴在加勒比海地区的影响，趁格林纳达内部发生政变、局势混乱之机，纠集中美洲七个加勒比国家，对格林纳达发动了代号为"暴怒"的武装入侵。

② 这里作者用了czar一词，有"独裁者"的意思，表讽刺。

这样作秀吗？"他问。

维尼吐着烟雾，面带微笑，露出满嘴的黄牙、浮肿的双眼直视诺姆，问道："简奈特怎么样了？"

诺姆此刻真想转身离去，而不是站在这里，闻着从水沟对面飘过来的非法二手烟。自从很久以前海关在他的记录上写下"酒后驾车"并把他遣返回国后，他就再也没有跨越水沟跑到那边去了。诺姆发誓此生再也不踏入加拿大半步，虽然他在那边从小玩到大，也曾开着拖拉机到水沟那边帮忙犁地。刚刚结婚的那会儿，在夏天的夜晚，他也经常徒步走到阿伯茨福德①给简奈特买她最喜欢的巧克力闪电泡芙②，回家经过海关的时候，简总会举着手里的泡芙朝海关晃晃，看着倒也挺像吃了一半的护照。"她挺好的。"诺姆终于主动说了一句话，心里不确定教授为什么要打探他妻子的状况。

维尼点点头，说："哦，那祝她好运吧。"

"谢谢。"诺姆嘟囔了一句，他讨厌自己这样的回应方式。他知道自己应该询问一下维尼的身体状况，但是他从来都不知道多发性硬化症到底是什么病，听起来像个电力问题。时机已经过去了，现在再回头去问这个问题反而显得有点愚蠢。而且，他心里还是怀疑教授这样和他套近乎是个骗局。尽管如果你仔细看看维尼，如果你忽略他朝气蓬勃的头发、滑稽的傻笑、目中无人的眼神和盛气凌人的语调，你就会发现，这个人身上除了那副一折就断的干瘪身躯，什么也没剩下了。

"你家的牛好些了吗？"维尼试探性地问道。

"有些好了。"诺姆从水沟旁向后面退了退，心里惊觉他怎么知道他家的牛生病了？

---

① Abbotsford，加拿大城市，毗邻温哥华。

② 长形的泡芙在法文中叫éclair，意指"闪电"。

维尼显得有些吃惊，说："或许你可以尝试停用抗生素，你觉得呢？因为这样也可能会杀死有益菌，而且还会让它们肠胃的机能失调，你说是吧？"

"他们是奶牛，"诺姆说道，懒得提醒他治疗乳腺炎用的是杀菌剂而非抗生素，"他们有四个胃呢。"

维尼吁了一口气，笑了起来："我可以问你一个问题吗，我的朋友。你觉得为什么每年会有两千万美国人吸食大麻呢？"

"教授，我记得我们好像以前讨论过这个问题了吧？"维尼总是像自动点唱机一样重复着他的长篇大论。每次谈到这个话题最后都会扯到其他问题上，比如，他们会讨论所谓荷兰人的毒品法有进步不过是个偌大的讽刺，因为山谷里那些荷兰移民都十分因循守旧。而且，这总是让诺姆感到非常羞愧，因为他对那些历史悠久、人人皆知的地方几乎一无所知。貌似除了诺姆以外，每个人都去过阿姆斯特丹，然后回来和他说那些站在窗户里的妓女，每次他都只好含糊地点头称是，不想让人看出他从来没有去过那里。哪怕只是听到喜欢使用元音的荷兰语都会让他感到不安。他感觉左脚下面的石子路十分硌脚，只要再往后迈一步，他就可以把重心放到那个正常的脚跟上，之后就可以顺利走开了。

"那么，"维尼忽然提高了声音，"还有两百万每天都吸食大麻的美国人呢？他们就该坐牢吗？诺姆，大麻不是那些什么社会学家或同性恋发明的邪恶玩意儿。看在上帝的分上，它是有机的！它是有——机——的野草啊，在美国每一个州的野外都有生长啊。华盛顿和杰弗逊①都种植过这个，是吧？华盛顿和他妈的杰弗逊——"

"我刚才说了，好像我之前已经听你说过这些了。"诺姆试图把

---

① Thomas Jefferson（1743—1826），美利坚合众国第三任总统，同时也是美国独立宣言主要起草人，被誉为美国民主之父。

语调变得更友好一些好结束这个话题，"我觉得我们这边禁止它是有原因的。就这样。"

"你说得对，原因就是你们的头头脑脑都是胆小鬼，你家的缉毒官是个鲁莽的傻子，你们很多人不仅仅恐惧同性恋和外来人，而且还惧怕看到别人幸福！"

"我明白了。"诺姆叹了一口气，两条胳膊交叉着横放在胸前，手握成拳头。他看到有三只鸟停在维尼头顶上的电话线上。诺姆盯着这些鸟，真希望它们现在就拉屎下来："维尼，如果说我们让你对你的习惯感到不舒服了，那只好抱歉了。但是——"

"药——品，知道是什么意思吗？它是**合法**的——在这儿——它是医生，就像我的医生所开的处方药。它是药——品！我能问你——"①

"不止这样吧。"诺姆感觉自己开始要冒火了，"这是你们的新买卖吧，难道不是吗？"

维尼猛吸一口那根快熄灭的大麻烟，脸登时变成了猪肝色。他指着诺姆家后院的牛棚说道："走进那个古董很能满足你的自尊心吧？"

诺姆没想到自己的声音居然还能这么冷静沉着："用这么大的牛棚来培养你的自尊心还绰绰有余吧。"他转身从水沟旁走开，嘴里叽里咕噜地骂着自己，不应该发脾气的。膝盖里面一直在跳，这让他心里更为火大。*维尼·卢梭，你去死吧*，他在心里诅咒着，*去死吧，带上你那半张开的——嘴*。

"你们这些人本来只知道把大麻放在止咳糖浆里，直到看见墨

---

① 加拿大是全世界第一个拥有法律系统管制大麻医疗用途的国家。加拿大患者如果经医生诊断需要使用大麻治疗，在政府核发许可证之后，就可以合法地种植和使用大麻。但商业性生产和贩卖大麻，以及非医疗用途的大麻使用，仍属于犯罪行为。

西哥人用它逍遥快活，才和他们学的！"维尼大喊道。

诺姆很想往他嘴里塞进两块大红岩，好让他闭上他那臭嘴。谁知道抬头往街上一看，才发现苏菲·温斯洛正站在自家的院子里听着呢。当然了。现在这儿除了一个教授还有一个听众呢。

"我知道这些天你儿子正在保护美国呢，提防我们这些危险的加拿大人吧！"维尼仍旧在那儿大吵大嚷，"他昨天晚上值班的时候，还给我打了两通电话呢。我猜是你通知他打的吧！"维尼不依不饶，声音越讲越高，"他最好先弄清楚自己什么该管，什么不该管！否则，我就起诉他，让他离开他妈的美国边境巡逻局！"

诺姆转过身来盯着他，使劲嚼着口香糖，仿冒的肉桂刺激着整个味蕾，然后又转身回到他这边的沟沿上，眼睛死盯着这个瘦小的教授。"不要和我提我儿子。"他的音量大小仅能盖过雪水滴滴答答的声音。

"大家好歹邻居一场，别怪我没有提醒你，"维尼用那种司仪般的声音回答道，"我也是一番好意，帮你打开视野让你眼光放远一点而已。"

诺姆差点昏倒过去，他只好把双脚张得更开一些，好让眼前的景物重新聚焦。好了，现在看得比以前清楚些了。一片片正在融化的雪闪烁着光芒。亮晶晶的温室、田野和黑漆漆的树林，潜伏在山那边的加拿大。诺姆低下头，看到横在他们两人之间的水沟正闪闪发光，一抬头看到的又是这个满脸得意的教授。看得更长远？你到底想让我看多远？他的妻子精神失常；他的儿子处境危险；他三分之一的牛都在生病，不能产奶；而他的帆船到现在还只是一个遥不可及的梦。

维尼使劲吸了口手上剩下的最后一厘米长的大麻，忍不住咳嗽一声，然后随手一弹，把烟蒂扔到了银光里。两个男人看着它被风卷起，划了一道弧线，飞向天空，又飘过水沟，剩下的一点火光渐渐熄灭了。最后它转啊转，从一个国家被卷到了另一个国家。

4

"东印度人最擅长撒谎。"迪昂告诉布兰登,"最厉害的墨西哥人最多两小时就坚持不下去了,但最厉害的印度人撒谎能一直撒到耶稣再次降临为止。我从来没有见过这么有毅力的人呢。碰到尼日利亚人呢?那就用你的手把钱包捂紧了。他们非常迷人,而且彬彬有礼。'任——何——事,你如果——想——知——道,'"她模仿着他们说话的语气,"'我——都——会——告——诉——你。'但是,他们完全是说一套,做一套,千万别信。"

"你做那个民族敏感性测试了吗?"布兰登问他的教练员。

她猛拉了一下肩带,好让胸口舒服点:"浑蛋!你知道吗?说实话,你真是个浑蛋。我的任务是训练你抓罪犯,鬼才知道学校都教你什么了。是的,以后你就会碰到一些世界上最诚实的小矮人了,他们希望能有机会通过卖力工作赚钱;可是你遇到过的大部分人——欢迎来到边境巡逻局——都是爱撒谎的窝囊废。这堆狗屎骨子里都差不多,知道吧?"她说话的时候手舞足蹈,肩膀和眉毛都在动,还模仿着他的姿势和畏首畏尾。"这些不是书本上能学到的,相信我。记住我现在说的话,谁都知道我会告诉你要公平、人性地对待每一个人。记住:不管是谁,除非有证据证明他有罪,否则都是无罪的。听清楚了吗?"

布兰登听着,又看到一只长着火红冠子的大啄木鸟——第九只——它正在冷杉丛里飞来飞去呢。

她先让他在布雷恩[①]的市区巡逻一圈，然后转到边境，一路上经过了那些斑斑驳驳的废弃房屋。布雷恩镇位于边界线的终点处，这是一座有名的海边小镇，以其落日和色情片而闻名——虽然影院已经好久没有开张过了——一年到头总是有轰轰隆隆的大型拖车跑来跑去，但它还是美国西部最繁忙的北方港口。

布兰登漫不经心地绕过朝阳公寓的后面，这套三层小楼坐落于一大片参天冷杉之间。一个蹒跚学步的小孩坐在生锈的铝质秋千上来回荡着，脚上穿着父亲的礼服鞋，身边无人看管。在三米外的零号大道上，一伙加拿大人吹着口哨，以每小时一百公里的速度开了过去。布兰登摇下车窗，刚好听到一只狐色雀鹀那干巴巴的叫声。第十只。

"我第一次来这儿的时候，"迪昂说道，"看到这样的地方，我简直不敢相信自己的眼睛。难怪这里会出问题呢，这里的边境是完全敞开的啊！"

她再次提醒他，一定要忘了在学校里面学到的一切，那简直太简单不过了。他也只是刚好会一点西班牙语，又刚好蒙对了一些多项选择题，所以才能成为驻扎在布雷恩的巡逻局里的第一个学员。也因此，迪昂和其他人总是不断提醒他，他能进来完全是卖他父亲的面子。

"你是不会看见有哪个公路管理员，像你昨天那样躲藏起来的。"她说，"他们不会躲在那里干等着，他们会把车停在大家都能看见的地方，这样他们就不用和任何人发生正面对抗了。有些人会在房子旁边停下来，带着无线电来回巡逻数小时。或者他们就干脆坐在那里看詹姆斯·帕特森[②]的小说混日子，一直混到有一天他们可以

---

① Blaine，地处华盛顿州的西北角，靠近加拿大边境。

② James Patterson（1947— ），美国惊悚推理小说天王，代表作有《女子谋杀俱乐部》、《蜘蛛来了》、《蜜月》，等。

坐着独木舟去钓鱼，船上放着冰箱，里面装满库尔斯啤酒为止。还有相当多的人上班的时候就窝在车子里，用迷你DVD播放机看电影打发时间。这可是吹叶机①之后最伟大的发明了。问一下麦克阿弗蒂就知道了。你见过他了吧？你一定要见见他，他是个嘴巴总在念叨个不停的家伙。我的意思是，真的从未停过。他的屏幕保护程序上还设置了一个倒数计时器呢，一直在数他哪天退休。"

"什么是公路管理员？"布兰登终于开口发问了。他的眼睛扫过树木和天空，想看看除了画眉和乌鸦之外，还有没有其他什么东西。

"就是还在服役但基本算是退了休的人。②每次传感器发出警报，管理员赶去调查，发现都是麋鹿在搞怪。公路管理员见到的鹿比简·古多尔③见过的猴子都多。我来这里不过三十个月就看到了十二只。像麦克阿弗蒂这样的，一天就能看见好几只。如果哪天他们真的不得不追逐某个人，他们巴不得有人告诉他们任务已经取消了。但这是他们要自己解决的事，你懂吗？这和你一点关系都没有。不要让其他人把责任推卸到你身上，除非迫不得已。只要是苦差事，那帮人都想推卸掉，不管是什么事。所以你要学会告诉他们，你说得太迟了。"

他们把车停在和平拱门公园。公园的东北角一共住了十八户加拿大人，房子一溜儿排开包围着公园。这里可以将很多景色一览无余——所有的野餐、女童子军的表演会和跨国毒品交易。布兰登看见一团蓝色身影俯身冲进那片茂密的白杨林，是暗冠蓝鸦！还没

---

① 户外用于吹吸落叶和草地上的覆盖物的工具。

② 迪昂是在讽刺那些边境巡逻员，根本没有在盯犯罪分子，只是像看管公路一样混日子。

③ Jane Goodall（1934— ），著名的英国动物行为学家，以在坦桑尼亚贡贝溪国家公园内长期对黑猩猩的详尽研究而知名。

有听见它那标志性的粗嘎叫声，他就已经认出来了。第十一只。

　　这片公园向西一直到海湾，经过那个巨大的齿状拱门，在一片浩瀚的绿色中若隐若现，仿佛一个原本应该属于某个巴黎街道的的纪念碑被放错了地方。相较而言，加拿大人似乎更加注重外表。虽然两个国家共享这片地区，但是北边的灌木被雕刻成了各种形状，草也更绿一些，而美国这边就有点破旧且看着缺乏想象力。不过在这里两个国家倒能相安无事，不惹什么事，也无须对过往人员进行小心盘查——虽然这种想法已经日渐过时了，就像拱门上面那自我感觉良好的雕刻一样，上面写着：两个国家是"一奶同胞的孩子"和"友好共处的兄弟"。

　　"有些警员终其一生都做不出什么轰轰烈烈的大事。"迪昂这句话没说完就打住了。

　　他们穿过那些生锈的铁轨，它们太旧了，连美国火车公司都不再用它们往码头和废弃的罐头工厂运东西。在码头附近可以看到正在冬眠的黑莓藤，还有塞米亚摩湾。横在中间的是一个悬崖，并不算高，和旁边的大陆摆在一起并不突兀。塞米亚摩湾在月球引力长年累月的作用下，变成了一大片闪闪发光的平地。再往前走则是一堆流沙，迪昂曾在那里抓到过五个韩国妓女——其中两个就陷在了沙子里。那是一个星期日的夜晚，她还是初来乍到的新人呢。布兰登注意到在码头狭窄的入口处，有三个戴着水鸟勋章的人正护送一艘拖船出航。

　　"有些警员是被工作折腾得精疲力竭的怪人。你见过拉勒比吗？他烧了好几张影碟，而且完全离不开止痛药。他经常会犯我们所说的'奥施康定①时刻'。上周三他看到我，还向我自我介绍来着。过去两年半，我几乎天天都能看到他，可是他每次见到我打招

---

① OxyContin，强力止痛药。

呼的时候，都和我当初刚从圣地亚哥转过来时一样。比如说，'拉勒比，是我啊！''哦哦哦，迪昂啊，你今天看起来不太一样啊。'我们一起抓过几个枪械迷，当时对改善公共关系挺有用的。在你出现之前大概一周吧，塔利警员在三角洲航线开枪打死了一只十二岁的拉布犬。没有喊一声'坐下！'或是'站着！'就那么砰的一枪！把子弹射入了那只老黄狗的脑袋。① '恭喜他！我们与政府同在！'过去几年，我们有三个德高望重的探员因为喝醉酒和攻击别人被捕，通常攻击的对象都是他们妻子的情人。其中最突出的人就是布吉。你说这个犯错误的人怎么就没起一个更好听的名字呢？尤马分局②甚至还曾打赌看他能不能熬过一个月，不犯事被捕呢。结果布吉在工作了整整十六天之后，用一把椅子把一个人打住院了。你要明白这些人里面有一半都是调动过来的，生活都十分无聊，他们一直没有适应这种巡逻的生活。在南方工作靠的是行动，在这里靠的是思考。追捕行动方式也完全不一样。两个地方的土壤、天气、骗人的方式、毒品，一切的一切都不一样。"她说着大笑起来，笑到他能够看清她门牙上的破损和镶上的五颗银牙，"哦，不过你就是本地人，所以你很不一样。"

布兰登的母亲是第一个让他明白自己有多么与众不同的人。"你觉得自己是身在画里的，对吗？"他九岁的时候，她就这么问过他。在那之前，他以为每个人都是这么想的。

他拿起望远镜，深怕拖船会惊动鸟儿。红头鹊鸭，第十二只。白嘴潜鸟，第十三只。角鸊鷉，第十四只。

"看，这就是我说的。"迪昂说道，"顶多有一小撮警员能想起来

---

① 《老黄狗》是一部1957年推出的迪士尼经典影片，剧中的老黄狗忠诚地保护了男孩特拉维斯一家，但最终因为患上了狂犬病，特拉维斯不得不开枪把它打死。

② Yuma Sector，尤马地属美国亚利桑那州西南部，位于美国与墨西哥边界线上。

去仔细观察那艘拖船。谁知道你会看到什么呢，对吧？如果你不去看一看，就什么也看不见。这样让你的生活变得容易很多吧，是不是？"

她让他把车开回布雷恩镇的**边境酒屋**，布兰登在这里又听到一声如手机铃声似的鸟叫。原来是一只欧椋鸟啊，第十五只了。"除了这些人渣之外，大部分警员还是非常勇敢机智的。"她说，"所以他们能在这里工作，我们也是很幸运的——公路管理员也一样。"

迪昂买了一份三人份的美式咖啡。回去的车上，布兰登开始发问，可这时她又有点爱理不理的了。和在学校的时候一样，每次其他人都会没完没了地讨论高尔夫球啊、女人啊、车子啊，等等。可只要他一开口说话，大家就爱理不理的，就好像他要朗诵什么晦涩难懂的文章或要说天书一样。他总是把"天使"说成"天子"，"棒极了"说成"伴急了"，"缩醛胺"说成"说全啊"，如果没人指出他的错误，他自己是不会注意到的，只有听到大家开始咯咯笑自己时，他才能意识到。

他的目标是，和迪昂谈自己的想法或是向她提问的时候，能尽量保证语言简洁。三年前，丹尼·克劳福德曾告诉他要在自己的心里安装一个警铃，一旦他持续几分钟只听到自己的声音，那就要赶紧拉响警铃。丹尼还教他注意看听众是否在皱眉毛或嘟嘴巴，因为这些都表明他可能发错了音或是说得太多了。

"伊朗人都喜欢大呼小叫，"迪昂对他说道，"总是嚷着什么'如果我再回伊朗，我就不得好死！'真的吗？那为什么你的记录上面还写着你春天曾回去过呢？'哦，那是回去看家人啊！'韩国人则喜欢成群结队出现，而且基本上都是女人，身上都是一股子泡菜味。"

"那俄国人呢？"

"他们就是世界上最最暴力的人，而且个个都身经百战。他们本国的专业警察都比你有手段多了，在他们身上使用过各种招数，所以你根本拿他们没办法。他们是不屑于撒谎的，基本都是当着你的面骂你，让你滚开。"

他们驱车往东开去，准备开到H大道小斜坡的那边。公路两旁的桤木和冷杉长得十分旺盛，茂密的枝叶给大道盖上了一个天然隧道。路边又出现了一个新的房地产标语，看来又有地要卖了，标语上写着——就在边境处！出了这个由树枝围成的隧道，眼前呈现出一片起伏的牧场，远处的小山被冰雪团团围住，远远望去，像是一堆堆金色和绿色的沙丘。他们驶入一片山谷，谷内十分平坦，足以和台球桌面相媲美了。眼前的景色渐渐开阔起来，那种熟悉的慰藉感再次涌上布兰登的心头，这里的农田呈几何形分布，看着十分赏心悦目。穿过这里，就可以到达目的地林登①了。

他们部门负责巡逻从大山到大海的这一段边境，大概有五十五公里。不过他们也有权力在这一带周围三十二公里内的小镇上巡逻，每一个角落都可以。林登算得上是这附近的城镇中最大的一个了。它坐落在边境南边八公里左右的地方，虽然和加拿大相距不远，但它似乎与荷兰更为相似。大概无论走到哪里，自己的根总是很难忘怀吧，所以镇子里的一切，从风车到一年一度的"荷兰日"庆典，都可以看到荷兰的影子。其他的镇子大多比它小很多，相对而言也不是那么繁华，而这些镇子也依旧保留着日益没落的牛仔风格、典型的大牧场和家庭牧场。

布兰登沿着子午线向北前行，这是山谷里最重要的南北要道。随后又迂回穿过牛奶场和浆果地朝边境开去，这边已经挖了不少又宽又直的水沟做排水管道，都深得可以划船了。他们走了一段路，发现前面被挡住了，原来是一辆大拖车正拖着一辆垃圾车。迪昂开始抱怨起来，布兰登没有接腔，转头看着天上那只如风筝般滑翔的

---

① Lynden，美国毗邻加拿大温哥华处的一座小城。18世纪初期，大量荷兰人移民至此，所以这里有许多荷兰后裔，建筑物也颇有荷兰特色，因此又被称做"荷兰村"。

幼鹰，第十六只。一只绕着圈子飞行的灰伯劳鸟，第十七只。还有一只不停盘旋的红隼，它的尾巴像扇子似的开着，样子十分凶残，第十八只。他环顾天空，发现远处一群欢歌的鸟儿正朝这边飞来。他曾经有一次听到过一千只家燕同时鸣叫，它们都是从巴拿马或者其他地方飞来越冬的。每次想到这个，他就很迷惑，假如赤道附近①的孩子把他的燕子当成他们的，会怎么样呢？看着这些鸟儿在天上表演杂耍，让他觉得自己好像莱特兄弟一般。此时远在千里之外南方的孩子们，也许在寒冬中找到了新的乐子。但一到四月，他们也许就会仰望天空，问："我的鸟儿在哪里？"②

路面起伏不平，一路上看到很多小房子，还有很多正在建设中的部落赌场，它们大多建在农田深处，都是离边境不到一公里的地方。每次看见这个，人们都会很生气。路边上写着关于赌博的牌子一个接一个：**严禁赌博！——赌博破坏家庭！**最后一个写在牧场标牌上：**赌博害人害己！**布兰登看到路的一边齐刷刷地站着七匹母马，正望着拖车坡道上躺着的一匹种马。身边的迪昂不停抱怨她的女儿总是生病："来到这儿以后，我都不敢让她喝牛奶了。听说这里的女孩子八岁就来月经初潮了。我真想搬家啊。你想想，我怎么和一个八岁的女孩解释什么是月经呢？她可能还以为自己要死了呢。"

布兰登盯着那些马儿，心里却担心着玛德琳·卢梭，刚刚在电话里听着她有点古怪——她还好吗？——迪昂喝完咖啡，大喊一声："二零五号，你在哪儿？"

他只知道他现在身处警戒线附近，但并不知道这个十字路口叫什么，只好含糊不清地应了一声。

"要时时刻刻知道自己的方位！"她呵斥道。过了一会儿，她一屁股

---

① 巴拿马靠近赤道。

② 此处为西班牙语：*¿Adonde fueron mis pajaros?*

瘫倒在椅子上，合上眼睛，大声问道："我中枪了！你现在要怎么办？"

他笨手笨脚地把那套救援方案演示了一遍。随后，她立即弹出车外，假装成一位他刚刚发现的不法分子。"注意看我的手！时刻注意看我的手！我的脸不会杀死你！但是我的手会！你要把这些人看成狗屎，让他们照着你说的做！"为了进一步训诫他，她又重复了一遍大家普遍认可的一个真理："要留心那些不合群的事物。要时刻注意他们的手。不管发生什么事情，布兰登，一定要时刻提醒自己：'我今天晚上一定要回家。我今天晚上一定要回家。'"

布兰登假装在听，其实目光早就飞到那一群紫绿色的燕子身上了，它们停在枫树林旁边的电话线上，远远看去，林子像是镶嵌在浅铅灰色的天空中一样。第十九只。

突然，他感觉到一阵大约一点八级的地震，紧接着是一阵喧闹声，像是从大树和马群后面那片如床垫般平坦的土地上传过来的，好像有人在演奏铜乐器一般。哦！他怎么能忘了那可爱的喇叭鸟呢？第二十只了。

"看着我！布兰登。"

他不是没有尝试过，可是他做不到啊。"看这个。"他小声嘀咕着。一群鸟儿成群结对飞了出去，它们伸着长长的脖子，有力地拍打着翅膀，而起飞时产生的那一段毫无章法的乐曲，仿佛小丑奏出的悲伤号角声。他看见过一百多只地球上最大的天鹅整齐有序地从地平线飞向高空的壮丽场景，仿若一大片会发出声音的雪地在重返天空。

布兰登觉得他的身体忽然轻了起来，他的腿消失了，脖子伸直了，胸部的肌肉变厚了，大脑缩成了一个小小的、软软的头骨，身上的一万七千两百三十八片羽毛个个精神抖擞，开始你追我赶地工作起来。他抽动着臀部的肌肉，用尾部的羽毛调整好方向，举起双臂，慢慢将两米多长的翅膀伸展开来——慢慢地——直到他的右手伸到迪昂面前十五厘米的地方，挡住了她的视线。

"布兰登，"她的语气平静地说道，"你他妈的在干什么？"

5

简奈特去练习水中有氧操了，诺姆不得不等她回来，好向她发泄一下今天和教授对垒时遭遇的憋屈。但是当他大踏步走进家门的时候，却发现他的妻子正双手抱着胸口，嘴里"嗯嗯嗯"地哼着，那模样好像在哄小婴儿一样。"可口可乐原本是绿的，"她轻声细语道，然后又来了一句，"宇航员在月球上不能吹口哨。"

记得他们上一次做爱的时候，她神思恍惚，毫无反应，让他心里不免担忧起来，也没有获得任何快感。他突然感到口干舌燥，耳边似乎有很多闹钟在七上八下地滴答作响，胸口也好像被一根调皮的丝线挠着。她最后一次神志清楚、一看见他就性欲高涨，已经是多久以前的事情了？之后她的脑子一直在想什么呢？虽然现在布兰登也在帮忙贴补家用，可他还是不知道自己能否及时完成这艘船，让简奈特记住与他一同航行到天涯海角的时光。无论她多么努力地练习自己的记忆能力——记住都是些稀奇古怪的东西——或多么积极地给自己猛灌银杏、胆碱、大蒜、亚麻子油和苹果醋，似乎都阻止不了诺姆的担忧。

该死的维尼，害得他心情全无，让他一整天都在担心自己的妻子、儿子还有奶牛。他从苏菲·温斯洛那里听说，查斯·兰德斯在他家的小红莓地的一角，捡到了一个粗呢包，里面塞着整整六万八千美元！这个按摩女郎说，查斯认为那明显是走私的赃款，所以就把钱交给警署了。这可是从天而降的钱啊，查斯却选择把它上缴了!

诺姆整天不是在烦心这些事情,就是在哀叹自己时运不济——他发现又有四头小母牛的乳头发炎了。根据最近一次挤奶的统计来看,现在八十一头小母牛里有三分之一都出现了这种症状,而整体情况还要等下个月的细胞检查结果出来以后才能确定。以前,即使在封闭式养殖场,乳腺炎也不会传播得这么快,治疗也没有这么困难,通常只要反复擦拭碘酒就能治愈。现在到底是怎么了?而且为什么这个病会让上次的六头牛流产呢?即便如此,他仍然不愿意打电话给那个脾气暴躁的兽医,请他过来看一下。首先,他付不起这个钱;其次,他也不想听别人的训斥。他把生病的四头小母牛赶到另一个牛棚,这里还关着其他生病的牛,然后极不情愿地抓起一把最锋利的刀片,把五个腐烂的乳头割了下来——前天他刚用橡皮筋把它们扎了起来。这就是他和那些大农场主的区别。他们根本就不在乎这个,通常都是二话不说大步上前,像修剪树枝一样把它们削掉。诺姆正忙着清洗刀子,忽然听到奶牛拖车的发动机响了。该死的!他忘了去参加牲畜拍卖会了。今天所有的事情都脱离正轨了。

诺姆相信鲁尼知道该把哪两头已经不能生产的泽西奶牛拖走——二十七号和七十一号——于是他走出牛棚,跑得远远的,吸了一根烟,眼不见为净。都快六十三岁的人了,抽根烟还得偷偷摸摸。哥本哈根①让他死得还不够快吗?他仔细调整好姿势,整理好衣服,尽量抵挡住大风,拿烟的那只胳膊伸得直直的,好像是在隔着雾气指着远处的天地。很多往事简奈特都想不起来了,可她的鼻子还是一如既往的灵敏。听到奶牛痛苦的叫声,他深深地吸了一口烟。

"它们叫唤不是因为它们知道自己的亲人要被屠宰了,"布兰登有次

---

① Copenhagen,这里指的世界最大的香烟制造商——美国奥驰亚集团(Altria Group)——旗下的一个鼻烟品牌,装在铁盒里销售。

宽慰他说道，那口气好像他刚刚和小母牛聊过天一样，"它们只是讨厌改变罢了。"

诺姆面对着加拿大，凝望着阿伯茨福德东边的那些闪亮的小山，从这里可以看见那边有很多巨大的闪闪发光的窗户，仿佛是竖立起来的游泳池。听人说那边有三分之一的房主都濒临破产。不管真实情况如何，当在诺姆看来，这与现在日渐衰退的经济是相符的。如今，他靠那些病快快的奶牛勉强糊口，而加拿大人却靠着贩卖毒品把百万钞票赚进腰包；连西雅图的小孩子都能在网上和无线世界里捞上一笔。诺姆要的不是这个，他也不明白这其中的道理。**微软百万富翁？** 怎么听都像安利的骗局。他甚至经常听说有些孩子三十几岁就退休了。而且诺姆根本无法将他的生产成本降到最低。牛奶价格一上涨，那些大奶牛场就扩大供应，接着价格就下来了，但所有的成本仍在继续疯涨——土地税啊、保险啊、农具啊——就没有哪样东西是不贵的。单说前两年，养殖费用就几乎翻了一番，可是几十年来牛奶的价格也没怎么涨过——事实上还不如一九八四年的高呢，那个时候山谷里过半的奶牛场都争先恐后地出让给政府了。诺姆后悔了，当初他就应该那么做。现在看看，那样做还是最明智的。他本来应该以每一百公斤三十一美元的价格把牲口卖给政府，然后把所有的地都用来种覆盆子①，再雇几个非法劳力，冬天还可以歇着——当然，干这些事也得他能放下道德感和爱国心才行。但是真正让诺姆生气的还不是有人把奶牛场变成浆果地，而是有人居然把它们变成富人的私人住所和玩具厂。最可恨的是，这些富人还任由牛棚和青贮塔暴露在那儿，刺激着他身为美国人所拥有的一种莫名的怀旧情结，虽然他与这些富人毫不相干。现在，几乎有半数的青贮塔都是半土不洋的，和那些远离公路的小镇上的街边

————————

① raspberry，又名悬钩子、覆盆莓、树莓等。可入药，有多种药物价值。

门面一样——要知道这些小镇到现在还是靠着吸吮老西部的奶嘴过日子。①看来要不了多久，山谷里就只剩下那些大型奶牛场了，硕果仅存的几家小型家庭奶牛场也都是一派荒废，孤单地躺在那里供游客取乐：看！那个是诺姆·范德库尔的农场！他还在用他那有毛病的膝盖，跪着给牛挤奶呢！

诺姆听到闹钟在滴答作响，但是奶牛场的活儿是一天干两次，天天都很忙碌，除非你死了，或者把它给卖了，那样你就没时间去想这些问题了。如果你太愚蠢，拒绝了政府的一次性买断，而同时又想造一艘九米高，还可以在海洋里航行的双头小帆船的话，那就……

他一边沿着农场的西边溜达，一边试图在脑海中想象，儿子是如何把那些外国人追赶到克劳福德地外三十二公里处的。他想得如此专注，甚至连亟需修补的栅栏也没有注意到。可无论他怎么努力，都徒劳无功。难道人的想象力会随着年龄的增加而退化？会不会到最后他必须得亲眼目睹一件事，才能知道发生了什么呢？诺姆蹲了下来，尽量蹲得更低一些——当然，前提是不能弄疼了膝盖——这样他才可以从不同的角度去检查自家的这块地。其实，诺姆不过是想和别人一样捡到一包现金而已，只是他心里不愿意承认罢了。

六万八千美元啊！怎么会有人把那么一大笔钱留下、弄丢或者放错地方呢？

就连未组装的桅杆都要六千块。三吨的铅也得花上一大笔钱——即便熔化铅的工作由自己来做，可谁有时间去弄这些呢？帆布要一万块。引擎至少也得八千——哪怕他愿意退而求其次选择两缸的雅马哈发动机，而非心仪已久的四缸沃尔沃。

---

① 意思是它们仍旧依赖当地的资源过活。

光做这艘船就夺去他十一年的时间。**十一年啊！**为什么他在这个永无尽头的工程上浪费了大把的时间，也没有人提醒他呢？还差三万五——啊，不对，应该还差四万块。因为没有钱，所以船舱里面非常简陋。简奈特会觉得不舒服吗？他四下环顾黑糊糊的农场，他能怪华盛顿经济互助委员会不贷款给他吗？谁会把钱压在这样一个弹丸之地的农场上呢？他的目光落在车库上。这是为了祭奠他的**自我**？放屁。代表自己的无能？这还是有可能的。证明他的疯狂？绝对没错。

诺姆又点上一支温斯顿牌香烟，转身步回牛棚，烟抽得太快，手差点被烟头烫到。他知道他应该给布兰登讲讲卢梭教授的那番演讲，可是他还没有开口，就已经能想象布兰登满脸困惑的表情了。让他去做巡警的确是诺姆的主意，布兰登也应该出去学习如何与人交际，如何在农场之外的地方自己讨生活了——即使他现在还住在自家的地下室里。虽说他现在给的房租也能贴补家用，可是帕特拉警长的话让他相信通过巡逻，能激发布兰登的潜能。警长说，这个孩子才二十来岁，目前还在追寻那些其他人都无法理解的东西，这和诺姆以前听到过的所有结论一样准确。不过，他还是没有想到布兰登居然可以这么容易就被人看穿。而他心里也再次怀疑这样走后门到底为了谁，布兰登还是他自己？难道他做的所有这些事情，最终都只是为了那艘船吗？

自从布兰登搭着长途汽车①去那所私立学校后，诺姆的体重长了得有六公斤——他再也不用听到那些流言飞语了。整整六公斤啊，刚好是布兰登出生时候的重量。在生他之前，他们一直想要个孩子，可是尝试了五年也没能如愿。后来有个医生指着B超监测结果，表情严肃地告诉他，简奈特的输卵管堵塞了，所以怀孕的概率非常

---

① 原文为Greyhound，意即"灰狗"，是美国最主要的大巴士公司之一。

小。于是他俩开始填写领养申请表。可就在那时，简奈特发现自己的月经已经两个月没有来了，随后她的肚子就像吹气球般一天天地鼓了起来。是双胞胎，对吧？诺姆母亲那边有个亲戚生了一对双胞胎，而简奈特的妹妹也生了一对一模一样的儿子。可是，医生检查的时候只听到一个心跳声。生产的时候，还不得不动用剖宫产把这个庞然大物请到人间来。

　　女人都是喜欢小孩成痴的，尤其对于简奈特而言，这种喜爱一分一秒也没停止过。诺姆明白这一点，但直到有了孩子他才发现，儿子就像是上天派来的入侵者，专门跑来把他的妻子逼疯的。他怀疑布兰登小时候的那些怪异行为是过分溺爱所导致的，她却不以为然。她不愿意找人替布兰登诊治，也不愿意告诉医生布兰登直到三岁还不会说话的事实。但是，有一个儿科医生认为布兰登患有轻微的孤僻症，因此才会有那些怪癖或特别迷恋某些事物。也就是说，他以后在学习、交友和谈恋爱时可能会碰到困难。简奈特却说这个医生是个傻子，要另外找个医生再看看。结果到了二年级，症状变得越来越明显，因为布兰登一直都不识字，而且还以为别人都和他一样。诺姆记得，当时简奈特曾写下一句话："小男孩用黏土做了一只鸟儿，又放了一只鱼在它的嘴里。"她让布兰登大声朗读这句话，却变成了："小男孩用黏土做了一只'药'，又'晃'了一只'驴'在它的'堆'里。"

　　简奈特耐心教他字母的发音，用猜单词的游戏教他练习发音相似的字——是、四；只、子①——但是他读的时候总会被卡住。最后她得出结论：他越想专心，就越无法专心。而且，家附近的鸟儿实在太多，简奈特很乐意满足布兰登对鸟儿的狂热，好像没有了这种

---

① 原文为was, saw, is, as，其中was和saw、is和as字形比较相似，所以布兰登很容易读错，译文作了相应的处理。

狂热，他们两个都活不下去一样。他还不到十岁的时候，竟已能背诵《普吉特湾飞鸟之歌》。记得简奈特还对他说，你儿子很有天赋呢，可以用耳朵判断鸟儿的种类，还能模仿它们的叫声。太好了。诺姆一辈子都没有觉得自己能有什么东西可以向别人炫耀的，现在终于有了——你真应该听听我儿子学鸭子叫的声音！之后他开始全身心地投入各种鸟儿的救援当中——把半个地下室都变成了鸟儿急救室——再往后便是形形色色的鸟儿艺术。他不愿意照着图片画，只喜欢凭记忆来画——通常都是用某种颜色涂成一块好像在飞的玩意儿，再配上一个在空中飘着的鸟喙、一只异常细致的翅膀和一个黄色的眼眸。刚过儿童期，他的身体就长得十分强壮了，他甚至可以一个人把本田车架到两个轮子上。可是，他似乎对其他事情兴味索然，一天到晚只想着和奶牛玩耍、建造奇怪的碉堡和画许多的小鸟。

诺姆又转身回到那群病牛的身边。他安慰自己，换作别的大农场主，肯定早就把一半的肉牛拖去屠宰了，他们也不会让珍珠和其他九头小母牛继续活这么久的。大农场要求每头牛每天产奶三十六公斤以上。而诺姆只要求自己的牛产十八到二十三公斤。珍珠算是比较多产的，经常能有二十七公斤多，而且从来没病过。它的年纪已经很大了，而且又做过很多贡献，所以他破例让布兰登给它取个名字，不过现在他后悔了。

事实上，布兰登多数时候与奶牛都相处甚欢，而且那些不同寻常、通常被诺姆和其他养牛户所忽略的症状，也是他先发现的——比如牛的关节开始变得肿大，牛蹄裂开或者眼睛发炎，对灯光、纹理、颜色和声音的变化变得比较敏感。可问题在于他做得太过分了。他总是把手放在牛的身上，还特别喜欢安抚那些孩子刚刚被人带走的母牛。他甚至跪在地上，让母牛用它们那长长的、粗糙的舌头舔他的头和脖子——这些画面诺姆死也不愿意让其他人看见。而且，他根本无法忍受看到儿子这么大的块头蜷缩在母牛的身下。挤奶工人最理想的身高应该是一米五二左右，即便是鲁尼那样的，也

44

不会超过两米一。

诺姆听到苏菲的房子里传来声音，开始想象那些叮当作响的水晶、泡沫饮料、沾满奶油的甜点还有那撩人的体香。她经常这样招待客人，好像她也要参加竞选一样。诺姆越来越觉得在整个山谷里，他是唯一一个还没去过她那里做按摩的男人。根据她家篱笆后面前仆后继停着的车子来看，她的客户应该包括布雷恩市的副市长、林登的市政官员助理、第一美国集团的副总裁、边境巡逻局的头头脑脑，还有其他许多人。

她的房子是从她姑姑那里继承过来的。自从她莫名其妙搬进这座房子以来，他几乎每周都会和她聊聊天，尽管如此，他对她还是知之甚少。想到这里，诺姆也觉得非常奇怪。她搬来一周后，就在周刊上登了一个广告：*带给你的身体渴望已久的礼物*。语气让他觉得隔壁搬过来的像是一个妓女。

事情远非这么简单。她就像一个相识多年的亲人一样，常常能读懂他的想法。有一次，她毫无预警地问他，是否在担心自己的时间不够用。没有一句解释，就扔出了这个问题，好像他把所有的恐惧都刻在了脸上似的。然后她又继续问了许多其他的问题，好像他的回答对她十分重要，又好像她是把他当成摩西一样来访问。

诺姆听过很多关于她的流言飞语。她在医院照料过早产婴儿，在基督教女青年会教授水中有氧课程，还在阿伯茨福德的老年人之家定期举行小组讨论——有人据此活动猜测她是一名加拿大间谍。那么多钱肯定不是她自己挣来的，这也比她按摩生意赚来的多得多了。那么，这样一个单身的按摩女郎，从哪里弄来这么多钱把房子重新装修得如此富丽堂皇呢？她以前做过空姐。不对，好像是一个牙齿保健医生。她来自东部的富裕之地，对吧？更准确地说，是印第安纳州的一个养马场。她操有口音，但是听着又不像南方人。帕特拉警长曾一口咬定她至少离过两次婚，还曾自杀过一次，但听着也像是胡乱猜测的。其他人则认定她是个寡妇，而她的丈夫肯定也是死得不明不白的。什么猜测都有，可是想从她那得到证实，根本是不可能的事。她经常四处迁居，也交过几个男朋友，可都不了了之。当她说到某些详细的事情时，那又都是相当私人的。

"我母亲非常独特。十三岁的时候，我曾邀请三个朋友到我家来，准备举办生平第一个睡衣晚会——以前她都不准我做这些的。我自己把家里统统打扫了一遍，又用气球把地下室装饰了一番。我当时太激动了，而且我还有哮喘，导致自己几乎无法呼吸了，只好不停地按吸气器。我母亲开始朝我大吼大叫，企图让我冷静下来；而父亲则冲着她吼，让她停止对我吼叫。结果我的朋友一个也没有出现，她们全都忘了这件事——当然这是她们自己说的。我记得当时自己大哭不止，这又引来了更多的争吵。我母亲也无可奈何，只好出门买了一块蛋糕回来给我。到现在我都忘不了那块蛋糕中间插着的一个小小墓碑。"

通常情况下，诺姆问她问题，她都会随便找个借口把话题转移了。而且，当她用那温柔的绿眼睛望着你时，你会觉得她就像是你最喜欢的小妹妹一样，正眼巴巴地乞求你尊重她日记里面的秘密。然后她会轻轻地说一个问题，把你拉近一些，歪着下巴看着你，这反而让你很想一股脑把自己的事情全盘倒出。

经她按摩过的客户都会拥有完美的结局吗？诺姆心里琢磨着。当然了，他们肯定会的。他听到远处有一辆吊车正在推钢制的大梁，听声音或许是在北伍德路和哈尔夫斯蒂克路的交会处吧。是啊，隔壁住着一个妓女——用不了多久！——拉斯维加斯风格的赌场也就要在一公里外的街上开张了。在这样一个充满娱乐和诱惑的环境里，生活会变成什么样呢？每天凌晨酒醉醒来时，不必再对自己进行一下事后的自我批判，那又是什么感觉呢？在苏菲身上，除了她那双凄楚的眼睛之外，还有其他特质吸引着诺姆向她倾诉自己的一切——几乎所有的秘密。或许很简单，就是那两片线条清晰的嘴唇。他至少见她用过六种方式描绘这两片嘴唇，好像稍微做些优雅的调整就能够清楚表达她的想法——引爆欲望，表现同情，心灵的忏悔，等等。也有可能是她察觉到了他的脆弱，所以在她面前，他就像一块已经烤好的肉，就等着她拿起刀叉享用美味。

突然，诺姆听到更多女人在肆无忌惮地笑着——没有男人在身边，她们都是这么笑的。他又开始伤脑筋了，苏菲是否会把他说的话告诉别人呢？整天都有人跑到她家里让他们的身体得到"渴望已久的礼物"。她会把他的事情告诉别人吗？

回去的路上，诺姆一直踢着脚下的雪，希望能够砰的一声，踢出一包钱来。他尽量拖延时间，心里抗拒考虑奶牛生病的烦心事。这些笑声总让他想到鸭子，听着就觉得汗毛直竖。

当然，她肯定会告诉别人的。

6

　　一小时后，阵阵笑声从苏菲·温斯洛的晚会上传来，透过她家起居室的窗户，听得格外清楚。亚历山德拉笑的时候就像木柴燃烧一样，发出噼啪、噼啪、噼啪的声音——听着好像是某种动物在试图吓走它们的敌人一样。丹妮尔和卡崔娜喝酒喝得比往常更凶了，嘴上都涂着亮晶晶的口红。她们的声音不太一样，异常柔和，即便是在威胁别人一起玩"faster, fasder, fasda"这种游戏①时也是如此。没有参与这些争闹的仅有两个人，一个是爱伦，她只是不停地说着"太有意思了"——为了不加深笑纹，她说话的时候都是不笑的——还有就是维尼·卢梭的小女儿玛德琳。她不参与倒是可以理解，因为每个人都至少比她大上二十岁，而她又是初来乍到，和大家都还不熟悉。她其实是代替另外一个加拿大人来的，以便凑成一桌玩万国邦科扑克②——苏菲每次都要找够十二个人来玩，而这个游戏她已经玩了整整六个月了。

　　丹妮尔正在和一群人闲扯，说现在很多美国人都拥向了她在阿伯茨福德工作的那家药店③，排队购买廉价的立普妥、左洛复和百忧

---

① faster、fasder与fasda读音相近，类似绕口令的游戏。

② International bunco game，一种纸牌游戏。

③ 相较于美国，加拿大的药品价格要低廉许多，因此每年都有逾百万美国人跨过边境到加拿大购买药品。

48

解①。而苏菲此刻正不停地穿梭于人群之间，随意地听大家闲聊。什么林登北边又冒出一小块天价地；一位被开除的中学老师突然开上凯迪拉克的凯雷德②；还有一位过气的摇滚明星，在一个破产的奶牛场上建造了一座石头公寓，等等。

苏菲的游戏计划其实非常简单，就是把她所知道的联系最为密切、最喜欢说长道短的人聚到一起——银行家、护士、药剂师等——首先是让她们玩玩不用动脑的赌博游戏，喝点小酒，最后再三五成堆地一起爆料八卦。

丹妮尔问最近有没有人听说过一个传闻，阿伯茨福德的一个妓女非常有语言天赋，她可以用四种语言叫床。亚历山德拉听完之后立即叫了一句："*Ja, ja! Das ist sebrrrr guuuuut!* ③"接着又带着喘息来了一遍："*Oui, oui!Magnifique!*④"

"太有意思了。"爱伦还是这句话，亚历山德拉也还是爆发出一阵机关枪似的笑声，震得人耳膜生疼。玛德琳·卢梭仍旧像家猫一般内敛温驯，别人的酒喝得越多，她就越显年轻：少女般苗条的体态，珠帘似的刘海，淘气的眼神。她很快就明白了游戏的规则：女人们在三个不同的桌子上轮流投掷三个骰子，第一次要投掷出一点，接着更换玩伴和桌子投掷出两点，依此类推。每掷出一个正确的点数，就能得到一分。三个规定的点数同时出现就算一个同花。众人开始纷纷打量起玛德琳，不仅因为她看着格外年轻，更因为骰子在她手上似乎特别听话。前三轮的游戏中，她就已经投掷出两个同花了。

---

① Lipitor, Zoloft and Prozac，其中立普妥是美国处方量最多的降胆固醇药物，而左洛复和百忧解均为抗抑郁药物。

② Escalade，凯迪拉克品牌的代表和象征。

③ 德语，是，是，真是太、太、太棒了！

④ 法语，意思同上。

"你们有几个会和查斯·兰德斯一样，像今天那么做？"苏菲问道，当时几个同花的玩家刚换了桌子，正准备投掷四点。

"小红莓查斯？那个老蠹货做什么了？"

苏菲把事情的来龙去脉告诉众人，然后等待着她们那不可置信的表情，再开始回答滚滚而来的问题："他具体是在哪里捡到的还不得而知，不过，我听说他昨天晚上把包交给一个官员了——确切地说，是今天凌晨交上去的。刚开始给了边境巡逻处，后来他们带他去了警长办公室。"

一时间到处都是抽气声和窃窃私语声，接着大家都开始讥讽他，说什么杀虫剂会杀死脑细胞之类的话。但从她们的窃笑之中，苏菲能感受到这些人的好奇，她们想知道那个笨手笨脚的走私贩在哪里丢的包，或者开始幻想那个人也能在自家的地里种上大包大包的现金。她发现，每过一个月，她总能感受到更多的亢奋，似乎这些日益猖獗的走私活动让每个人都重焕青春。

"几年前查斯是不是弄翻过拖拉机，还撞到头了？"卡崔娜问道。

"我的一个表亲，"苏菲开口说道，"滑雪的时候撞到了脑袋，失去了所有的控制中枢。他当时伤到了大脑额叶，还挺严重的，后来对什么事该做、什么不该做都失去了判断能力。他经常在意识清醒的时候不穿裤子，在他家附近晃来晃去。"

"我和查斯离得很近，"卡崔娜接着说道，"我觉得如果他也像那样抬头挺胸走来走去的话，我应该会注意到的。"

"严格地说，那笔钱是属于国家的，"苏菲解释说，"就像毒品也属于他们一样。所以我觉得他做了正确的事。"尽管之前在她帮帕特拉警长放松他的左臀的时候，他告诉过她，走私贩一般都还会随身携带着多余的四万美元，这也就是说"傻蛋"兰德斯很有可能在抽屉里藏了额外的一大笔钱！

"我不认为查斯是这阵子唯一捡到钱的人，"亚历山德拉分析道，"不少当地人都背着成捆成捆的钱往银行里存。"大家马上问都还有谁，她紧锁眉头，提醒众人她们银行要求高度保密。不过没过多久，她还是为苏菲破例透露了口风。

玛德琳不经意地问了一句，如果骰子投掷到五点，筹码是不是要翻倍。大家不说话，只回给她一阵笑声。

苏菲给玛德琳桌上的杯子填满酒，等着某人再度开口。"我看见你父亲和诺姆·范德库尔今天早上在水沟边上吵了起来。"

"他们经常拿吵架当晨练的，难道不是吗？"玛德琳反问道，眼睛始终盯着骰子。

亚历山德拉一不留神提起一件往事：维尼曾以自己的观点，对诺姆车尾贴纸上所写的"武器携带权"进行攻击。

"我感觉他们这次的争执是为了布兰登，"苏菲说道。她等着其他人作出反应，再继续分享迪昂警员和她说的故事——她赶到克劳福德的地里，刚好目睹了布兰登的"飞身擒敌"。

"他一直都是个怪人，"卡崔娜说道，"有一次，我看到他从他父亲的大卡车上爬下来，帮一只大蚯蚓过马路。"

"帮一只虫子？"

"还有其他东西也叫'大蚯蚓'吗？"

亚历山德拉开始尽其所能地模仿布兰登那哼哼唧唧的笑声，并说道："必须承认他还是有点小帅的，不过长得过于高大，看着也太纯洁了。"她还用夸张地语调唱起《超级怪胎》："他那种人——你没法带回家去见妈——妈——"①

等大家都笑够了，苏菲又继续讲述迪昂是如何模仿布兰登摔下来的整个过程，他又是如何把五个不法分子撵到她的围捕圈里，以

---

① 《超级怪胎》（*Super Freak*），是二十世纪七八十年代国际巨星瑞克·詹姆斯的代表歌曲。"the kind you don't bring home to mother" 是其中的歌词。

及怎么对付那对受伤夫妇的——当然那对夫妇的国籍到现在仍是个谜。"他们把电话打到美国电话电报公司，让这对夫妇和那里的翻译通电话，电话在公司传了一圈，都没有人能听出他们是哪里的口音。你能想象得到吗？"

苏菲又提到布兰登逮住的那个狂奔的妇女时，她还穿着一身蚕丝和锦缎的衣服。就在这时，玛德琳突然说道："他打过电话给我。"

"谁？"苏菲问道，感觉玛德琳这会儿有点喝多了。

"布兰登。"

"昨晚？"

"嗯，是的。他想知道我们有没有发现什么可疑情况。想谈谈吧，我猜。"

苏菲顿了一下，问："就这么多？"

"他还说自己这么多天以来，遇到的最有趣的人就是罪犯。"

"觉得很意外是吗？"

玛德琳笑了笑："没错。"

"他才是最古怪的人吧。"亚历山德拉忽而叽里咕噜冒出一句话，"我是说，你们有没有确切地——"

"说到奇怪，"丹妮尔突然打断道，唾沫星子正从她的嘴角往外冒，"玛德琳，我听说你和一个恋脚狂约会啦，还挺有意思的，是吗？"

玛德琳的头立即低了来。苏菲把身体往前倾了一下，像是想扶住她。玛德琳问道："谁要吃甜点？"

说完，她便一溜烟跑到厨房，挡住外面的闲言碎语，可是满脑子想的都是布兰登的事。她想象着那对无名夫妇曾飞到温哥华，焦急地在那里等了好几天，然后碰到几个陌生人，说着他们听不懂的话，要他们出很高的价钱，哄骗他们穿过水沟。这儿就是美国吗？这里的空气、土壤和大树看起来和闻起来，根本就没有任何差别啊。我们真的到了美国了？然后发现——是的！——这就是那片自由的土地。可是还没等他们高兴三分钟，就有人追了上来——这人还是美国边境巡逻局有史以来体型最庞大、性格最奇怪的警员——并且就直接地将他们压倒在地。

欢迎来到美国。不管你是谁。

7

　　诺姆看着他儿子一蹦三跳地上了楼梯，身上穿着傻乎乎的警服，怎么看都像一个体型巨大可是动作灵活的童子军。儿子躲在横梁后面，看着是那么的生气勃勃、充满力量，仿佛只要他一口气吸得太多，整个屋子里的人就都会因此而缺氧昏倒似的。

　　布兰登像往常一样，目光把屋子扫视一圈，先看到诺姆膝盖上面的冰渣子，然后又飘到简奈特身上。此刻她正弯着腰，看着沙发上堆着的照片，沙发布因为常年受到日晒已经褪色了——很多年前，诺姆就嚷着哪天要把它给换了。简奈特把亲朋好友的名字都写在照片的背面，这样她就可以把它们像卡片一样翻阅了。在诺姆看来，这种方法只能让事情变得更复杂。从一定程度上说，用照片来记录回忆，就像让人把汤和盐分开放一样。会不会下一秒钟，这些名字就立刻变成一堆无意义的字母了呢？他也不知道。

　　八个月前——对的，当时布兰登刚刚离家去学校——她就一直在回忆过去的事情，想他们两个是如何玩填字游戏的，还有他们爱看的《智力大冒险》。诺姆不怎么看书，他只看《全国奶牛场杂志》，而她却不一样，什么书都看，从《经济学家》到达尔文的原版文章再到《国家地理儿童版》——这个是布兰登小时候留下来的书——还喜欢从书上旁征博引，并把读到的事实灵活地运用到对话中去。而现在这些逸闻趣事也都成了她每天练习记忆的一部分。其实，这些事情即使她能回忆起来，也会像流星一般稍纵即逝。"在中国，即使你是百万里挑一，"她前两天告诉他，"也还是会有一千四百个人和你一样优秀。"

现在，餐桌上的风格和味道总是五花八门——烤羔羊肉块、韩国泡菜、红皮土豆、菠菜色拉和用可可牛奶煮的鳕鱼杂烩。吃饭就像大冒险似的，所有口味她都只尝一次。她还总是喜欢再添上一些奇怪的食物当配菜，比如什么烤大蒜或泡甜菜，等等。就像她说的，仿佛只要吃一顿营养丰富的大餐，她退却的记忆就能被修复了。好在今天晚上她没有再凭记忆鼓捣出另一道奇怪的菜来。

和往常一样，诺姆都快吃完了，简奈特才开始动筷子。剩下的时间，他便待在餐桌旁吃着他的蔬菜色拉，独自一人喝着一杯蓝带啤酒——一般他只准自己喝一杯——同时看着布兰登忙着吃完第二碗再添第三碗。吃了一会儿，诺姆意识到色拉的调料只放了点醋，就停了下来。"你怎么了？"他仔细看着布兰登那张波澜不惊的脸，"脸色看着有点苍白。"

"说我吗？"

"还能说谁呢？"

"现在是三月份啊，"布兰登说道，头也没抬继续和手上的刀叉奋战，"我们几个不是看着都挺苍白的吗？"

"你明白我的意思。你怎么——"

"什么？"布兰登问道，继续吃着饭，不敢看他父亲的眼睛。

"我要去把我牙洞里的填充料给拔出来。"简奈特微笑着插嘴说道，"我不管，诺姆——我不知道、也不在乎要花多少钱。"

他顿了一下，问："那是从哪里来的？"

"每咬一口饭，我总感觉填料里会挤出一点汞气。"她边说边咝咝地吸着牙齿。

"我明白了。"诺姆说道，心里却想着要是他不继续追问，儿子大概是不会告诉他的。现在根本没有办法把注意力集中到一个话题上。天知道他多么想告诉其他人，他的奶牛场已经开始爆发乳腺炎了。要不要说呢？这个想法已经在他的心里反复挣扎一小时了。爆发？布兰登肯定会立刻跳起来，要给医生打电话的。但不管你付了多少钱，这些病十有八九是会自己痊愈的。

"出什么事了？"布兰登问道，好像看穿了诺姆的心思，"需要我帮忙吗？"

"你待会儿还要工作呢。如果需要人帮忙，我会打电话给鲁尼的。"

"我们吃完饭可以出去一下，"布兰登提议道，"如果有事发生，他们会叫我的。"

"谢谢了，但我还有她呢。"

布兰登不置可否地歪了下脑袋，耸了一下眉头，又给自己弄了点羊肉，然后拿起叉子指着母亲说道："今天我看见一百二十只喇叭鸟飞走了。至少我猜它们是要飞走了。"

"我看到莫法特家的栅栏旁有一只雪枭。"她答道。

布兰登看了一眼父亲，又回头看看母亲。"又有一只啊？"他满怀希望地问道。

她向布兰登身后望去，目光呆滞，那张宽阔的爱尔兰式的脸上毫无表情。上天实在是太不公平了！就不能不让他看见她那样的眼神吗？诺姆在心里叫道。饶了他吧！失忆意味着绝不后悔，也毫无隐藏。"简，我记得你已经和他说过那只鸟了。"

过了一会儿，她的眼神又恢复正常，还冲诺姆莞尔一笑，他的脸刷的一下红了。"每次你把一个故事反复说了很多遍的时候，我不都还是听着的吗？"

诺姆点点头，呼了一口气，问他们有没有听说查斯·兰德斯在自家地里捡到现金的事。简奈特听完，眼睛忽地亮了一下，布兰登却仍旧无动于衷。他对钱从来都不感兴趣，诺姆觉得这再一次证明了他的家庭教育有多么的失败。

"你昨天晚上怎么样？"诺姆终于开口问道。

"什么怎么样？"

"你知道我在说什么。"

有时候，让布兰登开口说话简直和春天锯木头一样麻烦。你永远也猜不出他要过多久才愿意开口，或者他要说多久才会住口。他的声音很好听，像电台主持人一样，可是蹦出来的音节就和小孩子一样含糊不清。所以每次他和别人讲话，诺姆都要再帮着翻译一遍。通常诺姆翻译出来的也就只有一句话——布兰登有自己的做事方法。他喝完最后几口蓝带啤酒，等着布兰登开口打破沉寂。

"这感觉就像是我在下课的时候，无意间把某人弄伤了一样。"他终于开口了。有那么一会儿，诺姆以为他会就此打住，但他随后而来的话像暴风骤雨般毫无停歇的意思，仿佛不过是在对着一个瞎子说话——克劳福德地像白羊毛地毯一样平坦，飘落的雪花像鹅毛一般厚重，他飞身而起，从空中落下阻截了别人……诺姆真希望他没有和警长或其他任何人说过这个版本。说到那个受伤的"公主"时，他儿子的表情因为专注而变得十分晦涩。他自顾自地描述着她那卡通人物般的大眼睛、灵动的紫色嘴唇还有那些无人明白的异国语言。"好了，好了。"诺姆嘟囔了一句，试图阻止他继续说下去，但又不想让儿子听出自己的不耐烦。

布兰登模仿起她那鸟儿般的口音。小鸟、小鸟、小鸟，一出生就很可爱的家伙。"和小鸟交谈很容易。"这是布兰登过去常常挂在嘴边的一句话，这总让诺姆感到十分难堪，但至少当时他还是个孩子。

他耐着性子，听布兰登说那个女人的黑发如何从头上和华丽的衣服上散落开来。"够了。"他又嘟囔了一声，可是很显然，布兰登已经一发不可收拾了，看来他非要说完不可。

诺姆呻吟一声，他的脑子快爆炸了。如果牛染上的是比乳腺炎更严重的病怎么办？《全国奶牛场杂志》上说，已经有七个大型英国奶牛场把所有的奶牛都屠宰了。其中几头染上了口蹄疫，另外六千头小母牛的骨头上都被钉上了十厘米长的钢螺钉。诺姆光想着胸口就一阵发紧。他知道自己该打个电话叫斯特莱姆勒医生过来，可这样至少要花去三百美元，而且又要听他念叨十二遍"早告诉你会这样了"，其中至少还要拿他的船开涮一遍。斯特莱姆勒肯定还是老样子——拉低眼镜，盯着这间用布基胶带和钢丝线修补过的屋子，告诉他必须雇一个专业的帮手，等等。然后四处张望，继续说其他的事情，比如"你应该让你的牛吃嚼烟，让它们对生活感到开心"，好像诺姆开奶牛场只不过是在过家家一样。"诺姆，你应该让它们躺下，而不是在水泥地上四处走动，牛长关节不是为了在水泥地上走路的。你懂吗？"

布兰登还在滔滔不绝地说着，可是话已经有些颠三倒四了。"她出院之后，他们会把她带到中心拘留所，塔克玛①就是她该待的地方，至少弄清楚要把他们送到哪里之前都是。警长说有时候待在人们好几个月，甚至好几年呢，直到——"②

"我做了一个梦，"简奈特忽然打断他，"在梦里面，我醒来了，可是没人听得懂我所说的话。一个字也听不懂。都在同一个梦里，我睡着又醒来。至少我感觉是这样。是昨天晚上吗？"

"你只是在做你的本职工作而已。"诺姆说道。

"做噩梦，"简奈特犹豫了一下，继续说道，"是我的工作？"

诺姆摇了摇头，说："布兰登的。"

"它们是布兰登的工作？"

诺姆想告诉他儿子，每个人都在夸他做了一件了不起的事情，可是始终没有开口。诺姆知道，只要一开口，肯定会忍不住问儿子为何要把枪和手电筒扔在车里，为何没有把车子的火熄了。可是他

---

① Tacoma，美国华盛顿州普吉特海湾南端的一个港口城市。

② 原句为：...sometimes stay people there for months...布兰登说话时把主谓语弄反了，他想说的是："有时候人们待在那里……"

也知道，如果问了，结果肯定和往常一样，是自讨苦吃。此外，儿子肯定还要因此花上比别人多十倍的时间来写一篇报告，里面肯定满是拼写错误和狗屁不通的东西，帕特拉看完之后肯定又要疑惑布兰登到底是如何通过学校考试的。但是，诺姆不可能对所有事情都充耳不闻。"那天晚上你和教授通话了吧。"他问道。

布兰登抬起头，满脸好奇，回答："玛德琳，我和玛德琳通话了。"

诺姆挠挠头皮，说："你也和她爸爸通话了，对吧？"

"没。"

那个假仁假义的浑蛋！

"但我给他留了几个信息。"布兰登补充道。

"但你的电话是打给玛德琳的，对吗？"

"我刚刚不是说了吗？"布兰登眯着眼睛，露出一脸的困惑。他的反应和诺姆想象的一样。

"她说什么了？"

布兰登耸耸肩。

"你没有任何权力，"诺姆尽量让语气听起来严肃一些，"去质问维尼或者任何一个加拿大人。"

布兰登看看他的母亲，又看看诺姆，似乎想弄明白他到底惹了什么麻烦。"我只是……"他低声说道，"只是问问……"

诺姆正想安慰他说其实那也没关系，妻子突然说道："唯一一个带枪的第一夫人就是埃莉诺·罗斯福。"

布兰登想挤出一丝微笑，可是诺姆看得出来他让这个男孩受挫了。

"鸵鸟把头钻进沙里其实是在找水，"她继续说道，"所有的北极熊都是左撇子。"

"我也是啊。"布兰登低语道，伸手够那罐生牛乳。

诺姆随便抓了一个无关紧要的话题说了起来："玛德琳还在参加

比赛吗？"不知为什么，他最喜欢的画面之一就是她驾着帆船的场景，又来了，脑子里开始想象了——小玛德琳·卢梭用尽全身力气去摇动帆船，努力给自己创造那一点点的风，比那些静静等风来的对手领先一海里到达港口。

"她还在参加国际激光级帆船比赛①吗？"看布兰登没有回答，诺姆又接着问。"多好的一个航海者啊！"他补充了一句，好像在捍卫自己的问题似的。

他决定还是暂时不告诉任何人乳腺炎爆发的事情。虽然事情憋在心里不好受，他也很想大喊出声。可别人越是不知道这个病的严重性，这件事对他来说就显得越不真实。他想象着家里的牛在老珍珠的带领下齐刷刷地走向屠宰槽。诺姆似乎感觉自己骨架背后那拇指大小的缺口也被钉上了钢钉，鸟儿听到嗞嗞的气流声，四散开来。

---

① 激光级帆船Lasers，为单人操纵的板型帆船，是世界上最具竞争性的运动帆船，1992年被列入奥运会比赛项目。

8

　　玛德琳知道要想让这些鸭子保安闭上嘴，就得先把陷阱的门关上才行。陷阱上面是停车场，旁边连着一个保存完好的出租房。这里无人居住，地处阿伯茨福德的西郊，在边境以北约两公里处。

　　鸭子是费舍尔临时想出来的杰作。他们原来打算养一条狗，并训练它走路。可是如果他们建一个浅池子，再种上大麦和荞麦，就会把野鸭给吸引过来。而费舍尔坚持认为，没有比胆小的野鸭更敏感可靠的报警系统了。

　　头上的舱口盖哐啷一声合上了，把鸭子的叫声隔在了门外，一阵熟悉的害怕和兴奋又再次传遍她全身。周围到处都是缠绕着的塑料管子，灯泡发出嗡嗡的声响，二氧化碳发电机也是不停地传来阵阵嗞嗞声。这里实在是太闷热了，通风管子送来的空气都是湿湿的，里面种的植物太多了，而换气的空间又这么小。

　　费舍尔第一次带她来这个地下室的时候，就像是在带她参观什么沉入地下的宝藏一样。大麻种植者趾高气扬的态度让她十分震惊，每个人都对栽培饱满的种子感到沾沾自喜。是啊，你五月份信手丢几粒种子到牛棚后面的地上，九月份它们就能长到一米五高。但是，他们甚至连大麻那平凡无奇的茎秆和黏糊糊的花朵都巴结奉承，好像它们是紫罗兰一样。拜托。即便是最漂亮的大麻花蕾，看着也不过就像最光彩夺目的龙须草和刺果罢了。但显然大麻种植者给人们灌输了另一种思想，让他们相信它不仅拥有震慑人心的美丽，还有令人销魂的香味，而提供这些超自然的花朵——哈利路亚！——更值钱，半公斤的黄金都买不来同等重量的花呢。所以他们开始加紧培育那些最具潜能、最能令人兴奋的大麻苗，保证只要你点上烟，吸上一口，立刻就能忘记自己的名字。

理论上来说，她的活儿还算轻松，无非就是剪枝、收获、修剪和给它们治病，还有给它们计时、浇水，再施施氮肥、钾肥和磷肥。其实如果它们的根能长在土壤里而非矿棉里，就可以直接从大自然吸收这些营养了。六百瓦的灯泡可以给植物充足的模拟太阳光，可一不小心，很多环节都容易出错。比如停电了，二十四小时之内，所有的植物都会死去；营养过剩，植物就会得心脏病。她仔细看了看低矮的天花板上的水迹，如果水漏到钠光灯上，那可是会爆炸的。

玛德琳五天没来过这里了，好像其他人也没来过——除了偶尔过来往里面再塞进一些植株外。费舍尔允诺最多给她四百美元。是的。她几乎没有什么讨价还价的余地。宽叶的大麻苗在两股人造微风下微微颤抖着。连数了五百多株后，她只想赶紧爬山去，永远离开这个鬼地方，而不是被那些荷枪实弹的加拿大皇家骑警队围在这里——那些常年靠黑咖啡提神的人。费舍尔承认他现在正努力培育的植株有十多种，这也就是说真实的数字可能会达到二十多种。他不仅坚持认为这些都是自己的孩子，还认为这儿就是最安全的地方。那好吧。

几十株幼小的种苗——仍然被困在潮湿的圆顶房下面——好几天前它们就应该被移植了。另外，种植房里都有一半的植株都应该被挪到开花房里了。她检查了一遍恒温器——三十四摄氏度！太热了吧！特别是在小房间没有被彻底隔开的情况下。她本来应该去收获第四区的大麻，可是第三区已经有很多进入繁殖期了，这也意味着它们需要黑暗的环境。即便是儿童夜灯的灯光都会把它们毁了。她看了看成熟的大麻花蕾上的灰色斑点。是霉菌吗？太糟糕了。是蠓[1]！太晚了。已经有一群虫子冲她直飞过来。她深吸一口气，反倒吸进了一些小虫子。她拼命扇着手里的帽子，不停地后退，直到背抵着冰冷的水泥墙。蠓四散开来，把她团团围住，她只能反复搓擦自己的脸，不停地咳嗽，用力地喘气。过了一会儿，她壮起胆子睁开眼睛，却发现十二只粉虱正瞪着自己，随后又飞来几十只。她赶紧一边扇一边修剪花蕾，再迅速包上纸袋。

难道这种要不就赚得盆满钵盈，要不就颗粒无收的工作，真的是她一直渴望做的吗？这是她的机会吗？她能借此摆脱接下来的信用卡透支、房贷和那些无聊的工作吗？赚够钱后还能去做什么呢？旅行！对了，旅行。她可以先去印度尼西亚——巴厘岛！——然后坐着那些充满异域风情的斯库纳纵帆船向南边远航。去哪里呢？悉尼！然后呢？去探索那些令人兴奋的未知世界吧。这就是她想做的事。在这间又热又湿，布满飞虫还涉及犯罪的洞穴里，这个白日梦是支撑她的唯一动力。

到现在为止，她只领了不到两百美元的工资——不过倒是赚得很轻松——她不过才来了六次而已。费舍尔向她保证今天会给她全天的工资，还有成功逃跑的那晚的奖金——就是布兰登一通电话把她从迷恋脚的怪胎那里解救出来的那一夜。

她的内心一直在叫嚷着要爬出去。马上！可她不得不压制满腔怒火，继续修剪花蕾并给它们包上纸袋，同时还得不停挥手扇开那些讨厌的虫子——不管有没有都要扇。鸭子又开始叫唤了，开始不过是偶尔一两声的独奏，没多久便开始众鸭齐鸣了。他妈的！她把种子监控器的声音开大一些，紧张地喘息着。过了一会儿，她听到费舍尔那熟悉的声音，他对着隐藏在自行车后的对讲机嘟囔了一句："别紧张，是我啊，玛疯子。"

---

[1] 俗称"小咬"或"墨蚊"。

他给所有人都起绰号，而且很明显，在这点上你拿他一点办法也没有。但他还是比较讨人喜欢的，虽然看着不像是可以和你一起做生意的人，但也不像那种让你不放心的人。她爬了上来，看见他在那里笑得前仰后合，大概刚听了什么笑话吧。麻秆似的身上穿着一套昂贵的牛仔服和绿色羊毛大衣，一张烟熏色的脸长就像一只张开翅膀的蝴蝶，皮肤像牛肉干一样枯萎干瘪。但是，他的身边还站着另外一个人，这令她十分吃惊。

她曾经再三强调过她不想见任何人，当然，很显然他又一次破坏了两人的交易原则，虽然关于派蒙提去她的托儿所的事，费舍尔已经再三道歉，而她也原谅了他。可是这次！

"他到底是谁？"她叫道，也不管声音有多大。她气得心跳如鼓，从手指到嘴角都在抽动，连下巴也在不停颤抖，几乎就要破口大骂。

"别紧张，玛德琳。这是托比，这是……"费舍尔尴尬地笑着，"哦，这是他的主意。"

托比稍微弯了一下腰，虽然身穿灰色T恤和灯芯绒短裤，没穿袜子的脚上还套着一双便鞋，但他浑身上下都散发着参议员般的自信。他的身材并不高大，不过十分结实，脖子上的肌肉像是弯曲的钢筋一般坚硬牢固。他那深陷的眼窝，更像是被紧紧地嵌入那张脸上似的。

"如果这就是你的主意，"玛德琳劈里啪啦地吼道，"那真是烂透了！"

费舍尔假装挥着面前的空气，直到托比举起一只手，仿佛宣誓一样说道："谢谢你的工作。真的，你做得非常好。是的，这样见面的确不合约定。"

她故意不去理会他那平静、如飞行员一般的男高音，把火气统统发泄到费舍尔身上。"下面长了蠓，他妈的蠓！我早就说过要小心的！这里面种的植株实在是太多了，种类也太多了，整个该死的地窖都太热了！如果你还没有注意到，下面有一半的植株该移植了，而你拖得实在是太久了——"

费舍尔嘘的一声让她安静下来，说："这就是原因之一——"

"她说得对。"托比趁费舍尔还没说完、而她又没有接话的空当赶紧打起了圆场。"无论如何，"他递给她一小管芦荟汁，"这是新出的，给你。"

她把管子打开，挤了一点涂在脸上，没有道谢就直接把它放进牛仔服口袋里："下面还长了虱子。"

费舍尔说不知道究竟可以用哪种杀虫剂。

"吸食的东西上面不能用任何杀虫剂，"托比更正道，"你还说它是有机植物，那就更不能用了。"他边说还边晃了晃肩膀，这个小动作把他T恤下的每一块肌肉都震得直晃。"看看屋子密封了没有，然后我们可以提升二氧化碳的浓度，持续四十五分钟。如果这还不管用，我们就放点母虫子进去。"①

"很好啊，"玛德琳讽刺道，"恭喜你又多了一大群母虫子。"

"母虫子容易驱赶。"托比露齿一笑，"然后你把袋子封上，再把它们放入冰箱里就可以了，需要的时候再拿出来。"

"怎么样，厉害吧？玛疯子。"费舍尔边说边用手指点着那一卷百元大钞，"都是我的错。"他说道，嘴里数到了第十二张，"我们会在周三之前把你要的东西都准备好，行吧？"

她嘴里一句话也没说，虽然不愿承认，但怒火很快便消散了。她现在想要的就是平安退出，不告诉任何人，甚至也不承认她要退出。

---

① 密闭的容器内，将二氧化碳增加到一定深度时，虫子会因呼吸加速导致失水死亡。而雄蟆通常会在交配1～2天内死亡，因此将雌蟆放入封闭的温室里也可以起到杀虫的作用。

"你觉得费舍尔养鸭子的主意怎么样？"托比问道。

"他是个天才。"

费舍尔转向托比，说："你刚还说你觉得这个主意很酷的。"

"几只鸭子嘛，当然酷啊。"托尼边说边认真地涂着防裂唇膏，"可你倒好，搞了整整一个乐队的鸭子。"

"你都开始收获了啊？"费舍尔问玛德琳。

"嗯哼。"

"大麻花蕾很漂亮吧？"

"不觉得。"

费舍尔装作没有听见，接着说道："托比负责看管所有的运送工作。"

"是吗？"玛德琳把那卷厚厚的百元大钞放进口袋里，朝门边上挪了挪。

"五十九箱陆运，"托比说道，"十八箱空运，六箱海运。我曾经负责过这些数量的三倍。"

他说得越是详细，就越说明他是在撒谎，这是玛德琳的父亲告诉她的。

"有被抓到过吗？"费舍尔问道。

她想告诉他们补给路线的事情，可没办法插嘴。

"只有过分鲁莽和没用的人才会被抓到。"托比扬了一下他的浓眉，"这玩意可不像那些能去掉核的或改变形状的东西。其实，连笨蛋都有本事躲过搜捕，除非他们在警察使用缉毒犬的时候，还往和平拱门公园那边冲去，那样大家都得完蛋。因为他们养得最好的警犬，连你家地毯下面藏着一粒种子都可以闻得出来——即使你是飞速从它们面前冲了过去。"

玛德琳很喜欢他说话的声音。可能她的确有点反应过度，不就是被蠓咬了几口吗？只有笨蛋才会在穿越水沟的时候被抓住，关于这点，有谁能比她这个在沟边长大的人更清楚呢？她不就没出事吗？刚刚她确实拿到钱了——不是吗？托儿所的工资怎么能和这个相比啊……

"当然风险总是有的。"托比身上的肌肉此起彼伏地晃动着，"可你以为那些开7-11连锁店或酒吧的人就没有风险了吗？伐木工、捕蟹工呢？你以为他们不在冒险吗？我也有我的担忧，但我现在已经彻底拥有三座房子了。如果有问题，我还有两个很棒的律师可以帮我。"

"既然都有三座房子了，"玛德琳问道，"那你为什么还要蹚这摊浑水呢？"

"这是我的职业！我可是引以为傲的，就像工程师、木工或是医生，对他们的工作感到骄傲一样。我每周要沿着这条边界线来回开车走上十次。我和那些猎人、徒步旅行者还有拖船船长聊天。我几乎对这里所有的奶牛场和浆果农场都了如指掌。我认识这里至少半数以上的居民，而且还了解他们的习惯——甚至他们的狗——我说的是整个零号大道和边境公路两边的。"

她发现在托比那宽阔的脸上，有一小颗牙齿好像错位了，然后忽然想起她要帮苏菲·温斯洛做一些所谓的心理记录。为什么会要求她做这种事情呢，真是太奇怪了。当她们结束了那个奇怪的同花顺赌局后，苏菲就把她拉到一边，交代她如果发生什么事情一定要告诉自己。告诉什么呢？"所有的事情，亲爱的。"她贴得太近了，以至于玛德琳都能闻到她所呼出的酒气。"所有你听到的、看到的。我要收集所有的细节。"说完还拍拍玛德琳的后背，亲了亲她的鼻子，像是赐予祝福一般。

"我追踪天气和海潮的情况，记录每天晚上月光的亮度。"托比继续说道，"我使用的是装有第三代夜视镜和监视望远镜的侦察器。如果十五分钟内，我们所在的位置没有警察，那我们就立即行动。以前做这个很简单，只要等到半夜就行了。可是现在不一样了，现在这一片至少有八十二个警察，还安排了夜哨。所以你必须先了解这些警察——这可不容易，因为其中有三分之一都是新来的。不过我还是能够只看制服就认出大部分的人，即便是在将近三十米开外的地方都能办到。我已经记住了他们身上的装备和说话的声音，我知道他们喜欢在哪里停车，怎么打发时间——哪几个讨厌大麻，哪几个喜欢抽烟，哪些喜欢玩威胁人的把戏，哪些虽然恪尽职守但什么都抓不到。我做得已经非常成功了，可我现在做这个买卖完全不是为了钱。我已经不在乎这个目的了，它已经和我的生命融为一体。"他用那蒲扇般的大掌拍了拍胸口，细细的牙齿唑唑地吸了几口气，"我是怎么看的呢？我觉得我的工作只是把药草送给那些亟需它们的邻居的手上。"

她想笑，却忍住了。

托比仔细打量她的脸，好像在测量它的尺寸以便定制个面罩一样："我们现在需要更多有能力的人帮我们从海上运货，因为目前这是最安全的一条路线。"

"什么？"她瞟了一眼费舍尔。

"如果有能人可以通过船送货，那我宁愿多花点钱，特别是通过帆船。"

她看到费舍尔正露着牙齿朝她笑着，眼睛在闪闪发光。

"听说你会驾驶帆船？"托比试探地问了一句。

"不。"她答道。

托比望了一眼费舍尔，他的脸刷的一下红了。

"我是参加过比赛，"她说，"可这完全不一样。所以，你认识……"她忍不住问道，"那个新来的探员吗？就是一个星期前在边界线附近对付那些不法之徒的那个。"

托比犹豫了一下，说："那个大块头？"

"嗯，嗯。"

"哦，我听说那家伙经常在树林里打发时间。你是不是想问我是否知道他的名字？我知道他一直在这个区里，自从——"

"布兰登。"玛德琳突然说道，就在这时，几只鸭子又呱呱地叫了起来。

"他就叫这个名字啊？"托比朝她靠了靠，瞪大了眼睛。

"布兰登·范德库尔。高中那几年是自己在家念的书，勉强完成了普通教育科目，直到去年秋天，还都在他父亲的奶牛场里帮忙。我们过去经常在一起玩，那时候边境还没有人管，我们常常一起看这些不同国家的乡邻如何相处。"

托比伸了伸脖子，轻轻地拽了拽他的卷发："你以前常和他一起玩？"

"可以这么说吧。"

"他很高大，很像运动员吧？"

"他打棒球可以打出一百米远，可总是分不清左右，他有时还会直接跑向三垒而不是一垒。"

费舍尔笑了起来，问："还有呢？"

"他经常会把苍蝇和蜘蛛托在手里带着出门。"

"佛教徒啊？"托比问道。

"不是的。"

"温柔的巨人？"费舍尔问道。

"可以这么说吧。也是一个艺术家。"

"是吗？哪种艺术家？"

她微笑道："画画，雕刻，各种各样的。"

"这有什么好的？他做得怎么样？"

玛德琳的脸一红，突然对自己主动提供了这么多关于布兰登的信息感到不安。她呢喃道："说不清。"

9

　　先是听到一声知了叫——比莫法特家的公鸡打鸣还要早——接着又是其他八种动物，它们都在安分地等待着，等待发出清晨的第一声独奏。布兰登试图从鸟儿的歌声中分辨出哪些是求偶的信号：*我又帅——又没有情人，我又帅——又没有情人，还有：这是——我的，这是——我的。*直到动人的歌雀用三种不同的方式把那狂躁不已的歌谣演绎了一遍，把其他鸟儿都比了下去，让它们自愧不如。

　　在这场突如其来的暴雪过后，春天就这么骤然降临了，如此的忽然，让整个山谷都毫无防备。树林、灌木还有小草都还没准备好迎接消失已久的阳光呢。马儿、山羊、奶牛还有小鹿都开始在干枯的田野上觅食。一不留神，又有几只昆虫破茧而出，天空上一群群瘦骨嶙峋的鸟儿也都伸直爪子从南边飞了回来。

　　布兰登要傍晚才开始工作，所以，天亮后他就驾驶着父亲那辆破汽车往东边飞奔，想赶到那里多看几只鸟儿。冬青林里有一只黑头白斑雀在欣然歌唱，这是第十二只，应该就在新建赌场那巨大的地基附近。它刚唱罢一曲《哈尔弗斯迪克》，又哼起了《霍尔姆奎斯特》的旋律，直至攀上了最高音。布兰登就在那里架起了他的博士能望远镜，对准小小的贾德森湖，再调近视角。视野里出现了一只弓起身子的绿色苍鹭，随后是一只全身舒展开来的蓝色苍鹭，还伴着几只小野鸭，包括一只近乎陶土般的棕黄色小水鸭。第十八只了。先是在水面上搜索了一番，他才迈开步子朝森林里走去。脚踩在地上，发出了呕呕的声音，惊动了几只好奇的山雀、苔莺和雪鸭。他继续往森林深处走着，耐心地等待他心爱的猫头鹰们发出叫声。首先出声的是一只侏隼，在一段间歇后打破了沉寂。接着又是一只苍鸮，紧随一只仓鸮和一只大角鸮，他立刻抬起头在树枝上搜索，想找到它们那足球般滚圆的身体。看完了猫头鹰，他又加紧脚步朝明亮的山谷走去，那里可以通往贝克山公路，他想在积雪被清掉之前看看能不能找到其他东西。

公路沿着冒着泡沫的努克萨克河蜿蜒穿过尖尖高高的雪松和桦木，小小的铁杉竟然和芭蕾舞演员一般优雅。他望着树顶，看着正朝这边飞来的鸟群，然后踏上了一条小路，快步走了过去，路边的林子里可以看见一只红胸脯的啄木鸟、一只麦吉利弗雷苔莺和三只种类不同的麻雀。忽然，一只美国河乌蹦入他的视线里，第二十七只。它在圆圆的河石上跳来跳去，极具特色的膝盖弯曲着，忽而又加速飞了起来。它飞过假巴伐利亚小屋和陡峭翠绿的山坡，那挺拔的冷杉犹如箭头一般冲出山坡指向天空。前方路上的积雪已经化了，布兰登敏捷地从雪地里跳了出来，大步流星往前走去。不一会儿，前面出现了一片明亮的草地，地上的积雪已经开始融化。这可是个聆听的好地方。

他先听到一只大啄木鸟发出了一声模拟战斗般的呼喊，随后是蓝色知更鸟那编钟似的鸣声，以及坦氏孤鸫那悦耳的寻偶乐章，似乎这样动人的音乐可以弥补它外貌上的不足——**难道我的歌声不好听吗？难道我的歌声不动人吗？**灌木林里，一只北美松鸡那击鼓般的声音越来越大。突然一只红尾鹰从高空中飞身而下，动作迅速，几乎贴近目标，可还是无功而返，不过，它那如放烟花一般狂躁的呼啸声仍使很多鸟儿立即噤声。布兰登正打算离开，耳边又传来了画眉那单音节的啼叫，清晰绵长，引得其他鸟儿接连不断地发出婉转柔和的叫声，像是一段清爽的笛声，揭开了一场音乐会的序幕。

他沿着努克萨克河向林子外边走去。走出低矮阴暗的山谷，扑面而来的是一大片阳光。一阵冷风袭来，也带来了贝克湖的寒意。

臭味和热度都越来越强了，仿佛时间也随之放慢了它的脚步。这里十分开阔，一点遮阳和躲避的地方都没有。前面有什么，谁都能看得一清二楚，聪明的人甚至都能猜到你要做些什么。布兰登加快脚步走过德克·霍夫曼写的最新政治声明——禁止屠杀尚未出世的动物。告示板下整齐有序地排列着数百个小十字架，好像一个微型的阿灵顿公墓一样。过了这里再快步向西走去，他发现牧场里有许多年老的母牛喧闹着，看那顽皮的样子，如同小牛犊一般。每次看到牛儿嬉戏，他总是会感到十分放松，正如每次看见它们相互挑衅他也会非常气愤一般。人们为何会这么残忍地对待这样的动物呢？它们如此强大，甚至能穿墙而过，却又十分讨厌独处，不敢踩水管、水坑甚至是一条明亮的画线。

布兰登开着车，轰隆隆地开出了山谷，沿着公路往塔南特湖的方向开去。还没下车，就看见了许多水凫、黑鸭、绿头鸭和灰背野鸭。刚踏上木板路，就听到沼泽鹪鹩的鸣啭，紧接着是一只赤膀鸭的打嗝声。路上有一只麻鸦鹊，他从一旁绕了过去，不敢惊动它丝毫。它的眼睛望穿天际，竖条纹的脖子和芦苇一样弯曲着。除此之外，他还能看见几只普通的黄喉鸟，听到九种鸣鸟的歌声。返回的路上，布兰登朝芦苇里扔了几颗小石子，没过多久，就听到一种仿若口哨又似鸭子叫的粗嘎声音。这肯定是弗吉尼亚秧鸡，石子果然没有白扔。第五十一只。

十一岁的时候，母亲带他结识了一个秘密团体，对于鸟儿，这些人比他了解得更多。大部分人看着像是拘谨的图书管理员和医生，但布兰登还是很期待和他们一起参加圣诞节鸟类统计活动[1]——

---

[1] Christmas Bird Count，缩写CBC，始于1900年，是西半球的一项定期的鸟类统计活动。这一活动由来自各国的志愿者参加完成，观测点主要集中在美国和加拿大，很多参与的志愿者也把这一活动当做圣诞节假期的一项娱乐。

对他而言，这比圣诞节本身还要重要。很快，这些人便开始争夺布兰登，都希望把他拉到自己的小组来，因为这样能大量增加自己小组所统计的鸟儿数量。尤其是布兰登赢得二十四小时数鸟大赛之后，这种"争夺战"愈演愈烈，尽管他声称自己看见和听到的一百一十八种鸟儿中，还有五种是他无法清楚描述出来，也找不到足够证据证明的，但这丝毫无损他在"数鸟界"中的威名。奇怪的是，在那一天之外的其他的日子里，他从来就没有看见过这些人。而且，在和他同龄的人群中，他从来没有发现过哪个人是每天都想着数鸟的。

　　他把车停在了塞米亚摩湾，刚好来得及观赏西方鸥、北极鸥、加拿大黑雁、云石䴉鹧和两只并排哺育幼鸟的西方滨鹬——它们看着很像某个滑稽版的诺亚方舟，正顺着小溪在平地上蜿蜒前行。他沿着溪水朝码头走去。这个码头是用粗壮的树干搭建而成的，前面传来哀鸠呜——呜——呜的悲鸣。哦，原来这些家伙正站在渔船的绳索上呢。后面还有几只常见的海鸠和鸽鸠，甚至还有几只云石䴉鹧在碧绿的河水中钻进钻出地寻觅早餐。布兰登走上码头，忽然一团黑影出现在他的视线里。那不是滨鹬吗？只见所有的鸟儿跟着它们的老大在忽上忽下、忽左忽右地飞来飞去，动作十分整齐划一，白白的肚子仿佛白杨树叶在他眼前闪来闪去。头顶上飞来十一只苔原天鹅，它们高声鸣叫，飞得很低，看样子是被另一群鸟驱赶走的。布兰登坐在码头上，完全被眼前的鸟儿世界征服了。

　　一只身披黑白相间羽毛、头顶猫王式发型的翠鸟——第六十三只——从码头下面闪身而出，一下子窜到河湾上空十八米开外，盘旋一圈，又一头俯身冲了下来，冲到一半后又突然停住，开始四处盘旋。布兰登看着它不停地捕食，约莫一刻钟之后，他才意识到一点五公里之外那片白白的影子是什么东西。原来那不是河湾惯有的反射造成的幻觉，而是一大群雪雁啊！这是他有生以来看过的最大、最壮观的一群。冬天的时候，雪雁会飞到南方的几个国家过冬，但在边境附近同时出现这么大的一群是绝无仅有的。它们应该是正准备返回西伯利亚，刚好路过此处，所以提前歇歇脚。布兰登可以听到它们拍打翅膀的呼呼声和嘎嘎的高鸣声，不一会儿，一只老鹰出现了，开始在它们附近盘旋，直到第二只老鹰出现时，它们才意识到自己身处险境。恐惧像电流一般从它们的鸟喙传到翅膀，雪雁们便开始向高空飞腾而去，这群巨大无比、遮住半个天空的白色天幕渐渐消失在他的视线里。

听，那声音！头顶上飞过的分明是一只落单的雪雁，它的叫声听起来十分伤心。你还好吗？和几千只大雁的叫声相比，这种孤单的悲鸣听着十分空旷，犹如体育场上原始部落人的仰天长啸。不对，还不够，这已经不是单纯的鸟兽叫声了，它更像是雪崩的轰鸣和来自地球深处的怒吼，或是天空发出的尖锐哼声，正以每小时十万八千里的速度划破长空传到地球，恐怕只有听到的人才能知道它是如此的震撼。布兰登仰起脖子，也朝天空吼了起来，和群雁的鸣叫混在一起，不绝于耳。随后，吼声化作一阵长长的呜呜，喧闹变成机械般的生硬尖叫，最后又合成一阵哀号从四面八方传来。声音渐渐消逝，变成一束、一丝……直至沉寂，只剩下一片湛蓝的天空。

那天下午，布兰登驶过老汤姆家的树莓地时，有两个墨西哥人正在修剪并重新捆绑树莓藤。其实，每当看到有人这样在公共街道上活动，他都应该在电脑上搜索一下这两个雇农的姓名和出生日期进行排查——可这种工作也是他不愿意做的。他朝那边挥了挥手，可是两个人除了身体抖了一下外，根本没有任何反应。看来所有人都不习惯看到或者是认不出来穿着制服的他啊，仿佛这身制服玷污了他们的眼睛一样。很快，他就完成了不到一小时的值班，掉转车头朝东边的苏玛斯河①开去，这条河把山谷从对角处分开。他在河湾沙砾沉积的地方放缓了车速，身后的车子也随着他慢了下来。车里的人纷纷伸出脑袋，想看看他是不是又发现了毒品或者尸体什么的，过了一会儿才鸣笛从他身边绕了过去，还不时回头瞅他两眼，想看清楚这个大个子警察到底是谁——这是范德库尔家的小子吗？——是谁站在车外呢，正蹲在缓缓流动的小河旁边，那模样就像一名高尔夫球员正在勘察球洞周围草地的情况一样。

他拔下两片沙龙白珠树的树叶，叠放在一起，试图用一根松针把它们穿起来。可是找了好一会儿，才发现一些足够柔软的树叶和足够坚硬的松针。不过不到十五分钟，他就穿了一个将近两米五长的树叶条，而且十分结实，即使握住两端，它也不会散落。他将圆环轻轻地放入河中，看着慵懒的河水将它带入急流区——在流水常年冲洗的河岸下面，藏匿着很多小石头，所以河水到这儿会变成激流。布兰登蹦蹦跳跳地追着他做的树叶条，耳朵还不忘享受身旁林子里的鸟叫：北美隐居鸫"哦哦——好甜"的赞叹声——第六十四只；一只红胸脯五子雀的"严苛——严苛——严苛"的斥责声——第六十五只。布兰登的脸被杨木枝划了一下，裤子也被树枝挂了好几次，可是他还是继续追着，直到他创造的"小船"断成三段，不再游动后，他才停下脚步。

"七八零号呼叫二零五号。"

"二零五号收到。"布兰登惊了一下，平复一会儿之后立即小声应答。

"马克沃斯那边有动静。"

"收到，"他嘟囔一句，"立即赶到。"

---

① Sumas River，弗雷泽河的一条支流，位于加拿大不列颠哥伦比亚省与美国华盛顿州的边界处。

他很快驶过加里森、贝吉尔和H公路，转向西边跃出山谷，开进了崎岖不平的林地。他记得迪昂以前就是走这条路的。他飞快地开着车子，连自己的安全都无暇顾及。到了马克沃斯，他又悄悄停下车子，然后快步跑过一大片已将所有树木砍伐干净的空地，跑向树林里的追踪感应器的位置。身边的云杉在风的吹动下，发出阵阵呜咽声，听着像是根基不稳的房子随风摇摆时发出来的一样。天上有一架带着温哥华标志的飞机，飞机喷出的尾气划过深蓝色的天空。他光顾着看飞机，一个趔趄，脚下被一个树根绊倒，摔倒的时候，他看见一只母鹿带着小鹿跳过地上的蕨类植物——它们长得很像卡通片里面的驯鹿。布兰登站了起来，拍掉身上、大腿和胸口上的泥土和松针，又看了看自己的手腕和肩膀，这才发现身上的配枪掉在了地上，斜斜地扎在土里，好像正被大地紧握在手中，而枪管正好对准他的心口。

他的射击考试还没有及格过，射出去的子弹总是飞得太高，似乎他的子弹必须要弯成弧形才能射中目标。他捡起自己的四角帽，待呼吸平稳后向对讲机的另一端回复了一声——尽量让自己的声音听着更清楚一些——"二零五号呼叫七八零号。"

"请讲，二零五号。"

"这里至少有两只鹿。"

"好的，我记下了，是动物。"

布兰登沿着几条小径走到一片长满苔藓的草地。这里简直太脏了，到处都是灰尘。忽然，一滴很大的雨点落了下来，砸在地上。还没有来得及抬头看一眼，就有越来越多的雨点砸落下来，打在他的头上、鼻子上。他赶紧四下找了一块最平整干燥的地小心地坐了下来，然后慢慢地展开腿和胳膊平躺着，把胳膊交叉放在身上，好像他被绑在一只无形的车轮上一样，而为了达到某种艺术效果，枪还专门挂在左手上。

雨点继续不时地落下来，很快变得有葡萄那么大，哗啦啦的雨幕让鸟儿也停止了叫唤。他任由雨水冲刷自己的脸庞，浸湿自己的制服。他躺在那里，想找个好借口给玛德琳·卢梭再打个电话，可直到雨势渐弱也没能想出来。终于，雨势完全停了下来，他坐直身子，手里的枪也随着他横了起来。就在这时，他听到一阵喘气和咒骂声，从他前方近十米处传来。

布兰登就像一只尚沉浸在梦游当中的小狗一般叫了两声，脑子里还分不清眼前是梦是幻。三个人就这么出现在他的眼前。其中两个二十几岁，另外一个四十来岁。背上背的黑色防水行李袋好像氧气筒一样。两个年轻点的身材像麻秆一样消瘦，脸色苍白；年长的那位身材粗壮，面色平静，蒙着眼睛，留着长长的山羊胡子。布兰登反复查看他们戴着手套的空手——*时刻注意他们的手！*——直到他们站起身来，摊开双手，像学生似的在那里踌躇着。

"请——请不要——"其中一个年轻人结结巴巴地说道。

"别说话！"年长的那个喊了一句，眼睛死死地盯着布兰登蒲扇般的左手上——他正紧握着那把不自觉间掉在身边、口径四十的手枪。

"全部举起双手！"

幸运的是，他们知道自己该怎么做。

"你们从哪里来的？"布兰登问道，同时稳住呼吸，试图回想审问的先后顺序，以及什么该说、什么不该说。

"只是路过而已。"年长者说道，口气听着像是一个徒步旅行者在和一个路人随意聊天一样，听着倒是挺有道理的。

"包里装的是什么？"布兰登问道，这会儿终于记起自己的台词了。

"吃的和衣服。"男子答道，语调没有丝毫起伏。另外两人的样子像是受到了惊吓，好像刚刚被蛇咬过一样。

"介意我看一下吗？"布兰登问道，每句话都完全按照脚本来问，可自己却越来越觉得这是在骚扰他们。而他们既不回答也不逃跑，反倒让布兰登不知道接下来该说些什么好了。"双手抱头站好。"他嘴里说道，心里却想着有没有漏掉哪一步。

他拉开第一个包的拉链，一眼就看到里面装着几包绿色和金色的花蕾，大小和松果差不多。

布兰登想不起来这时候该进行哪一步了，是先向他们宣读他们的权利呢，还是打电话叫后援呢？宣读权利该怎么说来着？叫后援又该怎么叫呢？既然不确定，那他就尽量少说话，直接开始对他们进行搜身吧。搜出了两个手机、一个全球定位系统、一个写着阿伯茨福德地址的身份证，没有携带武器。他手里只有两副手铐，所以另一个人只能用塑料皮电缆捆绑了。"绑得紧吗？没有感觉不舒服吧？"

他们转过身来对着他，他发现这个年纪较长者两眼直直地看着他身后那片泥地上印着的异常形状，然后那两个年轻人也看向了那边。他只好侧身向旁边走了几步，方便他们完全看清地上的轮廓——那看着像是一个巨大的犯罪受害者留下的印记。灰色轮廓是他的身体刚刚留下来的，周围是一圈黑糊糊的、被雨浸湿的泥土。几个人开始面面相觑。

"搜到大麻花蕾，人也抓住了。"布兰登告诉调度员，和往常一样含糊不清，"抓住了三个人。"他把几个人带出林子，开始担心自己是不是已经把事情搞砸了。那三个又大又沉的包在他肩膀上晃来晃去。他想让自己放轻松一些，于是模仿起了鸟儿"呀呀"的叫声。布兰登发现前面三人都转过头望向自己，只好停下来请他们继续前进，而自己则继续呼唤鸟儿，结果除了林子边缘的几只好奇山雀之外，他什么鸟儿都没有引来。

他一会儿看看前面三个走私贩，一会儿看看身后的树梢，走了超过四十五米后，终于注意到有一只猛禽正从高空俯冲下来。他发现它的后翅是奶油色的，看尾巴像是一只红尾鹰，身子却更像一只毛脚鹰，可翅膀又不够长，尾巴也对不上号。不过，它一拍动翅膀，谜底就揭开了——原来是只短耳鸮啊！第六十六只了。

"短耳鸮！"布兰登欣喜地大叫，指着那只优雅地转身飞回树梢的鸟儿。

几个走私贩被他弄得晕头转向，只好笨拙地转过头来看他在指什么，结果什么也没看到。他们六目相对，最后望向布兰登。只见他扔下包袱，张开双手模仿短耳鸮拍打翅膀的样子，看着像是一只大号的飞蛾一般。闻讯赶来的迪昂和塔利警员绕过河湾一路小跑过来，身上挂着的闪光灯和警棍晃来晃去还没停稳时，看到的就是这一幕。

10

布兰登根本不用试图撒谎。从某种程度上来说，当时的他正在"埋伏"，虽然浑身都被暴雨淋湿了，但还是很幸运地抓到了这三个人。他还特意控制自己的语速，模仿迪昂的口气和用词陈述事情的始末。不过，没有人对他的话感兴趣，大家都把注意力放到了毒品上。那可是五十五公斤的A级大麻花蕾啊！在西雅图能卖到三十一万美元啊！而在洛杉矶能卖到三十六万啊！这件事情要是让缉毒署知道的话，简直令人不敢相信——当然，迪昂说他们是不会知道的。不到一小时，大家都开始冲他喊"狗屎运"。局里所有人都喊："狗——屎——运！"

迪昂负责对他们三个人进行审讯。先把他们分开关押，然后拿相同的问题对他们进行盘问，不过每一次提问的方式都会略有不同。还要模仿他们的每一个动作——把胳膊环抱到胸前，或是拉拉衣领，挠挠鼻子，对他们步步进逼，以造成压迫感。要不就是采用诱哄的方式让他们老实交代——先替他们说明情况，末了再加上一个问句，等他们点头称是，那就算是他们自己招供的了。接下来她会走近他们，在不经意间慢慢靠近他们，就像一位出色的猎鸟者，迂回地接近自己的猎物。如果这些招数统统失败，她就会再朝着他们走近一点——近到足以让他们的眼睛被她嘴里的绿薄荷口香糖熏到眼泪直流，再指着布兰登说："你们真想把这个大块头惹火吗？"

她对他们逐一审问，问他们认不认识一个名叫曼尼绰号"天使"的家伙和另一个叫托尼的小子，一边问还一边小心地在他们脸上寻找可能认识的蛛丝马迹。"你是在替曼尼运送毒品，对吧？"他们的答案几乎完全一样，都宣称不知道包里装的是什么东西，以及雇他们的那几个人叫什么名字。说他们的工作就是把包留在刚刚被布兰登发现的地方。他们也不知道准备来取包的人叫什么名字。什么都不知道。这几个家伙都是加拿大人，很明显也都是初犯，这就是那个年长者能如此平静的原因。

迪昂教布兰登如何下载他们手机里的联系人列表，以及全球定位系统中的导航点，最后还丢给他一个难题——打出一份报告。临换班的时候，警员们都围到布兰登的桌子前，听麦克阿弗蒂警员转述缉毒署准备扣留这些大麻花蕾的指令。他一边不停地转动关节，一边用机械化的措辞大谈毒品。"这个味道有点像马塔努斯卡惊雷品种①，是吧，沃尔特？"其他警员怂恿他继续讲下去，直到帕特拉警长挤了进来，喊道："好啦，各位，这几个人留下来就可以了。"

麦克阿弗蒂等帕特拉走了之后，又和布兰登说了另一个故事，布兰登礼貌性地上下轻轻点头，只留半只耳朵听他说话，而眼睛却始终盯着电脑，脑子里努力想着该如何把报告写好——这种在别人看来很简单的问题却总是让他大伤脑筋。

"是啊，是啊，我们也经常像你那样躺在那里'潜伏'——但都是在晚上。"麦克阿弗蒂开口说道，"我们都是晚上在那一片守着，等待不法分子露面，心里却总是怦怦地跳个不停。然后我们会跳出来大喊：'吓死你了吧！'要是没有同伴的话，真的可能会吓个半死。我每次都不敢一个人去。你明白吗？要是天太黑的话，一声猫头鹰叫都能把我吓到尿裤子。看过《女巫布莱尔》②那部电影没有？那片

---

① Matanuska Thunderfuck，一种大麻的品种。

② *The Blair Witch Project*，由美国导演丹尼尔·迈里克拍摄的一部长达87分钟的恐怖惊悚片，曾获得1999年第52界法国戛纳电影节青年电影大奖。

子几乎把我吓得魂飞魄散。不过和改装'战车'相比，在南边的林子里'潜伏'根本就算不了什么。你听说过战车吧？布兰登，你还在听我说话吗？"

"嗯，嗯。"不管有没有麦克阿弗蒂那滔滔不绝的碎碎念，又或是麻雀唧唧喳喳的叫声让布兰登分心，拼写和打字对于他而言都像走钢丝一般困难——第六十七只了——似乎除了门外的鸟叫声，他什么也听不见。他把要打的单词默念出来，希望这样能让事情变得简单一些。

"不管你知不知道，"麦克阿弗蒂不依不饶地说，"那种场面你准能想象得到。每天都有几千人想偷偷越境——几千人啊，你懂我的意思吗？所以他们都想制伏我们。如果他们统一越境，大部分人都能成功，你说是不是？"

布兰登下意识地点了点头，呼出了一口气，目光又回到麦克阿弗蒂那松松垮垮的脸上，看着他那抖动的小胡子和内华达山脉般的鬓角。

"所以，要是你在那里多待 会儿，他们最后肯定都会跑去越境的。人多了胆子也就大了，你懂我的意思吗？而且你也知道他们会在什么时候跑去集体越境。首先，其中一个人扔一块石子，接着其他人跟着扔。然后石头就会像雨点一样朝你飞来。你还在听吧？这就是他们的火力掩护，明白吧。不管你出门带着多厉害的武器，你也不愿意自己的脸上挨石头。这种短筒散弹枪根本挡不住一颗小石头。明白吗？"他又朝布兰登挤了一下眼睛，"所以当我们第十五次换挡风玻璃时，我们那位英明的领导——那位职业军人，那位自从肯尼迪被暗杀后就离开自己的办公桌不超过两次的人，那位秃头上从来没有挨过一块石头的人——突发灵感，想到一个主意——要把**战车**改装一下。于是，我们有五辆卡车被改装了，所有的车窗都装上铁栏杆。窗户也几乎是他妈的'石子不侵'了。很疯狂吧？这根本就是错的！这不过就是增加了成本而已。所以现在才有了这些

"操着西班牙口音"的家伙①——我很喜欢这个词——连续几小时朝你扔石头。他们有得是时间！每当这个时候，你还要冷静应付，装作自己根本不在意这些事情，好像它不过是你在打发无聊假期时的一种活动罢了。你要假装在那里看书，其实一遍一遍看的不过是同一段话，因为你没办法忽略有人在朝你扔石头的事实。砰！咻——咻——咻！"布兰登的身子畏缩了一下，"这种状况常常会持续数小时，可你只能坐在那里，等他们下一步的行动。最后你要小心翼翼地把车开进挤满人群的车道，将人群分开，是吧？还在听吧？想想吧！如果他们行动起来，你该怎么办？挺身而出，不顾自身安危去当救世耶稣吗？布兰登，我问你：你觉得这是个好主意吗？"

布兰登轻轻地摇了摇下巴，突然感到一阵抽痛从脖子蹿到肩胛骨。屋里是不是缺氧？怎么所有东西的颜色都变成黑白的了？一阵麻痹传遍他的全身，电脑屏幕和麦克阿弗蒂怎么都在晃呢？

"好吧。其实我之所以这样想是有原因的。以前，这儿也有一个警员，他和迪昂一样勇敢好斗。"说完朝布兰登挤了一下眼睛，布兰登只好继续看着他："刚开始，这个勇敢的傻蛋也是在车里等啊等啊，最后，他终于忍不住跳出战车，赤手空拳去驱赶这些人。你想想吧，这个天才很快就要满二十八岁了。不过我跟你说，他一定会跳出来，像个吃了兴奋剂的牛仔一样把他们都当做牛群来驱赶。当然，他很擅长这一手。这点我承认。不过，有一次他却挨了一块桃子那么大的石头，差点就打中了他的印堂。就在这里。"

麦克阿弗蒂用食指点了点布兰登左眉旁边的位置："算他走运吧，不知道是不是有人及时替他向上帝求情，那个傻蛋捡回了一条性命。但是，这一块石头却在他身上留下了一个纪念品——头骨上多了一块五厘米长两厘米宽的金属板。"麦克阿弗蒂咂了咂舌头，用

---

① Spics，美国俚语，美籍西班牙人，含贬义。

食指敲了敲自己的印堂。"想摸一下吗？"他弯下腰，瞪着圆溜溜的眼珠子，布兰登惊讶地长大了嘴巴，站了起来，迟疑地把两根手指伸进麦克阿弗蒂那花白浓密的头发里。麦克阿弗蒂却突然咯咯大笑起来，后退了几步，好像在打拳击一样朝空中挥舞他的小拳头。"我看着像傻蛋？我可从来没有离开过铁笼子半步呢！从来没有！你听着，菜鸟，这是我坚守的立场。你想想，我们到底在干吗呢？阻止人们做他们的工作还是——上帝不允许这样！——阻止他们让自己兴奋起来？明白我的意思吗？你尽好本分就行，但是记得一定要等后援，不要特立独行，总和其他人不一样。明白了吗？"他又挤了挤眼睛，敲了敲他印堂上虚假的铁板，又摆出练习拳击的姿势——每挥一次拳头，他的大肚子就晃悠一下。直到帕特拉皱起眉头、挑着眉毛站在那里说：

"你就没有其他事情可以做吗？麦克阿弗蒂先生。"

帕特拉来到布兰登身边，透过他那远近视两用眼镜向下瞟了眼布兰登的报告，一会儿看看电脑屏幕，一会儿瞅瞅布兰登，叹了口气，又往下翻了翻那些空白页，发出一声叹息。

三小时后，麦克阿弗蒂在喧闹的酒吧里大声喊道："给这个'狗屎运'的家伙再来一杯啤酒！"

布兰登像是一个疲惫的小孩，当大家都围着他转的时候，他想向他们证明，他也和他们一样可以熬到半夜。透过麦克阿弗蒂头顶上方挂着的镜子，布兰登看到身后围观的人越来越多，他像是一只穿着礼服的马戏团大熊一样，被这些乡亲们从各个角度观赏。他们交头接耳、嘴巴里念念有词、眼睛还闪着兴奋的光芒。所有的事情都发生得太快了，让布兰登一时之间难以消化。人越多的地方，他越容易感觉孤单。他向来不喜欢参加吵闹的聚会，特别不愿意来酒吧这种地方，因为他从不知道该如何参与大家的交谈。他尽量按照丹尼·克劳福德和他说的那样去做，只把注意力放到自己这桌人那些起伏变化的声音上——这样或许他还可以知道何时该说句话，何

84

时该和大家一起发笑。

坎迪警员喝完另一罐啤酒之后，开始提醒布兰登，要他千万别过于自信："要是你受伤了，对大家一点好处都没有的。"

"好啦，"麦克阿弗蒂说道，"承认吧，坎迪。你只不过怕他变成另一个迪昂，会让你更加难堪而已。"他模仿帕特拉的口气说道："我觉得我们应该都像范德库尔先生学习，努力抓捕罪犯，像他那样每天都有收获！"

"那么我们就可以将现在的犯罪率控制在百分之六了吗？这些日子里，犯罪率一直在上升，百分之三已经成了过去式。"塔利警员抱怨道，"天天都做这种猫抓老鼠的事情，可是老鼠却越来越多了。"

"到底缉毒署要怎么处理这些大麻花蕾？"布兰登嘟囔一句，意识到没有人听到他的问题，他只好再重复一遍。

"首先，"麦克阿弗蒂说道，"他们会赶紧把这批货登记下来，这样他们的业绩库里就又多了一项记录。"他边说边用手指比了一个尖塔，"等他们拿你的成果炫耀邀功之后，就会把这些花蕾放到他们的那个炼狱里烧掉。当我们这些小海鸥被别人砸石头的时候，他们就置身事外。"他垂下眼睛，两只手的手指在肩膀下面扇动着，仿佛那儿长出了一对迷你翅膀一样。

每次布兰登环顾四周，都能发现有更多的人在偷听或者偷偷打量他们这桌五个穿着制服的警察。

"毫无疑问，这场'圣战'增加了他们的财力，"麦克阿弗蒂说道，"当然——"他压低声音小声说道，"其实我们并没有阻止任何恐怖分子，我们只是在帮这些加拿大毒枭哄抬物价而已，我们反而让他们的商品变得奇货可居了。"说完，他举起杯子："敬我们这些边境巡警！"

"我个人认为，"迪昂打断道，"至少我们能阻止'地狱天使'向小学生贩卖毒品，这样就挺好的了。"

麦克阿弗蒂遮住嘴巴，向旁边的警员小声说道："英雄情结。"

"麦克，你为何不直接辞职呢？"迪昂紧抿嘴巴，挤出一丝冷笑，"如果我像你那样这么看待我的工作的话，今天晚上我就该去辞职。"她说完深深地咽了一口唾沫，好让脸色恢复正常。

麦克阿弗蒂笑道："别担心，迪昂。还有二百九十一天我就可以摆脱这个工作了。看你能不能容忍我的诚实到那个时候了。"

"诚实？"她哼了一声，脸色缓和了一些，"纯属放屁。"

"那迪昂，你说咱们有没有逮到过哪个恐怖分子。请随便说个名字吧。"

布兰登突然站了起来，却发现所有的目光都在盯着他。

没等迪昂开口，麦克阿弗蒂便自言自语道："菜鸟，你不是要走了吧？"

"我去上个厕所。"布兰登转身走开，不理会他们的哈哈大笑。他试着低下头弯着腰，想把自己缩成一团，好装作没看见对面走来挥手致意的爱迪·埃里克森——"嘿，范德库尔！"——忽略所有假笑和眼光，还有什么"最近怎么样？""看着不错啊！"之类的客套话，以及那些女人不怀好意的目光。布兰登习惯了别人因为他是"鱼缸中最大的鱼"而对他投以好奇的目光。人们总是不由自主地跟着他，打量他。丹尼·克劳福德告诉他要去模仿其他孩子的行为和情感，这样他的一切就不会那么引人注目。可是他根本毫无经验，不知道如何才能强迫自己适应这种嘈杂的场合，特别是在现在这种穿着制服的情况下。他也试着学习了酒吧的用语，朋友和爱人的肢体语言，还有他们如何化解别人的侮辱。比如，*你当个狗娘养的笨蛋也挺好的啊*，或者*我就喜欢你这样的可怜虫*。大概就在两杯啤酒的工夫之前，他也看到麦克阿弗蒂是怎么把他那条笨拙的胳膊，搭在迪昂的肩膀上打圆场的："不是和你过不去啊，我的朋友，你和我们这些普通人不一样啊。"

布兰登试图忽视音乐还有鼎沸的人声，只留意开心喝啤酒的场景，可每个人都像春天里的鸟儿一样喊出了自己最大的嗓门。米尔特·凡·鲁芬穿着淡蓝色的背带裤，腰间勒着一条紫色的皮带，他的牛仔裤太紧了，连扣子都不能全部扣上。他弟弟勒斯特穿着荧光绿的裤子，裤脚卷到了脚踝上，好像一夜之间他的腿就缩短了一样。他的左手掌正搭在妻子朱丽叶那光溜溜的右膝盖上，而朱丽叶则穿着一件红色衬衫，十分扎眼，都可以用来斗牛了。看到布兰登过来，她就遮住了嘴巴开始窃窃私语。布兰登知道，自从三年前她引诱他失败之后，她就一直在和别人搬弄他的是非。

苏菲·温斯洛涂着火烈鸟般的粉红嘴唇，挡在布兰登和厕所之间。每次从别人的嘴里听到她的名字，都是和各种或好或坏的流言飞语缠在一起。但他只知道，和她聊天让他非常放松。

她歪着脑袋好把他看清楚："你没事吧？"

"我？"

"看着有点失落啊。"

"我只是……"

"恭喜你啊，今天的事。"她说道，"听说你当时正埋伏在那里？"

他向下望着她，她则抬头看着他。

"就是你抓住他们的时候啊，你当时是躺在地上的，然后纵身一跃，站了起来，是吗？"

她抓着他的前臂，轻轻地拉了他一下，想看看他的后背上有没有粘上泥巴，试图找点证据。他看着她的手腕，发现那里靠内侧的动脉上横着一条疤痕，看着像是一排紫色的针脚。

"他们说这叫做'潜伏'，"他说，"所以我当时在潜伏。"

"又在搞什么艺术呢？"

他迟疑了一下，问："你听谁说的？"

"我也不知道。"

她的唇膏稍微有点超过了唇线。

"他们说这叫'潜伏'。"他重复了一遍。

她露齿一笑："是啊，但是……"她用食指点着自己的前额。

他耸了耸肩膀，摊开手掌，示意她不要继续问下去。

她把双手搭在他的手背上，像降神会^①与亡灵沟通时做的一样。

"你妈妈还好吧？"她问道。

布兰登又迟疑了一下——对那些复杂的问题立即作出回应，这对他而言是一种挑战。比如，**最近过得怎么样？你信不信上帝？你母亲最近还好吗？**他没有回答这个问题，只在心里告诉自己，见到人们要问候他们的家人。这好像是非常必要的。

"我不知道原来你和玛德琳·卢梭还是朋友呢。"她说道。

布兰登想弄清楚她为什么要笑："你看见她了吗？是她这么说的吗？"

"不是，但我可以从她谈论你的方式中看得出来。"她说道，眼睛睁得大大的。

他还想继续问些什么，可她要走了，他只好作罢，只是漫无目的地向她道谢。走到便池旁边他站住了，便池太矮了，他必须深深地弯下膝盖才能避免小便溅出来。玛德琳有提到过他？

酒吧里越来越吵，笑声和喊声也越来越大。苏菲就像是地球引力般吸引着人们的目光，顺着她的身影，布兰登看到了查斯·兰德斯，此刻他的身体正连带着椅子向面前的圆桌倾斜过去，似乎想伸手够到苏菲，整个人都快趴到桌子上了。他大声喊着她的名字，微笑着，露出大白牙——像他这样吸了这么多年的烟还能有这么白的牙齿，真是不容易啊。布兰登注意到，又有四个男人的目光被苏菲吸引了过去，他们的眼睛紧盯着苏菲那光裸的、挑着高跟鞋来回晃悠的脚，脸上露出痴迷的表情。

---

① Séance-style，降神会是一种和死者沟通的尝试。

等布兰登回到座位上时，刚上来的那一大罐冒着泡沫的啤酒，又快被消灭掉了。他真想现在就回家去，到他的爱犬身边，好好睡上一觉。可他还是逼着自己再试一次，学习其他人彼此斗嘴时所用到的词语及隐藏的意思。

"如果他们愿意的话，可以去怪罪汇率或是边界线，可在我看来，他们还得发挥点想象力才行。"麦克阿弗蒂说道，"比如昨天我就灵机一动，想到了一个天才的点子。我非常愿意和大家说说。"布兰登努力体会麦克阿弗蒂的用词以及他吸引别人注意力的方式，可最后还是放弃了。"大家都看到边境酒屋那位新来的调酒师了吧——大概还带着孩子吧？嗯，昨天我从那里路过的时候，她正在喂奶，这种情景不会对我有什么特别的触动。不是说我假正经，但是我平时所做的春梦里没有这个。当然，这也不是我要说的重点。但我要说的是，这一次我是突然发自内心地渴望来一杯母乳拿铁咖啡。懂了吗？"

布兰登试图应景地发出几声哼哼的笑声，跟上大家的反应，却发现迪昂白了一下眼睛，而周围其他桌上的人都突然停止了交谈。"如果她用吸奶器吸乳头——迪昂，原谅我这么说 啊——把奶吸到他们煮咖啡的金属罐里，再把它煮到冒出到泡沫。哇塞！"他使劲晃着上半身，"然后再把奶倒入蒸馏咖啡里面，把拿铁递给你，拿着你给的十元小费，麻利地放到她的围裙里，瞧！善于利用？当然不是。哗众取宠？显然如此。说实话，有什么能比这样更吸引一个注重健康又喜欢大胸部的加拿大商人呢？"

塔利警员咬着下唇，坎菲尔德大笑不止，过了好一会儿才勉强说出话来："算了吧，迪昂。你不得不承认这个笑话确实挺有趣的。"其他人或贼笑或傻笑着，等迪昂发话，她却不着边际地把脸庞上的短发拢到耳后去作为回应。

"我喝醉了，"她说道，"而且我还是没觉得这有什么好笑的。"

听到这个后，他们反而笑得更加肆无忌惮了。塔利笑到最后还打了一个嗝，然后又咯咯地笑着说抱歉。迪昂紧跟着打了一个更大的嗝。布兰登希望他们赶紧换一个话题，这样他就可以免受诘问并从这个话题中摆脱出来了。可是大家谁都不说话。

"谢谢大家。"布兰登说着站了起来，感觉眼前的屋子有一点旋转。他起身的时候有几道闪光灯掠过，吓了他一跳，抬头一看，发现原来是苏菲的相机。

"你要去哪里啊？"塔利问道。

"让他去休息一下吧。"麦克阿弗蒂边说边喝着小玻璃杯里盛的波特酒，"做个英雄很累的。我没说错吧，迪昂？"

"我和你一起出去吧。"迪昂说着，朝自己的空杯子内投了一个十元硬币，无视麦克阿弗蒂的哼哼声和塔利的咯咯笑。她悠闲地走在布兰登的前面，和他一起踏入如洗的夜色之中。

"他们只是嫉妒你罢了。"她边说边往她的车走去，然后又回过头来，抓住他的臂弯，"你今天做得非常好。说真的，很多人都无法像你这样自己把三个人都逮捕回来，大多数学员估计都会把事情搞砸。你做得很好。"

好吗？布兰登怎么也忘不掉那两个年轻的走私贩见到他时的恐惧模样。这是他无论如何也忘不了的，他注意到警车后座上还被留下了臊臭无比的小便。

布兰登注意到她还在抓着自己的臂弯："你的女儿还好吧？"

"我下班之后都要照顾她。"她上前跨了一步，转过身来面对他，"我带她去看了麦克阿弗蒂推荐的一个来自柏林翰[1]的医生。你根本无法想象他有多浑蛋。"

"你的脊椎还直吗？"布兰登问道。

她轻笑一声，说："这又是听谁说的？事实上，上次检查的时

---

[1] Bellingham，位于美国华盛顿州北部。

候，发现它向右弯曲了二十一度——可是二十年了，还没有谁注意到过我这个毛病，或者说至少我还没有听谁提起过。不过还是谢谢你的关心。"她倾斜着肩膀，丢给他一个狂热的表情。"现在你知道我并不完美了吧。"

"如果地球不是斜着的，我们就不会有四个季节了。"布兰登说道，开心地发现可以有一个场合用到母亲说过的话了。

迪昂微微笑着，然后抬头看着星星。"你可以跟我去我家，"她说道，"如果你不嫌开车回你家太麻烦的话。"

微弱的灯光下，布兰登没有看到她那张通红的脸："我家也很近的，不是吗？"

11

他一路开着车窗，想好好透透气，最后在离家差不多两公里处把车停了下来，想看看现在还能否认出那些在学校的时候他自己发明的星座。新墨西哥州最让他喜欢的地方就是那浩瀚的夜空，这让他可以更加自由畅快地观赏宇宙。记得母亲跟他说过，宇宙到现在都还在继续扩张呢，星星好像是画在胀鼓的气球上的小点点。不管母亲说的是真是假，这都让他越发觉得自己生活的地球正在日益缩小，而头顶上的宇宙却在不断扩大。

可是今晚，他连金牛座和仙女座也找不到了。无线电里传来调度员单调的声音，通知说和平拱门附近有三个年轻人正在闲逛；情报局报告称喀斯喀特山附近有人用直升飞机走私；还有个加拿大人打来电话说，某个得来速①汽车餐厅里停了一辆蓝色卡特拉斯牌汽车。布兰登心不在焉地听着，眼睛却看着远方青贮塔和牛棚的剪影。东北边的天地相接处，阿伯茨福德的公寓里那忽明忽灭的灯，仿佛装在纹理清晰的玻璃杯里的蜡烛。黑夜的空气正打着嗝儿，呜咽着，嗡鸣着，和青蛙、蚊子还有田野里的蟋蟀的叫声交织在一起。没多久，这些声音都被一辆从远处开来的汽车轰隆声给掩盖住

---

① drive-thru，一种商业服务，常见于餐厅。点餐时，商品或服务会借由一扇窗户或麦克风提供，而顾客仍然在他们的车内。

了。田野里飘过来一阵阵化肥的味道，大概有人晚上喷洒了过多的肥料吧，也或许这只不过是春天奶牛场所惯有的臭气。这种气味鲜少有人知道，因为在这个季节，不会有巧舌如簧的房产中介人诱哄城外的赌徒来这里——他们口中所谓的梦幻田野。

布兰登在车头前踱着步子，突然一辆轿车的大灯射了过来。是一辆黑色的车子，也可能是暗蓝色。里面的驾驶员似乎一看见他就开始加速。布兰登赶紧钻进自己的车里，挂上挡并打开油门。"那家汽车餐厅有牌照吗？"他缓慢地问道，那边调度员早已回答完毕。

"没有，没有牌照。"

说完自己所在的位置，布兰登这才意识到今晚自己喝得有点多了，连在前方逃窜的汽车尾灯都看不太清楚了。"我是二零五。"他说道。

"二零五，我是调度员威乐。你在追赶什么车？"

"私家车。"

那边停顿了好一会儿，然后听到调度员说："二零五，一零三才是负责追逐的。"

"太迟了。"布兰登答道。

迪昂曾告诫过他，帕特拉不希望他们在街道附近拼命追逐这些小流氓，更不喜欢他们把醉醺醺的乡邻们吓得滚到路边去。但是，如果一辆蓝色的卡特拉斯从边境逃窜，又从他身边飞驰而过，迪昂又是他的教员的话……

布兰登一咬牙，放手加快车速，可仍被甩下很远。那到底是不是卡特拉斯呢？他能分得清卡车和汽车，或是小轿车，超出这个范畴的，他就只能靠瞎猜了。不过有一点他很确定，本德尔路前面有一处非常险的S型弯道，就在不到庞宝路口的地方。

"二零五，"在长长的停顿之后，又传来调度员的声音，"现在你正式成为一零三号追逐者。"

"收到！"布兰登说道，继续加速，想赶上前方的汽车。"可是我怕赶不上了。"

在写着"驾驶员慢行"的黄色警告牌处，汽车仍然没有停下来的意思，幽暗的尾灯一晃便消失无踪了。

布兰登转过第一道弯，发现前面已经看不到什么车灯了。没过几秒钟，他就知道问题出在哪了。只见那辆轿车的左后轮滑稽地挂在山谷上，后备厢也被弹了出来，此时好像正目瞪口呆地望着天上的星星似的。车子残余部分已经被挤得扭曲了，正躺在冒着热气的沟里，车头向下，驾驶员似乎连转弯的时间都没有。布兰登慌忙向无线电汇报情况，不停地歇斯底里呼喊着叫救护车，连平时说话要克制的训诫都抛到脑后了。

他猛拍了一下右腿，一头从卡车里冲了出去，急忙向水沟那边跑去，眼前的东西不停晃动。他一路冲到轿车后面，想搞清楚所有的状况——水沟有多深，水有多深。底下的车在不停地哧哧冒着蒸汽，绿色的车身被挤得完全变形了，在弹出来得后备厢下面，露出一些凸出的金色字母，写着制造商的名字。布兰登逐字拼写着：庞—蒂—克—太—阳—鸟。

这根本不是他要找的车啊！

他的脑子瞬时嗡的一声，眼前一黑，一句话都说不出来，耳朵里只剩下蒸汽的嗞嗞声。幸好他的身体还能移动，他听见自己扯着嗓子地朝沟里喊了几声，尽管这声音听着都不像自己的了。他跑到沟边，还差几步就险些掉进刺骨的河水。他赶紧刹住脚步，沟里的水起码能没过他的臀部，好在他还知道借用电线杆上的十字撑板向沟里爬。车头已经变形，蒸汽还在冒着。他想爬到驾驶员座那边，却惊异地发现，水似乎还没有灌进车里，虽然他也不确定这是否能减少危险。此刻，驾驶员正趴在方向盘上，脸以古怪的姿势歪着，好像在看旁边的乘客座。除了浓密的大胡子和一头短得可以看到头皮的黑发之外，布兰登什么都没有看见。

车窗半开着，布兰登朝他大喊："帮忙的人就快来了！"随即伸手去够门把，但立刻意识到他不能把车门完全打开，虽然这样可以把这个小个子男人拉出来，但水也会顺势流进去。他努力搜索记忆，想看看脑子里是否存有如何应对这种形势的策略，随后又摸索着将手伸进窗户，笨手笨脚地探男人的脉搏，结果发现一点动静都没有。他赶紧伸出颤巍巍的手，绕到男人的腋下，拍打他的胸部。突然听到怦怦的心跳声，布兰登吓得手缩了一下，嘴里忙不迭地说着"对不起，对不起"和"你一定会没事的"。他拿着手电朝车内照了一圈，发现里面很干净，没有什么装饰，看着像是租来的车子。"你一定会没事的。"他告诉这个男人，似乎也是在宽慰自己。他站了起来，感觉脚下沟底的泥巴已经浸到了他的靴子里。"一定会没事的。"

布兰登看着自己动作迟缓地走到警车的车灯前，不知接下来该怎么办好。也不知道过了多久，时间似乎已经静止，他感觉自己的身体正在空气中漂浮着，双腿已经完全失去了知觉。他下意识地朝无线电喊了几声，请求那边赶紧派救护车过来，对方回应说车子已经在路上了。他继续说着驾驶员的情况，告诉他们车子的型号和车牌，突然觉得自己胃里一阵翻搅。

调度员的语调变了，他说得很慢，一字一顿，每个字都说得非常清楚，像陪审员一般。布兰登突然意识到自己说得太多了，又喃喃几句，赶紧切断通话，然后拖着步子一瘸一拐地往沟边走去，想看看下面的水有没有漫到驾驶员身上。此刻，他身上的裤子已经被水浸湿，变得十分笨重，不停地向下坠着，整个身子也哆嗦不已。好想给妈妈打个电话啊。

终于，当他好不容易拖着沉重的身体再次来到轿车后面时，远处响起了警车的呜呜声。最后，救护车也带着明亮刺眼的灯光和刺耳的鸣笛声，呼啸着沿着贝吉尔公路飞驰过来，出现在本德尔公路上。直到这个时候，布兰登才意识到他还没有检查过那被弹出来、正在一张一合的后备厢。

他不知道要从眼前这片狼藉中得出什么结论。一个个装满干粉状物体的玻璃罐子，一个开裂的泡沫塑料盒子——里面装着很多管子，还有一些不明液体正从管子里往外流。布兰登知道火雷管是什么样子的，因为他曾帮父亲炸过十几个木桩。

他赶紧举起麻木的手，挥手让救护车停下来，那样子好像在向敌人举手投降一样。一辆警车紧随着救护车加速开了过来，让这场光彩熠熠的表演变得更加热闹了。车上下来了三个医生，朝他颤抖的身影和变形的"太阳鸟"跑来。就在这时，在这几个人的背后和头顶上天空中，布兰登看到了他在新墨西哥州发明的但还没有命名的星座。对！就是那个发着微弱的光芒、共有九颗星星四散排列，看着好似牛棚的星座。

12

诺姆通过安检人员的检查之后,就有人继续用对讲机告诉他该怎么走。他嘴里说着"好的,好的,好的",转眼却又迷路了。那三栋像地堡一样的房子怎么看都差不多,而且怎么找都找不到该死的门在哪里。整个大院子都用利刃型铁丝网围了起来。诺姆心里很纳闷,边境巡逻队这样做到底是想防备谁啊?最后,他终于找到了一扇开着的大门,可是怎么看都觉得自己像个局外人,就像曾经的某天晚上一样。那次,他偷偷摸摸跑出去喝了一杯波旁威士忌,喝得酩酊大醉,结果他摇摇晃晃地走进了一个大厅,屋里满是带着鹿角、正在模仿驼鹿叫唤的成年人。而这一次,只是动物服换成了土气的绿色制服而已,这身制服使他们个个看着都像斯莫基熊①。可是两次的噪声都十分相似,每个人看着都兴奋不已,都在七嘴八舌地谈论着什么。现在是凌晨一点二十七分,周围并没有酒精的痕迹,也没有他儿子的踪影。终于,身后的一扇门哐当一声关上了,隔开了外面那一片沸腾的喧闹。

刚开始,诺姆以为帕特拉打来电话是为了告诉他布兰登在一次爆炸中受伤了。情况并非如此,但也没好到哪里去。在诺姆的眼里,巡逻队的工作是保卫安全,是非常神圣的。但是现在,他感觉

---

① Smoky Bear,美国林务局海报上宣传防止森林火灾象征的卡通熊。

自己好像把儿子送到了一场战争的前线一样，而这场正在乡邻之间酝酿的战争是他之前根本就没有意识到的。如果说把自己的孩子活生生地往火坑里推是犯罪，那么，他想不出来还有哪种犯罪比这更残忍了。

大家突然都不再说话，目光纷纷向他投来。这时，一个女人从其中一个高档的桌子和昂贵的电脑屏幕前站起身，朝他走了过来。她身穿肉色制服，脸上带着客套的微笑，说道："是范德库尔先生吧？我叫迪昂，是布兰登的教员。"

和她握手让诺姆不禁觉得，这个女人一定很喜欢向人展现她的男子汉气概。他跟着她穿过浑身充满啤酒臭味的警员，这些人对他表现出生硬的尊重，大概是觉得伤心的父母就应该得到这些吧。"布兰登的第六感简直让人赞叹。"她告诉他，说的时候眼睛并没有看着他那胡子拉碴的脸。"你知道吗？要找到这样一个对这份工作有如此强烈第六感的见习生，简直比登天还难——甚至连经验丰富的警员也没有这么厉害。"她朝他露齿一笑，好像他们在分享什么秘密似的，这着实让他吃了一惊。

"他还好吗？"诺姆问道。

"受了点刺激，但这也是意料之中的。真的，完全是正常的反应。"

"这是什么时候的事？"

"零点五分。"

一个多小时前？情绪到现在仍然没有平复？当时为什么没有人立刻给自己打电话呢？如果他受了刺激没法开车，为什么没有人送他一程？出于所谓的"午夜礼节"，诺姆不得不压下了所有的疑问。

"警长，打扰一下。范德库尔先生来了。"

托尼·帕特拉举起一只戴着戒指的手指，迪昂赶紧小声地说了声"对不起"。原来他正在打电话，电话贴在左耳上，所以迪昂没有看到。虽然他对着电话叽里咕噜地说着，让人听不清楚，不过诺姆还是听到他正在谈论如何发布关闭边界的消息。

"要关闭边界？"他不可置信地问道，可并没有人答复他。刚刚那个女警员已经回大厅了，而帕特拉还在对着电话说个没完。

诺姆瞥了一眼那张有两平方米大的书桌，上面有或整齐或散着的盒子，墙面满满地挂着各种勋章、证书还有帕特拉与其他人的合影——照片里的他咧嘴笑着，其他人也露出同样傲慢的表情。窗户下面是满满的几堆报纸，都是《纽约时报》、《西雅图时报》、《柏林翰先驱报》、《温哥华太阳报》和《阿伯茨福德时报》。帕特拉曾经向诺姆吹嘘他每天要看完五份报纸，一篇报道都不落下，这样看来，他倒是没有撒谎，不过也证明了他整天都是无所事事。他提醒自己待会儿不要忘了问帕特拉，华盛顿和杰弗逊是不是也种植大麻。帕特拉这点倒是很好，他从来不会回避任何问题。不过，他要先为自己的提问编个理由。

警长表情严肃地点了点头，说了声"再见"，又整了整桌上的一摞报纸，这才站了起来，朝诺姆伸出手掌。警长还是一如既往地把自己收拾得很利索，衣服笔挺、剪裁合体，不过脖子后面却皱了起来，都是跟海象皮一样的褶子。诺姆数了数，发现他那指甲修剪整齐的手上戴了整整四个戒指。他怎么就没注意过这个征兆呢？以前和一只手上戴着超过两个戒指的人交手时，自己从未有幸赢过。和这种花钱让女人给他们修剪指甲的人，那就更不用提了。

"感谢你的到来，诺姆。你的儿子——"他说道，像往常一样习惯性地把音节拖得很长，这不过是让他的故事听着更费劲的伎俩之一罢了，"可能刚刚办了北部边境地区近几年来最大的一件案子。不过，现在的情况是，我们也不是很清楚抓到的这个人是干什么的。他身上带有很多身份证。但是，如果他就是联邦调查局要找的人的话——"

诺姆已经耐心尽失了："布兰登呢？"

帕特拉指了指门，诺姆和他一起进了一条黄得跟小便颜色一样的走廊中。

"受了点刺激。"帕特拉用医生的口吻说着，"换句话说，就是不太记得发生什么事情了。这是很常见的。从我打电话给你开始到现在都还没有恢复过来，至少我不确定现在是否……"他看了一眼迪昂，迪昂很男人地耸了耸肩。"有些事，"帕特拉又说道，"只有我们两个知道就可以了，不要告诉别人。不过关于加紧奶牛场安全巡逻的事，你如果能帮我放出消息的话，我将十分感激。你明白我的意思吗？"

"不，我不明白……"对诺姆而言，这一切都发生得太快了。他关心的重点被忽略了。帕特拉这是在求他帮忙吗？是把诺姆看成同盟，还是……更糟糕一点，帮佣？

"你也知道，比如说把牛奶罐锁起来，"帕特拉说道，"不要让陌生人经过家门……诸如此类的。"

诺姆在脑子里试图想象人体炸弹跳过水沟，跑来炸他家的挤奶室的场景："奶牛场有什么好担心的？"

"哦，你只是还不知道罢了，对吧？只要一个喷药壶，破坏者就可以很轻易地让疯牛病传播开来，难道不是吗？或者是肉毒杆菌——是这么叫的吧？据我所知，这玩意只要往你家的大牛奶罐里放上一小瓶，再把它运到牛奶厂里，和其他农场的产品混到一起。就那么一瞬间，五十万人的生命都将受到危险。诺姆啊，政府是很重视它的奶产品的。"

"谁告诉你这些产品是政府的？"诺姆感觉其他什么重要的信息，他都根本没有听到。

"我想你是知道的——"看到越来越多的警员过来问事情——警长这、警长那的——帕特拉不得不压低声音。他像是对着棒球焦躁不安的击球手一样，整了整袖子和皮带，噼里啪啦地问他们有没有什么最新进展，联邦调查局、总部和加拿大皇家骑警队以及其他头头脑脑的机构有没有传来什么消息，又应付着那些关于边界准备关闭多久、如何联合各个机构发布消息的问题。最后，帕特拉进了另一间屋子，里面塞的人更多，包括诺姆的儿子。此刻他身上正穿着不知是谁的夹克——显然太小了——腿上还裹着一条脏兮兮的毯子。

诺姆虽然已经不下百万次地为儿子的个头所震惊，但这一次仍旧不能幸免。虽然他正蜷缩在又矮又大的椅子上，可是他的脑袋距离地面还是超过一米五。他的脸色是那么的苍白，看着像一个巨型的哑剧演员。

一个警员正在问他问题，另一个则在打字记录。在诺姆看来，他儿子此刻正在接受他们的盘问。布兰登惹了什么麻烦吗？他的样子看着实在是太古怪了，嘴里咕哝着什么，屁股轻轻地打着哆嗦。

布兰登抬头望了一眼，眼睛睁得大大的。诺姆心里咯噔一下。不要再问了，求求你们了。

帕特拉示意警员先问到这里。他们也松了口气，勉强挤出一丝笑容，调整了一下皮带和裤胯，慢慢地走出屋子。

"你怎么样了？"诺姆一开口就后悔了，自己不该用这种毫无感情的语气问他，可是帕特拉和迪昂还站在屋里，他不想让儿子在其他人面前大哭大叫。他很少哭，可是一旦哭了，就会大哭不止。他的身体剧烈地抖动着，然后脱口而出："我应该一零三。"[①]

迪昂听完后笑得前仰后合，帕特拉小声嘀咕道："他到底在说什么……"诺姆朝布兰登看了一眼，儿子立刻意识到自己的失态，随后认真逐字地说："我，应该，做，一零三的。"

布兰登居然还记得这些插曲，这让诺姆惊讶不已。他把一只手放在布兰登的肩膀上，紧紧地捏了一下后又松开了，然后又捏了一下。"振作起来，"他鼓励道，"没事的。"

"和你想象的一样，"帕特拉说道，"他只是有点醉了而已。"他

---

① 布兰登想说："一零三应该是我。"此处发生了口误。

会意地眨了眨眼睛，挪动他那双罗圈腿踱到门旁边，伸出脑袋喊了一声："琳达！"

"他有第六感，"帕特拉又转身对着诺姆说道，"如果把它归结到新手的运气上，那是远远不够的。这一点毋庸置疑。"

诺姆拼命地想赶紧拽起儿子把他带走，不想让自己的嘴巴再喷出另外一句话，也不想听帕特拉再多安慰他一句，可是诺姆还是喊出了一句让他后悔的话。"把屋里的媒体赶出去！"他生气地抱怨道。

"没问题。"帕特拉一脸的迷惑不解，"诺姆啊，他已经是联邦调查员的料啦。记者的事情我来处理，这个你不用担心。现在只需要教教布兰登在各种官员和摄像机前什么该说，什么不该说就行了。如果我们认为这样妥当的话。要以防万一啊，诺姆。"

回家的路上，为了缓解布兰登的情绪，诺姆不停地说着一些他发现的日常琐事，什么"水手号"探测器签了一名左撇子的日本人来接手任务啦，第四频道预测未来一个星期会经历史上最多的降雨啦，怀亚特叔叔的屁股骨折啦，等等。"大家都说你干得很好。"他感觉这句话听着是用来说服自己的，"大家一直都在和我说你很有天赋呢。"

"停车！"布兰登说道，把窗户摇了下来。

"什么？"

"停……车……"

诺姆跨坐在一块突出的石头上，这里刚好处于德克·霍夫曼的口号板以及老汤姆的自由女神像之间。黑暗中，他看不清板上写了什么，可不知道是什么原因，女神手里的火炬竟然在今天晚上意外地点亮了。布兰登的声音，听着像一条正在对自己狂吠的狗。

诺姆向后倒了下去，几乎快晕倒了，他想起苏菲最近曾向他要求来农场看看。以前她也曾悠闲地踱着步子过来问过，而最近这次是穿着牛仔靴和一套棉服来的。她简直是个百变女郎，总能在各种造型之间变换自如。有时候打扮得像个几十年前的人，有时候又很新潮；今天或许是把头发自由散落在肩膀上，明天或许就会将它们高高绾起，或是一丝不苟地梳到脑后，无论是哪一种，诺姆都感觉她这样做就是要让你知道，不管你脑子里是怎么想的，她都可以按照你的要求扮演任何角色。

此时此刻，他的奶牛场看起来毫无生气。在她眼里呢？可能会像一个古拉格吧。①

回到家中，简奈特正坐在沙发上，小口抿着白果茶，身上穿着一件极为柔软的睡衣，衣服原本的颜色已经无迹可寻，里面也没有穿胸罩。她静静地听着诺姆说话，看见布兰登换了一套睡袍出来，便朝他拍了拍自己的大腿。布兰登将膝盖跪在一边沙发的扶手上，慢慢地伸展开身子，终于将头放到了她的腿上。

"你最近画的画，"她轻声细语道，"非常可爱。"

"他只要睡个觉就好了，"诺姆说道，来回踱着步子，嘟囔着，感觉自己好像并不存在一样，完全被他们忽视了。"你又能做些什么呢？"他又加了一句。狗汪汪地叫了起来，他知道看不见布兰登，他们就会一直叫个不停。所以他只好一瘸一拐地走到地下室，赶紧把它们放出来，免得它们又爬到他的挤奶服上去了。

从地下室回来，诺姆发现除了多了三条蜷缩在地上的流浪狗之外，屋里的一切仍和刚刚一样。狗也没有靠近布兰登，只是隔着一段距离敬畏地看着他。简奈特一只手放在他的前额上，一只放在他的胸口上，眼睛盯着电视机，好像里面正在播什么节目一样。那次诺姆在7-11便利店看到一条关于老年痴呆症的新闻报道时，第一念头是可能每个人都会得这种病，就像某种奇怪的病毒一样。他专门把

---

① gulag，苏联的劳动营和监狱系统，20世纪20—50年代中期用于关押政治犯和刑事犯的机构。

报纸买了下来，还耐着性子读了下去。

"聪明人的头发里含的锌和铜元素更多，"她低下头对着儿子低声说道，"满月的时候，地球的温度会有小幅上升。"

"做得好。"他回答，却依然紧闭着双眼。

诺姆在布兰登的腿上盖上了一条薄薄的毯子。"我要去……"说到一半他又停了下来。很明显，说了他们也不会听的，他只好极不情愿地走到寒风中去。早该去照看奶牛了。他看见苏菲厨房的灯仍在亮着。看来不用等到天亮他来告诉她，她就已经知道一切了。他往水沟那边望去。原来教授家里的灯也亮着啊。

维尼·卢梭又喃喃自语地说了一整夜。经过无数个令人生厌的实验之后，他终于取得了一点进展——当然，他跳过了几百个失败的实验，考虑到他没有助手帮忙，这便成为理所当然的了——最后终于发现马蹄形、涂着碳元素的灯丝有着非常好的电阻。然后，他花了两天时间努力实验真空封接和改进碳化处理，不少电灯的玻璃就是因为这两个过程没有弄好而爆炸的。两天来，他只在沙发上稍稍打过几个盹，连音乐都没有时间放。不过事实上，他还带着耳塞呢——这样才更像爱迪生啊，他不是耳朵不行嘛。他还比平常吸了更多的大麻，好延续他的幻想，让他和角色完美地匹配在一起。

他把一个烤得十分完美的碳化棉质灯丝放进管子里，抽出里面的氧气，慢慢地拉下开关。终于，一盏黄白色的灯照亮了他的地下室。维尼不敢正眼看向灯泡，怕这一亮又是昙花一现。他等着它闪烁、破裂或者爆炸。等啊等，几分钟过去了，十分钟过去了，它居然连闪都没有闪一下。看看吧！这正是一八七九年十二月那天爱迪生制作出的能够连续照明五百五十小时的灯泡啊！这是第一束在风中也不会摇曳的灯光啊！这就是那盏能真正改变黑夜的灯啊！不是仅供富人点的，而是能让所有人享用的灯！

维尼围着伟大的灯泡上蹿下跳，这种史诗般的成就让他的内心无限膨胀，好像他刚刚发明了火一样。

第二章

13

自从布兰登做了那件轰动不已的大事后，雨就一直没日没夜地下个不停。开始时只是绵绵细雨，后来变成了磅礴大雨，似乎为了惩罚大地一般，它们把小溪变成了河流，把泥潭变成了池塘，把沼泽变成了湖泊。连续十天，山谷被叫醒了，聆听着太平洋的降雨工厂制造出的暴雨呼啸声。无情的暴雨让人们无法外出，更让人有了被包围的感觉，可他们都无能为力。湿漉漉的墙上、潮湿的床单上，甚至连衣服和皮肤的毛孔里，到处都透着水汽。水沟里的水已经漫到了两岸，淹没了边境公路和零号大道上的几段路，美国警察和加拿大皇家骑警队每天都只好坐着水上滑艇，无数次检查这片面目全非的土地上，每一扇污渍斑斑的窗户。

整个边境地区被关闭了二十七小时，一直都处于草木皆兵的状态，这是从来不曾有过的。手持Nexus通行证①上下班的人，不像以前那样招招手就可以通关了。大部分南部来的驾驶员都要经过盘查，好像三千万加拿大人一夜之间都成了嫌疑犯。汽车也要被随机搜查，连车子的内侧也要用安全反射镜来仔细查看。面容憔悴的海关人员搜到了成堆的古巴雪茄、假身份证、走私香烟、武器——铜环指节、剑、手榴弹等——还有成箱成箱的假劳力士、老鹰翎毛以

---

① 持有这种证件的加拿大公民可以更方便快捷地进入美国，无须办理出入境手续，也无须护照。这表明美国和加拿大政府的关系十分密切。

及无数箱没有报关的水果和酒。要是你通关时有个无言的动作，比如一副小心翼翼的表情，那就等着被考问吧。老奶奶们必须交代钱包里是否藏有狼牙棒；孩子们要说出父母的情况；如果是阿拉伯人或说话有口音的，那就更不得了了。

当海关宣布在布雷恩市和林登市的交界口处逮捕了几个"嫌疑人"的时候，人们的焦虑更是逐步升级。帕特拉自信起码有十几个秘密交易正在进行，而当地警察开始十二小时轮换班。

媒体继续和这个模糊不清、令人费解的故事奋战着。他们尤其喜欢其中的几个生动细节，对其进行了无数次的报道：满满一车厢的三亚甲基三硝铵①，据说这玩意的威力能和硝化甘油②"称兄道弟"了。门板后面掖着一点四公斤重的不列颠哥伦比亚③大麻花蕾。这名运毒的恐怖分子的身份一直无法被确定。除了在车里——这辆车是在温哥华被盗的——发现了好几张身份证、一张西雅图中心及太空针塔④的地图之外。目前还没有任何其他关于这名男子的信息，包括照片和姓名。联邦调查局称，这名男子的身份谜团之所以尚未解开，主要因为他一直处于昏迷状态。除此以外，联邦调查局还称，在调查没有结束之前，将不对其进行公开讨论。然而几天后，《西雅图时报》就宣称联邦调查局已经百分之百确定这名尚在昏迷中的疑犯名叫沙里夫·哈桑·奥马尔，二十九岁，是某个恐怖组织的头头。他涉嫌使用多个化名在多伦多地区招募成员，其中一个名字还有对应的假护照，该护照就是在扭曲变形的庞蒂克车上被发现的。

帕特拉也没有向媒体披露布兰登的身份。他告诉苏菲，这样做

---

① RDX，一种速爆炸药。

② Nitroglycerin，也是一种烈性炸药。

③ B.C.省，位于加拿大西岸。

④ Space Needle，美国西雅图的地标之一，为1962年在西雅图举行的世界博览会所设计的，如今是西雅图最受欢迎的旅游景点之一。

的部分原因是他不确定公布之后布兰登会对媒体说些什么；更何况联邦调查局那帮喜欢抢功劳的傻蛋正打算一手接管整个事件呢。但是，布兰登的身份还是走漏了，记者开始不停地轰炸范德库尔家的电话答录机，请求或哄骗他给回个电话。联合通讯社还搞到了一张布兰登大学二年级时的照片，看着像是一张嫌疑犯正面照，旁边还配有美术老师对他的评论，说他具有独特的视角。这引起了当地人的极大兴趣，同时也给了《纽约邮报》灵感，创造出这样一个新闻标题：太空针塔或遭遇奇袭，菜鸟警官第六感克敌制胜。

铺天盖地的报道渐渐消停下来的时候，警方又抓到另一名身藏两把手枪的阿尔及利亚恐怖分子嫌疑犯，他当时正准备偷偷穿过丛林，越过边境去佛蒙特州的王国县。然后，仿佛一夜之间，美国人都开始谈论这条世界上最长的不设边防的边界线。这可是有史以来的第一次啊，好像它和政府的诸多败笔，比如五角大楼在厕所的马桶盖上挥霍掉两千三百一十五美元一样滑稽，和农业部砸钱给华盛顿州立大学对奶牛放屁进行研究一样荒唐。

电视工作人员倾巢出动、现身边境，对这条四千两百公里的边界线究竟如何不设防进行报道。据他们调查发现，用边界这个词来形容这条线实在是太奢侈了。因为大部分边界线连一条州界都不如，清晰度还比不上一条寻常的小路。边界上没有建一根栅栏，很多正规的十字路口到了晚上除了一个锥形路标之外，根本无人守卫。边界线就像是一条用铅笔画的害羞细线一般无迹可寻，特别是在明尼苏达州以西的地方，完全不是按照河流、山川或者湖泊的轮廓走的。从那边一直到太平洋，边界线仅是一条几不可见的北纬四十九度弧线。人们拿出地图和地球仪，衡量着两国之间的那条虚线。其中水沟的那一部分，现在已经成了人人关注的大新闻——那不过是条随处可见的水沟罢了。

随着故事的延续，记者们又开始争先恐后地挖掘一个又一个新的视角，比如从一个农民、退休人员和逃犯的角度来讲述边境西端的情况。甚至翻出那些走私朗姆酒的陈年旧事，还有这里历史上的衰落以及合法或非法商业贸易的数额。报纸开始纷纷刊登图表，显示近来缴获大麻和抓捕外籍人员的数量日益上升，或者开始强调各国在移民及禁毒法案方面的差异。许多老掉牙的故事，尤其是那份关于确认加拿大比较活跃的五十个恐怖组织的研究，都被拿出来添油加醋重新渲染一番。愤怒越积越深，相关的专栏作家、博客写手以及漫画家都随之热乎起来。当墨西哥的农田被一排排铁栏杆挡住的时候，当那里有成群的警员和义务警员巡逻的时候，在北部的美加边境却没有设立丝毫的防卫，竟然让恐怖分子带着一车的炸药堂而皇之地登堂入室！而那群国会议员们还在马不停蹄地要求增加在证券方面的研究和投资。更让人吃惊的是，华盛顿市市长竟然表示将增派州国民警卫队；而那些震慑南部边境黑道人物的国民警卫队，更是誓言要帮助北部封锁边界。

与此同时，山谷里门闩和罐头食品的销售量也开始直线上升，五金店的弹药和家庭警报装置被抢购一空。家家户户的邮箱里被塞满提供家庭安全咨询服务的小广告。当地人都在疯狂挖掘没有被曝光的消息：有多少辆运输炸药的车子从这里经过？德克·霍夫曼在他的阅读板上写了一条最精确的评论：**加拿大出口毒品和恐怖活动。**

在边界线以北的加拿大，自从美国总统宣布，任何藏匿犯罪分子的国家都会被视为敌人后，曾经那个关于美国坦克向北开进的黑色幽默，终于演变成了最真切的恐惧。

正当苏菲以为人们不会再继续讨论布兰登的时候，关于他的八卦反而愈演愈烈，虽然大多都是夸大事实或者是杜撰的传说。比如说他上班第一个月就打破了抓捕罪犯的记录；更不靠谱的，还有人说他有一套蜘蛛侠般的直觉和预测罪犯的技巧；甚至说他因为爆炸事件完全累垮了，所以才会倒着说话，或者——正如亚历山德拉·科尔所说的——只讲方言。除此之外，人们开始对他的艺术天分津津乐道。似乎无论是公开场合或私底下，除非他正在像人猿泰山似的在树上荡来荡去追捕走私贩、外国人和爆炸犯，否则他都在雕刻某种特殊的雕像。

苏菲让麦克阿弗蒂先把身子转过来，然后问道："你是怎么看待布兰登的？"

"那个'狗屎运小子'吗？他是个好孩子。只是暴雨闪电的时候，我可不敢和他站得太近。但他仍算是个好孩子。一开始，我也以为他是个怪胎，不过他的确比我们这些正常的家伙要怪异。明白吧？从来不带枪，但考虑到他的枪法是我们见过最烂的，所以这样也很好。事实上，他连字都不会打。他就像鲍嘉的电影里跑出来的老家伙一样[①]，大部分的字都是迪昂帮他打的。更糟糕的是，他很容易被人欺骗，就像一个十二岁小孩一样。他把人带回来的时候总是说'他们也不知道袋子里面装的是什么'，或者'他们也不知道必须要有护照'。我们已经习惯了，不然早就崩溃了。一开始我们以为他不过是运气好——我的意思是非常好——尽管我到现在也不知道那个爆炸犯到底是怎么回事。"

"为什么这么说呢？"

"哦，假如你手里拿着速爆炸药的话，你会想要犯险碰上一只缉毒犬吗？缉毒犬不能同时用来搜索炸药的，大部分的狗都只被训练用来缉毒，而非搜索炸药。如果你的任务是去炸毁某个东西，那你干吗要冒险运送大麻呢？我的意思是，这个家伙，不管他到底是谁，在我看来都不是一个聪明人。对了，说到布兰登，不管他在哪里，或者在做什么，他好像都能预测到每时每刻将要发生的事情。假设现在让他立即从这间屋子快速穿过，我敢打赌他能把屋里有什

[①] 这里的"鲍嘉"指的是好莱坞著名男演员亨弗莱·鲍嘉（Humphrey Bogart，1899—1957），暗指布兰登如老电影人物一般土里土气。

么东西都分毫不差地指出来。甚至连你穿什么、你在按摩我哪一块鼓起的肌肉、墙上挂着什么、还有我的哪块皮肤焕发着青春，都能一点不差地说出来。很多警员都尽量不去看太多东西，知道我的意思吗？而且，我们很多人每次都得鼓起勇气才能做到。而布兰登根本不是这样。他眼睛的视野真的非常、非常广阔。打个比方，假如有个感应器被触动了，我们派他和塔利一起去查看。塔利看到了足迹，可在他开始揭示谜底之前，布兰登已经能告诉他这些痕迹是以前留下的。要知道，塔利可算是个久经百战的老手啊，他的追踪能力不亚于任何人。可这个大个子新手呢？他指着脚印正上方悬着的一面极小的蜘蛛网告诉其他人，要织出这样的一张网起码得花一小时。明白我的意思吗？所以呢，他不仅长得异常高大，连人也很异常。是的，我都担心他会惹来杀身之祸。还有什么想问的？"

苏菲记录下采访，又给被采访人照了张相片。我有做剪贴簿的怪癖——她是这样对某些人说的。至于其他人，她就说自己喜欢记录口述历史。很快谣言四起，有人说她是一个造诣颇高的作家，有很多笔名，目前正在撰写一部离奇的小说，号称边境小镇版的《午夜善恶花园》①。到底孰真孰假似乎不是那么重要，人们就是喜欢八卦、喜欢抱怨、喜欢相互揣测罢了。他们乐于承认自己受到诱惑，并互相倾诉心中最大的担忧。

维尼·卢梭吐露了他最大的担忧：玛德琳。

---

① *Midnight in the Garden of Good and Evil*，著名推理小说，作者为约翰·伯兰特。小说从一桩真实的谋杀案写起，讲述了隐藏于小城平静安详下的斑驳人性。

14

　　玛德琳沿着零号大道加速行驶，耳边听着法语电台，这才明白，像她这样载着满满一车大麻的人根本不应该走主路。车子经过了几百个温室和绵延数公里的覆盆子地，而后穿过种植着加州葡萄、墨尔乐红葡萄和夏敦埃葡萄的园子。水沟那边的公路上，每隔三辆车就能看见一辆白绿相间的越野车①。可是这些头晕脑涨的警察从来不会朝她这边望一眼。他们身后的山谷依然被淹没在水里。眼光稍稍一偏，就看见那个宏伟的海湾、农舍和停着货船的船舱、汽车以及棚里的游艇。

　　她暗暗记下了托比标志过的赤脚贩毒者经常走的路线。他说得对，虽然巡逻的警力增加了两倍，可是只有傻瓜才会被他们抓住。在太平洋和和平拱门的入口处，已经排起了长长一列恼火不已的驾驶员。她穿梭于其中，然后由边境向西边的白石镇驶去。到了冬天，那里陡峭狭窄的街道就变成了长雪橇的天地，高高的房子刚好可以利用地理优势窥视海湾的景色，以及山下的"超级大国"。

　　把车停在码头之后，她发现电话亭旁边正靠着一对瘦长的夫妻，烟圈悬挂在他们的头顶上方。西北风吹得人很是惬意，她提前到了一小时，所以想先去放松一下筋骨，管他什么"托比的原则"

---

① 通常在美国电影中，这种车型是美国警方的专用车。

呢。托比对她的影响力越来越大了，这让她十分局促不安。他说她必须从现在的公寓搬出来，还许诺要给她找个更好、离他更近的住处。不管这个男人有什么请求，她能拒绝得了吗？她揉了揉关节，抽了一根烟，并告诉自己，这样一根小小的烟根本不算什么。她大踏步地走进了银灰色的暮色之中。空气中漂浮着淡淡的咸臭味，大概是那些暴露在阳光下的公寓所发出的。从这个角度看去，美国几乎完全被遮住了，只能看见那栋高塔般的度假饭店和一大片森林边上影影绰绰的灯光。

沿着白石镇的海湾，有一片狭长的地带，里面坐落着各种酒吧、餐厅、冰激凌店和时装店。在七月和八月，这里就是里维埃拉①。淡季时，这里会吸引来很多上了年纪的人，就像现在玛德琳看到的那些老人，他们挤在特鲁多酒吧的椭圆形凹室里，里面还挂着各种照片，有开怀大笑的甲壳虫乐队，有戴礼帽的西纳特拉②，还有一脸傲慢、光着上身的吉姆·莫里森③。他们正聊得热火朝天，压根没有看到维尼·卢梭的女儿走了进来。她点了一杯玛格丽塔鸡尾酒，听着无聊的酒保在耳边念叨着，说就在过去两周，"四人帮"已经壮大成为"八人帮"，还有什么那些老人们现在喝酒喝得更凶了，已经超出平常的一倍了。她像小鸭子一样用手指拍打着桌面，无聊地张着嘴巴，作势要打呵欠，没有想到真打了一个。

从玛德琳坐的那个位置看去，只能看到她父亲的后脑勺，不过她仍然能从他那嗷嗷的叫声中听出，他至少灌了三杯伏特加

---

① Riviera，位于法国东南部、摩纳哥及意大利西北部的地中海沿岸地区，以景色优美气候宜人驰名，有许多度假胜地。

② Francis Albert Sinatra（1915—1998），著名美国男歌手和奥斯卡奖得奖演员，20世纪30年代中期开始其演艺事业。

③ Jim Morison（1943—1971），生于美国佛罗里达州墨尔本市，20世纪著名的摇滚明星，以离经叛道而著称。

马丁尼。她偷听到他们正在抱怨温哥华的交通、没有曲棍球可以玩，又埋怨他们的总理愚不可及。直到第二杯玛格丽塔喝了一半，她才意识到自己正在听苏菲说话。很明显，那个按摩女郎正在和她父亲详细讨论爆炸犯的事情，因为从一开始她就比报纸知道得要多。包括炸药的类型和数量，警察和联邦调查局之间的宿怨，布兰登当时庆祝完他第一次成功缉毒之后，如何一个人开着自己的车从酒吧回家——费舍尔告诉她，那些毒品让托比公司损失了三十万美元。

她的手机里还存了布兰登两天前发给她的信息，里面反复埋怨自己应该做追踪者一零三、不应该喝醉、本来也不喜欢喝酒、永远也做不了文书工作、他这些年来第一次说话如此颠三倒四，等等。然后又问她是否想看看他新养的小狗，还有她是否知道丹尼打算什么时候回来，或者——这个是她的最爱——"逗号"一般需要停顿多久。他的声音充满恐惧，激起了她想和从前一样安慰他的条件反射，尽管她连他的号码都不想拨。自从丹尼走后，就没有人能把他的古怪变得那么有趣可爱了，所以她也一直对他避而不见。丹尼是唯一让她想聊天的人，可是两个人见面后除了嘲笑布兰登侥幸的英雄事迹外，还会聊些什么？不用说也能猜得到。

无非是这样：

医学院怎么样？

挺难的，真的挺难。还在托儿所上班呢？

嗯。

那你找过布兰登了吗？

玛德琳小口品着手中的鸡尾酒，继续偷听父亲的讨论会。

"我们能抵挡他们多久呢？十分钟？"他的老友莱尼·里布斯问道。

"或许二十分钟吧。"

搭腔的男人扫了几眼夜幕下的海湾，好像这会儿美国的航空母舰或者海军陆战队，正从那儿往海滩进攻一样。

"你觉得英格兰持什么立场？"

"能有什么立场？我们早就知道了，"维尼叫道，"超级大国的敌人就是他们的敌人。自从二战之后，这位'年轻的朋友'控制了欧洲的宣传，英国人就已经欣然接受他们的角色了。他们已经精通如何发表模棱两可的空话了，那边拍着马屁，这边又假装独立。"

"说是这么说，可是——"

"还有谁想来点沙司酱①？"

"有道理，可是这种情况永远不会发生。你以为他们的保守派愿意增加第五十一个州吗？特别是一个人口密度和加利福尼亚不相上下，自由程度可以和佛蒙特媲美的一个州。"

"这个地方以前会给很多沙司的，多得吃不完。"

"不管怎么说，那个爆炸犯到底是谁啊？"一个脸长得像猫头鹰一样的男人问道，这个人玛德琳并不认识。"严重怀疑他是不是有狂热爱国主义的加拿大人。我们的终身居民不可能会跑过边界去那边炸个什么东西的，对不对？"

"我们是中转站，不是吗？正如他们所说的。"莱尼说道，突然伸手把红酒抓在手里。

"难道这是我们的错吗？"维尼说道，"我们有什么办法？要不是他们到处惹事，怎么会有那么多人在我们这边排着队要朝他们那边扔狗屎呢？"

"嗯，可是我们确实有点责任。"莱尼反驳道，"毕竟是我们把人放进来的。等他们的谎言被戳穿的时候，要请他们离开加拿大已经

---

① salsa，墨西哥菜肴中常用的烹调和佐餐酱料，一般用西红柿和辣椒制成。

有点为时晚矣。他们早已经遍布加拿大——或者美国了。"他边说边朝南边努了努嘴。

"我猜这家伙是阿拉伯人。"

"谢谢你，罗科。能说点有用的吗？"

"他可真行，昏倒了事。如果他仍然处于昏迷状态，"维尼指出，"如果他身上有一大堆假的身份证，那么我们又怎么知道他是犹太教徒还是无神论者呢？难道他身体里流的是另一种红色血液吗，罗科？或者说是他那一脸大胡子把他出卖了？我也有一脸的胡子，我也是恐怖分子了吗？"

"那谁知道啊？"

"依我看，"维尼说道，"我怀疑这个人根本不存在。"

"难道是他们杜撰的？"

"没错。"

"为什么这么说？"

"很明显——"

"最好等赌场开张的时候爆炸，"罗科忽而突兀地说道，"我就说这么多。至于这条边界线会不会——"

"事实上，"莱尼打断他，"要是没有美国，我们也不过就是一坨无足轻重的海鸥屎罢了。"

"我们在这里到底是为了谈什么？"

"这就是我们的特点，"莱尼说，"我们不是美国，但美国造就了我们。"

"不要再说这个了！"维尼抱怨道。

"难道我说错了吗？没有他们，我们还会变得这么理性、这么有教养和出色吗？"

老男人们听完后面面相觑。

"说正经的，"莱尼继续不怕死地说道，"我们就像是女人经历一场充满火药味的离婚大战后，在迷茫期里所交的男朋友。女人爱我们，是因为我们不是她们刚刚甩掉的粗鲁、自以为是的蠢蛋。"

"再喝点酒吧，莱尼。"

维尼那双激动的眼睛抬了起来，又扫视了一圈屋子，最后落在了一份最意想不到的礼物上。就在她感受到他的注视同时，他注意到她正在无精打采地喝着自己的鸡尾酒，好像一位被生活压垮、年纪是其本身两倍的妇人，正在试图挣脱某只无形的手。

边境巡逻队在和平拱门附近新安排了一个夜班，以防有人闲逛时越过泥地上那条无形的边界线，或是在进行障碍滑雪的时候穿到那边去。可是昏昏欲睡的里克·塔利警员并没有看到，此刻正有一艘"吉尔里十八号"帆船正穿过海湾向南边的边界线滑去，他也没有看见船上那名身着黑色潜水服的船长，以及那扬起的风帆。她小心翼翼，发出的声音比抖动床单的声响还轻。没有人注意到那轻微晃动的帆，除了一名在岸边的沙砾上来回踱步的胖墩墩男子，只有他看到，就在塞米亚摩湾岬角的南边一点，那艘本应在四十分钟前就到达的帆船从泥地上冒了出来。

托比本来想用大一点的帆船，而非她父亲那艘看着像比目鱼似的、陈旧的三合板船。不过她向他保证，自己的船是专门设计的，可以在浅滩停泊，这也就是说她可以带着将近四公斤的货越过海湾，中间不用靠岸，也不用派船到半路接她。送完货，她可以立即掉头返回。可是，假如她在浅滩上搁浅了，刚好碰到一个一只手上拿着忽明忽灭白光灯、另一只手上拿着一杆枪的人，又该怎么办呢？

她拼命克制住想要逃跑的冲动，特别是看见那个岸上的那人离自己还有一段距离，还够不到自己时，更是如此。但是，她还是尽量把船靠近一些，好把货递给他。男人像个裁判似的站在那里，他自我介绍的方式太热情了，以至于玛德琳一转身就忘了他的名字。她把几个臭烘烘的羽毛袋子从桅杆上摘下来递给他。

他倒是不着急，借助手里的电筒发出的刺眼灯光，对着她的潜水服上上下下照了一番，又把灯光落在她的胯部上，停留了一会儿，说道："比一般的骡子①漂亮多了嘛，对吧？"说着便把手电放到嘴里，腾出两只手去拿袋子。他一手拎着袋子，另一只手在上面轻柔地摸了摸。

玛德琳的眼睛好不容易适应了强光，终于看清面前这个戴着黑色皮革小便帽、满脸横肉的家伙。

"亲爱的，还没有请教过你的芳名呢？"

很想让他闭嘴或者抓紧时间，可嗓子发紧说不出话来。

他喉咙里发出几声短促的笑声，呼噜一下吐了一口痰："了不起的托比给我派了一个哑巴啊？把另一包给我。"

她又把另一包递给他，他这才用肚子顶着钱袋，哗啦一声把它打开了。她不得不倾身向前核对数目，同时也闻到他腋窝下的臭味和油腻腻的汉堡味。袋子里面大概装了六捆用塑料纸包着的百元大钞，和托比说的数目一致，她装作很在行的样子，伸手捏了捏其中一包。她想伸手把包拿过来，他却抓着不放，然后又忽然松手，害得她朝后面打了个趔趄，结果又引来他的一阵大笑和更多喷出的口水。玛德琳把钱袋系到桅杆上，开始准备把船往深水处划。

"对你这个小东西来说，这个船是不是太大了点啊？"

等到水没过膝盖处，她立即砰的一下跳到船尾，肚皮贴着船板向驾驶舱爬去。

"要是没风了你怎么办？"

她摇着船舵，往深水里划，好让船的中心部位能离开海滩。可是这时突然逆向刮来一阵风，船被吹得横了过来，刚好让她的背部对着那个男人。

---

① 即运送毒品的人。

"要帮忙吗?"他边说边走进水里,"我的小甜心,需要我推你一把吗?"

她猛地拉了一把主升降索,可刚拉到一半时,风又把帆给吹转了过来,结果船又打横,让她不得不背对海岸。妈的——妈的——妈的!她不得不放低身子,可船又撞到了水里的泥,歪向一边又弹了回来。他又拿着那可恶的手电往她身上照了,还加快脚步朝她走了过来。她只好左右晃动身子好把船从泥里拔出来。终于,她感觉自己可以控制一部分帆和板子了,也足以让她把船头掉过来借风前行。船就这样横着航行了大约十米,她又调整了一会儿,才找到了正确的航道。她猛地一使力,把主升降索一拉到底,终于把整艘船都拉到了深水里。她长长地叹了一口气,听着像是一声呜咽,放在舵杆上的手也颤抖不已。身后传来一阵拍手声,可她并没有回头去看一眼。

终于摆脱了那阵陆地上的怪风之后,风向也变稳了,她的恐惧渐渐消失了,只剩下疲惫,脑子里一片空白。前面就是那片狭长的海湾,那里就是他们把母亲抛下去的地方。她砰的一下放开了三角帆,虽然她知道要想穿过这里,必须把帆抛高一点,或者照Z字形航行两次才可以。但她不禁想起那些一直想问,却从来没有问出口的尖锐问题。如果说电缆断裂的时候,电车上有四个人,那为何她父亲和另一对夫妇只受了点擦伤和划伤呢?为什么他们要把她母亲火化了呢?他们怎么知道那些灰就是她的呢?为什么他们不把她的骨灰存放在某个安静的地方?那样不就可以经常去看看她了吗?记得她在水上公园玩的时候常会大声尖叫;记得她在女儿的生日宴会上假扮算命的;还记得女儿们都才十几岁的时候,她还会偷偷爬到床上搂着她们睡觉。最后,在帆杠悄悄穿过驾驶室前,他父亲号啕大哭,嘴里说着各种好听的话,可还是把她像一碗熬干的汤一样扔到水里。妮可说这是故意针对她的,但玛德琳也不确定这究竟是不是报应,或许不过是一阵怪风,更或许是她的意志作祟,让木帆杠塞进了她姐姐的嘴里。

　　玛德琳在心里再三发誓，这一次拿了钱就立即退出——可是，还需要更多证据证明她根本没有胆子这么做吗？——不管内心如何谴责自己，她都无法忽视看到桅杆上挂着二十四万美元时，内心发出的赞叹——托比说她可以拿到两千四百美元啊。几分钟后，风转向了，她可以在这儿按照Z字形航行时再多转五度了。算了，改一下誓言吧。她一边想着，一边把整个上身靠在栏杆上，偏着脊背和脖子，不想让脑袋碰到近在咫尺的浪花。一只手抓着主帆，另一只则握住舵杆，眼睛看着远处的天空。再忍耐两个星期就好。下个月一号，她负责的六块地就有四块到收获期了。也就不过两个星期了。

　　然后去干什么呢？她会登上南下的飞机，去哥斯达黎加，或者里约热内卢。

　　过了不久，她不再责备自己，也不再疑神疑鬼或是做白日梦了，只是单纯地扬帆前行而已。进入加拿大海域驶向码头那长明的绿灯时，她的心里突然充满扬扬自得的胜利感。沿海岸向码头而行时，她听到自己嘟囔了两句，一句为了庆贺此行胜利，一句是感谢上帝保佑。船帆在风中拍打了两下，降了下来，脑袋里突然冒出各种画面：父亲试图用再发明救赎自己；布兰登在追捕走私犯和爆炸犯；行事古怪却让人难以抗拒的苏菲·温斯洛总是将各种事情联系起来，可是又从来不对其妄加评断。

15

　　总部的同事少不了对布兰登一番调侃,他没法陪着大家一起笑,只好回避,驾车向东边的山谷驶去。在他看来,那个山谷一直在变化着。

　　人们在那里建了更多的退休养殖场,其实都是一些度假小木屋。房子上装着两个烟囱,用石头砌成的墙,粉刷干净的白色墙面,清一色地用三块板围成的栅栏。在靠近林登的地方,人们用推土机改建了一块偏僻的地皮,准备把它建成未来的"天堂之路"。现在,在这条路的两边,很多私人车道如雨后春笋般冒了出来。原先在贝吉尔公路和本德尔公路交叉的拐角处有一家加油站,自从那里新建了"纽约比萨店"、"晒黑沙龙"和"疯人院烧烤店"之后,现在也变成了灯红酒绿的娱乐场所。而在靠近边界的地方,越来越多的钢铁架子被搭建起来,那些都是未来的赌场。因此边界附近那一排排茂密的覆盆子林地,将更有可能成为潜在的走私渠道了。

　　人们也改变了对他的看法。连父母看他的眼神也变得不一样了。就在不久前,他突然闯进一个酒吧去找迪昂的时候,人们竟然朝他鼓掌。大家的注意力突然都集中到了他的身上。他真想说他追的车子是错的,甚至连那个人都还处在昏迷当中,可他什么也做不了,只能手足无措地站在那儿,直到他们开始哈哈大笑。

　　尽管自从那件事之后,他都尽量不去注意那些可能需要他去抓捕、给他带来文书工作或他人赞誉的事情,可作用并不大。他碰到的犯罪情况反而有增无减。一会儿在哈尔沃斯迪克路截获一批大麻花蕾，一会儿是在贾德森湖抓到一个走私贩，过不了多久又在萨默斯抓到一个。看情况，加强巡逻并没有能成功阻吓不法分子，他依然能不断地在田野里、森林里发现他们的踪迹。每天他们都会像沙丁鱼般塞满那些拖着消音器的面包车。有一次，他和迪昂在弗洛贝格路上的一辆旅行车里，逮捕了五名菲律宾人。两个晚上之后，他又看到一辆蒙特卡洛在马克沃斯路勘测情况，明显是想借它转移警察的视线。所以他下了警车，沿着路小跑过去，在一堆蕨类植物下发现了四个蜷缩着的柬埔寨人。他们用手捂住眼睛，像几个刚学玩捉迷藏的孩子一样，以为*如果我看不见你，你也不能看见我*。第二天晚上，他又逮住四个罗马尼亚人，接着是三个鬼鬼祟祟的墨西哥人，这几个人还不停地用西班牙语向他苦苦哀求，他差点就心软地把他们放了。可无奈的是，他已经用无线电把情况上报了。偷渡客还是一波接一波的出现，似乎都想趁边界的大门还没永久关闭前，赶紧抢先跑进美国的领土。他抓的人里没有一个像迪昂曾告诫过他的危险且满嘴谎言的逃犯。他们是不法分子——从性质上来说是，对吧？——可是，不管怎么看，他们都不像罪犯。大部分人留给布兰登的印象就是外国人，有的甚至还很漂亮。当然也不是所有人都那么可爱，有两个伊朗人甚至还用结结巴巴的英语给他上了一堂《权利法案》的课。之后还碰到过一对斯里兰卡夫妇，他们甚至愤怒地指控他破坏了他们的蜜月旅行。那天晚上，就在这件事情过后，布兰登走进树林准备解个小便，结果却让九个委内瑞拉人自动走出来自首。此后，人们更喜欢拿"狗屎运小子"来取笑他了。

布兰登开始把所有在他脑袋中留下印象的不法之徒的样貌都画下来。刚开始是素描，后来又改画油画。他画过一个长着扁平鼻子、眉毛像火焰信号一般的摩洛哥人；一个鬓角又长又宽、有着紫色厚嘴唇的法国人；一个是有着杏仁色眼睛和满嘴褶子的阿尔及利亚老人，但他有一张孩子般精致的脸庞。太多这样的工作已经让他心生厌倦，不过令他欣喜的是，他一直都想足不出户就能游遍天下。如今看来，好像整个天下都自动送上门来让他观赏了。

他离开贝吉尔路，将车开上了斯旺森路，他试图集中注意力欣赏眼前这些让他欣慰的熟悉景色。新犁过的土地，颜色如同巧克力粉一般的泥土。牧场上长满了厚厚蒲公英，一眼望去，便是一片黄色的海洋。东边的小山坡上，各种花儿竞相绽放，有枫树花、野苹果花和桤木花。一排排手工绑好的覆盆子藤条，从他的车窗前一闪而过。经过一辆挂着"待售"牌子、生了锈的推土机，还有一张手写标牌，上面写道：马粪，一点五美元一份。最后他在吉尔·汉库普的林子旁把车停了下来，旁边还停了一辆挂着亚利桑那州牌照的埃尔卡米诺汽车，吉尔的林子面积超过二十五公顷，里面种了各种树木、灌木还有草场，刚好位于边界线上。所以除了各种鸟儿之外，也引来了不少走私贩。

正要踏上小径，就听到一只绿鹃正用那柔和的嗓音坚持不懈地唱着求偶的乐章：该听我唱啦，该听我唱啦。可是它那慵懒的诱惑却被一只长着栗色冠子的山雀打断了：嘿，您好；嘿，您好。刚进入枝叶繁茂的林子，就有一只褐色旋木雀发出了类似祈求的奇怪声音。它的叫声总是以三个旁人难以企及的高音结束，仿佛它总是竭力保持最高调。布兰登已经无法专心数鸟了。事实上，他已经有好几个星期都无法准确记下每天能看到多少鸟儿了。一只自称"通晓万事"的知更鸟在附近蹦蹦跳跳，愉悦地唱着那抑扬顿挫的调子：我什么都知道，我什么都知道。

他沿着那一排新鞋印往前走，没多久就看见一个比威氏鹟鹟的巢。巢做得很简陋，明显是用来诱捕鸟儿的，但估计鸟儿是不会上当的。于是他又走下小径，钻到了灌木林中。自从第一次看见家燕在农场的每一个屋檐下衔泥筑巢之后，他便开始研究鸟巢了。他发现金翅雀会把巢搭得密不透风，因此下大雨的时候，巢里的幼鸟常常会被淹死。他还看过喜鹊衔回各种各样的东西，比如指甲、罐头、磁带、玻璃、破布甚至是铁丝网来筑巢。有一次，还偶然看到一只愤怒的知更鸟蹲在一个高级的高尔夫球上孵卵，一只昏头昏脑的鸬鹚坐在一只七十五瓦的喜万年牌灯泡上。

他又重新踏上了小径，这才发现放眼望去，都是紫色的美洲大树莓花和白晃晃的印第安李子花，还有一棵黑山楂树。他在黑山楂树上砍了一些长约三厘米的刺，又拽了一些干枯的黑莓藤，把每根都断成每节三十厘米长，忙活了十来分钟。然后用树刺把五段干枯的藤子串在一起，并把它钉在一根矮一点的枫树枝上，随后再慢慢地往这个"弱不禁风"的东西上加藤条——一个接一个地加上去——直到它变成一根在风中漂浮的不对称的螺旋树枝为止。

第一个警告他有人正往自己这边靠近的是神经紧张的山雀，接着是灯芯草雀和金冠戴菊鸟，它们都被紧张兮兮的山雀弄得很好奇。原来是那些人啊！从他们穿着的卡尔哈特长裤、帆布衬衣和迷彩帽来看，应该就是那辆埃尔卡尼诺车和刚刚看见的脚印的主人。

"嘿，你好。"高个子主动打了个招呼。

"嘿。"布兰登眼睛始终盯着自己创作出的"结构"，哪怕轻轻的一阵风都能将它化为乌有。

他们看了看这个悬空的树枝，又用奇怪的目光打量眼前的这个人——衬衣下摆搭在皮带外面，扣子被扣错了——好像在等着他自我介绍一下一样。"这是什么啊？"矮个子终于忍不住问道。

布兰登没有和他们搭腔，耳朵里听着远处一只大啄木鸟发出的"笃笃笃"声，它肯定又在尽可能地制造噪声来吸引雌鸟，所以才用自己的脑袋撞击农舍的排水管道吧。

"诱捕的圈套？"另一个人猜测到，"心理战术？把它们的脑袋整晕，对吧？马迪，如果你和一个大型的团体打交道，那就要让他们全部都往一个方向看。这叫群体控制，是吧？"

布兰登又开始搭另一个树枝。

"那你管这个叫什么啊？"

"一种形状。"布兰登答道。有一只蜂鸟不知正在哪儿发号施令呢，它的哀号声又让他分心了。

"先生？不好意思，我们还没有自我介绍呢，是吧？我叫布福德·麦肯齐·斯特罗姆，这位是马丁①·T. 龙，是地方分会副主任，负责亚利桑那州国土安全——"

"后备民兵。"布兰登说道，刚又听到两声叫唤，那肯定是一只拥有橄榄色面孔的京燕。

"对，先生。我们是来这里帮你们做边境工作的。据目前情况来看，我们可以满足您的任何要求。如果能帮你们建一条从这到那的水中栅栏，我们将会非常高兴。实际上，我们打算见到帕特拉警长的时候，就把这个提议说出来。"

布兰登低头看了他们两眼。小个子男人的睫毛，是他见过得最长的。"帕特拉。"他重复道。

"对，就是他。"

"他会告诉你，没有人想建围栏的。"

"你是在开玩笑吧？说真的，这个到底是什么啊？"

"一种形状。"

"就像是黑暗中用来导航的路标吗？"布福德问道，"我们刚刚来的时候看到的那个'形状'是你做的吗？有点像一个大鸟巢的那个，对吧，马迪？"

"那肯定是某只大鸟建的。"马迪说道。

"那是艺术。"布兰登答道。

布福德听完便大笑起来，险些岔了气，还剧烈地咳了起来。他嘲弄道："根本文不对题。"

鸟儿们突然全都拍打起翅膀，叫声也越来越大，连这个"后备

————————
① "马迪"是"马丁"的昵称。

民兵"都被惊得抬头查看起来。

"可以请教一下您做这个花了多长时间吗?"马迪问道。

一阵微风把他做的"形状"吹倒了,布兰登无奈地举起了双手。真希望它还能保持完整啊。

"请您给我们详细地解释一下,对这个我们可一窍不通。"马迪说道,"我是说,从我的立场来看,从一位纳税人的立场来看,一个像您这样高大的人,往边境处一站,远比在这里做这些乱七八糟的事情要强百倍。没有冒犯您的意思,警察先生……"他倾身向前,斜着眼睛瞟向布兰登的名牌。

"我之所以现在出现在这里,"布兰登说道,眼睛还是没有离开他的"形状","是汉库普先生让我转告你们,叫你们从他的土地上走开。"

布兰登听他们答了几声"噢,噢",又小声嘀咕什么农场主希望保持边界开放可能会得到既得利益。他根本没有在听他们说些什么,可是他们抬起的脸和一张一合的嘴巴,却提醒了自己来这里的目的。

"后备民兵"不再唧唧喳喳地说话,而是停下来看这个大个子警察穿过一片蕨类植物和那些沙龙白株树,走到一根桤木前。只见他把第一根树枝摆了摆,接着把树干上架着的一个鸟巢拿了下来,然后叉开一只手,覆盖在鸟巢的顶端,再把它翻转过来,巢里的水一下子顺着他的手指流了下来。一切搞定后,他又重新把鸟巢放了回去,并把里面四颗淡蓝色的鸟蛋藏到隐蔽处。

"你刚刚在做什么啊?"布福德问道,而马迪则在一旁抓拍了几张照片。

布兰登正在考虑要不要告诉他金翅雀鸟巢的故事,就突然感到地面一阵摇晃,抬头刚好看见他的艺术品轻轻抖了一下,坍塌下来。

"感觉到了吗?"他问道。两个男人面面相觑,低头看了一眼散落在地上的碎片,然后又抬起头看向正歪嘴笑着的布兰登。

16

他以为来人是矮小的鲁尼，可是眼前出现的竟是一个十分让人有压迫感的身影。这样的影子凌晨四点出现在挤奶房的走廊上，着实让他吓了一跳。

"早上好，范德库尔先生。"这个体型高大的孩子走得太近了，露出的眼神也过于友善，让他以为这个人是来推销那些家里不太需要的产品的。

"你是？"诺姆嘟囔了一句，拉开两人的距离。

"今天过得如何？"那人问道，但他的身形和自信隐约让人有种受到威胁的感觉。

诺姆的眉头皱了一下，说："现在问这个太早了吧，不是吗？你到底来这儿干什么？"

"先生，我来这里，是受一些商人所托，想在您的土地上租一条小路。"

诺姆努力想要抓住他说的每个词的意思。自从昨天下午一月一次的牛奶罐检测开始之后，他就没能睡过一个超过十五分钟的觉。又是消毒又是打扫，忙得够呛——主要是也为了防止沙门氏菌感染——于是，他不得不给鲁尼留个信息，让他尽早赶过来。听说奶牛场可能会失去A级资格认证，至少他能找人说说这事儿。

"你是房屋中介？"他问道。

"我叫迈克尔。"他用一种很奇怪的方式伸出他那巨大的右手。

在诺姆还没有意识到这个孩子想和他握手之前，那只手就不经意地抽了回去："正如我刚刚所说，我们仅仅是想知道您是否愿意考虑接受我们的一些安排。比如，只要您同意让我们偶尔小心谨慎地从您的地里穿过，我们会付给您补偿金。"

"你想让我行个方便？"诺姆说道，过了好一会儿才理解他的意思。

"您怎么说都可以，我们无所谓。"他又露齿一笑，脸上好几个浅坑都露了出来——最高的一个就在他的眼睛下面——这个笑容之前肯定帮他清除过不少障碍吧，"我们每从您这里穿过一次，就会付给您一千美元的补偿，而且不管怎么样，每个月基本不会低于一万美元——全部现金付款。我们都是晚上从这里经过，什么都不会让您看见或者遇上——"

"谁是'我们'？"诺姆嚷了一声，心里一直不敢相信这种美差是真实存在的。边界封锁还不到一个月的时间，帕特拉对奶牛场下达了正式警告——虽然他只是用眼神下达了这个指令，可也使得一半以上的奶牛场进行了安全升级。而这会儿，这个孩子却在晨曦之前，像个收集签名或者是销售除尘器的人一样挨家挨户的游逛……天知道诺姆多么希望布兰登能够在此时出现，站在眼前这个过分热络的人后面，好把他的体型比下去。"你以为谁会——"

"先生——"这个孩子打断道，"这就是一个普通的商业邀约，您当然有拒绝的权利。但是，我向您保证，我们会十分谨慎，不会让您听见或者看见任何事情。您只需要在每个月二十三号检查一下您的邮箱就好了，第一笔款从我们开始使用通道的那个月起就会付给您，接下来的每个月都会按照约定照常进行，只要我们使用了您的通道就一定会付账。"

诺姆仔细把这个孩子打量了一番，这样一会儿后才能告诉帕特拉他的长相——他的身高足足有一米九三，一双深蓝色的眼睛，留着雷德福式①的前刘海，印堂附近长着几粒雀斑——"快点离开我的走——走廊。"他舌头已经打结了，耳边却一直不停地回想着他的邀约。

"一个月后我会再来的，到时候如果您改变主意了再告诉我。"这个孩子说道，语气如传教士一般自信，"当然，除非您的大部分邻居都签约了。"

"想都别想……"诺姆说道，但说到一半又戛然而止，因为脑子里正努力想象家里的邮箱中出现一千美元会是什么模样。

"那我再看看能不能让他们提高最低价格。"这个孩子一边说，一边拖着鞋跟在诺姆家那飞着虫子的走廊上徘徊，眼睛里看不出一丝羞耻或恐惧。

诺姆想看看他会去哪里，可是天太黑了，根本看不清。但是他想，总会有"哐当"关上汽车车门的声音吧，结果什么也没有听到。于是他站在沙砾上，竖起耳朵，这会儿才后悔自己为什么没有带只手电筒。那个孩子肯定直接从水沟那边跳过去了。他肯定是个加拿大人。可是，如果这样的话，那他不应该把车停在零号大道上吗？诺姆赶紧迈开步子朝家里走去，想在心里的怒火尚未平息之前跟家里人说说刚才的遭遇。这种事情实在是太骇人听闻了。他慌慌张张地走着，结果刚走到玛丽婶婶和姐夫放东西的地方，脚就被石子一绊，差点摔倒，他不得不放慢脚步。这些东西放在这里都有六年了，一直都没有被挪动过。玛丽婶婶的温尼贝戈牌房车已经发霉了，姐夫那艘喷射快艇也已经锈迹斑斑。记得很早之前，父亲就说过，农场这个地方，本身就是一个非常理想的仓库。任何人只要有不想用的废旧物品，都可以存在里面。此时，太阳正从东边冉冉升起，好像刚刚睡醒似的舒展着身体，仿佛正在谄媚地取笑他。算

---

① 这里指的是美国好莱坞著名影星、导演罗伯特·雷德福（Robert Redford，1937— ）。

了，还是回挤奶室吧。他一边想着，一边转身拖着沉重的步子往回走去。第六感告诉他，家里的农场此时很有可能正处在某个"作战图"上。诺姆想着，哼了一声。还有比他家更容易的目标吗？似乎很难再想出另一个了。这条小径他来来回回走了三十八年，每天早上四点、下午四点都会从这里走一遍，这里的每一棵小草、每一块石头他都熟悉不已。但是这一次，这条路似乎变得不一样了，仿佛已经暴露在某个人的眼皮底下。更让他感到不安的是，这个孩子居然认准了他的提议会像是一把小刀，狠狠地在诺姆的肚子里搅个不停。权利？一个能说出权利和谨慎的"推销员"？一大清早，诺姆刚刚统计完牛奶的情况，他就出现了，难道这只是个巧合吗？虽然诺姆什么都没有同意，可是总感觉自己已经隐藏了部分事实。他明白，要是这个消息被帕特拉听到，他肯定又要紧张兮兮了，本来几个政客要飞过来巡视他的管辖地区，就已经让他有点手忙脚乱了。尽管诺姆不确定自己能不能在以后承担更多的悔恨，但是他仍然不介意向警长或者其他什么人隐瞒这件事情，包括每一个细节。

他用三个指头捏了一小撮哥本哈根鼻烟，缓解了一阵晕眩，然后才走进门厅，继续给管子和软管消毒。这些东西是用来往大箱子传送牛奶的。他用手指敲了敲真空泵，听到那边的奶牛骚动起来。他无奈地把后背抵在墙上，氯气太浓了，把他的眼睛熏得直流泪。唉，在外人看来，他的挤奶室该是多么的无望啊。

记得他点头同意进来参观的最后一批人是海伦·谢弗教的三年级学生。那次他特意忙了一个早上，连口饭都没有顾上吃，而且简奈特还耳提面命地告诉他，一定要尽可能给孩子们解释清楚他做的是什么活儿、为什么要那么做。可是孩子们却不领情，嘴里一直抱怨着，有几个还被吓得脸色苍白，仿佛正有人逼着他们沿着阴沟的洞爬下去，研究屎和尿要流到哪里一样。其实布兰登早就提前把墙面都擦洗一遍了，可是屎尿仍然到处都是。最后，终于有一个小捣蛋鬼发现那些不是泥巴。就故意问他："便便怎么会弄到墙上去了呢？"一群扎马尾辫的女孩儿听完咯咯大笑。诺姆还在想到底该怎么回答他才好时，一头正在挤奶的荷兰奶牛就呲的一声拉稀了。结果，一个正在偷笑的小孩当场吐了出来。谢弗小姐瞪着他，好像整个"实地考察"都是他的变态主意一样。

而现在，苏菲天天威胁他，某天早上要过来突击查看他到底以何为生。好极了！她还说要顺便看看他的船。可是，他打心底地不想让她过来，不想让她亲眼看到自己的世界，害怕会让他浑浑噩噩地睡过下一次挤奶的时间，一把火烧掉牛棚，然后再跑到努克萨克河投河自尽。到底要什么时候，他心里想，你才承认——至少是向自己——你爱上了一个不该爱的人呢？

如果查斯·兰德斯把那块"从天上掉下来的馅饼"交到了警长办公室，那么，或许诺姆也应该给那边打个电话。但是他根本不认识那里的其他人。不，他应该给帕特拉打电话。但这样一来也就有了隐患：这等于把注意力引到了自己的身上，到时候，他想改变主意都来不及了。他叹了一口气，吐了一口唾沫。如果莫法特、克劳福德还有那些鬼才知道是谁的人，已经同意在每个月二十三号把一万美元装进口袋了呢？如果他是唯一一个抵死不从的人呢？还有一个想法也让他困惑不已：苏菲重新装修房子的钱，是不是也从那儿来的？

"好吧，好吧。"他嘀咕着，一边向门口走去，几张棕白色相间的大脸已经挤在那里，慢慢悠悠地来回徘徊了。毫无疑问，站在最前面的那个当然还是"珍珠"，它坚定地站在那里，那模样似乎在向他保证，它们一定能齐心协力共度难关。他打开圈门，又轻轻地推开挤奶室的门，看见最让他得意的六头奶牛正拖着笨重的身体缓慢地走动着。排着队的它们，看着就像是排在体育场小便池前的大块头，一头扎在饲料槽里。诺姆一边听着它们哼哼唧唧吃食的声音，一边站在旁边把软管子挂起来。有些牛在接种或者修剪蹄子的时候会变得很活跃，记得上一次他就在挤奶室里遭到了一头牛的攻击，不过这已经过去好一阵子了。为了不让公牛跑到它们中间乱搞，温驯的奶牛通常会把头朝外、屁股朝里围成一个封闭的圆。想到这里，诺姆提醒自己不要忘了去看望雷·兰克哈尔，他的肋骨上次就是被他们家的牛给撞断的。可是一想到要和这个总是表现出一副施恩者态度的人聊天，他就已经感到疲惫不堪了。

他又走进另一个牛圈，先给奶牛的乳头消毒，又把管子弄紧了一些。忙完了这个牛圈，还要其他四个圈也得像这样整理一下。不过，幸好前面这六头牛的乳腺是健康的，他也总算可以稍微松了一口气。透过连接两截软管之间的玻璃球，可以看到天鹅绒般柔滑的牛奶打着旋儿向奶罐奔去。看来用白血球和体细胞来衡量也不一定准确啊。他一边在心里给自己打气，一边走过去检查奶罐的真空度。那些该死的电脑，没有哪一台能像他这样了解这群牛。他把软管回冲了一下，转身回来洗了洗脏兮兮的两只手，然后再去添了一堆饲料，这些牛儿正在一边吃草一边挤奶，等挤完奶就要把他们一一唤出牛圈。大多数的牛听到他那"哞哞"的叫唤声就会自动走出去，只有少数几个不听话的家伙还需要在它们肚子上面推两下才行。我们一定能熬过这个难关的，他在心里默默地告诉自己，然后又好像安慰自己似的大声地说了一遍。

下面的六头牛里有两头的眼睛都变红了。诺姆把软管挂了起来，又给肿胀的牛眼睛滴了几滴土霉素①，再看看它们的肋骨，检查一下有没有掉膘。他家的奶牛有不少都已经产过不下四次崽了。如果是那些大场主，早几年前肯定就已经用啤酒把他们催肥，然后宰杀了。可是，既然牛都没有放弃你，你又怎能放弃它们呢？

在挤完八百多升的牛奶后——这只相当于最健康的那一半牛产量的百分之四吧——他拿起铲雪锹开始清理挤奶室里面的牛粪，脑

---

① 可用于治疗奶牛乳腺炎的药。

子里不禁想起戴尔·麦西克提议的把牛粪变成电力的"绿色能源计划"。真是一个天才啊！三百千瓦——这些电能满足两百户人家的用电需求了！就因为这个提议，他还拿到了补助金，连保罗·艾伦①都送了一张善款支票给他！诺姆一想到这里就愤怒不已，他也知道，自己之所以这样，一半原因是自己永远也想不出这样的好主意。人活到六十二岁，身上有什么缺点心里早就一清二楚了。可是，他还是觉得不应该把布兰登赶到边境检查局去。真是聪明反被聪明误啊。那个爆炸犯的身份始终还是个尚未解开的谜团——他还没有醒过来吗？——这成了大家茶余饭后的谈资，现在人人都在用猜测来填补这个故事的空白。记得帕特拉普小声在他耳边嘀咕过："布兰登什么都知道。你看不出来的，布兰登都明白。"

微软亿万富翁。那有什么了不起啊。他的布兰登还是个超级警察呢！

诺姆知道，时间一到，所有这些事情都会变成尴尬、悲剧或是尴尬加上悲剧。另外还有一件事也让他不得不提高警惕——他从儿子的身上发现，布兰登对这些事情一点也不关心，好像这和他一点关系都没有，好像某个无形的大坝正把他的生活分成了没有关联的两部分。

简奈特对于前一天所发生的事，也记得越来越不清楚了。一个星期以前，他看见她盯着布兰登，嘴巴欲言又止，好像是想问他：**你怎么会忽然穿上这身制服了？**她很少能把脑子里的片段连在一起，这种感觉就像是看别人拿抹墙粉涂在铁锈上一样。一天下午，她拍了拍衬衫，又朝衣领里面吹了吹，平息了身上的另一波热潮，然后对他说："诺姆，我们要好好谈一谈了。"可等他刚刚坐下来，她就哭了

---

① Paul Allen（1953— ），美国企业家，与比尔·盖茨创立了微软公司的前身，世界上最富有的人之一。

起来，说自己又忘记要和他谈些什么了。

　　他先让自己的膝盖歇息一下，准备待会再把苜蓿草包放到超级切割机里。本来还想中午好好小睡一会儿的，可现在脑子里晃来晃去都是那个诱人的的提议。除此之外，他还要想着如何拼尽全力照顾这么大一群奶牛，怎么可能睡得着呢？难道他的奶牛场看着就这么凄凉？水沟那边随便一个加拿大人向这边瞟一眼，就能看出来他亟需现金吗？难道是某个像教授一样的人向他们告的密？现在，诺姆觉得自己信得过的人越来越少了。他已经不会再和任何人谈论钱的问题了，甚至和简奈特都不曾提到过。每次一想到她根本不知道那艘只建造了一半的帆船，已经耗去他们三万八千七百五十美元的事，他就心烦意乱。他怀疑，那艘船现在连成本价的一半都卖不到。以前当她对数字还不糊涂的时候，支票都是她负责填写的，她每天都会鼓励他，让他勇敢地面对各种问题。那时候，诺姆挺羡慕她那种超然的生活态度。可是他明白，自己最后所能剩下的东西就只有一堆讨人厌的数字了。那本写满漂亮女孩电话号码的本子放在那里都有五十年了，可是他从未打过一个电话。很多次他都想去划船，可是计划却从一个季节被推到另一个季节。小帆船的尺寸大小他一直就没有测量完；姐姐、父母、叔叔和婶婶的生日、忌日，他也早就记不得了；昨天，邮箱里有一份犀利士[1]的广告活页，上面写着每次勃起需要的钱居然一下子就涨到一块九毛八了。

　　他在主要牛棚周围又喷洒了一遍次氯酸钠。拉稀的情况不是很多了，比正常情况下都要少得多。可现在到底有什么是正常的呢？鲁尼到底死到哪里去了？忽然一阵头晕目眩，诺姆赶紧走出来，准备抽根烟。这个山谷被虚假的希望照亮了。从远处开来的饲料车发出一阵隆隆的声响——又有两千美元要砸出去了——他不得不停下

----

[1] Cialis，一种壮阳药。

手里正在抽的第二只温斯顿牌香烟，重新回到生意上来。他还没来得及检查病牛的那个牛棚，只好随便拿奶瓶来喂喂小牛犊。以前这个工作他总是喜欢让布兰登来做，这是让你接近牛儿们的最便捷的方式。大农场主们是不会有这种担忧的。他们嫌麻烦，所以根本不会自己喂养小牛犊，通常都是再等两年让它们自己长大，直接买这种幼牛，再把牛养大然后卖牛肉。诺姆从来不吃小牛肉，他这样做有很多理由。首先，新泽西小牛比小狗还要可爱，它们对世界充满着好奇、对人类又是如此友好，以至于他下了很大的决心才能迫使自己不和他们玩耍；其次，奶牛的子宫几乎和人类的一模一样——他很喜欢把这一点告诉别人。如果以上两点还不足以让你动容，那么他就要说，它们连排卵和妊娠周期都和人类是一样的。而且小牛从肚子里跑出来的时候和你一样，也是连着脐带的。

除非它们流产了。半年来，诺姆家的牛流产的次数比以往三年的总数还要多，这又让他想起《全国奶牛场杂志》上，一篇关于奶牛场连续遭受四十到五十次流产的文章了。他们甚至还用了一个非常残忍的词来形容这件事——流产风暴。

来到病牛的牛棚，他才发现事情变得越来越糟糕。他先剪掉了四个昨天用橡皮筋绑着的乳头，然后发现又有六个开始充血了。有些牛是慢性病复发，以前都被他治好过，这也意味着，不管他承认与否，它们的乳头被割掉只是时间问题而已。距离上次逮到布兰登来巡视奶牛已经有两个星期了。当时诺姆还对布兰登进行了一番长篇大论的教导，之后同意，只要布兰登不再来奶牛场并且像他承诺的那样安心工作，诺姆就给斯特莱姆勒医生打电话，可到现在他也没有打。而且他越是等待，越是难以下定决心打这个电话。他想先找机会和鲁尼这样的乐观主义者讨论一下最新的牛奶数据，看看结论如何。实在不行的话，再找那个如临大敌的医生，看他拉低眼镜、听他长篇大论：在一个好农场里，奶牛是喜欢被挤奶的。也正是斯特莱姆勒提醒他说，如果他不找一个真正的挤奶工来代替他儿子的工作，那么不出六个月，他的奶牛场肯定会遇上麻烦。直到布兰登去学校两个月后，诺姆才明白这个兽医的话到底是什么意思。

正当他在重新思考一直购买的用于配种的廉价精子的时候，脑海中又浮现出那个小孩站在他家门廊上的样子。如果他们了解诺姆的习惯和需要，那么他们也该很清楚他的儿子是谁，对吧？想到这里，他心里一阵紧张，只好借助和生病的奶牛低语让自己平静下来，之后又重新回到健康奶牛的牛棚，想看看那些刚做了人工受精的奶牛有没有怀孕。

"诺姆！"

一开始他还以为自己听错了，然后他才想到，可能是鲁尼终于赶到了。"在这儿！"他大声喊道，就在那一刻他决定暂时先不告诉鲁尼那些数字的事，更何况鲁尼那高兴起来就没完没了的劲儿是多么容易让人产生误解。诺姆现在需要的是感受这份疼痛。

第二声"诺姆"听着有点尖，像是女人喊的。是简奈特？他猜测着。他正在帮牛做怀孕检验，忙着感受那些代表新生命的硬块呢。"等一下，"他喊道，"就来了！"

就在这时，牛棚的门被打开了，苏菲·温斯洛仿佛被一道阳光推了进来。只见她嘴里不停地"噗噗"呼着气，额前的刘海在两只慌乱的眼睛前飘荡着，看样子是一时间还没有适应里面昏暗的灯光。

在她的眼睛里，诺姆看到了自己的样子。脚上的橡胶靴子踩在牛粪里，脏兮兮的围裙已经完全看不出原有的黄色，软边的棒球帽上沾满了泥土——简奈特十年前就拜托他把它丢掉了。他用空着的那只手背擦了一把额头上的汗，却把泥土和碘涂得满头都是。他看到了她脸上满是困惑的表情：*他的右胳膊到哪里去了？* 好像他在玩一种让胳膊消失的魔术一样。但是，当她看清楚他的胳膊正在做什么"下流的事情"之时，她立刻脸色煞白，赶紧把脸转了过去。看到这，他也赶紧把胳膊从母牛的直肠里拔了出来，拔出时所发出的声音即便是他，也会觉得惊骇不已。

她再次把脸转过来的时候，他已经开始脱手套了，满脸都糊着泥，和小丑差不多。"记得你说过，要是看见有奶牛躺在地上，就要告诉你的吧？"她气喘吁吁地说道，"是的，嗯……"

她话还没有说完，诺姆就立刻一个箭步向药品棚冲去。他家地里现在有四头大腹便便的母牛——他多么想拥有一头健康的小牛犊和一头多产的母牛啊。实际上那边的几头牛都很能生产，所有的母牛都是。都是实实在在的多产母亲。如果母牛已经生过了小牛，那么此刻小牛就非常需要它的妈妈。

他立刻抓了一个便携式医药箱，然后慢慢地走着——膝盖疼得钻心，腹股沟紧紧地绷着——向他那破旧的小型卡车走去。苏菲在他旁边一路小跑，嘴里噼里啪啦说着她如何在吃燕麦的时候看见有牛躺在地上挣扎。他爬上车子，她也跟着爬了上去，顺便用脚上的木质鞋跟把以前扔在地上的哥本哈根香烟铁盒重新踢了一下，好盖住车里板子上被铁锈腐蚀穿透了的洞。即便在此时此刻，诺姆还是会因为她的一切而分心：她身上的味道，那湿漉漉的头发，小腿肚上的桃红色的裤子，甚至是那楔形小腿上凸起的鸡皮疙瘩。伴着一声细微的刹车声，他的卡车绕过她家的房子，然后又吱的一声驶出诺斯伍德，朝他家十号地的入口驶去。诺姆飞快地扫了一眼，然后叹了一口气。

"怎么了？"

"是那头荷兰母牛，"诺姆发起了牢骚，"这是她的第三胎了。她很能生的，非常非常能生。而且……"可是一想到母牛和牛犊都将死去或正在垂死挣扎的画面，他立刻吓得噤声了。

她并没有赶紧过去把门打开，诺姆只好下车绕过车头，把门柱上的铁链松了下来，又把门朝里面推了推，然后爬回车子，没有来得及看她一眼，就重新坐回到驾驶座上。脚下把油门一踩，四个气缸立刻轰隆隆地响了起来。他立刻挂上挡，车子猛地向前倾了一下，就哧溜一下穿过了奶牛场的大门。这条道路比较坎坷，他不得不集中注意力，不一会儿他便觉得累了，只能猛地刹住车。苏菲那顶着一头可爱湿发的脑袋也跟着车子向前猛地摇晃了一下。他顺手从后座上抓住一卷绳子，一瘸一拐地冲在了前面。

此刻，那头荷兰母牛正瘫倒在地，在她旁边，一头和大丹犬①差不多大小、全身湿漉漉的小牛犊正躺在那里，呻吟着等待母亲的第一口母乳，这对于它而言可是至关重要的。看到这一幕，诺姆悬着的心终于落下了。可是，这位母亲却仰面朝天躺在地上，仿佛正在和身下的土地较劲一样，嘴里呜咽着，头也无力地垂着，肚子肿得很高，比任何怀孕的母牛肚子都大。诺姆仔细看了看它发热的眼睛，又摸了摸它的耳朵，发现它正在发烧。"怎么了？小姑娘？"

他给它的头套上一个马具，把脚上的橡胶皮靴牢牢插在泥土和草里，手上使劲把它粗壮的脖子往后腿处拉，试图让这个超过五百四十几斤重的怪物重新站起来。母牛痛苦地呻吟着。他又试了一次，还是没有成功，只好气喘吁吁地放弃了。

"她生的是双胞胎吗？"

他几乎都忘了苏菲还站在旁边了——脚上的鞋也脱掉了，此刻的她远远地站着，木鞋在手里拎着，脸上憔悴不已，身边挂着一个摄像机，红灯亮着，正在拍摄。

"你看到哪里还有一只吗？"诺姆赶紧张大眼睛四处张望。

"嗯……"她犹豫地伸出手，指着荷兰牛后腿处那摊一米多长的椭圆形的黏液。

"那是生产过后留下的。"他嘟囔了一句，"现在，请你把手上那该死的东西放下，来帮我抓住这个。"

看到苏菲慢吞吞地用涂着润肤乳的双手握住他身后的那一截绳子，他忽然意识到自己不应该这样叫她帮忙的，可是叫都叫了，后

---

① Great Dane，大型犬，通常体重46～54公斤，体高71～76厘米。

悔也来不及了。他用尽全力地拖着,最后连手腕、肩膀、后背都和膝盖一样疼痛不已。母牛又哼了一下。苏菲尖叫着滑了一跤,然后又站了起来,一副恐慌不已的表情,好像完全不敢抓着那条该死的绳子。诺姆心乱如麻,他已经管不了注意什么形象了,特别是此刻地上还躺着一头拼命挣扎的牛犊和一头奄奄一息的母牛。苏菲在一旁看着他脱下上衣,卷起裤脚。唉,这对她而言不过是场戏剧,却是诺姆的悲剧啊。他真想大声责问她:*你到底来这里干吗?你的钱是哪里来的?你正在写那些该死的书吗?你真的把你的前任丈夫给谋杀了吗?*

可是,他没有。他先用那把瑞士军刀朝母牛的后腿肌腱部位猛刺了一刀,它立刻跳了起来,苏菲也吓了一大跳。接着又给它的后腿来了一刀,母牛没有反应。他又加大力气再捅了一刀,牛还是连身子都没缩一下,可已经让苏菲看得哭喊了起来。他抓起医药箱,跨坐在牛脖子上,再从箱子里的一个袖珍口袋里拔出一根针管。他伸出一只手沿着它的脖子摸索着它的颈静脉,用力地挤着,终于,一条和花园水管一样粗的动脉在它的脖子上凸显出来。诺姆立即拿着锤子在上面使劲敲了一下,让针头扎了进去。一股鲜血喷涌而出,直往他的脸上溅去。

"希望你并不害怕看到血。"他对苏菲说道。事实上,他倒是很希望她会害怕。他又把针向里面敲得更深一些,并在上面连了一根输液管,然后把手里的输液袋高举过牛的脑袋。

"里面……装的是什么?"苏菲胆怯地问了一句,又开始拍摄。

"大部分是钙。"他故意喊得很大声,好掩饰自己的紧张。"如果滴得太快,它会得心脏病的。不过你看,我屁股坐的这里可以感觉到它的心跳。"他停了一下,似乎又感觉到了,"所以每当它的心脏漏跳一下或者跳得过快——就像刚才那样——我可以捏一下这根管子,让它跳得更平缓一点。"

"你用屁股就能感受到它的心跳吗?"苏菲一脸不可思议地

问道，踮起脚尖绕着牛头走着，仿佛它是一条龙似的，"它到底怎么了？"

问题实在是太多了。首先，它的一条腿坏了；其次是产后瘫痪；很明显，它还吸入了太多的空气，如果不赶紧打个嗝，把气放了，仅凭这点就足以夺去它的性命。它还有可能会因出血过多而死。最重要的是，它价值两千五百美元啊！就这么简单。可是他告诉苏菲的只有一句话："两千五百美元！"

诺姆抬起头，正好看到地上的牛犊正呻吟着站了起来。他哀叹一声，只好赶紧给母牛输液。就在袋子里的水滴进去三分之二后，它终于停止了呻吟，动了起来。诺姆把针拔了出来，退到一边站着，看它尝试着活动自己的后腿站立起来。他告诉苏菲，让她继续抓着绳子，而他则在背后猛推母牛。她只好又把摄像机放到地上，并且还摔了一跤。*按摩女郎，欢迎参观奶牛场*。慢慢地，牛的三条腿都站了起来。诺姆继续用力推它的屁股，哄着它活动那条被刀刺中却没有反应的腿。最后，那条腿抽搐了两下，在他气喘如牛的大力帮助下也站了起来。肚子下的胎盘终于落下，砰的一声炸开，流出一大堆液体，有些都溅到了他的膝盖上。

他听到一声抽气，但并没有朝苏菲望去。他的眼睛始终紧紧地盯着那头荷兰母牛，虽然它现在还有点恍惚，不过已经能一步比一步更坚定地走向它那正在颤抖不已的小牛犊。小牛的后腿和脊梁骨弯的角度都恰到好处，和他曾经喂养过的任何一头荷兰乳牛都一模一样。它舔着小牛犊的脐带，以最快速度把它身上从娘胎里带出来的东西舔掉。诺姆的嘴里似乎也尝到了血腥味，可心终于放了下来。如果不是苏菲及时跑过来找他，母牛和小牛恐怕早就死了。一想到这个，他心里就对她涌起一阵淡淡的感激。

她又呻吟了一声，他终于回头朝她望去，看到她正把手放到大腿上，不经意间看到了她那曲线优美的臀部。他赶紧把脸转了过来。她抹了一下嘴巴，努力想挤出一丝微笑，然后转身摇摇晃晃地走了。诺姆感受到了她的退缩和她全身发散出来的厌恶。他看着自己发抖的双手，手指关节处的褶缝里堆积着已经干涸的鲜血。此时此刻，他要说些什么才能挽留住她呢？他突然很想和她说早上有人向他提供贿赂的事情，在故事的精彩处还要专门放慢速度，引诱她一步一步追问细节。他迈开步子准备向她走去，就在这时，他看到鲁尼那辆雪佛兰车慢吞吞地开了过来，透过车窗，小鲁尼又露出那张灿烂的笑脸，似乎今天就是他人生中最精彩的一天一样。他身后传来了那栋正拔地而起的赌场施工的铿锵声。尽管诺姆直到那一刻才注意到它的存在，可那声音听着越来越大，似乎想赶在某些虚伪的暴民阻止他们之前，抓紧时间建完一样。他又转身看着苏菲，可惜她已经走得很远了，身影看着很憔悴，连走路都晃晃悠悠的，仿佛她才是那个刚刚生过孩子的母亲。

17

维尼写了一个晚上，到最后，他的身体越是疲惫，精神却越是亢奋，字也随之变得越来越大，也越来越稀疏。读一遍，写一遍，再重新写，他终于凭借记忆草草写完了最后几页，只有结尾处的高潮部分听着像他自己说的。"盖茨比相信这盏绿灯，这个在我们眼前一年年逐渐远去的狂欢未来。"他那几只跳动的手指潦草地写道，"过去，它曾远离我们，但没关系——明天我们会跑得更快，把胳臂伸得更远……我们总会在一个美好的早晨……"①

他一边爬上楼梯，一边兴奋地欣赏自己写的散文里所蕴藏的魅力与智慧，直到看到镜子里反射出来的自己的模样，这才记起他根本不能和二十八岁的弗朗西斯·斯科特·菲茨杰拉德②相媲美。他咣的一声拉开冰箱，里面一点吃的都没有，只有几瓶调料和一瓶"孟买蓝宝石"杜松子酒③——菲茨杰拉德就是一个像杜松子酒一般的男人——于是他又转身去找自己的药，心里意识到自己越来越不像一

---

① 这里的"盖茨比"指的是经典名著《了不起的盖茨比》中的人物，此处为该书结尾部分的原文。这部小说最初出版时并不受欢迎——作者在世时的总销量只有不到24000本。在大萧条以及"二战"时被忽略，直至20世纪50年代再版时才受到广泛瞩目。

② Francis Scott Fitzgerald（1896—1940），美国著名小说家，《了不起的盖茨比》的作者。

③ 也称"金酒"，口味辛辣，属于烈酒。

个勇敢的年轻作家了。

这么多天以来，那本小小的书总是带给维尼惊为天人的感受，他甚至把它看成有史以来最细腻的一本小说。可是，有的时候，它却又像是一本夸夸其谈、关于非理性之爱的中篇小说。这真的是一本谈论美国激情和自我重新发现的伟大小说吗？还是一本讲述一个怪人疯狂迷恋上一个他无法拥有的女人、充满戏剧性的奇闻漫谈呢？这又有什么不同寻常的呢？有多少人——他心里想到——把苏菲·温斯洛当做他们自己生命码头终点的绿灯呢？或许就是这样，盖茨比那误入歧途的追求正好抓住人类的一个共性，那就是我们所有人的心底都埋藏着非理性的梦想。很明显，弗朗西斯·斯科特知道自己正在写一部伟大的作品；这一点从他的书信中就可以看出来了。当人们对他的作品进行批判或是拥护的时候，他早已去了另一个世界。但是，这一切都在他的意料之中。或许，正是这种信念成就了他的伟大。那天早上，维尼好几次感觉到脑子里有火花乍现，而那个时候，他也能感受到语言在敲打着自己的思维。当然，现在它们都消逝了。他把所有的报纸和沙发枕头都重新翻了一遍，终于在他即将要阅读的一本书下面找到了那半克的"臭鼬"烟草。这本《历史观念：从火到弗洛伊德》[1]，他还没有看过。

他一边笨拙地卷着第一根烟，一边看着范德库尔家的小子沿着边境公路，开着他那破破烂烂的卡车。车子一如既往地摇摇晃晃。那小子应该直接开到前面的路口，再转到阿辛克路向南走。他怎么放慢车速了？在研究水沟里的什么东西呢？维尼也不明白这孩子又在搞什么把戏了。美国人喜欢英雄，只要是个英雄都会喜欢。可如果英雄是这样一个孩子那又会是什么情况呢？他看着你的时候，好

---

[1] *Ideas: A History of Thought and Invention, from Fire to Freud*，作者是彼得·沃森，生于1943年，就读于伦敦和罗马的达勒姆大学。代表作有《二十世纪思想史》。

像要根据你的脸创作出毕加索一样。看他画的画时，你会有一种这是在为你好的感觉，就像在看残疾人奥运会一样。其实你也可以把每一朵云、每一棵树和每一片浪花叫做艺术；那每一次小鸟的啾鸣、抖动翅膀，甚至连放屁呢？

他又胡乱地卷了一根烟，开始惦记起玛德琳。他从来不敢直面于她。事实上，对于她的淘气，他几乎是纵容的，因为她和她的姐姐不一样，她的我行我素、藐视传统正是他所喜闻乐见的。自从玛赛尔去世之后，他一直由着玛蒂①的性子，凡事只要她高兴就好，只希望有朝一日她能安定下来。但是，他从来也没有料到，她会变成现在这样，对所有事情都无动于衷。他也给妮可打过电话，让她出出主意，可她总是支支吾吾，说什么"你不能去帮助那些不需要帮助的人"云云。当然，她也曾经主动提议要带着她那位人形模特儿丈夫，来给他庆祝六十五岁生日，言下之意却像是她根本就不喜欢这种家庭琐事。

终于弄好了一根足够长的烟卷，可是他又对自己是否应该吸烟产生了质疑。他身上的疼痛也不是那么厉害，他希望自己在呼唤玛蒂的时候，头脑是清醒的。但是每抽一口，他的头脑似乎就会变得越冷静，最终他还是越过了某个界限，一切又变得滑稽起来。这和喝酒是一个道理，他曾多次声明，喝酒超过两杯，绝对不去写专栏或是艺术评析一类的文章。他狠狠地吸了一口，烟蒂发出一阵明亮的火光。他把眼光投向范德库尔家那艘开满黄色郁金香的小艇，却刚好听到苏菲家附近的街上传来了一阵吵闹声，这才想起她给自己发的邀请。

当托尼·帕特拉告诉苏菲，国会议员要来这里听简报的时候，

---

① 玛德琳的昵称。

苏菲一边给他那患了关节炎的脚趾涂指甲油，一边鼓励他就在她家的房子前作一个公开演讲。还有哪里比这儿更适合他去发挥呢？不过令她惊讶的是，他居然采纳了她的建议。更令她吃惊的是，那群从警车里鱼贯而出、脚上穿着皮鞋的人，居然都那么乐于向她献殷勤。这些政客看到这里没人可以让他们施展魅力，就一个劲地围着她转，一会儿恭维她，一会儿又装作不经意地碰触她。不过，等苏菲拿出摄像机时，他们又赶紧堆起温暖的微笑，整理好仪态，换个方式和她打招呼。

她听到帕特拉开始滔滔不绝地说了起来，陈述着那些不言自明的事实，口气好像这都是神的旨意一样。"是的，事实上，这就是边界。就在这里。是的，这条六十厘米宽的水沟还算是我们比较好的屏障之一。再沿着这条街向前走几百米"——他向喀斯喀特山的方向指了一下——"就是我们每天晚上值夜班时，买'得来速'快餐的地方。女士们、先生们，这个繁忙地带的所有保护措施，就只有一群整天加班的、辛勤奉献的警员和一堆过时的运动传感器。所以，你们可以想象一下，如果有一天某个走私贩或陌生人——甚至是携带炸药的恐怖分子——冒了出来，而我们连这一带都守不住……"他耸了耸肩，"说实话，有一小半的传感器报警情况我们根本就无法及时查看。这也意味着，我们抓的大部分都是反应比较迟钝的不法分子，明白吗？但是，我们今年抓获的不法分子还是比去年多了一倍，而且过去十二个月里我们缴获了总计超过九千公斤的大麻，这可是三年前的五倍啊。然而，这些可能还不到目前正在走私的货物总量的百分之五。你可以想象一下，加拿大三分之二的大麻都是在不列颠哥伦比亚省的室内种植的。"他一边说，一边向北方比画了一下手指，"不幸的是，加拿大骑警队的人手不够，而加拿大的法庭又不愿意过多插手这件事情。"

政客们用眼睛询问这位安全专家，对他所说的话的真实性表示质疑。可是这位穿着灰色西服、表情严肃、身材矮小的官老爷却无视他们的询问，继续沉浸在他那忧郁的节奏当中。

"每一次加拿大骑警队执行任务，"帕特拉继续说道，一边还理了理他的"雄鹰童子军"①领带夹，"案子都涉及地下室操作，这样的种植场大概有五百个，意味着每年会有一百五十万美元的产值——我说的可都是实实在在的真钱啊。而它们百分之九十的市场就在美国，所以，他们当然会想尽各种办法把货给运过来。于是，他们不是铤而走险从入境港口偷运，就是想办法跳过这条水沟，再穿过那边的覆盆子地，或是在边境两边各放一辆汽车，趁我们不在附近巡逻的时候，就扔过来几只曲棍球袋，再赶紧坐上车一溜烟开走——等我们来得及出警的时候，他们早就消失得无影无踪了。甚至，他们还可以摇着加拿大独木舟、或者驾着直升飞机、雪地车和遥控飞机偷偷穿过海湾。"

"那么，可以在这边建水泥墙吗？就像我们在国会大厦前面建的一样。"一位田纳西州议员带着鼻音说道，他后来声称加拿大边境问题比墨西哥边境复杂得多。

帕特拉先感谢他的提问，并微笑着停顿了一下，等气氛酝酿得差不多了，才开口说道："我开始时也是这么想的，可是，你知道别人怎么告诉我的吗？让我来告诉你：一旦建好，每一个公民自由组织到时候都要抗议——"

"他们肯定会抗议，"那个议员又打断道，"不管我们做了什么，难道不是吗？如果我们作一个决定时，仅仅受制于那些要抱怨的人——"

"安装摄像头呢？"一名政客问道。若不是刚好看见他扮了一下鬼脸，苏菲都来不及看清是谁说的提议。

---

① 美国童子军所能得到的最高奖励级别，这是一项终身的称号，因此也有"一日为鹰，永远为鹰"（Once an Eagle, always an Eagle）的说法。

帕特拉咂了咂嘴巴，好像必须要有片刻的安静，才能衬托出他即将和大家分享的消息的庄重性。"摄像头，"他重复道，接着又是一个做作的停顿，"如果我们在部署的战略位置，在超过十五米高的柱子上装三十个摄像头的话，我相信我们可以将现在的威慑力提高三倍，而且所花价钱也只是原来的三分之一。"他说完清了清嗓子，"可是，你们当中有些人或许知道，这个问题之前就有人研究过，但目前实施的时机就要到了。"

"多少钱？"

这时，帕特拉说出了一个数目，他之前和苏菲说得比这还要多一倍。可是听到"一千五百万美元"这一金额时，人群里还是立刻炸开了锅。看到这里，帕特拉又赶紧像个传教士一样补充了其他的监控措施，包括飞艇和无人驾驶飞机，甚至还包括在地里埋雷达，建成一个虚拟的围墙以作为**增强战斗力的手段**。

"众所周知，大部分的大麻花蕾都是有犯罪组织集团在操控的。同时，还有证据显示，加拿大的恐怖势力开始筹钱，准备做事了，这也意味着我们的'缉毒之战'实际上已经变成一场'反恐大战'了。的确，有时候凭着运气和小组成员的合作，我们可以像上个月一样'一石二鸟'，抓住一个身上既带着炸药，又揣着大麻的恐怖分子。"他没有理会下面有人小声地提问，继续说道，"这一条边界线都快成为热门地带了，现在任何人只要想偷渡到美国，都喜欢选择在这里下手。仅仅过去两个月，我们就抓住了来自无数国家的不法分子，有阿尔及利亚、波西尼亚、保加利亚、法国、德国、日本、伊朗、伊拉克和墨西哥的——对了，我们现在抓到的墨西哥人越来越多，他们都是先坐日本航空到温哥华，然后再试图从这里穿过去，因为对他们而言，这条线路安全多了。而且，还有摩洛哥、巴基斯坦、罗马尼亚、斯里兰卡，还有……对了，我还少说了一个，"他叹了一口气，做出一副十分关心的样子，"是的，乌有之乡——我们还抓住两个从'乌有之乡'而来的人。"

帕特拉点了点头，一群政客急不可耐地等着他继续往下说，他正准备耍个小聪明，解释一下乌有之乡的王子与公主的故事，却被一阵突如其来的细雨打断了，同时打断他的还有维尼·卢梭，只见他撑着红雨伞，正朝加拿大一侧的水沟边奔跑着。

　　"大家好啊！"

　　苏菲看着这个脸色憔悴的教授越跑越近，开始等着看好戏。看来帕特拉的那群听众，中途被打断以后，也不管是否下着雨，或者他们中间是否还隔着一条脏兮兮的水沟，都准备会会这个真正的加拿大人。

　　"作为加拿大这个伟大国家的临时发言人，我请求你们，千万不要被我的好朋友帕特拉警长说动了，不要在这条边界线增派警员，或者是花钱购置侵犯个人隐私的摄像头，或是任凭他在那边叫卖那一套安慰剂。"

　　这个骨瘦如柴的加拿大人说完后，就在伞下点燃了一根自制香烟，而帕特拉那边则传出了一阵窃笑与干笑声。他们在底下疑惑地窃窃私语、猛吸鼻子，心里觉得这应该可以算作他们边境之行里的逸闻趣事了。

　　"我们来认识一下维尼·卢梭，"帕特拉大声说道，"不列颠哥伦比亚大学的退休历史教授，以其频繁的——"

　　"政治科学！"维尼更正道，"我是教政治学的。"

　　"——以其对美国各式各样的谴责而闻名，"帕特拉铁青着脸下了一个结论，"我们正在这里讨论事情，教授，能否请您——"

　　"有没有人喜欢抽烟？"维尼愉悦地问道，"得了吧。"他向前方瞟了一眼，重新调整了一下步子，张开双臂，鼓着眼睛，脸上的肌肉颤抖着。他一边吐着烟圈儿，一边咧嘴笑道："来见见你们的死对头吧。"

　　人群里爆发出一阵尴尬的笑声和生硬的质疑声，帕特拉赶紧慌乱地解释了一下加拿大的《医用大麻法案》。

可是维尼仍然没有住嘴的意思："杰弗逊和华盛顿不也种这玩意嘛。我的意思是，说真的，还有比这个更能体现美国文化的东西吗？虽然你们的开国者很有智慧，可是你们却争先恐后地——"

"先生，我必须更正一点，"一位身形结实的密歇根州女议员大声喊道，"的确，和很多殖民者一样，华盛顿和杰弗逊也曾种植罂粟。可是，他们种植的目的不是用来当烟抽的，那时候人们也不知道它还有刺激精神的潜力。"

她的同事听完后都笑了起来，互相眨眼示意，又有故事可以讲了：火力十足小姐大战加拿大聪明绝顶之人。

人们还没来得及称赞她的及时反驳和咄咄逼人的气势，维尼那边就喊开了："早在公元前一千年的时候，大麻的医用价值和提神功用就广为人知啦！"说完，他耸了耸肩："你们这些人难道都没有从'禁酒时期'①中学到一点点经验？哦，对啦。我忘了，超级大国从来不研究历史的！你们只**传播自由**。"他又立刻换成一种循循善诱、和蔼可亲的语调，"'美国人有表达观点的自由，也有不顾良心和谨慎行事的自由。'"

"你刚才胡乱引用谁的话呢？"密歇根小姐不依不饶地问道。

"吐温，"维尼说着，嘴里喷出一阵烟，"女士，正是你们自己的马克·吐温。"

"吐温先生，"她厉声说道，"连小学都没有毕业的人。教授，我无意冒犯你，但是，我个人也并不认为你们国家特有的'君主制'值得我们效仿。"

当另一位田纳西州的议员大声质疑这位退休教授能否算是理想

---

① 从1920年1月17日，美国宪法第18号修正案——禁酒法案正式生效。但是禁酒令根本无法消除人们喝酒的欲望和需求，在正规市场被禁的同时，地下黑市却得到了飞速的发展。在实施禁酒令之后，依靠私酒贸易带来的暴利，美国的黑社会开始发展壮大。与此同时，警察也日益腐败，犯罪率不断上升。

的加拿大发言人时，帕特拉则悄悄地退到苏菲家的车道上，像个号召队员们聚在一起打气的教练一样，向其他人摆动着两只手。可是维尼面前的这些观众者还没有走的意思，直到他把烟蒂顺着风轻轻地扔了出去，大家都停下来看着那个烟蒂撞到雨伞上又被弹了回来。最后，他们才互相看两眼，干笑两声撤退了。"是啊，你们都走了！"他奚落道，"不管怎么说，你们刚刚一直是非法站在加拿大的土地上的。"

密歇根小姐转过身来，指了指着水沟远处那水泥做的界碑。

"边界线是在北纬四十九度，没错吧？"维尼喊道，然后慢慢地向水沟这边扔过来一个口袋大小的全球定位系统。

密歇根小姐向前跨了两步，愤怒地把它抓起来，朝屏幕瞟了一眼。看不清，她使劲用袖子擦了一下屏幕，又瞟了一眼，另外三个同事也围了过来。"该死的！"她咕哝一声，又望了一眼界碑。

"女士，上面写的是什么啊？"维尼朝着苏菲的摄像机做了一个鬼脸，然后又开始滔滔不绝地讲起了她已经听过两次的故事，说什么这条边界线是由伦敦和华盛顿的政客们于一九八四年随意画下来的，以及他如何发现北纬四十九度和这条边界线相冲突的——多么滑稽啊！为了准确划分丛林茂盛的西部地区，两个国家纷纷派遣了几组设备简陋的天文学家和测量员，他们雄心勃勃地砍倒那些像房子那么粗的树、又在每隔二十公里左右的地方用石头堆起了界标。可是，六分仪上读数的差异导致具体的边界线难以确定，结果，新来的定居者发现了好几条边界线，一条是美国的，一条是加拿大的，一条是中间过渡的。二十世纪初期，英勇无畏的边境小队像个"蒙提派森"喜剧团①一样出发了。他们找到最初用石头堆成的界

---

① 英国喜剧团。这个创新团体成立于20世纪60年代早期，70年代首先是在电视上，而后在电影中，开始引人注目。

标，并在原来那条不清不楚的边界线上修建了永久的水泥界碑，其实，就算划清楚了又怎么样呢？每隔几年还是会被大自然给抹去的。

　　"现在轮到你了，"维尼朝那群政客喊道，他们都听得聚精会神，"你们所有人，都不过是在表演最新热门喜剧《看看上帝能做什么》中的最新一幕。①还说什么要维护这条荒谬的边界线的安全——你们根本连它是什么都不知道！"

　　瞬间，在这里开会的决定让帕特拉的牙隐隐疼了起来。

---

① 维尼把最近发生在边境的事情都看做一出讽刺喜剧，自己给编了个名字。

18

　　已经有太多的小母牛能够站立了。那层薄薄、潮湿的垫草几个星期以前就该换了，牛粪堆随处可见，上面都爬满了蠓虫。挤奶室也弄得一片狼藉，奶牛搅拌器扔得到处都是。

　　布兰登弯着腰，走在狭窄的通道里，想看清楚母牛的右腹部到底是被什么弄伤了——肯定是某种能把它擦伤、又不至于刺穿身体的东西。他还发现有很多牛的脚都跛了，这些问题奶牛根本无法掩藏。所有这些都是他在进入病牛的牛棚之前看到的，当初他父亲就是在这里发现他"爱抚"八十九号的。

　　"你跑到这里来干什么？"诺姆问道。

　　"你没有打电话给医生，对不对？"布兰登问道，眼睛望向别处。

　　诺姆犹豫了一下，说："除了碘酒、碘酒、碘酒……那个医生还能说什么？"

　　布兰登拉开两扇百叶窗。梯形的光线立刻洒到地板上，迫使漫天飞舞的蠓虫和微尘暴露了踪迹。

　　"你在干什么？"

　　他又打开了一扇窗户，终于，牛棚变得明亮起来。"有多少牛生病了？"他问道，跪下身去开始检查四十三号红肿的乳腺。

　　"记得我们是有约定的。"诺姆叹了口气，"十几头吧。"

　　"那其他的牛在这里干吗呢？"

　　"只是预防一下。"

布兰登检查发现更多的乳腺被感染了："这是普通的乳腺炎？"

"是的。"

"你反复冲洗了——"

"记得我们有过一个约定。"诺姆又嘟囔了一句。

"是的，没错。"布兰登看向别处，"你负责照顾这些奶牛。"

"儿子，现在这不是你该担心的问题。"

"现在产奶能产几桶？"

"我刚刚是怎么说的来着？"

人工受精盒子上的锁发出叮当的碰撞声，布兰登大步向盒子走去，把锁扣好。"其他的小牛犊在哪儿？"

"在它们原来待着的地方。"

布兰登把一扇不常使用的门上的橡皮塞拔了下来，又把它塞到牛棚里经常使用的那扇门的碰锁上。"我看见那里只有三头。"

"对，就那么多。"

"有的流产了？"

"有几头吧。"

"只有几头？钩体病①？"

诺姆点点头："看着像。"

布兰登环顾四周，想看看有没有啮齿目动物的痕迹②："它们还没有表现出症状，你就已经给他们打预防针了？"

诺姆只好又点了下头，轻微得几乎看不到，似乎它已经沉重得动不了了："你看到荷兰母牛生的牛犊了，对吧？她和以前一样健康。"

布兰登爬上四脚梯，把牛棚里一只歪了的灯泡扶了扶，然后又

---

① 全身性传染病，症状是淋巴结肿大、发热等，会造成奶牛流产。

② 啮齿目动物是指老鼠、松鼠或海狸等动物，它们会传染钩体病。

把梯子折好藏了起来。

"你是不是觉得我做得还不够卖力？"诺姆问道，"你觉得我不够警惕吗？"

这些问题布兰登并没有听进去，但是，这叫声却把奶牛给惊吓到了。记得有一次，他发现一头小牛听到父亲的手机铃声之后，心跳会立刻加速一倍："你用病牛的奶喂小牛犊，是吗？"

诺姆的下巴耷拉着，两只手掌向身边一摊。

"看看新泽西牛走路的姿势就知道了，它们的关节里面明显染上了细菌。"

"那也就是我做得不够了？"诺姆语调平静地说道，"是这个意思吗？"

布兰登发现病牛里有一半会朝着同一个方向望去。材料、颜色或者声音稍微有点变化都会吓到它们；就连干草包装袋在牛棚里飘动一下都能够让他们瞬间疯狂起来。"把你的刀给我看看行吗？"

"我做得已经够多了，"诺姆告诉他，"提醒你一下，怕你没有看到，我还做了其他的一些事。"

布兰登把松散的塑料包装袋切断，团成一个球，又把小刀合上递还给他，别过脸，没有再看他父亲那沾满泥土的前额上深深的褶子。"要么你给斯特莱姆勒打电话，要么我打。"他说道，连自己都被这话吓了一跳。

诺姆深吸了一口气，似乎准备大喊一声，可最后只是低声说了一句"我给他打"，然后又沉默了一会儿，说："我们必须谈谈你妈妈的事。"

布兰登的脸刷的一下涨红了。"她只不过是记忆衰退罢了。"他说道，重复着简奈特最喜欢用的理论。

"布兰登啊，她连昨天她在哪里停的车都不记得了。她找了一小时都没有找到，这才给我打电话。"

"更年期而已，"布兰登又说，搬出了母亲的另一句话，"它总是令人有点健忘。"

"不是这样的。我觉得我们应该劝劝她去找个人说说这事。我们必须知道她到底怎么了。"

"即便找个医生帮她查出是什么病，也于事无补。记忆就像肌肉一样，她不是每天都在尽力地锻炼吗。"

"不是，我只是觉得我们应该鼓励——"

"她没有得老年痴呆症！"布兰登几乎喊了出来，大步走向离他最近的一堵墙，从钉子上抓下诺姆新买的红色牛头牌帽子，扔了出去，然后离开了牛棚。

晚饭过后，布兰登开着车子出来了。路上看到德克·霍夫曼的读写板——请说英语。然后穿过东贝吉尔路，又绕到加里森路上。他想把车开到萨默斯河转弯处，那里有三棵橡树，很多奶牛场主也会把奶牛生下来的死胎丢在那里，供栖息的老鹰啄食。

自打他从学校回来以后，就没少被身边的变化给吓到。以前在那里从来没有见到过那么多秃鹰，现在几乎每棵树上都有十几只，它们牢牢地抓着树枝，活像一群面目狰狞的怪兽。他看着它们栖息，飞起来又落下，用一种更像鸽子叫、高亢且急切的声音交谈着。它们那破烂不堪的巢，看着和圆盘式卫星电视天线一样，好像是经过专门设计的，让自己的巢看着更大一些。有什么东西会让秃鹰害怕呢？它们那淡黄色的眼睛连几公里以外受伤的雪雁都能侦查得到，又怎会露出一丝的不自信呢？

布兰登架起观鸟望远镜，现在不论走到哪里，他都会带上它。而迪昂认为，这刚好进一步证明了他多么热爱自己的工作，因此对他大加赞赏。他发现那一群成双成对的鸟儿竟然彼此相处得那么和谐，他又把焦距调近，仔细观察那只最大的雌鸟。它的头上顶着千万片细小的白色羽毛，身上像是穿了闪光的黑马甲，尾巴又渐渐过渡到白色。它拍了拍翅膀，想飞过田野，并沿着河流飞上一圈，却徒劳无功，没过多久又重新回到了刚刚栖息的树枝上，用它那如修补刀一般锋利的利爪紧紧地抓着树枝。

最后，观察得差不多了，他才开始漫无目的地东瞅瞅西看看，却在这时发现头顶四周有很多轻如雪片的白杨树种子在漂浮，然后又看见很多残根断枝、沉木和盒子一样的包裹顺着混浊的苏玛斯河漂流而下。干草包上那明黄色的线好像是刚刚系上去的，估计是早上刚从平板车上滚下来的。可他记得上游应该没有桥梁或是农场之类的地方，所以也不该有什么干草包会被潮水冲走才对。他真希望自己刚才没有看见这些东西，因为没过多久，又有六个草包漂了过来，还有其他一些刚刚被忽略的。

草包后面还跟着三根原木，这些木头明显很干净，一看就知道是刚刚放进水里的，因为一般情况下，木头在水里漂了一个星期之后，就会长出一层黏糊糊的青绿色苔衣。他抬头看了一眼那群秃鹰，又非常不情愿地低头看了一眼河面，然后转身钻进车里，向林赛公路桥开去。那里的河面很宽，水也要浅一些，可以看见河底那些垒球般大小的鹅卵石。他把车停在路边，然后小心翼翼地踩着河里那些滑溜溜的石头，慢慢地蹚着深及膝盖的水走到河中央，想捡回那些搁浅的或正在漂流的草包。草包都被水泡湿了，不过掂在手里时，感觉重量还算比较正常，但他也摸到草包最外面一层的下面还包着塑料。

他总共捡起了七个草包——应该还有一个被搁浅在了上游——并扔到岸上。他打开其中的一个，厚厚的塑料纸里包的全是拇指般大小的大麻花蕾。他站在那里愣了一会儿，又自言自语地嘀咕了几句，便转身爬上河岸，想看清楚周围的情况。可是放眼望去，一个人都没有，也看不见任何车或脚印，黑漆漆的乌云下，只有一望无垠的天地。不过，他知道这会儿某个地方肯定正躲着一个绝望的人。他们的计划很好，除了一个小小的失误，那就是不知道他晚饭后会跑到这里研究秃鹰。"找到大麻了。"他很不情愿地对着手里的摩托罗拉嘟囔了一句。

等到嘴里塞满瓜子的塔利警员赶到的时候，布兰登又找到了另外两个塞着木塞的原木——里克管这些东西叫"棺材"——还有那个失踪的草包。把其中的一包花蕾检查完后，塔利开始给这些东西拍照。"警长还说想今天晚上给几个议员发几张照片呢。他肯定会爱死这堆东西的。你不知道，你打电话回去说发现这些东西时，他简直乐疯了。"

布兰登正在帮忙把大麻堆到车子后面，以方便塔利取光拍照。这时，塔利从车里抓出一份皱巴巴的报纸递到他手里："给你带了点东西。看过这个没有？"

报纸上的女人与布兰登记忆中的那个截然不同。这张照片就像是从某份好莱坞八卦小报上扒下来的一样，她像是突然被人堵住，慌乱中转身时被人抓拍下来的，再加上她那双因过度惊吓几乎要爆裂出来的眼睛，使得整张照片看着更加戏剧化了。报纸上登的是一张特写，连她的头发丝都能看得到，照片上面写着大大的"西雅图周报"，下面是新闻标题"身陷灵薄狱"。①"边境巡逻局称她为'乌有之乡公主'。"布兰登读了一遍又一遍，终于把它磕磕巴巴地念完了，进入下一句。

"听说一些西雅图喜剧演员昨天晚上举着那份报纸说：'谈谈那次最完美的约会吧！'"塔利说道，故意用一种舞台剧的语气，"'不许闲聊。不许越界。不许拿行李。难道我们想随便搭个围墙就把这样的女人拒之门外？'"

布兰登读了下去，发现这个故事并非是写她的，而是说如何将

---

① 灵薄狱是指在天主教中天堂与地狱之间的区域，那些不曾判罚但又无福与上帝共处天堂的灵魂在此居住。

一些不法分子放到拘留中心里，如何给他们发放蓝色连身衣裤，又如何给每个人排上号的。"公主"是九零八号，就像"珍珠"是三十九号一样。报上说，这些人大多要在拘留中心待上几个月，甚至是好几年——如果政府不知道该把他们遣返到哪里去的话——然后才会帮他们举行听证会。

"你听说了吗？你那个爆炸犯醒了。"

布兰登毫无知觉地摇摇头，突然感觉胃里一阵恶心，不得不一屁股坐到泥地上。突然之间，雨猛烈地下了起来，上天似乎也想助那些走私贩一臂之力——虽然有点为时晚矣——把河水水位抬高，好把他们的大麻种子送过去。

"他们说他没事，但是我猜测他们肯定已经他妈的在拷问他的身份了。"

布兰登抬头看了不断砸下来的雨水，说："什么意思？"

"就是刚刚说的意思啊。"

"哦，那他是谁呢？"

"我他妈的怎么知道啊。"塔利拉上了雨衣，"要不要搭把手把这些大麻花蕾放起来啊？"

19

司机载着玛德琳从一座错层小屋①前离开了。房子隐没在枫树的树影下，前面有一大片盛开的水仙花，底下是一个地下室，里面种满了正在开花的大麻。她今天照料的这批已经是第五季作物，到目前为止，还没有出什么岔子。现在，她已经无法感受到那种安然度过一天后，如释重负的轻松感了。这个违法的工作虽然仍旧比照料兰花和百合更能刺激她的肾上腺素，可现在已经成了她的日常工作。虽然这么说有点怪怪的，可它毕竟是一份回报相当丰厚的工作。

她对托比的王国了解得越多，就越安心。每一栋房子前面都停着车子；工资总是预付给她；草坪修剪得整整齐齐；整个十二月都挂着圣诞彩灯；甚至连野鸟喂食器里都从来没有断过粮。越来越多的后勤服务配合得非常默契，这让她更加安心了：桌子和灯都装上了轮子，水表的叶轮上钻了孔，电表都给分流了，每个操作室都可以装上十几个灯泡。每年种五六季的作物，每一季收获六到八公斤的货。两个月来，她照看的二十三个种植点没有一个遭受过警察的突击搜查或是被盗窃过。而且，托比还在不同的地方同时种植同一个产品，以防止某种抢手的品种被连锅端掉、一点不剩。他只找那些没有犯罪记录的人替他工作，他说这是因为第一次犯罪的人往往

---

① 错层式住宅是指，房内的厅、卧、卫、橱、阳台可能处于几个高度不同的平面上。

被判刑较轻，也比较不容易出卖他。这些都使得每个人更加小心谨慎地工作。和托比一起干活是比较令人开心的，因为他开的工资比其他同行都高。

她的司机叫迈克尔，是个大块头，还是不列颠哥伦比亚大学的学生。此时，他正在滔滔不绝地说着自己是如何在美国边境上挨家挨户招聘人员的故事，而她不得不假装很认真地在听。这会儿正是阿伯茨福德的交通高峰期，他们这辆米色小面包车在艾森代恩路上拥挤的车辆中迂回穿梭着，终于开上了旧耶鲁路进了市区。经过一些新的砍伐场，还有一些仿照城堡建造的房子，房子前面都有用石头铺成的大块露天平台。车子沿着山路越爬越高，远处亚麻色的悬崖上挂着不少奇奇怪怪的房子。这边的山势很陡峭，还布满了狼牙般的石块。车子沿着新铺设的沥青路一直前行，终于来到一个架空的玻璃宫殿前，宫殿下面是一条用贝壳铺成的停车道，停满了雷克萨斯车。

门口站着一个咯咯笑着的女人。玛德琳走近一瞧，才看清那女人除了满身的鸡皮疙瘩和斑斑点点的颜料外，竟不着一物。她朝玛德琳微微一笑，便一溜烟地穿过点了一圈蜡烛的前厅，进了另一间屋子。这间屋子的天花板非常高，顶上还挂着几盏镶了玻璃的枝形吊灯，墙边摆了一张长长的椭圆形桌子，上面乱七八糟地堆满了各种开胃小吃。迈克尔伸出手扶着玛德琳，并领着她走过另外两个身上涂满颜料的女人——其中一个瘦得只剩下了皮包骨，八字形的胯骨看着就像栏杆扶手一般——路过十几个正在交头接耳的人，还有几个顶着一团鸟窝头的陌生人。最后他们走进一间天花板更高、有着一扇巨大菱形窗户的房间，这里的烟味更浓了。透过窗户，可以看到密密麻麻如棋盘一般的美国农场。迈克尔把她拉到一个玻璃桌前，便把手放开了。一个身穿燕尾服的男人像个小山似的坐在桌子后面，扯着喉咙在说些什么，脸上挂着令人讨厌的笑容，黑色的腰带上缝着一片石灰绿色的大麻叶子。

有四队人站在他的面前，他不停地发表着演说，时不时还插进一段模仿，或是不小心偏了题。偶尔还会换一种声音，像一个狡黠的拍卖商人般回答问题。四个细小的玻璃管子开始往外冒烟，吸烟的人正闭着眼睛，张开鼻孔，用力地咂巴嘴巴，然后又缩起身子，斜着眼睛张望着，好像在努力回忆某件重要的事情一样。

"这里不会有越南B级货，"他对那些人说道，"这可不是你们老爹抽的低级货。它们可都是纯正的三A级的顶级品种。基本上都经过至少一个星期的风干而成——大部分甚至是两个星期呢。这些花蕾上没有长过任何奇怪的杂物。我亲爱的瘾君子们，也没有长过紫色的真菌。摆在你们面前的花蕾简直就是葡萄酒里的波尔多①啊。"

"这是口感检测。"迈克尔一边解释，一边把她拉到一旁，好让她看清楚金色的大浅盘里陈列的精选花蕾。"马库斯，"他指着穿燕尾服的男子说道，"他就喜欢做这些事情。"黑板上还写着"菜单"：

阿富汗之梦

时间错位

缅甸销魂夜

春药二号

马库斯正在教这些测试员如何区分不同的口味——这是橙色芒果所拥有的酸辣味，那个是水果泡泡糖味——并且还要分清楚不同系列带来的不同感觉——这个能让你的身体瞬间进入高潮，那个能激荡你的大脑，让你直入云霄。

玛德琳摆脱迈克尔之后，一个人随意地在嘈杂的屋子里逛了起

---

① Bordeaux，既是一座城市又是一种酒的名字，迄今为止法国最大的精品葡萄酒产地，可谓是全世界葡萄酒版图的中心。

来。屋里有很多用霓虹灯围成的雕像，天花板上也画着很多充满情欲的壁画，每间屋子里都在一遍又一遍地播放雷鬼音乐①，混合着众人说话的声音传了出来。

费舍尔只告诉她这是一个"毒品战争派对"，不列颠哥伦比亚毒品圈子里任何一个有头有脸的人到时候都会到场，而这个派对的主要任务就是对一系列的新闻快讯进行反驳。他们首先要驳斥的就是《福布斯》的一篇报道，报道中说室内毒品种植目前在不列颠哥伦比亚的农产品出口中排名第一位。其次要反驳的是一位美国禁毒官员对加拿大的指控，他声称加拿大正在向美国源源不断地输送"可卡因"。那个官员还引用太空针塔爆炸犯一事来证明毒品和恐怖活动之间的密切联系。"如果你购买他们的大麻花蕾，"他总结道，"你就是在给恐怖分子送支票。"

玛德琳真希望自己是洗过澡，换了衣服才来的。因为这里没有一个人看着像是刚下班就过来的。她想看看在哪里能找到一个浴室，却不期然地闯进了一个秘密活动场所，里面有六个男人和一个女人正无精打采地坐在皮革长沙发和双人沙发上，聆听一个坐在轮椅上像是莫霍克人②的家伙讲话。"我们都不过是动物。"他说道，他说话的声音让玛德琳想起那种拉绳玩具娃娃。"我是说，说白了，我们就是高级松鼠，不是吗？虽然没有它们身手敏捷，可是却有着一样聪明的头脑。也可以说是荣耀的袋貂，只不过我们的脑袋更大一些罢了。哦，大很多。"他边说边把头向一旁那个瘦高个、红头发的女人身上靠去。那女人正轻轻地吸着一个冒泡玻璃烟斗，烟雾从她那厚得出奇的嘴唇中冒了出来。

---

① reggae，一种源自于牙买加的流行乐风，产生于20世纪60年代。这种音乐通常呈现出一种欢乐的氛围，有着明显的节拍，是加勒比海群岛的人们喜爱的乐风。

② 居住在美国纽约州和加拿大的北美印第安人。

"事实上，我们都是珍稀的猴子。"另一个辫着小胡子、穿着眉环的男人说道，"一群珍稀的猴子，攀附在这个普通的行星上——它甚至还在围绕着某个垂死的恒星旋转呢。这句话是谁说的来着？乔姆斯基，还是里瑞？[①]不管是谁说的，都没有关系，重点是，这句话简直是真理——"

"嘿！"费舍尔从屋子中间走了过来，指间还冒着袅袅的青烟。他这一喊，人们的目光立即从他身上转移到了玛德琳那里。"怎么样？喜欢马库斯的鹦鹉学舌吗？"他张开细长的胳膊，好像准备给她一个拥抱一样。幸好，他只不过是伸手弹弹烟灰而已，这让她大大地松了一口气。费舍尔和大家介绍说她叫"大丽"，害得她被呛进了一股热乎乎的烟。可令她不安的是，大家都是一副"你知我知"的样子点了点头，包括那个厚嘴唇的红头发。他朝她走了来，把那个装满大麻的烟管递了给她。玛德琳对这根本不感兴趣，可又不想显得太失礼，只好接了过来，猛吸一气。烟斗里的火星迸溅，又渐渐化为灰烬。她的视线被自己吐出来的烟模糊了，可还是勉强看清了墙上的标语：**强过政府！**

"托比在这儿吗？"费舍尔一把她带出去，她就立刻问道。

"通常像这样的场合，他是不会出现的。"他低声说道，"但是他今晚在这儿也有事，所以我们或许可以看见他。"

他带她上了楼，进了一个好像在开贸易展览的屋子，里面到处都是待售的T恤、旗帜和保险杠贴纸。房间的一角放着一台电视机，里面正在重播那个禁毒官员所说的话。在另一个角落里，一个狂躁

[①] 乔姆斯基（Chomsky，1928— ），美国著名语言学家和政治活动家，长期以来都对美国政府持抨击态度。蒂莫西·里瑞（Timothy Leary，1920—1996），哈佛大学心理学教授，他相信LSD迷幻药具备作为精神成长工具的潜力，试图将LSD的使用扩展到更广大的群众。后来被传统心理学术圈开除，并在20世纪60年代的嬉皮运动中成为反文化的精神导师。

的光头正在给蒸馏的哈希什①大肆做广告。人们排着队等着蒸馏的样品，旁边一位顶着一头绿发、牙齿稀疏的女人正在论克数或小包地卖着种子，另一个女人则在激昂地劝说大家去请愿。"大麻合法化根本不是解决问题的关键，"她坚定地说道，"政府还是会打压任何地下活动的。"男人们忙不迭地点头，都被她的乳沟迷惑得晕头转向。

费舍尔给玛德琳指出了一位从美国缉毒战中逃来的"避难者"和一些不列颠哥伦比亚法庭上的老手，其中包括一位上了年纪的辩护律师，此刻他正像一只骄傲的熊猫似的在屋里走来走去。过了一会儿，"大麻国王"自己也飘飘然地上了楼，他的脑袋向后歪着，鼻孔长得像个喇叭。这个大麻派对正是他这个真知灼见的领袖发起的，他还招募候选人去竞选从总理到温哥华学校董事会的所有职位。和他一起进来的人之中还有托比，身上穿着一条灯芯绒短裤和一件绿色的保龄球运动衫。他拧开了一瓶水，递给玛德琳，开瓶子时，他那黝黑前臂上的肌肉一阵纠结。他把左手放在她的腰间，顺势温柔地把她从费舍尔的手里搂了过来，并与她的眼睛对视了一会儿。

大家都从长沙发上站了起来，一个接一个地过来认识"大丽"——托比介绍说她是一个顶尖的种植好手。于是一双双打着主意的眼睛都落在了她的身上，钦佩地望着她，好像托比的赞美之词不仅让她一下子成名了，还让她忽然之间变得炙手可热起来。他们纷纷向她请教关于繁殖和风干的问题，问她是否也觉得海鸟粪是最好的肥料。直到托比从墙上抓下一把装饰用的剑舞了起来，嘴里还中气十足地喊着，每一剑都凌厉精准，以至于玛德琳被吓出了一身冷汗，其他人却都发出一阵喝彩。他把剑放回原处，然后又把刚刚握剑的那只手，重新贴到她腰部的肌肤之上，一阵令人尴尬的麻木立刻从他手指所在的位置一路向下蔓延开来。但他又突然找了个理

①哈希什是从印度大麻中提取出的可供吸食或咀嚼的麻醉品。

由走开了，让她独自一人和"国王"以及信徒们待在一起。她只好在那里默默地聆听他们七嘴八舌地揣测，缉毒官员的这番话可能会对当地以及联邦政府或是他妈的立法改革造成什么影响。

"国王"一语不发地听完大家的观点，最后宣布道："只不过又是一个《禁酒令》罢了。看着吧，这肯定还是会无疾而终的，因为它根本没有办法实施——酒是无孔不入的！"说完他点上了一根和香肠一般粗的香烟，大家都翘首等待他吐完烟圈，继续讲话。"立法一年以后，每一个瘾君子都会傻乎乎地种上一大片烟草，然后像过去一样把它们塞到泡菜坛子里去。"他把烟举到眼睛前面，像在调试望远镜一般用拇指和食指来回揉着。"人们不可能吸完所有自家种的大麻，在他们能吸完之前这些玩意儿早就发霉了。可他们也不会去买大麻烟。请用你们的脑袋仔细想一想，他们是不会去买的。可能那个时候，现在这批依靠大麻过上体面生活的加拿大人，只有百分之一还能够保住自己的买卖了吧？适者生存，没错，可是也就不会有人来建设这样的麦克豪宅①了——不是说我不喜欢你的房子，马库斯。相信我，这批淘金热肯定会过去的，这是一件好事。对了，最后温哥华市区的每一条街区上都会有一家阿姆斯特丹风格的咖啡屋。"人群里立刻爆发出一阵喝彩，"是的，到时候，人们煮饭用大麻，把大麻切碎，撒到沙拉上，和香油一起炖。"他舔了舔发干的嘴唇，大家看到这个动作哄堂大笑，只有玛德琳一个人没有反应。"我的朋友们，对享用大麻的人进行处罚的日子最终会终结的。这不是一个'是否'的问题，而是时间的问题。你们知道这一天没有那么快到来的最主要原因是什么吗？"

"国会怕激怒美国？"马库斯试探道。

"并不完全是，"他答道，"而是美国政府本身。他们害怕本国的

---

① McMansion，一味求大却品位极差的房子。

制药公司抗议，听懂了吗？这才是他们真正应该终止的垄断联盟。目前，这位'山姆大叔'还在实施'药品'竞标办法。通过把这些神圣的植物妖魔化，阻止居民在自家后院种植这种药物，而去花钱购买辉瑞①的药品，或者向其他公司购买维柯丁②、万络③、奥施康定④，以及其他比任何天然药物杀人速度还要快的乡下海洛因。我说得对吗？"

一阵庄严肃穆的安静之后，一个长着满嘴拇指甲盖大小牙齿的男人开口说道："圣经！"

玛德琳强忍着想笑的冲动，对旁边的马库斯说了一句"抱歉"，就溜下了楼，走到外面去欣赏山谷里那犹如宙斯像般壮丽的风景。

她一直站在那里，也不知过了多久，才终于想起来曾答应过父亲，要回去给他做晚饭的。她把自己身上所有的东西都扔在父亲那个小小的宾馆里了，因为托比允诺过要给她提供这些必需品，可是他的承诺到现在也没有兑现。她记得父亲曾一脸忧伤地站在门口，告诉她范德库尔夫人的事。为什么非要到现在她才去回想父亲说过的话呢？或许，这样一位优雅的女性、这样一位知道什么时候最应该说哪些话的人，正在慢慢地失去智慧，这让玛德琳根本无法接受。

玛德琳记得，在母亲葬礼过后的一个月，当别人都对她避之唯恐不及时，是范德库尔夫人把自己拉到一旁，开门见山地告诉她："可能情况会变得更加糟糕，可是它总会变好的，我保证。随着你年龄的增长，你就会明白如此一位深受爱戴的母亲是那么毫无保留地爱着你，而你也会因为醒悟而获得更多的力量和安慰。"

①辉瑞是世界500强企业之一，总部设在美国，主要经营制药。

②止痛药，易上瘾。

③抗关节炎药。

④镇痛药。

这阵悲伤过去之后——基督啊，我真有点太兴奋了——玛德琳暗自松了一口气，庆幸自己没有开车过来。她走进屋里，四处溜达，想找一张友善的面孔，最后目光落在那扇菱形的窗户旁，一个身上涂着油彩、啃着一盒巧克力的女人身上。"你身上的这些画很难弄吧？"她问道，此刻非常想找个人说说话。

"这个是没法自己画上去的，"女人懒洋洋地说道，"至少我不行。或许你可以试试看。"

"好的，"玛德琳说道，不确定这样的回答算不算出言不逊，"下一次派对时，我会给自己涂上画再来，而你就可以穿着这件乏味的汗衫出场了。"她正准备转身离开，这个女人却开始说起话来——而且肯定是冲着她说的——她提到晚上接到的工作邀请全都令人恶心，以及她最近如何甩掉她那过于沉迷吸毒、又有虐待倾向的男朋友。玛德琳深有同感地点了点头，好像她也有那么一个瘾君子男友，她也被人扇了耳光一样。

"刚开始几次这么做时，我觉得很荒谬。"这个女人承认道，"可现在我根本连外表都不在意了。"

"有一次，我把一瓶金快活①塞到密封袋里，又把袋子藏在我的胸罩里偷偷带进了一个演唱会，"玛德琳对她说道，"在那之前或从那以后，我从来没有表现过如此自我的一面。"

女人打了一个哈欠。"你喜欢喝龙舌兰吗？"她说着向她伸出手去，递给玛德琳半品脱的龙舌兰，"你觉得这儿的厕所怎么样？"

玛德琳一口气把酒喝了下去，脑子里却在飞快地想着该怎么回答。

"还没有去过吗？其他人从来不会发出任何声音。我每次都会冲两次马桶，因为我觉得没有声音是不可能的。"她热切地看着玛德

---

① 全世界第一的龙舌兰酒。

168

琳，"我干得最好的一份工作是理发师。因为我很会剪头发，特别是男人的头发。"

尽管玛德琳并不负责招聘，可她还是主动给那女人提供了一个工作机会——当一个花蕾修剪工，而且工资比正常的高两倍。幸好，这个邀约只不过勾起她更多支离破碎的故事而已。最后，玛德琳实在是连一个可以分享的东西都想不起来了，这个女人就打了个呵欠，转身离去。她走动的时候，背脊上的蓝色油漆，顺着结实的肌肉变得模糊起来，甚至还泛起了小泡泡。

玛德琳再一次意识到自己变得越来越兴奋了。她已经有多久没有注意到这个音乐声了？"我——我，看——看——起来，认识——你的脸——"她开始四处寻找费舍尔、迈克尔或任何能把她带回家的人，不想让自己看起来太孤单。也不知道横冲直撞了多久，她浑浑噩噩地上了楼，扶着栏杆，希望托比不会看到这个样子的自己。很奇怪，为什么贸易展览室里只剩下少数几个瘾君子和一对靠在落地窗上激情翻滚的情侣了呢？

她跟随着哼哼唧唧的咯咯笑声下了楼梯，进了一间屋子，又看见三个不认识的人四仰八叉地躺在一张圆床上，另外两个将身子挂在长沙发的扶手上，大家都在朝着同一个方向傻笑着。她靠在门柱上，过了一好会儿才慢慢地认出那个超大纯平电视屏幕上的卡通形象：《辛普森一家》。[①]

难道派对被转移到某个密室里举行了不成？她透过门缝向叮当作响的密室看去，一眼就发现了费舍尔，还看到了一群表情严肃的年轻人——其中很多都是青少年——在听着托比刻意压低的讲话，

---

① *The Simpsons*，1989年12月17日的首次播，是美国电视史上播放时间最长的动画片。该剧通过展现霍默、玛琦、巴特、莉萨和玛吉一家五口的生活，讽刺地勾勒出了居住在美国心脏地带人们的生活方式。

此时他正拿着一个陶瓷烟袋指着一幅地图。玛德琳最不希望出现的事就是引起托比的注意，可等她想逃的时候，已经来不及了。"她和我一块儿来的。"托比说道，下巴朝一张空椅子点了点，示意玛德琳过去坐，然后又接着在地图上指出那三十二个摄像头将会被安装在哪里，一个一个地圈了出来，好像它们都是军事目标一样。每个人都挤着进去看，嘴里嘀咕着一些诅咒的话。

一个年纪稍长一点、蓄着海盗胡子的人正在上下打量她。她感觉胃里一阵翻江倒海，脚上的拖鞋在椅子下面抖动着，眼睛四处张望，就是不敢看向他。

托比穿过那间秘密活动场所，到她面前仔细端详了一下她那红红的眼睛："没事吧？"

"费舍尔和迈克尔呢？"她感觉嘴唇已经快没知觉了。

"我开车送你回去，"他说道，"我们就快说完了。"

"或许我们可以从主要过境路线走？"托比转身回到桌子旁时，有一个人问道。

"行不通的。"托比哼了一声，又摇了摇头，"他们现在都是随机抽查。如果高兴的话，他们还会一次检查三十辆车。一旦那些狗闻出点什么，他们就会把你拉下来，再查第二遍，那样你就完蛋了。"

"那卡车方案呢？"

托比点了点头："他们会给每一辆卡车上的货照X光，那样花蕾就暴露了，除非包装的时候，在里面放上一些同样密度的东西。我已经在找人研究这个了，可是目前还没有什么结果。所以，我们只能尽全力把手里正在进行的方案做好。一旦那些摄像头装上了，我们再重新安排。"

玛德琳听着托比交代一些处理钱的小技巧，看着他分发一张张名片，有房产中介、汽车经销商、保险代理人和银行出纳员，因为这些职业带现金都不会受到盘查。这让玛德琳急得满身大汗，因为她的几捆令人尴尬的百元大钞，都还放在父亲居住的房舍盥洗室的壁橱里呢。

坐着托比那辆改装过的英帕拉车^①沿着山路蜿蜒而下，玛德琳尽量不去看那些模糊的灯光，可是每次只要她一闭上眼睛，胃里的东西就会往上涌。他把她那边的窗口调低一点，结果她却听到自己的脑袋撞到了窗框上。"把这个喝下去。"她感觉托比往自己的左手里塞进了一个冰凉的塑料瓶子，下意识地拿起送进嘴里。原来是可乐啊。

托比又念叨起了什么，当然，也可能只是婴儿的咿呀学语吧。她模模糊糊地感觉到他似乎把车开到了最高限速，而且还打开了车灯，沿着同一条道开着。可等上了一号公路后，车子并没有往西走。"你还有差不多一小时的时间，是吧。"虽然是一句问话，可托比的语气是不容置疑的。

她无助地点了点头，真希望现在可以回家，因为她担心他会让她去试货。

"想给你看点东西。"

"什么？"她连一个多余的字也不想说了。玛德琳使劲想把窗户关上，可不知道是托比把安全锁锁上了，还是她按错了按钮，总之怎么也关不上。"我好冷。"

"再喝点可乐吧。"他说道。

一口可乐立即让她镇定了下来，然后他就开始问起了布兰登的事。

"你觉得你那个大块头边境巡逻员朋友，有没有可能认识派对上除你以外的其他人？"

她顿了一下，还以为自己听错了。

"哦，他肯定在我们中间安插了奸细，你没看出来吗？不然他怎么会专挑我们正在漂流一大笔货的那天，跑到萨默斯河去玩呢？"

玛德琳仔细揣摩他话里的意思，等着他问下一句。

---

① 英帕拉是通用汽车公司雪佛兰旗下的著名车型，诞生于1958年。

"确定没有看见其他任何他认识的人吗？"

她小心翼翼地耸了耸肩膀。"他不是我的朋友，"她说道，尽量不走神，"他只是我认识的一个从来不知道如何表现……正常行为的孩子。"她说着，脑海中忽然想起他那疯狂画画的场景，"他就是一个天真无邪的孩子。"

托比咂了咂舌头，"一个会妨碍我们生意的天真无邪的孩子。"

车沿着奇里瓦克湖路向山谷的方向驶去，路的两边都是奶牛场。离山谷越近，天上的星星就变得越明亮。最后，人工铺设的路面变成了石子路，然后又变成了泥地，终于，英帕拉来了一个紧急刹车，吱的一声停了下来。等到托比把车灯熄灭时，玛德琳才意识他们已经把最近的一家农舍都甩得远远的了。在这儿，即使大声尖叫也会被淹没在野狼的哀嚎声中。她感觉天上好像在下流星雨，可是又不太确定。托比下了车，匆匆忙忙绕过引擎盖来给她开门。她的腿踌躇着不肯下车，心里似乎在警告自己最好留在车上，可是下一秒钟，她还是站在了泥地上，天上的星光像萤火虫一样颤抖着。而此时此刻，全身上下她能想到的武器就只有钥匙了。

他砰的一声从车厢里拿出一把大铲子，哐啷一下关上车厢，并递给她一把手电筒，又把粗壮的手指放在她的背脊上。这一次他的动作似乎更积极了，放的位置也比派对上时又低了五厘米。他们走了不到三十米，在手电筒的光线下，可以看见前面有人留下的一堆鞋印。"看见什么了吗？"他问道。

她此刻真想为自己辩白——我不是那个奸细！——但什么也没说出口，只是四处张望有没有可以逃跑的地方。

"四处看看。你觉得我们现在要去哪儿？"

她拿着手电筒朝前方一照，看到的是一片满是泥巴、茅草以及一堆凌乱倒钩铁丝的荒芜之地——光线太弱了，什么也不见。她的脑子飞速地运转起来。除了第六感以外，他手里肯定还掌握其他证据证明是她向布兰登告的密。毕业之后她和他说过话吗？她可能吐露了一点信息，这更令她感到惊恐不安。她把钥匙夹在左手的大拇指与食指之间，握紧了拳头；并悄悄掂了掂右手握着的手电筒分量。今天派对一开始的时候，他流露出的好感都是特意设计出来的吗？好让他的悲伤看起来更加可信？她的心都快蹦出嗓子眼了。

"听见什么声音了吗？"他催促道。

关于布兰登的？她很想摇摇头，可是……"是的！"她大叫一声，好像肯定的答案能拯救她一般，"一种嗡嗡的声音。"

他告诉她手电该往哪里照之后，就开始着手挖起土来。她害怕不已，尽量不去把它想成自己的坟墓，在挖去一层土之后，他的铲子似乎碰到了一块石头。于是他停了下来，拉起一片长长的毯子，又把它扔放到一边，瞬间尘土飞扬。看到这里，她吓得缩了一下身子。那种蜂鸣声越来越大，听着像是机器被捂着时发出的声音。她照到一个扁平的手柄，下面还焊接着一块满是划痕的黄色圆钢板。

托比蹲了下来，用力抓住手柄往外拉，终于，一个将近一米长、超过半米宽、与地面相垂直的舱口冒了出来，流泻出一轮白色的光环，好像地球那火亮的地核之门就这么被打开了一样。

她大吃一惊向后退了一步，慢慢地才看清楚底下那些六百瓦的卤素灯，并闻到了大麻开花时所发出的臭味。终于，这些熟悉的东西让她知道刚刚那些只是一个无谓的噩梦。

"天呐，"她压抑着声音，"这是——"

"我们用挖土机挖了一个洞，"他解释道，"然后把一个校车的空壳放了进去，并在里面装上了电灯、桌子、发电机——当然还有植物。你喜欢吗？"

她咔咔的笑声忽然变成了哭泣声，托比装作没有看见。"无论如何，这里还算不上一个产量很高的地方，"他说道，"但也算是个很有价值的尝试。至少我是这么认为的。当然不是每一个人都赞同。哪天趁我们不是这么狼狈的时候，我再带你下去看看。"他说着便把盖子重新盖上，并把毯子和泥土一层一层放好，这才转身领着她向车子走去，一路上还指引她应该往哪里走。他的手也老实多了，连星星都不再闪烁了，只是像个小光点一直亮着。

"今天遇到了一些事，等时机到了，我会给你一个机会。"托比不带任何感情地说道，"可如果等到时机成熟，我就不能再让你参加这样的派对了，明白吗？那其他的事呢？你可能会问了。是这样的，其他事对我都不重要，你却不一样。我要让你成为一个有一份真正工作、又能照顾父亲的年轻女人。"

新一波的恐怖又席卷而来：她知道的已经太多了，现在想退出已经太晚了。这就是他此行的目的啊。

他把她的臂弯放到自己的手臂上。"你觉得，"他问道，现在又变得像商店的圣诞老人一般温柔且心细如发了，"搬到一个离你父亲不到一公里、就在边界线附近的漂亮房子里面住怎么样？"

20

　　诺姆强迫自己再多等一会儿，他不知道应该在邮车到来之前还是之后再检查邮箱。不过最后，他决定一分钟也不多等了。假如邮递员看到钱了怎么办？当然，前提是里面的确有钱的话。虽然他知道，这种情况发生的概率就像从最远距离开枪命中一样渺茫，可他仍然渴望那么一枪，随便一枪都行。那些得来全不费工夫的钞票占据了他的大脑。诺姆确实很明白地说了一句"不行"，对吧？到目前为止，他已经在脑子里把那些对话重复了无数遍——包括那个孩子所有的影射和所谓的**谨慎与权利**——最后，他究竟说了什么，以及他希望自己说了什么，一切都混乱了。他很清楚，自己什么也没有承诺过，可是谁知道那个孩子又是怎么理解的呢？如果他们把"不承诺"当成答应了呢？

　　每个月二十三号**至少**汇过来一万美元？那么多钱长得什么样子？他完全没有概念，会是用橡皮筋绑着的百元大钞吗？钱是包在马尼拉纸①里的吗？里面是不是还会附上一张便笺，或许还写着：**谢谢您的配合，范德库尔先生。**

　　难道他不该歇一歇吗？还有一小时，斯特莱姆勒医生就要过来了，他肯定又会把眼镜拉低，然后扔给他一份诊断意见、一大堆训斥和一张账单。昨天，诺姆几乎整个晚上都在整理和清扫牛棚，最

---

① 一种高级包装纸。

后累得不得不用冰敷两个膝盖，他的脑中一直在回想苏菲经常给他的提议——让她来整治一下他的双腿。那次他在地里那么无礼地对待她，似乎根本就没有给她留下什么阴影，她还是很渴望了解这些野蛮的牛。没过几天，她又过来找他了，这次是直接钻入他的脑子里，留下了一句："好邻居是可以享受折扣优惠的。"

他磨磨蹭蹭地向车道的尽头走去，抬头瞥了一眼边境公路旁那根十五米高的柱子上刚刚装上的移动侦测摄像头。想不和它扯上关系都难。每个人都听说过要安装摄像头的事，最后谣言变成了命令，也真的在一夜之间就全部安装好了。诺姆原本以为隐私受到侵犯的感觉不会如此强烈，可现在看看，这种感觉要强烈得多。他们会监视所有的事情：不论是他在撒尿，还是到苏菲的家里享受"好邻居特价"……接下来还会安装更多的摄像头，北伍德路那边也要装一个。他深深地吸了一口气，然后拖着步子向邮箱走去，同时希望钱已经放在里面了——那样他就可以喘一口气了！——结果什么都没有，所以，他不用再去探究自己究竟有多么懦弱了。他当时确实很明白地说了一句"不行"，这不可能会被理解成妥协，对吧？

"奶牛怎么样？"

老天！他抬头看见了维尼，这老家伙正靠在零号大道边上的一根电线杆旁。"还不错啊。"他高声说道。

"好极了。"教授配合着他的讽刺语气，"你的船呢？什么时候让你的游轮下水啊？"

"不知道呢，维尼。你什么时候给你的电灯泡申请专利啊？"

维尼笑了一下："我都不知道你是何时知道这些事情——"

"我觉得很有趣啊，"诺姆说道，更加使劲地吸了几口气，"爱迪生的父亲是被加拿大驱逐出境的啊。"他赶紧回想帕特拉曾告诉过他的事，却来不及细想就直接把细节说了出来，心里只希望自己能再重说一次。

维尼咧嘴一笑，等着他继续说。

"他是被加拿大驱逐出境的，"诺姆说道，"据我所知——"

"据你所知。"

"是因为对抗那个没胆子反抗英国人的加拿大政府吧。"

"是不是某人念给你听的啊？"

"好像书上记载得很详细啊。"诺姆说道，感觉自己受到了侮辱。

"哦，让我猜猜，你是准备告诉我，爱迪生是一个为了获取自己的名利而不惜牺牲别人利益的机会主义浑蛋吧。"

"听起来，他的确不是像你那样的英雄啊。"

"诺姆，那有谁勇敢地面对了那样的考验呢？"

"什么？"

"你觉得谁可以算得上圣骑士，经受住了来自历史学家或流言飞语的考验呢？"

"我想托马斯·杰弗逊——"

"和他的奴隶乱搞吗？"

"这我们可不知道。"

"不，我们知道的。就是那个聪明的家伙把萨莉·海明丝的肚子搞大的。"[1]

"哦，那我们也可以说耶稣承受住了所有的考验——"

"诺姆，要说现代人。得是那些我们了解过一些情况的人才行。"

"呃，我想我们争论的是——"

"我不会和你继续谈论这个的。谁经受住并勇敢地面对了考验——音乐家？莫扎特是个笨蛋。瓦格纳[2]讨厌犹太人。西纳特拉是个流氓。爱迪生勉强能算一个吧，诺姆。他确实是个聪明人。我们

---

① Sally Hemings（1773—1835），是一位非裔美国奴隶，很多人说她和托马斯·杰弗逊有不正当关系，并且为他生育了多个子女。

② 瓦格纳是德国著名作曲家，代表作有《纽伦堡的名歌手》、《齐格飞》、《众神的黄昏》和《帕西法尔》等。

能否只去仰慕一个人并且接受他的缺点，因为这是不可避——"

"你现在是在帮美国人说话啊。这样还不错，我喜欢。"

"并非如此。我只是在向伟大和创新致敬而已，我不会假装去了解或者评论任何人的道德品质。"

诺姆都不知道他到底在争论些什么了。只不过是肆意抨击了一下爱迪生，他就忽然发现自己又被维尼的长篇大论包围住了："那瑞普肯①呢？"

"谁？"

"卡尔·瑞普肯。"他叫道，"那个棒球高手！现在退役了，可是他曾连续出赛两千六百三十二场——"

"在类固醇的帮助下。"

"胡扯！"诺姆转身离去，气恼起自己来。"本·富兰克林！"他头也不回地喊道。

"啊，富兰克林啊！"维尼感叹道，"一个伟大的人，一个了不起的人，但也是美国第一个伟大的仇外主义者，对吧？"

"随便你怎么说。"诺姆头也不回直接迈向牛棚，挥手打断了他进一步的驳斥。透过木板缝隙，他看见教授一瘸一拐地回家了。这时，一辆黄色的奔驰——那颜色看着和婴儿的大便一样——朝这边开来，灯光打正好打在他的身上。真是难以置信。他竟然忘了斯特莱姆勒医生通常都会提前半小时到达。

诺姆朝他挥了挥手，可兽医并没有理会他，而是径直把车停到了柳树荫下的草坪上，然后穿上橡胶皮靴，把车厢里的供应物品整理了一下，就像一个吹毛求疵的垂钓者正准备去河里钓鱼一样。诺

_____

① 小卡尔·瑞普肯（Cal Ripken, Jr.），美国职棒大联盟球员。2007年被选为棒球名人堂的成员。在1982年至1998年创造出的2632场连续出赛是目前大联盟的记录，因而被称为铁人。

姆又用最温暖的语调向问候了一句"你好",他却连看都没有看一眼,更没有任何回应,反而是质问诺姆为什么不张贴任何关于禁赌的标语——因为他最靠近建造中的赌场。没错,关于这个医生,诺姆又忘了一件事:他已经开始了一场漫长的反对建造赌场的"十字军东征"。

"你赞成赌博吗? 诺姆。"还是没有看他一眼。

"当然不赞成。"

"那么你为什么不行动起来,让这群家伙知道呢?"

"因为我没有看出来张贴标语就能改变哪一件该死的事情。"

斯特莱姆勒终于看了他一眼:"如果你不相信人民民主,那你为何不搬到一个你不用参加民主活动的地方去住呢?"

这个老兽医就喜欢把民主和靠近挂在嘴边,到处卖弄。"医生大人,我觉得这有一点轻微的反应过度吧。"他说完深吸了一口气,"不知道你注意过没有,这个赌场已经建到一半了。"

斯特莱姆勒的脸立刻涨得和鸡冠一样红,只好一语不发地快步向挤奶室走去,他走得太快了,害得诺姆差点没有赶上。和往常一样,他还是坚持要先看一看数月以来积累的记录,然后歪着眼睛查看了一下第一头牛。随后又研究了每天的牛奶温度、产量以及每个月体细胞数量、白细胞情况和产量的统计表,最后又重点看了一下去年生过小牛的奶牛。

诺姆故意把情况说得没有那么严重,因为他不想让这件事听起来很紧急。不管斯特莱姆勒什么时候过来,他都只能检查出一点点乳腺炎的问题。不用着急,他曾这么跟医生说,但没想到他过了三周才姗姗来迟。

兽医又重新翻了翻那些纸张,激动地说道:"大奶缸的其他细菌测试结果到哪里去了?"

"全都在你手上了。"

"这只是一月份和四月份的啊,诺姆。现在都已经六月底了啊。"

"这些是我手上最新的资料了。"

斯特莱姆勒摘下眼镜，露出他那眼白过多的眼珠子，说："喂，你必须要醒一醒了。这些数据可不会自己自动更新啊。你必须付钱去做细菌测试和葡萄球菌抗体测试才行的，这样你才能知道具体该隔离哪头牛啊！这种事情可不是用眼睛随便看看就能断定的。如果你已经把其中一些慢性病治好过两次以上，可是他们还继续出现这种症状并且产奶量仍然很低的话，你就要把它们给宰杀了。明白吗？"

"你觉得现场检查这些牛和数字相比，哪个更重要？"诺姆问道。

斯特莱姆勒把眼镜戴了回去，审视诺姆的傲慢："如果你早点把这么糟糕的实际情况告诉我，我肯定早几个星期之前就来了。"他开始朝向主要的牛棚走去，一边走一边解释说他之所以没有吃午饭，就是想待会准时赴约，赶到阿伯茨福德的一家农场。

诺姆记得斯特莱姆勒很喜欢把自己想象成一个国际商人，只要看他如何将手臂插到某些加拿大奶牛的身体里，如何拿着那个高级的Nexus通行证在边境自由出入，就看得出来了。

检查了十几个已经结痂的奶牛乳房之后，兽医抬头看了看诺姆，脸上的表情好像是刚刚当场抓到诺姆和他的牛犊交配一样："有些牛肯定是感染了葡萄球菌。感染的牛要分开挤奶，或者完全不挤，有些牛必须立即打抗生素。"

又过了一会，他又换了另外一种眼神戳了诺姆一下："你这垫草简直是在虐待牛。最好是用干的木屑，或更好一些的沙子。诺姆啊，你的牛并不快乐啊。你必须找布兰登或者其他什么了解牛的人来在这里全职照顾它们。"

诺姆强颜欢笑地说道："他最近有些忙，不知道你听说了没有。我已经让鲁尼来帮我了。"

"鲁尼·莫伊尔斯，"斯特莱姆勒说起这个名字时的语气，像是检察官喊证人上堂一样，"是我认识的人当中唯一一个两次同时感染上尘肺病和沙门氏菌①的人。"他又检查了另一个乳房。"诺姆，你那艘船还占据着车库的一大片空间啊？"还没有等到诺姆回答，他又说道，"你这一块的安全措施形同虚设。任何一个人都可以直接走到你家的大奶缸旁。"

"是的，那么到底有谁会想要去那里呢？"

"别天真了，诺姆。我猜你也读书看报的吧。听过肉毒杆菌吗？如果有人往你的奶缸里倒上一瓶那玩意儿，然后奶缸被运走了，和其他人供应的牛奶混到了一起的话，那么近五十万的生命就全都有危险了。"

果然啊，诺姆明白了。原来警长的那番话就是他从这里学去的啊。这也难怪，帕特拉和这个兽医在每个周末都会下一盘棋。诺姆想不出还有什么能比下棋更折磨人的事了。

"诺姆，你考虑卖掉这儿吗？"

诺姆扑哧一乐："谁会要这样破破烂烂的奶牛场啊？"

斯特莱姆勒扬了一下眉毛，说："开发商啊。"

诺姆哼了一声，有点讶异他会这么说："你在问我要不要把它卖给开发商？"

"随你的便。"斯特莱姆勒蹲在最后一头牛的身下，"要是我的农场搞成这样，我自己就把它给关了。"

诺姆迟疑了一下，还是没有开口。没听错吧？医生刚刚说得很小声，像耳语一样，所以也有可能他漏听了一两个字。"你会把账单寄给我的，对吧？"

"不，你立刻给我开一张支票。"斯特莱姆勒看了一眼他的劳力

———————
① 通常会引起发烧、腹痛及腹泻。

士表，"两小时，也就是四百美元。"

"很大一笔费用啊！"诺姆嘟囔了一句，眼睛只看着斯特莱姆勒眼睛下方的位置。不管费用是多少，你付账的时候，这位兽医总是会表现出一副很愤怒的样子，好像你忘了给他小费一样。诺姆笨手笨脚地摸出支票簿，算了一下，把两百乘以四十再乘以五十二——这个医生一年就从这些备受轻视、几乎破产的奶牛场主身上捞四十多万美元啊！

等斯特莱姆勒那辆奔驰一溜烟开走，给站在那里的诺姆喷了一身柴油时，时候已经不早了，已经下午三点了。诺姆这才意识到，如果他再不吃点东西并且睡一觉的话，自己立刻就得倒下了。但是在回屋之前，他先点了一根温斯顿，又扫了一眼水沟，没有发现维尼或其他什么偷窥狂，于是他就继续去温习他的"邮箱之梦"，把其他事情统统抛诸脑后了——兽医的警告，他对简奈特和布兰登的担忧——又沉浸在深藏于心里的那份希望当中了。他慢慢地拉开邮箱，撅起屁股，带着那种无动于衷的表情，盯着邮箱里的一堆信封和彩色活页广告看了看，又翻了翻，心跳都缓慢了下来。唯一一封厚一点的信还是退还已被取消的支票的。他打开一封从奶牛工人协会发来的信，扫了一眼上面的粗体字，目光落在一行字上："在恐怖分子看来，奶牛场、化工厂或者核电站所能产生的破坏性是不相上下的。"诺姆哼了一声，然后又习惯性地翻了翻手里的垃圾广告——宣传家庭安保、农场设备骗局的，还有一页是关于治疗阳痿的，价格比上一次的降了一些。估计不出多久他们就干脆通过邮件直接发送这些助勃起的药了，诺姆心里想着。他又伸手摸了摸邮箱的两侧和顶部，害怕有什么东西被塞到夹层里面去了，可除了一手的灰尘外，什么也没摸到。

会不会是钱漏出来，引起邮递员注意了？这样的话诺姆也就没办法了。不好意思问一下，你是不是碰巧在我的邮箱里捡到了一万美元？假如他是边境公路上唯一一个没有拿到报酬的人怎么办？那个积极活跃的小子是不是说过，如果大多数邻居都不签订这个协议，他还会再回来的？诺姆忽然想到，此时此刻会不会又有什么人正躲在某处看着自己，心里都乐开了花了吧？他看着玻璃里映射出来的加拿大山丘的影像，仿佛灵魂出窍，直到感觉有什么东西爬到了他空着的那只手上，才回过神来。他低头一看，原来是一只很大的蜜蜂，他拍了一下手指，它就飞得没影了。可没过多久，又感觉有什么东西在他右边脸颊边上扑打着翅膀，最后在他的眼睛下面叮了一下，留下一个火辣辣的伤口。他立即哀号一声，扔掉手里的邮件，甩掉手里的香烟，一只手捂着脸，一只手抽筋似的挥舞着，身体开始摇摇晃晃地乱摆。

这该死的蜜蜂肯定是邓巴家里养的。每年春天他都会买好几箱的蜜蜂给他家那一排排修剪得像镭射光一样直溜溜的覆盆子地授粉——这是意外，是意外——等到夏天，这些蜜蜂更是会频繁出现在附近，不断地叮咬诺姆，而刚好他又对蜜蜂严重过敏。老邓巴从经营奶牛场到种植浆果，从甩掉糟糠之妻到再娶一个年轻小姑娘，所有事情做起来都简单得像换衣服一样轻松。而且，他还雇用了一堆又一堆的非法劳工，并且丝毫没有羞耻感。

诺姆一边咒骂着汤姆·邓巴，一边轻轻拍打眼睛下面的肿块，正在这时，一辆普利茅斯轿车在他前面减速停了下来，好像上帝正亲手送来某个人供他泄愤一样。

一个眼睛老是眨个不停、脖子上有一块凸起胎记的矮胖女人把窗户摇了下来，望着他："范德库尔先生吗？"

"怎么了？"他大吼一声。

"我先把车停好。"说完她便准确无误地把车停到了那个狭窄的车道里。然后，她才慢慢地、貌似有点胆怯地朝他走了过来。而另一个年轻男子则打开另一边的车门走了出来，一边整理衣领，一边加快脚步跟了上来。他们是从农业部来的吗？斯特莱姆勒这么快就把消息传出去了？可是那个女人悲壮的表情让诺姆意识到事情可能远比那个要严重得多。他把邮件捡了起来，调整一下心态，准备好听到对于一位父亲而言最坏的消息。他光是站在那里，就已经感觉到内疚和茫然若失了。简奈特的反应是那么的慢，而作为一位父亲，表现出每个人所期望的悲恸欲绝又是那么困难。不过，当那个女人走近他并说了几个字之后——"我是吕贝卡·怀特"——他就从她的用词和肢体语言判断出，她原来只是一名管理员。

"我在环保局工作。"她补充道，口气彬彬有礼可谈不上友好。毫无疑问，她知道如果你将可能对某个人作出处罚，那么你就不需要用同志情谊来安慰他。"我们来这里是为调查你对《乳制品营养管理计划》的履行情况的。"她边说边递给他一个信封，好像是交给他一份授权令一样。"根据我们的记录来看，最近困鱼溪的硝酸盐浓度和海藻增加的速度特别快。所以我们必须看一下你家的化粪池。"她接着说道。

"这个山谷的奶牛场可不只一两家。"他满不在乎地说道，却感觉胸口传来阵阵疼痛。

"范德库尔先生，根据我们取样的结果来看，这种情况不是上游造成的。"她的睫毛快速地上下眨巴着，诺姆担心它们随时会掉下来，"先生，因为要保护甲壳动物和大马哈鱼，所以按照法律要求，如果我们发现了溶解氧水平较低，就必须采取行动……"

她在说些什么，诺姆根本没有用心在听，他的心里一直想着胸部疼痛和消化不良是否有关系，这到底是不是一种警告。他也听说最近环保局经常到农场上来，他们还会随身带着从空中拍摄的照片来证明到底是谁污染了什么。"那么，你怎么不管那些新的私家车道呢？"诺姆问道，心里却痛恨自己怄气的口吻，"你们只是对他们进行督促，还是就专门捡我们这些软柿子捏呢？"莫里斯·克劳福德也用过这句话，不过他说得比自己老练多了，可是话已出口，想收回已经来不及了，"怀特小姐，我们不可能让自己的人生回到昨天去，对不对？"

她的嘴唇不停地上下颤抖着，让诺姆觉得自己像个怪兽一样。

"范德库尔先生，我们来这里是为了检测您从挤奶室到化粪池这一过程的操作情况的。我们越是能早点开始检测，就越能早点结束。我们会根据我们找到的线索考虑要不要发布警告。如果有情况，我们就有可能将您的名字放到通告栏里，那样的话，麻烦就大了，您可能就要和某人签约，让他们帮您找一个更合适的地方做你的泻湖。"①

他哼了一声，用那只没有肿起来的眼睛看着她，另一只眼睛已经肿得完全睁不开了。那女人又深深地吸了一口气，连锁骨都露了出来，然后别过脸去。诺姆满脸怒气地看着那个男实习生，小伙子像被人扇了一巴掌似的后退了一步。

在他们身后，简奈特正双手紧握，站在车道旁边那棵翠绿的柳树下。水沟对面，维尼·卢梭靠着一根栏杆吐着烟圈，瘦小的身影洒在门廊上。诺姆用那只没有问题的膝盖使力一转身，看见了苏菲，她穿着青绿色的短裤，正在往晾衣绳上晾湿漉漉的花短裤。

没有人想错过这样的"绞刑"。

---

① 泻湖即化粪池，是畜牧业最常见的粪便储存处。泻湖泄漏会对河流水质造成危害。

21

　　布兰登发现自己真的很难弄清楚帕特拉在说些什么。我们必须和往常一样保持高度警惕。一切都和以前一样，明白吗？要时刻准备着。他说的内容似乎不是那么重要，至少从他的样子来看，真正紧急的任务是要抓紧时间证明——**越快越好**——这些新摄像头是物有所值的。它们带来的好处早一天得到证实——**不要有压力！**——那些早一天听我们（他自己）的话并且信任我们（还是他自己）的人，就会从中受益。明白我说的吗？

　　换句话说，正如麦克阿弗蒂后来总结的那样，这就是一次赛前动员会，目的是让他们好好工作，提高警局的业绩并且证明边境摄像头的价值，最好能立刻做到这点，最迟也要在下次报告前完成。警长并非在暗示他们做不同的事情会有不同的结果。相反，每个人现在都干得非常好。这个部门是全国最好的——特别是考虑到所在位置地势之复杂，使命之艰巨，走私者之狡猾来看，好吧，这一点就是毋庸置疑的。

　　之后，帕特拉把所有的警员都塞到一个黑糊糊的指挥室里，面对屋里三十二面与墙同高的屏幕，他笑着的样子就跟一个负责游戏表演的主持人一样，其中的十四面屏幕已经连接到摄影头上了。他让技术人员给大家展示从"查理一号"到"查理十四号"摄像头都在现场直播些什么内容，看看除了空无一人的小径、空旷的田野、清冷的街道以及那条对布兰登而言相当熟悉的边境公路外，它们还能发现什么其他的东西。

那个技术员把查理一号左右移动了一下，又倾斜了一点，然后再放大，向他们展示这台摄像头是如何看清楚车牌号或是侦查一公里以外的活动的。连麦克阿弗蒂说的"老大哥"①的俏皮话都没有能减少警长的热情。"想想吧，"他喋喋不休地说道，"这个地区的第一个总部就位于双沟路上的一间农舍，记得那个时候，警员都被人称为'守山人'，他们的主要任务就是抓酿私酒的和有可能偷偷入境的外国人。那时候，要想成为一名警员，要求也没这么严格：只要你身高超过一米八、**品德高尚**、有一匹马就完全足够了。"他顿了一下，等大家作出反应，结果只等到几声客气的轻笑和麦克阿弗蒂那响彻屋子的呵欠声，他只好让技术人员给大家展示如何立即找到刚刚录下来的视频。展示的时候，他又忙着解释这个录像带是怎样四十八小时循环播放，红外镜头又是如何在晚上发挥作用的。"这和感应器简直是天壤之别。"他边说边握紧拳头，用另一只手朝空气中指了一下，"我们就会彻底区分小鹿、走私贩和当地交通了——即使不是当时就马上区分开来，哪怕事情过了那么一会儿，我们也能通过回顾录像知道。所以那时我们就必须立即出警，明白吗？"

他的眼睛在每个人脸上扫了一遍，跳过那些正在嚼着香糖的公路管理员，在刚从南部边境调遣过来的七名新警员身上停留了一会儿，又落在布兰登的身上——一个比其他人都更有头脑的年轻人——最后定格在"查理七号"摄像头屏幕上。"我们的任务是阻止恐怖分子。"他说道，仿佛这是他第一次这么说似的，"当然，这是我们目前首要的职责。出于一些担心，我想我必须给你们一个内部的警告：就在最近，就在我们这一区，有人正在策划一个阴谋。"

---

① "老大哥"源于英国小说《1984》，暗指独裁统治者。其中有一句话是"老大哥正看着你"，麦克阿弗蒂就是拿这句话开的玩笑。

"警长？"

"什么事，麦克阿弗蒂。"

"还有比这个警告更模糊的东西吗？"

帕特拉试图咧嘴一笑："我们也都希望能够更加详细一点，可事实就是我们必须准备好应对一切犯罪——从携带枪械的恐怖分子和走私贩，到对食品供应发起的攻击。"

布兰登完全不敢相信自己眼睛所看到的情景：他的父亲——虽然镜头有点远，不过很明显是他的父亲——正一瘸一拐地走向他们家那银色的邮箱，四处张望了一圈，然后打开邮箱，甚至还想把脑袋塞进去。

"我们那个所谓的'太空针塔爆炸犯'醒来了吗？"麦克阿弗蒂问道。

"是的，我听说醒过来了，"警长神采奕奕地说道，"但是我不确定他现在神智如何，也不确定联邦调查局的调查进行得怎么样了。"

布兰登闭上嘴巴不再小声嘟囔，只是看着他父亲翻了翻信件，接着又把手伸进了邮箱。

"那么，他是阿尔及利亚人吗？和联邦调查局说的一样吗？"麦克阿弗蒂还不死心继续问道。

"我不这么认为，但除此之外，我知道的也不多。"帕特拉说完指着屏幕，"你们也知道，我们现在开始越来越重视这条缉毒战的前线，所以……"

当那个意兴阑珊、等待进一步指示的技术员把"查理七号"放大的时候，布兰登猛地站了起来，因为整个屏幕都是一个男人的身影。爸爸竟然在吸烟？他好像猜到布兰登此刻所想的一般，赶紧气愤地扔掉香烟，然后把所有的邮件都扔到了地上，对着空气挥舞着左手，而没有毛病的那条腿则在使劲地跺着地面。

"现在不列颠哥伦比亚大麻花蕾的利润越来越高了，所以很多没有任何犯罪记录的人都在受到诱惑，开始从事这种活动。"帕特拉警告道，"休闲车里的老奶奶们就是最有可能的走私贩。每个人都是嫌疑犯。所以我们要想获得回报，就要冒更大的风险才行，明白吗？不仅对走私贩是如此，对当地配合他们的人也要如此。"

布兰登还没有想好怎么跟别人解释父亲癫痫发作，一辆汽车就驶了过来，一位站得笔直的女士和一个身材矮小的男士从车里走了出来帮助他。所以，他父亲立刻又恢复了正常，僵硬地弯下腰去把地上散落的邮件捡起来，但另一只空着的手仍在空中挥舞示意。摄像头的角度逐渐放大，最后他也认不出或看不清其中的任何一个人了。

"所以，我们要打起精神来迎接这些挑战，就像我们以前做的那样。一切都没有改变。但是，请时刻谨记：不仅我们在看着**每一个人**，每一个人也在看着**我们**。继续做你们手中的事情，但要充分利用这些摄像头来帮助你们。我先在这里感谢各位，感谢你们在未来时刻保持警惕。"

布兰登慢吞吞地走出警局，和以往一样感觉十分疲倦和格格不入，麦克阿弗蒂又开始模仿帕特拉了。"迪昂，不要有所改变，明白吗？我说的并不是医生吩咐的那种改变，我说的是一种**翻天覆地**的变化。一种**一成不变**的改变！"

她并没有笑，说："我原以为这个地方很安全、很宁静，很适合我女儿在这里长大。"

"它没有变化，还是你原来想象的那个地方，"麦克阿弗蒂说道，"这里一直都有那些'臭狗屎'经过，只是现在我们离他们更近了，所以我们看到的也就更多了。肚子想大便你不能埋怨肠子啊，对不对？"然后他向布兰登挥了挥手，让他过来，并从自己的警车上拿出两张放大的彩色照片，"不要问我为什么，情报局想知道你认不认识这个女人。"

第一张照片拍的角度很低，上面是一名身体强壮结实、长着一头卷发的男子，他穿着短裤，右手放在一位身材苗条的女性的背部。女人的脸看得不是很清楚。但布兰登注意到，那个男人有着粗壮的上臂、凶残的下颌、长着沟痕的下巴和厚厚的嘴唇。可是，真正让他心中警铃大作的是那个女人被逼无奈的表情。她抿着嘴唇，全身僵硬，似乎想扭着身体急于从他的手中挣脱出来。她看着不像平时的她了，但也不像其他人。"和玛德琳一起的那个家伙是谁？"

"这么说你认识她，"麦克阿弗蒂说道，"总是容易低估这些长相普通的人，对吧？"

"如果你看过她的笑容，你就不会那么说了。"

"啊？"

"长相普通。"

麦克阿弗蒂又研究了一下照片。"不管你怎么说，"他把下面一张照片也拿了出来，"这张也是她和她男朋友的。"

布兰登忽然觉得脸上一阵发热。这一次，虽然不是正对着镜头，但也可以看到照片中间的两个人都在微笑。可她看着还是很不开心。"他是谁？"

"托拜厄斯·C.福斯特。"[1]麦克阿弗蒂用手指弹了一下这个男人的额头，"世界级的讨厌鬼，他和'天使'是一伙的，跟参议员一样自负。经常在边境附近巡视，好像这儿都是他的一样。"

"这是在哪里拍的？"

"我感觉像是一个什么派对之类的地方。日期在这下面的角上。"

"我们是怎么拍到这些照片的？"

"怎么，你担心她的隐私吗？很明显，加拿大骑警队肯定是收买了里面的某个人。"

"那我应该拿这个怎么办？"

---

① 也就是托比。

"你已经做了你该做的了，其他的我也不知道。她没有犯罪记录，事实上，他们说根本不了解她，所以才需要你的指认。这都是我们最近新搞的国际'天赐'项目中的内容。你知道的，就是信息共享、合作、围捕搜查等。估计是他们听说你们从小一块长大或是其他什么的，想看看你这位新时代的詹姆斯·邦德能不能发挥作用，他们可能希望她会告诉你所有毒品的来路和去向。并不是说这些加拿大人没有办法获悉这些消息，只是有机会你还是和她谈谈吧——当然，肯定不是很正式的谈。你知道的，就是叙叙旧，回味一下你们以前玩'医生游戏'的日子。"

布兰登唯一能做的事就是没有脱口而出她甚至连他的电话都不回："她人真的很好。"

麦克阿弗蒂笑得胡子都翘了起来："我也会把这个信息转达给他们的。是的，这是卢梭小姐，一位可人的甜姐儿，有着最美丽微笑的人。"

整个温暖的下午，布兰登都在巡视布雷恩。这里对于所有不属于这儿的人来说都很简单。很多不法分子偷偷溜到闲置的汽车里，或是替人带毒的骡子想混进这里。可这个城市太小了，所以，这些陌生人，不管表面上装得多么没有私心杂念，都无法在这里闲逛而不引起当地人的怀疑。在零号大道旁边的一栋废弃公寓栏杆上，晾着的衣服已经被风干了。栏杆旁边，有三个年轻人站在阴凉处抽烟。布兰登把车停在场地上的时候，他们尽量让自己看起来不是那么游手好闲。离他们一个街区远的地方，有一个没穿上衣的红发少年手拿钓鱼竿，从一辆废弃的校车里走了出来，进了一片荒草茂盛的院子。他先是呆呆地看着布兰向他挥手，没有还礼，便径直向那片蒲公英走去。

几分钟后，他开始巡视那些更加耀眼的车道，路上还看到一群开心的孩子，他们穿着颜色明亮的上衣、骑着价格昂贵的自行车，穿梭在被水冲刷得一尘不染的人行道上。他把车停了下来，打开手机，翻出联系人名单，然后滚动到玛德琳的号码上。他死盯着号码，好像它是某种需要破解的密码一样。要是丹尼·克劳福德的话，肯定就会直接拨通她的电话，然后噼里啪啦说出所有该说的话了。可是那些该说的话是什么呢？他重新把麦克阿弗蒂给的照片拿了出来，照片上的她好像正身处危险当中。

他很痛恨布雷恩地区这种幽闭恐怖的氛围，讨厌这里闭塞的空间，讨厌自己不断吓到或影响到别人的感觉。他把车子开过了铁轨，上了码头。车窗一直是开着的，所以他深吸了一口气的同时，闻到了海水退潮时留下来的柴油和海蚌分泌物的臭味。边境巡逻队的工作之一就是协助海岸警卫队和海关管理边境水域地区——但他们负责的是一条漏水的海岸线。麦克阿弗蒂告诉他说，警长也正在忙活这件事，还想给他那拥有两架直升飞机的"空军"、日益壮大的"军队"和那些"老大哥"摄像头们再配备一批海军。

布兰登架起望远镜，将整个海湾尽收眼底，可是看了一圈，却只看到那些常年在此栖息的鸬鹚、混种海鸥和几只咕咕叫的鸽子。天气一热，鸟儿就变少了，可是他记得，以前即使到了六月底，鸟儿也不会变得这么少啊。他又扫了一眼潮汐滩地，渴望发现一只美洲矶鹞或者黑尾豫鸟，可只是在滩地中间看见了一大块纠结在一起的栗色漂流木。他仔细看了一下那些中等长度的原木、树枝还有一些好像弯曲的木板一类的东西，几分钟后，还是不情不愿地掉头回到镇里。

车子开到谢夫隆加油站①附近时，布兰登发现了一大批边境巡逻员和布雷恩市的警察，他有点害怕，不知道自己是不是错过了什么

---

① Chevron，美国跨国公司，世界综合性大石油垄断企业。

重要事件。可很快就发现，原来不过是一个臃肿的城市警察正在向大家炫耀他减轻了多少体重，想博取大家的称赞罢了。"太要命了。不知道你们注意到没有，我现在必须得穿小一号的衬衣才行。这世界是怎么了？"

布兰登看到大家在笑，也跟着歪嘴傻笑起来。之后他便悄悄离开，跑到正在哺乳的调酒师面前问了一个问题："如果有一个老朋友想见你，但又不希望你觉得这是件了不起的事情，你希望他对你怎么说？"布兰登盯着调酒师，她嘴唇上有着淡淡的小胡子，眼睛有点歪斜，薄薄的嘴角略微有点皲裂，说话的时候，覆盆子般的舌头总会在干裂处轻快地拍动着。

"午饭，"她说道，"午饭不会让人有得寸进尺的感觉。晚饭是约会，午饭却更像是'你最近在忙些什么呢？'但是你不能只打个电话让她出来吃午饭。那样听着就又像是约会了——而且是很无聊的约会。"他还没有来得及让她解释，那个小婴儿就开始哼哼唧唧了，她赶紧叫了下一位顾客。

布兰登一边巡视和平拱门，一边练习如何与陌生人闲谈，可每一个他试图靠近的人都摆出一副不想被打扰的样子。他看见一个背着包的流浪汉，就想问问那人旅途上是否发生过什么难忘的事情，心想终于有机会可以了解一下异国风情了。结果对方只回答了一句："没什么，兄弟，真的没什么。"愿意和布兰登说说话的，只剩下那些和他相似的走投无路的人。"喂，大高个。"那口吻听着好像因为他们还没有被他搜出什么东西，所以大家还是好朋友一样。可是，虽然他可以学着迪昂的方式问他们一些无关紧要的话题，例如午饭在哪里吃的，最近有没有看过什么好片子，他还是不能忍受这样的谈话。

他挑了一张靠近格子爬梯的野餐桌，坐了下来。草地上，一对对年轻夫妻正躺在毯子上聊天、互相抚摸、拥抱亲吻或是依靠在彼此的臂弯下，让温柔的阳光轻抚着他们那光滑的肚皮。终于，他还是下定决心拨通了玛德琳的电话，一动不动地听着电话那头的嘟嘟声。"是我，"他犹豫了一会儿说道，"布兰登·范德库尔。**给我回电话……好吗？**"又顿了一下，"再见。"

他忽然从椅子上站了起来，心里十分痛恨自己。给我回电话。他听到一个母亲在厕所里哄着她那哇哇大哭、刚学走路的宝宝，看见两个加拿大骑警队队员在花园附近懒散地吸烟。在拱门那边，一排向南行驶的司机正隔着斜坡上的绿色植物注视着——他的块头吸引了众人的目光，有些人还伸出手对他指指点点，好像他是一只刚发现的驼鹿一样。

他无法忍受这些异样的眼光，在公园里继续巡逻，哪怕多一秒钟对他而言都是种煎熬。在这里他抓捕过的唯一一个比较重要的走私贩是一名穿着皱巴巴西装的男子，当时那个人试图利用婚礼派对做幌子从这里溜过去。想到这里，布兰登毫不迟疑大步流星地斜穿过那饱经风霜的混泥土拱门。游客都喜欢站在门下的同一块地方取景拍照，所以那里的草已经被踩光了，必须再种点草籽了。他轻快地从堵塞在车道上的车子中间穿了过去，没有看那些驾驶员一眼，最后沿着小斜坡一路越过黑莓树丛跑到沙滩上。

跨过那些蔓藤之后，他终于可以干脆利落地冲向目的地——那堆暴风雨留下来的碎片。有十几个一头黑发的人站在那堆东西前面，大多数的个子都不高，甚至可以说还没有天鹅高。最矮小的几个正在海浪中兴高采烈地嬉戏，黑白相间的冲浪服在风中飘荡着。亚洲人吧。可能是日本人或者中国人。布兰登也不管他们是不是携带大麻或核装置的不法分子，不管他们是不是都停下了手中的活儿，看着这个身穿制服、朝他们慢跑过去大块头，也不管他的大靴子是不是刚好从他们的身边擦过。

布兰登朝他们挥挥手，又耸耸肩，可完全没用。不管是游客，还是不法分子，外国人一看到他就像见到怪物一样害怕。他们已经吓得像是一群被猎鹰追赶的燕子一样围拢到了一起，他只好指了指他们身后的那些碎片。最后，他停了下来不再奔跑，改成了快走，然后朝那群人用最友好的姿势再次挥了挥手。这时，其中一个男人连忙将一张护照举过头顶，颤抖地向他走过来，嘴里还喊着："护照！"

布兰登被他弄得很紧张，就算想向他微笑一下也笑不出来了。他只好一面挥手示意那个焦急的矮个子男人不用过来，一面加紧脚步直直地朝目标走去。布兰登听到他们似乎在用日语表达着疑惑，并且如释重负地松了一口气。他示意其他人不要过去，也终于看到了那堆宝藏——那些每一根都有他的大腿那么粗、被海浪冲刷变圆的木头，被水冲刷圆润的船板，几个和头一般大小的巨石以及一堆折断的大小树枝，整个场面好像是有一艘船和几颗冷杉刚刚遭受到海水的虐待、踩蹭一样。

通常一小时后，所有的这些东西都会再次漂浮进水里，所以他赶紧用巨石架起了几根最重、最平滑的木头，并把它们围成了一个直径一米八的圆形地基，然后又在上面小心翼翼地添了几根木头，并用树枝把所有的空隙都填满了，然后才开始往上堆船板。幸好所有的船板都非常平直，所以整个结构才能那么坚固。大浪就要逼近了，他赶紧加快速度，又在上面加了几根原木，用脚把大大小小的树枝都踩直，塞进空隙里，并用手把多余的树枝折断，再把船板和原木交替堆在一起。尽管潮水已经渐渐涨到他的脚下，可身边还有很多漂流木，所以他还想继续把这个"艺术品"堆得更高。很快，这个小塔快要与他的肩膀齐平了，他再次环顾四周的时候，发现那些日本人也开始收集漂流木，递给那个刚才喊着有护照的男人，让他把所有木头抱在怀里，蹚过膝盖深的水送到布兰登手中，脸上还带着奇怪的表情，一副既紧张又很感激的样子。

大浪终于拍打到"地基"上了——现在小塔已经超过一米八高——小塔咯吱了几声，并没有被冲倒。这时，有一个小孩子突然陷进了泥里，布兰登赶紧在大家慌乱之前把孩子救了出来。耳边传来一声尖利的哭喊，他赶紧把目光从小塔上移开，看着海滩上那群小小的人。原来那个刚刚帮助他的男人正在朝他鞠躬，其他人，甚至连妇女和小孩也朝他深深鞠躬。

突然，他的无线电发出了嘟嘟的响声："呼叫二零五？听见没？二零五？"他低头看看屁股上已经湿漉漉的无线电，朝日本人回鞠了一个躬，然后抬头仰望天空，想象着从空中看这个小塔会是什么模样。就在这时，摄像头也跟着滴滴答答响了起来。"呼叫二零五！"无线电大喊道，"你听见了吗？"那边有一群白人也在拍照，他们是从哪儿来的呢？其中两个看着很面熟，但是好几小时后，他才想起来他们的名字是布福德和马迪。

布兰登抬头看了看晴朗的天空，发现一只壮硕的大鸟正拍打着翅膀朝他的头顶上空飞来。羽毛黑白相间，如果单看它那圆圆的、距离肚皮很近的翅膀，似乎是一只海雀。但它的身体比较强壮，应该不是小海雀或海鸠。当鸟儿近乎垂直地从他的头顶飞过时，他看到了它那黑黑的肚皮，还有那长长的、介于橘黄色与黄色之间的鸟喙。是海鹦——大老远从波澜壮阔的大海那边飞来的吗？他的脑海中立刻呈现出他曾经看到过的影像，有从上面拍的，有从下面拍的；有雄鸟，有雌鸟；有成年的，有幼年的；有正在哺育幼崽的，有没有哺育的。所有这些照片都是在《彼得森指南》、《派尔指南》和《北美鸟类野外识别手册》上看到的。而眼前的这只鸟的的确确长着彩色的鸟喙和亮黄色的腿，当它转身向海湾倾斜飞行的时候，布兰登还看到它那结实的脑袋两边金色的、像头发一样的马尾辫。原来还是一只凤头海鹦啊！他指着这个惊人的发现，可嗓子里一阵发痒说不出话来，最后只发出了旋律优美的嗡嗡声。

22

诺姆打开一个法语广播电台放给他的奶牛们听，不管布兰登怎么向他保证，他还是觉得这种音乐不一定比乡村或者古典音乐更能让奶牛放松下来。失眠反而减少了诺姆的担忧，因为这让他无法为某个担忧烦恼太长时间，所以不会产生真切的绝望。他在那位环保局女士面前找了一个借口，说最近雨下得太反常，所以肯定是暴雨季节时，他家的粪池被水冲满了，导致粪便溢了出去。虽然实际情况并非如此，不过只有这样才能让她手下留情，她也因此愿意再观察他一个月，当然这其中少不了继续在空中拍照。她走的时候，板着脸警告他说，如果局里最后得出的结论是他家的牛粪池在向小溪渗透的话，他必须把粪便池给修好，或者再重新建一个新池子，否则就等着每天交两万五千美元的罚款。听完她的话之后，尽管诺姆十分想笑，可还是忍住了，并且小声且严肃地给她道了个歉，而脑子里却是在计算一个星期是十七万五千美元，那么一个月就是七十万，一年就是八百四十万啊。

等到上午十点德克·霍夫曼打来电话的时候，爆竹声已经响彻整个山谷了。诺姆以为，这次要不就是被德克逼着去参加疯狂庆祝"独立日"的活动——拖拉机游行——要不就是去给美国海外退伍军人捐赠一百美元，再或者就是被邀请去参加其中的某个派对，而在这样的派对上，德克和汤姆·邓巴会装扮成开国元勋并背诵《独立宣言》。令他意外的是，德克这次打来电话是告诉诺姆，如果不是看了报纸，他会一直被蒙在鼓里——原来他缴税是为了付工资给布兰登在沙滩上建碉堡的。面对他的指责，诺姆只好一边不停地点头称是，一边找来报纸翻看周末新闻。他用一只手把报纸翻开，终于在倒数第二版上看到了的那张"每周图片"。上帝啊！听到诺姆这边一直没有反应，德克终于等得不耐烦了，换了一种咄咄逼人的方式逼问诺姆，是否愿意加入他和老汤姆的队伍，一起沿着边境公路挖壕沟来阻止那些该死的得来速汽车餐厅。

"很想去，可是不行啊。"他说道，越看布兰登那张照片，心里就越觉得丢脸。照片里的他穿着制服，旁边就是那个用漂流木搭建而成、与下巴齐高的碉堡。图片旁边没有任何标题，也没有只言片语，看起来不是不想用语言来解释，而是根本不需要解释。这种羞辱到底何时才能停止？斯特莱姆勒攻击他不会照顾奶牛，环保局怀疑他不诚实，新闻报纸又讽刺他的儿子，而此时此刻，他的爱国主义也正在被人质疑。"我今天下午还要处理一点给牛接生的事情。"他找个理由想搪塞一下。

"诺姆，难道那些牛没有你就不会生产了吗？"

筋疲力尽所以不想工作，压力太大又睡不着。诺姆给简奈特留了一张便条之后，恍惚间发现自己已经走进了放船的那个车库里，这才意识到自己已经好几个星期没来过了。钻头、锤子、电锯、环氧树脂和亮漆，都散落在他上次离开时留下的地方。他重新安慰自己，之所以建造这艘船，是因为它可能会给自己带来荣誉，这也算是一个有趣的原因。他捡起地上的铜支柱，感受它的重量，再次为这装有三个螺旋的桨片而惊叹——它们就像鸟儿的翅膀般可以自由伸缩啊。他买这个东西的时候，心里充满了无尽的美妙幻想：如果使用最好的材料——一个螺旋桨就花了他九百八十二美元啊！——最后一定能造出来最杰出的作品。而现在，这个幻想却恰恰证明了他的愚蠢——对于任何一艘非竞赛用的船而言，一个普通的螺旋桨就绰绰有余了，而且价格只要一半就够了。

把这个光秃秃的船身放在这间一百多平方米的车库里，看着就像一艘瓶中船一样。刚开始的几年，他的农场经营得很稳定，所以每天可以花两三小时来做这个。他的指导老师就是夏贝尔和斯图尔特，从他们的书中，他学会了如何把胶合板、玻璃纤维、环氧树脂和柚木变成甲板、船舱和上下铺位。在那些日子里，他每天早上醒来就会为他的秘密感到骄傲和兴奋——他没有和别人说过，如果说了，也许会给它带来厄运——仿佛某种宏伟的计划正在酝酿，而他简陋的车库里正藏着十一吨重的稀世珍宝。

　　他呆呆地从各个角度看着这个光滑的船身。一开始，各种担忧和尴尬的记忆碎片充斥了他的大脑，最后记忆却定格在最近一次对"苏菲的友好邻居特价"的幻想上。他伸出手，把手放在船尾上，慢慢滑动着，爱抚着光洁无瑕、涂着凝胶漆的船身。不知不觉间，他闭上了眼睛，手掌开始轻抚着整个船尾，意识变得迷乱，脑海里浮现出充满情欲的画面。

　　"嘿！"

　　一声叫唤把他吓得喘不过气来。诺姆连忙转过身，看到简奈特像个彬彬有礼的女侍者那样，把两只胳膊背在后面，也在仔细检查船身。他的内心告诉自己，她应该终于明白了所有的这一切，是多么的自私和痴心妄想。没想到她看完之后，转过脸对他说："我都忘了它是多么的绚丽了。"

　　他差一点咳嗽出来。

　　"虽然还没有完成。诺姆，真的，我知道你担心到底要多久才能把它完成，你担心父母会怎么看这件事，可是这些都不重要。你母亲从来都不喜欢我祈祷的方式，还记得吗？"她边说边一步一步地向他走近，双手依然放在背后。他闻到了圣莎拉轮回香水的芬芳，她过去常常喷这个香水来诱惑他。"祈祷的方式怎么可能会有错呢？"

　　她像变魔术一样突然从背后拿出了一瓶百露香槟酒盒以及两只

高脚杯，然后放低下巴，又抬头用那双长着黑色睫毛的眼睛凝视着他。她的眼睛是那么的柔情似水，充满了包容。他迷醉了，脑子里几乎一片空白。

一小时后，他支起一边的胳膊肘，看着身边的妻子。她下颌以下的皮肤都被东西盖住了，可是她的表情、微笑和呢喃细语都是永恒不变的。

她当初选择了他，这一点一直让他很费解。记得那天晚上是在柏林翰，他随便找了个酒吧坐了下来，就被她的微笑牢牢包围住了。那个时候，他就已经在说要建造一艘可以去世界各地的帆船了，仅仅是谈论这个计划都能让诺姆对自己充满了信心。连他那个煞风景的父亲都说简奈特虽然是个开着沃尔沃、没有胸部、来自柏林翰的环保主义者，可也不失是个好对象。

管他什么德克·霍夫曼的午后烟花，诺姆现在只想着要如何享受他那朝气蓬勃的妻子的美好。可事与愿违，他的思绪又突然往后溜了十年，开始念叨起以后自己会如何看待这段珍贵的时光，并对现在发起愁来。

这是布兰登在一年中最不喜欢的日子，而这一天终于就要在一片喧嚣中步向黄昏了。晚上这附近似乎有烟火会。前面那辆装鱼的车子夹着一块摇曳的红布，布兰登努力想去忽视这些。它本可能会在路上被吹掉，然后裹在轮轴上的，不是吗？可现在竟被他看见了……他极不情愿地把车启动，越过一辆卸货车，一辆挡泥板上贴着《花花公子》的农用货车，以及一辆锐德公司的卡车，最后终于跟上了那辆装鱼的车子。

本来在今天这样的节假日里，他是想在当班的时候躲到苏玛斯边境交界处，谁也不理的。因为他不想再听到任何抱怨和玩笑了，特别是关于边境摄像头的，或者关于加强巡逻，再或者是关于他在海滩上搭建的那玩意的。不管是对他阿谀奉承的人，还是喜欢溜须拍马的人——迪昂就是这么称呼他们的——都很让人讨厌，在他面前都是用好听的话来赞美他，然后围在一起，对那些跟他毫无关系的事情进行胡乱猜测。米尔特·凡·鲁芬指出，很多不够格的农民突然都买得起新拖拉机了——"不指名道姓"，可是过了一会儿他还是说出了名字。似乎每一个人都变得爱发牢骚、喜欢八卦或是疑神疑鬼。连玛德琳都是。

在布兰登的海滩艺术还没有见报之前，帕特拉曾把他叫进屋里谈话，说什么让他打发时间的时候小心一点，可他一个字也没听懂。"你必须在车里找点可以做的事情。人们都在看着你呢，明白吗？他们看见过你穿着制服在墓地溜达，你让我怎么和他们交代呢？"

"猫头鹰喜欢去墓地。"布兰登说道。

警长用鼻子长长地呼了一口气："找点能在车里做的事情。比如听听球赛。"

"我不喜欢运动。"

"那填字游戏呢？"

"我有阅读障碍。"

"总而言之，没事就多在车里待着！"

布兰登盯着那些随风飘摇的红布，很明显，它不是因为车子超载才冒出来的。他给苏玛斯海关打了个电话，却被挂断了。他没有再打第二遍。这本来不是什么大事，可他还是要查清楚。要想这么做，首先他要轻轻打开那讨人厌的灯，再小心翼翼地绕过卡车。就在这时，他发现卡车司机正通过后视镜仔细查看他。

他把车停在了卡车的车窗下。有人告诉过他，如果有情况，从这个角度去喊人一般不容易中枪。事实上，多半情况下人们看到他都会被吓一大跳，更别说开枪了。布兰登盯着司机前额上渗出豆大的汗珠，并没有多想，只是打算尽到自己的职责，却让眼前这个身体滚圆的男人更加不安，开始扭动他那红红的脖子。"可以给我看看你的身份证吗？"

"有什么问题吗？"司机嘀咕了一句，"刚刚才有人查过我的证件。"

"你这是去哪儿？"布兰登问道，按照迪昂的建议忽视嫌疑犯的问题。

男人不耐烦地嘟囔了两句，说是要去柏林翰的送货，还抱怨道本来七月四日独立日这天还要工作就够窝囊的了，居然还得忍受警察的骚扰。

布兰登从他的抱怨里察觉到了什么，于是又看了一眼他驾照上的名字——格里高利·奥林·道森——脑海中立刻浮现出那个身材瘦长、满脸不在乎、被人称做"上帝"的高尔夫球明星。他总是拖着步子四处晃悠，然后笑得一脸灿烂地和女生打招呼。"你是林登高中的吗？"

"是啊！"愠怒变成了狂喜，"你是布兰登，对吧？比我低几届的？"

"嗯，后来我就在家自学了。"布兰登把驾照递还给他，真希望脑子里的"上帝"还没有溜走，否则他真不知道接下来该说些什么好了。

"哦，嘿，干得好啊！"道森说道。

"什么意思？"

"你进了边境巡逻队啊。这多风光啊。干得好！"

布兰登揣摩着他的语气、用词和沾着咖啡的脸上露出的微笑："过来，我给你看点东西行吗？"他问道，终于又找回了自己的台词。

"看什么？"道森又咧嘴一笑，嘴里喘着气，"这一车全是大马哈鱼，我已经耽误了不少时间了。"

"拿着钥匙，下来一会儿。"布兰登说道，语气尽量和平常一样随意。

道森极不情愿地从车上滑了下来，站到马路上。他显然要比高中时胖了一圈，身上的咔叽布裤子紧紧紧地绷在大腿上。

"你车子下面拖着几块布。"布兰登指着车子下面告诉他说。

"是吗？"道森说着半蹲了下来，朝他指的地方看去。

"我帮你把它扯下来。"布兰登蹲在人行道上，斜着身子伸出一只手去拉拽，这才发现这竟然是一条垂下来的袖子，上面还压着一块嵌在轴承之上的甲板。他伸长脖子，看道森车里这些心神不宁的偷渡客，又拽了拽那条袖子。里面发出了一阵喘息和窃窃私语声，他用力拍了甲板两下，喊道："都给我一个一个地出来。"

"他们到底是谁？"道森慌忙问道，布兰登没有说话，拍了拍制服上的灰尘，通过无线电把情况汇报了一下。道森又辩解道："我是说真的。我真的完全不知道！我发誓！他们怎么会该死地藏在下面啊？"

布兰登叫他把手架在肩膀上，在货车后面站好，然后从那个又热又小的隔板后找出四名瘦弱的妇女。她们一出来就开始扯着嗓子争吵，声音大得几条街外都能听得到。很显然，她们吵闹的焦点就是那位满脸涨红的昔日高尔夫球手。

道森赶紧噼里啪啦地说了起来："说真的，我真的不知道他们是谁。一点都不知道！我只是负责开货车的，好吧？我的工作就是这个。我又不会往车底下看，你知道吧？我可以叫你布兰登吗？我的意思是，我没事怎么会跑去看那里呢，布兰登？谁会……他妈的，这回我的麻烦大了！"

布兰登铐住了其中两个女人，又给另两个系上了塑料手铐，却不知该拿道森怎么办、他还在喋喋不休地向布兰登汇报他一路上做了什么事，这些女人可能是在何时何地藏到他车里去的，又反复强调他之前从来没有开过这种特别的货车。他越说就越让布兰登感觉像真的，所以布兰登就让他走了。可没走几步，麦克阿弗蒂的车就赶到了，车上旋转的警灯灯光让周围的烟火显得更加绚烂了。

道森又开始喋喋不休地向麦克诉说着自己的无辜，语速越来越快，麦克听完后略带同情地"哦"了一声，一边掏出手铐，一边用无比理解的口吻告诉他，他们有很多时间可以在总部讨论所有问题。

　　道森被麦克阿弗蒂带上警车的时候，那几个女人似乎是在用中文喊着"老天爷"，而她们那扁平的脸庞、细细的眼睛、孩子般的身材以及奇怪的地方腔调，都深深地烙印在布兰登的记忆里。

　　苏菲又加了一点酒："还在担心玛蒂吗？"

　　"唉，上帝啊。"

　　"你一直都是这么担心她吗？"

　　"自从她向正常的生活宣战之后，一直如此。"

　　"那是什么时候呢？"

　　"她母亲过世后一两年吧。她姐姐因此而变得更加谨慎和自私。开始从事投资业，嫁给了一个麻醉医生——这家伙只要走进我的门，都会让我不由自主打呵欠。"

　　苏菲拿出三个信封，把里面装着的照片都放在桌面上："玛德琳呢？"

　　"正好相反。我不知道，她是不是还需要一个妈妈。然而，她像是一夜之间对所有事物都变得极端起来。风速不到二十八米，她绝不会去玩帆船。一声不响就背着包去旅行，那简直是家常便饭。她还和一个长头发的叫哈雷的家伙一起去攀登悬崖，那个小子开的家用卡车上居然还贴着'为攀岩而生，为攀岩而死'。她那会儿肯定还在酗酒和吸毒，对上学和念书甚至所有的一切都毫无兴趣。当然，她仍然还是很可爱的，不要误会我的意思。可我总觉得和她混在一起的人看着都很极端。我在想，像他们那样的人怎么会做爱呢。"

　　"可能会非常、非常温柔地互相亲吻吧。"苏菲低声说道，把眼前的照片整齐地排成几排。

　　维尼又说了些什么，才恢复神色，身子向前一倾："这些都是什么啊？"

"你觉得它们应该是什么呢？"

"我怎么会知道。这到底是什么？"

"布兰登·范德库尔工作时的照片，我按时间顺序把它们排了出来。"

"什么意思？他的工作？"

"正是。"

"所有都是他——"

"这些都是他的瞬间艺术。"

"什么？"

她伸出手，从靠墙的桌子上拿起周刊："你听说过他在滩地上建造鸟巢的事情吧？"

玛德琳此时正和托比、费舍尔、马库斯以及"国王"一起，在拥挤的和平拱门公园里走着。她喝了三杯龙舌兰酒，所以有点头重脚轻。

天上有很多吱吱作响的冲天炮、嘶嘶的烟火棒和彩色的小火球，有的是从火箭炮里哧溜一下钻出来的，有的则在地面上蜂鸣似的原地打转。一个夜光飞盘脱离了轨道，飞进她的视线里，她赶紧向它跑去，想把它抓住，却失败了。玛德琳咯咯地笑了起来。

自从一个月前的那个大型派对之后，她又培育出了不少大麻植株。工作越来越轻松了，钱也来得越来越快，像流水般不断地向她涌来，她都快存不过来了。大部分时间，她感觉自己的生活既令人兴奋又非常的刺激。可问题是，托比现在越来越表现得好像自己是属于他的一样。特别是他把玛德琳安顿到离父亲不远的达曼特老屋里，还拿了另一把备用钥匙后，这种感觉越来越明显了。

就像刚才，不明不白的，他就对着她的嘴狠狠地亲了一下，然后就借口跑到那张啤酒桌去了，那边坐着三个身穿皮革机车服的人，好像都在等着他。

"表演之前，国王要发表一点声明。"他们快到拱门的时候，费舍尔在她耳边悄声说道。

玛德琳向四周环顾了一下，问："说给谁听？"

"喂，这里不是有摄像机嘛。别搞笑了。我知道的，他的皮正痒痒，想着被抓呢。"

玛德琳向人群扫了一眼，看到一个三脚架上放着一个大大的摄像机，另外还有几个大块头也正扛着机器对准了他们。

"我们今天晚上站在这里，和不列颠哥伦比亚其他提倡大麻的人团结一致，抗议美国政府的腐败。"国王在噼里啪啦的焰火声中宣布道，"它厚颜无耻，完全无视加拿大政府的主权，现在他们的缉毒警员竟然还在我们的土地上嚣张，这无疑是向我们无声地宣战了！"

玛德琳感觉这像是一场正在上演的滑稽剧，只是没有一个人在笑。当周围的人越围越多，国王豪言壮语地要求把大麻合法化的时候，旁边又来了两台摄像机。她看到马库斯捏碎一个大麻花蕾，把它卷成一根烟，点了起来，动作和剥开心果一样随意。他把烟递给国王，国王屏住呼吸、快速地吸了几口，脸上一直保持着微笑，然后对着摄像机随意吐了几个烟圈。

"这下你们明白为什么《时代》杂志上说，世界上最好的大麻来自于温哥华了吧？"他戏谑地问道，"所以呢，很明显有些记者也是瘾君子，不然怎么会知道呢？"他把烟还给了马库斯，恰好此时，另一个摄影师和加拿大骑警队以及边境巡逻队朝他们走来，马库斯赶紧把烟捻灭了。

玛德琳在渐行渐近的人群中寻觅着，想找到那个比别人高出一头的身影。此时的她既害怕又渴望见到布兰登。正在这时，马库斯又递给国王一面手帕大小的美国国旗，她赶紧后退几步，不想让自己的脸出现在父亲的电视机屏幕里。国王很尽责地把旗子高举起来，又满不在乎地把它点着了，人群立刻爆发出一阵欷歔和揶揄声。但是很快，他右胳膊上的长毛绒衣也被烧着了，人们又都发出一阵惊呼。国王还没意识到自己身上着火了，仍然朝人群假笑着。费舍尔赶紧脱下身上的夹克，向他的胳膊打去。

维尼把那支口径二十二的雷明顿①自动式机枪的枪管清理了一下，他已经好几十年没用过这把枪了，双手居然还能稳稳地握着枪柄。最好现在就行动，他心里想着，趁自己的勇气还没有消失。

他无数次看着自己的父亲清理这把枪。亨利·卢梭这么做的时候，是不允许别人和他说话的，好像稍微说错一句话，这家伙就会擦枪走火。父亲做很多事情时都是如此，他的目标就是用最少的话把事情一五一十地弄清楚。维尼吃力地爬上楼梯，想找个法子减轻一点身上的痛苦。

"你女儿在家吗？"这个问题就像一句普通的问候一样，让维尼根本来不及细想。之前他已经和这个加拿大皇家骑警队的便衣谈过十几次话了，可还是无法忍受他身上那股发霉的味道。不过面对这样一个终身与一辆破旧的道奇卡车为伴的警察，他的态度还是比较配合的。"玛德琳这些天住在这边吗？"他又问了一次，语气好像闲谈一样。焰火燃放几小时后，这句话的含义却越来越明显了。

维尼换上那套很多年都没有穿过的靴子和裤子，又找到一件长及脚踝的雨衣。雨衣已经发霉了，所以待会扔掉也不可惜。玛蒂好几年前送给他一张乔治·布什的面具，这一次他把面具叠得整整齐齐，塞到腰带里，再把腰带紧紧地勒上。一切就绪之后，他一手拿着来复枪，另一只手握着手电筒，拖着脚步出门了。

他从范德库尔家附近的那条水沟最浅最窄的一处跳了过去。一个星期之前，他偶然碰到了简奈特，从那之后，她的影子就一直在

---

① Remington，著名的武器制造公司。

他的脑海中萦绕，挥之不去。这么一个漂亮、愉悦的女人怎么会选择和诺姆混在一起呢？真是太没有天理了。现在，她的思维上的缺口已经和篱笆上的缝隙一样明显了。比如说，她可能本来想说的是移民改革，最后却说成了冰川是如何从北向南拖拉巨石的。"我们是新来的。这片大陆是新的。这个地方的所有一切都是新的。"她说道，"即使你想关门，那也是不行的。"

他斜穿过边境公路，蹑手蹑脚地经过莫法特家那干净得让人有点压抑的房子——什么样的人才会把一生的时间都用来操作落叶吹扫机呢？接着穿过克劳福德家族长满野草的车道，又来到边境公路和阿辛克路的交接处。他从自家的门廊上看到，这个坐标也新安装了一台边境摄像头。

这台摄像头和其他的三十一台一样，都是安装在一个金属塔的顶端。塔身比电线杆高两倍也要粗两倍，却比它们都讨厌十倍。

维尼在进入摄像头的监视范围之前就悄悄地把面具戴上了——戴上它之后更热了，而且还看不清楚——然后把手电筒对准摄像头照着，镜头立刻朝他的方向转了过来。他赶紧跳到一个安全的范围之外，举起来复枪。此刻脑海中想起了父亲曾经对他的忠告：开枪的时候一定要屏住呼吸，再慢慢地扣动扳机。

这一枪的声音比他想象的要小。他又重新把枪上膛，举起来调整了一下角度。瞄准。第二枪响了，这一次的声音听着比较真实。还是没中，他又上膛，再补一枪，还是偏了很远。警笛沿着山道，呼啸而至。维尼赶紧抓起弹药，沿着清冷的街道一路奔逃。就在这时候，诺姆家门廊上的灯亮了。

已经到挤奶的时间了吗？听声音，警车就要开上阿辛克路了，维尼赶紧放弃原来从范德库尔家附近跨过水沟的计划，转而从克劳福德家那边更宽的地方过境。他想跳起来，却被绊倒了，四仰八叉地趴倒在加拿大这边水沟边的坡上，结果拿枪的那只手的关节被狠狠地刮了一下，头上也似乎有什么软乎乎的东西被弹开了。

23

第一眼看去，这里面很像一家室内栽培圣诞节树的农场，可没过多久她就闻到了那股湿热的空气，这才意识到，脚下这片大小可以和沃尔玛超市相媲美的地方是一个大麻工厂。

托比一边观察她的表情，一边充满自信地用喃喃细语告诉她，他和他的同事十一个月前如何假借咖啡公司的名义，租下这间封存的啤酒厂。又说旧的啤酒桶可以控制湿度和温度，所以十分有利于培育幼苗。而通风系统可以过滤掉臭味，瓷砖地板就是良好的排水系统，另外还有连接到电脑上的一千只灯泡。

半小时后，玛德琳参观完毕。这时，她看见托比正和三个文身的男人一起谈论着什么。距离太远听不清，不过那三个人都是一副毕恭毕敬的样子。她只好站在那里等他，但宿醉让她又冷又热，还出了一身的汗。她还是不知道他在心里把自己当成了什么——顶级的培育师？红颜知己？爱人？还是简简单单一个方便好用的打头阵先锋？是不是等他的人在达曼特家的谷仓下，把那个地下操作室挖好以后，他就不需要她了呢？可是，既然他都有了这样一个好地方，干吗还要那么费劲地挖地下室呢？突然，她的手机振动起来，打断了她的各种揣测，她只好转过身去，轻轻应答电话。

"玛德琳吗？"

"你是——"

"布兰登。布兰登·范德库尔。"

她没有接腔。

"昨天晚上你爸爸用枪打了我们一个边境摄像头。"

"什么?"她说着回头向托比那边望了望,又有两个人加入了他们的交谈。

"他打扮得像个幽灵一样,不过还是能认出来。举了把来复枪,砰的一声,那个摄像头就坏了。事实上,他开了两枪,"他上气不接下气地说道,"砰……砰……但是我什么都没有说。我们吃个午饭怎么样?"

"啊?"

她抬起头,刚好看见托比迈着果断的步伐向她走来,挥舞着手臂,大腿上的肌肉紧紧地绷着,蓄势待发。其他几个男人一会儿看看玛德琳,一会儿又看看托比,好像他正用刀子划破自己的喉咙一样。

"下星期三,麦克基弗斯餐厅怎么样?"布兰登问道,"中午或者其他任何你方便的时间——"

"好的。"她赶紧在托比把电话抓去之前挂断,但他拿起电话查了一下刚刚那通来电的号码——来电不明——然后便随手把电池卸了下来。"你知道打这种无线电话最容易让这里暴露吗?所有的一切他们都能听到,你知不知道?"他说话的语气很平静,很淡定,可是眼睛里面已经开始冒火了。

她的身上已经完全被汗水浸湿了,可仍然动作轻柔地从他那粗壮的手中拿回自己的电话和电池,把它们分开放到两个口袋里。

"他是谁?"他向她逼近。

"我父亲。"

"你父亲都用这种无法查询的号码打电话吗?"

"他就是喜欢这样的东西。"

"他要干什么?"

"他生病了,还记得吗?"

"那么他到底要干什么?"

"他需要牛奶和布洛芬①。"

"真希望你以后不再作出这些错误的决定。"他那天早上刚刚说过她，让她不要再经常喝醉酒，也不要再和"那些烧旗子的傻瓜"一起愚蠢地被拍下上电视。说完便用粗壮的手指用力地抓住她的腰，不由分说就赶忙地把她带往风干室。那里又聚集了几个文身男子。

她一句话都没说，试图弄清楚布兰登到底为什么打这通电话，过了好长时间她才把托比的手拨开："我记得你说过，你永远不会和'天使'合作的。"

他显然是走过了好几步之后，才听明白她的话："'天使'也有好坏之分。我不管你在胡说八道什么，我这是在帮他们，行不行？"

他领着她绕过四个标着牌子的烘干架，有四个脸色蜡黄的工人正忙着用一种看似工业化的小装置，真空包装大麻花蕾。托比信誓旦旦地说这个小玩意花了他三千美元，而它的实际价值应该是他付出的一倍。"人们喜欢新鲜的感觉。"托比瞬间又变成了一个精明的商人，"这样大麻花蕾就不会被压碎了。甚至连上面的树脂也不会脱落下来。"

隔壁房间里，三个中年妇女正在专注地干活。有的在用手卖力地洗着衣服，有的正用纱布一遍又一遍地把液体过滤到一个桶里。她们身旁的桌子上放着一小堆大麻叶子。托比问她们有没有什么晾干的样品，她们茫然地指着一个碟子，里面散乱地放着一堆小麦色的、脆脆的类似于楔子一样的东西。他抓了一把，塞到玻璃烟袋里，然后递给玛德琳。她摇摇头，托比说道："就当玩玩而已，对你身体有益的。"

她吸了几口，脑海中想象着和布兰登吃午饭的样子。

---

① 布洛芬具有解热镇痛作用。

托比向这几个女人道了谢，她们却连头也没抬。托比没说什么，就拉着玛德琳穿过几扇厚厚的双层门，进了一间更大的屋子。屋里是一大片正在开花的厚叶大麻植株，多到让玛德琳无法想象。他拿出两副纸质太阳镜，两个人一起在炽烈的灯光下穿过这片室内森林，潮湿的空气里满是大麻的臭味和刺鼻的化肥味。"你现在看到的，可能是世界上最大的室内大麻培养基地了！"他对她炫耀道。

刚刚吸入的大麻效力发作了，害得她笑得无法自已。可此时此刻，她却十分希望能有几十个警察带着来复枪破门而入——就和她父亲地下室里的那把一样。

"现在你明白，"托比边说边向她伸出那只温暖而结实的手，"为什么我们要想出新法子把更多的货送到边境那边去了吧。"

24

对诺姆而言，待在公众场合，特别是像教堂这种地方，简直是一种不可思议的体验。过得还不错，非常感谢——说的总是这些客套话。要不就是——最近处于困难时期，这点可以肯定，不过我们一定会挺过去的。

其实，要想准确知道他这些新的乐观态度从哪来的，并非难事。珍珠生了很多生育能力很强的奶牛，其中的一个刚刚生了一头非常健康的小牛，给这头耀眼的新泽西小牛喂奶——它很有可能是下一个珍珠啊！——让他对一切都充满了希望，尽管乳腺炎的病情还没有完全稳定下来，尽管联邦机构的飞机还在检测他的奶牛场，尽管这么多天来他妻子的状况一直很糟糕——可是一头健康的、全新的小牛就意味着会有另一头健康的、全新的奶牛！

今天，教堂和往日的情况大不相同，长凳子上挤满了人，似乎大家一夜之间都变得前所未有的需要救赎了。连苏菲·温斯洛都在吟唱牢记心里的赞美诗，虽然她开着带有达尔文徽章的斯巴鲁轿车。可是，当看到人们像个足球后卫一般，双手紧握，挡在生殖器前，排队领取那些不新鲜的圣饼和廉价的红酒时，诺姆的心情仍旧和往常一样酸涩。毫无疑问，斯特莱姆勒还是站在正前方，谁叫这也是显示他的优越性的另一种方式呢。紧随其后的便是身穿牛仔靴、紧身威格牛仔裤和一身标志性红白蓝三色衬衣的德克·霍夫曼。哦，查斯·兰德斯也在那边呢，看着就跟僧侣一般仁慈。那克利夫·埃里克森呢？很明显是被保释出来了。帕特拉对诺姆说，他当时根本连理论都没能说上一句，甚至还给去找他的警察泡了咖啡。谁都知道克利夫的儿子个个都是小流氓，但是诺姆从来不怀疑他所说的话，因为他是硕果仅存的几个真正的奶牛场主之一。然而现在，克利夫不过是贴在"阴谋帮助走私违禁品"名单中的一个名字和一张嫌疑犯照片。所以，当鲁尼坚持认为克利夫是无辜的时候，诺姆使劲地点了点头。他怎么可能知道那群流氓儿子和那些穿过他家农场的走私贩在干些什么呢？当然，诺姆知道的，毫无疑问，其他人也知道。当吉尔·汉库普因为同样的罪名被抓捕的时候，特别是当他在后备民兵那里惹上许多麻烦之后，就没有一个人觉得意外了。三天前，朱恩和克利奥·希弗利因为家里的化肥袋下面藏有十三公斤重的大麻被捕了，所以也没有来参加今天的圣餐仪式①。保释金的数目显然也不是很大。然后，诺姆发现道森医生穿得比以前更加华丽，上衣的口袋里还露出一条银光闪闪的蚕丝手绢，似乎这样的一身打扮就足以让他摆脱儿子用鱼车偷运中国妇女入境所给他带来的耻辱一样。哦，那也挺好，诺姆想着。刚好在这个时候，这个牙医朝他看了一眼，那表情似乎在告诉他"你应该为你自己的儿子感到羞愧"。

来教堂是简奈特的主意。"你闷闷不乐的日子该结束了。"她告诉他，"把衣服穿好。"看来，又只剩他们两个没有和那些伪君子一起排队领圣餐了。诺姆抬头迅速扫了一眼，这才发现，还是有不少人站在原地没有动的。斯德克斯和莫法特不是一直都会来参加圣餐仪式的吗？诺姆想来想去也不明白这到底有什么特别的意义。他又回头

---

① 基督教各主要派别共有的重要圣事，主要材料是无酵饼和葡萄酒。圣餐的设立源于耶稣与门徒共进最后晚餐，掰饼分酒给门徒时所说的"这是我的身体"、"这是我的血"。

向身后望了一眼，想看看还有谁没有参加，却发现一张熟悉的年轻脸庞。年轻人看见他，向他自信地颔首示意，诺姆也礼貌地回了他一下，这才突然意识到他就是那天拜访挤奶室的那个骗子。迈克尔抬了一下眉头，又向他点了点头，只不过这一次的动作幅度更大，点完之后就扭头看向别处了。

等一等！诺姆刚刚是不是同意什么了？太厚颜无耻了！那孩子甚至还在教堂里工作？可是，这种愤怒很快就被一通计算取而代之了——十一天之后，下一次头奖就有可能出现在他的邮箱里！

这时人群开始向门口聚集，他只好先让其他人过去，再去问问雷·兰克哈尔最近过得怎么样。他刚发现，这位奶牛场主居然也来了。他和简奈特说了一声，就踏过地上破旧的地毯，朝兰克哈尔走去。可他没走几步，就被叫住了。

"诺曼！"[①]

原来是"化粪土为电力"的戴尔·麦西克啊，他总是喜欢喊人的全名，还特别喜欢聊天。可是诺姆现在没有心情和他闲聊，也不想听见自己恭喜他从白痴富人那里得到免费的捐款。一想到他要花钱请戴尔拉走他家的牛粪，让他把牛粪变成电和现金，诺姆的心里就十分难受。即便戴尔通过这一方法可以帮他完成那该死的河流环境监测，也不行。

"诺曼，是你把那个摄像头射下来的吧？"

他畏缩了一下，好像被人扇了一巴掌似的。

"放轻松。"戴尔又换上了一种法国腔调说道，"每个人都知道是卢梭先生干的。"

他下意识地点了点头，实际上是在竖起耳朵偷听身后那群来自林登市、唧唧喳喳的女士谈论布兰登。从另一侧摇摇晃晃走来的汤

---

① "诺曼"是"诺姆"的全称。

姆·邓巴撞了他一下的时候，他差一点摔倒在地。

　　这个体形笨重的浑蛋，还是和以往一样喜欢证明他只需胳膊肘轻轻一拐，就能让你打个趔趄，所以这会儿他正向诺姆得意地眨眼呢："没有发现你都瘸得这么厉害了。我哥哥刚刚把膝盖治好——所以现在好多了。不过，诺姆你可能有点害怕做手术吧，对吧？"

　　他摇了摇头，满脑子想的都是膝盖里那些愤怒的组织纤维，所以根本没有听清楚他最后又问了什么。话题结束后，他眼角的余光刚好瞥见简奈特，亚历山德拉·科尔和卡崔娜·蒙特福特正对她说着什么，可她的脸上却露出一副迷惑的表情，好像这两个人是她刚刚认识的一样。在她身后，苏菲也在和人聊着天，他偷听到她正在说给花授粉的事情。

　　他必须回去帮简奈特一下，所以只是和老汤姆打了一声招呼，便离开了。可没走多远，又被一位种植覆盆子的百万富翁拦住了。

　　"船长，那艘船造得怎么样了？"

　　诺姆脑海中开始紧急搜索这个人的名字——阿诺德？罗纳德？罗兰德？同时回应道："造得很慢。"

　　"是吗？哦，造得慢也挺好的。奶牛场的生意怎么样？"

　　"利润不错，还和以前一样。"

　　"诺姆，你肯定特别热爱奶牛。我只能这么说。"

　　诺姆嘟囔了一句，皱起眉头，可现在无路可逃。在他身后，又有不少其他人拿布兰登开起了玩笑，除此之外，还有几个人在窃窃私语，不知道在谈论谁，声音倒是越来越大了。

　　"诺姆，说实话。你们都不愿意承认这一点，可是还有什么理由能让你们心甘情愿花那么多时间去照顾这些牲畜呢？你们可是每天都泡在这个上面啊！既然不是为了钱，那还能有什么动机呢？说实话，诺姆，其实这也没有什么不对的，你们不过是*爱母牛*罢了。"

　　"估计换了你单独和一头奶牛相处的话，你会用你说的那种方式去'爱'它吧。别把我想得和你一样！"诺姆大声说道。只见这位

216

富有的农场主偏着头，用那只正常的耳朵对着他，听完后哈哈大笑起来。诺姆没再理他，一瘸一拐地朝简奈特走去。不一会儿，他又停下来了，因为他看见了雷·兰克哈尔的侧影。他赶紧搜肠刮肚，找出一些适宜的话，然后才笨拙地抓住雷的肩膀。雷扭过头，匆匆地向诺姆看了一眼。

"一直想去看看你伤口恢复得怎么样了。"诺姆知道现在说什么都晚了，所以开头就只说了这么一句话。虽然雷被他自己家的公牛给撞伤了，可是看着还是要比诺姆至少年轻十岁。他的脸非常不显老，虽然皱纹也长了不少，但也只是让他显得更有魅力。记得有一次，他曾听雷说过，他之所以能保持青春，都要归功于他每天早上喝的一夸脱生牛奶，以及配着牛奶吃的一大片自制的切达干酪。他曾自谦地说，这种干酪可能有助于治愈胃癌。

诺姆才和雷寒暄了几句，就被一位农场主打断了——他隐约记得这人的名字叫艾弗森——他侧身过来问诺姆和雷想不想买便宜的饲料。

"或许吧，"雷说道，"你都有什么？"

这个农场主告诉他们自己都种了些什么，并说现在每个人都非常厌倦翻山越岭拖运苜蓿草，哪怕是给钱都不愿意做了。诺姆附和地点了点头，虽然现在有些牛脚都瘸了，可他的饲料费用还是涨到每个月七千美元。

那个农民列举完饲料的种类和价格之后，雷说道："那我要了。"然后两个人都转头看着诺姆。

"我现在还剩至少一车的饲料。"他小声说道。

"听说你儿子是个大大的**艺术**——家啊，"那个叫艾弗森的家伙一离开，雷立刻问道，"一位真正的米开朗琪罗。"

"当时是他的饭后休息时间，"虽然诺姆感觉身上的血在渐渐沸腾，却仍然用淡淡的语调说着，"休息的时候，你想干什么都是可以的。"说完就又在人群当中穿梭起来，也不去管别人如何对他投来

217

幸灾乐祸的表情。他是在一瘸一拐地走路吗？为何所有人都没有继续变老，他们是用什么代价换来的呢？他看见简奈特正在和苏菲闲聊。虽然心里有着强烈的冲动想去打断她们的谈话，可脚下总是走得不够快。

突然，他看见了迈克尔，那个孩子一边穿过房间向外走，一边朝他点了点头，似乎在向他确认什么事情。诺姆咬着牙，然后别过头去，享受着这种模棱两可的感觉。能有什么危险呢？没有哪个人会因为一个呵欠或者一次点头被绞死的。他想直奔简奈特，可是亚历山德拉·科尔又凑了过来，挡住了他的去路。"你给她试过安理申①吗？"她低声问道。

"又来了。"这次诺姆真的有点生气了，他的视线一分一秒都不敢离开简奈特。

"这种药能阻止病情的恶化，特别是在发病初期。我婶婶也得了这种病。"

诺姆紧闭嘴巴，慢慢地眨了一下眼睛，然后说了句"抱歉"就走开了，最后终于气喘吁吁走到了他生命中的两个女人身边。这么一点点路，他却走得大汗淋漓，不知道是教堂变得越来越热，还是自己感冒了。苏菲微笑了一下，点了一下头，就从简奈特身边走开了。而仍旧带着一副迷惑表情的简奈特则摇摇晃晃，差点就要站不稳了。就在她要向前倾倒的时候，诺姆随意地用手掌拦住了她的肩膀。

---

① Aricept，一种益智药，可用于治疗中度老年痴呆症。

25

布兰登和迪昂两个人开着车子绕着山谷巡视。迪昂在旁边告诉他，她女儿生病了，被送回家了，不知道是因为免疫系统受到了攻击，还是单纯地因为她对这个地方过敏所致的。布兰登心不在焉地听着，嘴里发出"嗯，嗯"的附和声，眼睛在孔雀蓝的暮色中一边寻觅着飞鸟翅膀的踪影，一边想着他该穿什么衣服去和玛德琳吃午饭。颜色相对明亮的衣服怎么样？可他好像没有一件这样的衣服啊。

正当车子沿着H街向东边行驶的时候，无线电里传来声音，说马克沃斯路上有一辆可疑的货车。迪昂一听完就猛地打开车灯，等过了一个小山丘，可以安全地沿着那条狭长的黄色路面加速行驶时，她立刻提速。"我们今晚一定能安全回家。"她说这话的时候，车子刚刚经过一个限速每小时五十六公里的标牌，可她已经把车速加到了每小时一百六十公里。

货车里可能什么都没有，也可能有很危险的东西。自从上次看到格里高利·道森的货车下面爬出几个气愤的中国妇女之后，他又抓住了另外十六个忧心如焚的外国人。最近一次的行动是在琼斯路上追捕一辆旧的林肯轿车。那个司机住在边境附近，对布兰登的问话也应答自如。布兰登查完所有地方后都没发现什么异样，最后终于注意到这辆车子没有后座。他掀开毯子，才发现六个印度尼西亚人正头朝驾驶室、脚朝车厢并排躺在那里。其中一半已经开始哭了，而另外一半正在祈祷。

这会儿，他正用手撑着仪表盘，心里希望这次搜到的是大麻，或者说，最好能是一个假警报。

迪昂稍微放慢了这辆维多利亚皇冠车①的速度，下了马克沃斯路，又嘎吱一声转了个弯，蹿上了贝吉路。他们又猜对了。迪昂保持着车速不变，最后终于追上了前面那辆长长的、装着彩色方形窗户的梨青色货车，还差点撞到它。那辆车子却忽然转弯，发出一阵刺耳的声音，颠簸着蹦了起来，不过还是驶上了日出路。迪昂也猛地一刹车，砰的一下向后倒，然后再次加速，并换到快车道上，小心翼翼地穿过一个新街区，继续尾随那辆车。为了避免两车相撞，迪昂和那辆车差不多保持一个街区的距离。

"这就是我们与警察的区别！"她叫道，"要是警察的话就会等后援！"车子又转了两个弯，转弯的时候车身因为震动又晃了几下。周围变成了农田。迪昂追上去的时候，货车突然颠簸了一下，从公路上蹿进了高高的草丛里停了下来。"我去抓司机！"她喊了一句，并来了个紧急刹车。布兰登来不及反应，一头撞到了车顶上。"你负责搜查货车！"

说完迪昂就迅速地从车上跑了下去，连布兰登都没有想到她能跑得那么快。等回过神时，他发现自己也一头冲进了夜色，朝货车车门跑去——赶在它没有被打开之前。他用手握住货车滑行车门的门把，身体没有站稳，不过还是用尽全身力气去拉门，而不远处的迪昂正在追喊着那个逃窜的司机。车门摇摇晃晃地沿着滑道一路滑到底，没有停下来的意思，最后只听到哐啷一声，钢铁被撞碎了，门也裂开了，松松垮垮地挂在车上。这一切布兰登并没有看见，只是凭听到的声音判断的，因为他正忙着数车里那十二张因为害怕而

---

① Crown Vic，美国常用的警车车型。

变得扭曲的脸，他们眼睛和牙齿附近的皮肤都被拉扯变形了。

他举起两只大手，试图让他们放松下来。"不要紧张，"他说道，然后用更加温柔的语气再次重复，"不要紧张。就待在这里。就……"

迪昂推着身前的那个气喘吁吁的司机，慢跑着回来了。司机低着头，手上已经被戴上了手铐。

"你发现什么了？"

布兰登指着里面。

"天哪，你还没有"——她急得一下子蹿了起来，喘着粗气——"搜过他们的身吗？"

"没有。"

"那你为什么不让他们把手……那你从刚刚到现在都说些什么了？"

"叫他们不要动。"

她瞥了一眼他空空如也的双手："看在上帝的分上，至少把你皮袋里的武器掏出来吧！"说完，她朝他们大喊一声，让他们把手放到头上，先是用英语喊了一声，接着又改用西班牙语喊了一遍。

布兰登赶紧掏出枪，对准地面，又检查了两遍，确定保险栓已经拉上，这才抬头看着那几张稚气未退的面孔。迪昂还在尝试用西班牙语喊话，最后他说了一句："他们不是墨西哥人。可能是印度人吧，或许是巴基斯坦人？"有几个赶紧使劲点头，似乎自己不是墨西哥人就能对他们大有帮助一样，"我想他们应该是夫妇，丈夫和妻子吧。"

"给我看着他们！"迪昂吼了一句，然后开始一个接一个地搜身，最后只听见一阵呼啸，另一辆边境巡逻队的车子也带着旋转、闪烁的警灯风风火火地赶到了。

布兰登这才有机会仔细打量那个看着垂头丧气、呼哧呼哧直喘气的司机。他五十来岁，也就是这个人，曾经告诉过他，数学的美胜过任何一次日落。"皮尔森先生，"他恭敬地说道，"您在这里做什么啊？"

数小时后，当他坐在那里啜着第四瓶饮料时，脑子里还在想着那个老师，耳朵也在偷偷听着迪昂和其他探员说话。她告诉他们，当布兰登把那扇就像该死的沙丁鱼罐头盖子的门卸下来，把大脑袋伸进货车的时候，那些外国人简直被吓得呆若木鸡了："其中一人拿着一把刀，另一个人有一把口径三十二的手枪，幸好他们动也没动。这简直是太惊险了！"

从他们进入酒吧到现在，她就一直这样高声话语、连珠炮似的说着话，和眼前能找到的所有观众一遍又一遍地重复着刚刚的事情："我挥舞着我的帽子赶回来时，他们还有几个人一点都没有被他检查过。而且，布兰登连枪都没有拔出来，就只在那里问他们有没有怎么样——事实上，他们都快被吓死了。然后他又转身看着那个瘦得脱了形的司机——瘦得连我都能追上他——问道：'是皮尔森先生吗？'原来那个可恶的家伙是他五年级的数学老师。"

布兰登很想告诉他们，皮尔森先生其实是他六年级的老师，而且是他最喜欢的老师之一。可是等到他好不容易想到恰当的词来表达这个意思，而他们也笑完了的时候，麦克阿弗蒂又开口了。

"所有的数学老师都应该被视为首要嫌疑犯。"他说道，"谁能比他们更了解这种游戏实际的利润有多么丰厚，钱来得有多么容易呢？"

布兰登感觉到，酒吧里的每一个人都在听着麦克阿弗蒂在那里侃侃而谈，也都打量着他们七个边境巡逻员，其中包括刚刚从亚利桑那州调过来的三名新成员。他把身后的面孔扫视了一圈，最后看见了爱迪·埃里克森，只见他把头猛地向后拧了一下，然后又飞快地转动着手里的小玻璃酒杯。

"这位令人尊敬的皮尔森先生把这些外国人送到西雅图，大概能从每个人身上捞到一千到两千美元，"麦克阿弗蒂推测道，"那么，也就是说他这样提心吊胆地开两小时的车，就能获取一万两千到两万四千美元的报酬。可能他已经不是第一次这么干了；可能他已经拉过二十一次或者六十一次了，懂我的意思吧？如果他干这一行当已经不止三天两天的了，那么他交保释金是一点问题都没有的。如果这是个大买卖，那他们肯定专门拨出了一笔'买路钱'，也就是说，他连保释金都不用自己付了。"

迪昂问麦克阿弗蒂要了一根烟，把它夹在耳朵上，然后又细数所有她曾经发誓要戒掉的坏习惯：每天两块松饼，三杯三人份的美式咖啡，每天四根烟——现在是六根，有时候甚至是八根。

"人每天一大清早时所作的决定和午夜时做的总是不一样。"麦克阿弗蒂说道，其他探员很快就明白了他是在模仿布道者说教的语气。"我是说，人每天清晨都对自己有着很高的期望。拿上个礼拜六来说吧：我和往常一样，清晨起来就开始给墓地除草，粉刷教堂。我克制住了所有平常沉溺于其中的坏习惯，可到了午餐时间，我就开始违背誓言了。先是破了'不吃甜点'的誓言；然后在晚餐时间，刚开始我只喝了一杯酒，可还是意犹未尽，所以，毫无悬念，我又出去喝了另一杯——我是和小精灵一起出去的，你们知道吧？所以到了晚上我又喝了三杯鸡尾酒，一口气抽了一包长红香烟。说到这个，那烟的过滤嘴真他妈的恶心。知道我的意思吧？突然之间，像这样令人沮丧的时刻好像也充满了无限的可能。虽然在这个地方，我们明显属于贱民阶层。"他提高音量说道，"因为很明显，都是我们的错，才让每个人都去走私。"

他突然压低嗓门，换上一种很暧昧的语气，于是大家都向他围了过去，可是布兰登没有动，因为他很想在发生某种不好的事情之前离开这里。"可是，你们看，"他又继续道，"之所以我会有这种疯狂的念头，是因为我觉得做个贱民可以让我显得更性感。到酒吧快关门的时候，里面就剩下我和另外两个女士了。她们的乳沟上像是装了闪光灯。知道我的意思吗？在这种情况下，我想她们现在应该已经醉得很厉害了吧。所以理所当然的，我向她们靠了过去，我选了吸烟的那位，因为我觉得她是那种'今朝有酒今朝醉'的人。即使在清醒的时候，也没有哪个人会看上我，寻求长期的关系吧？"

几个探员笑得前仰后合，布兰登也只好尽力陪着他们傻笑，"可是，最后一刻，我的兴致上来了，所以我想把她们两个一起带上。因为我突然改变了主意，想赌一赌，看看她们是不是属于那种买一送一的。"

塔利又倒了一杯酒："结果呢？"

"结果是——这个结果可能会让你们大吃一惊——她们对我没兴趣。我是说，也不是一点兴趣都没有。所以我就打道回府了，自然而然，又给我前妻打了一通电话——我这边时间是凌晨两点三十分，她那边是周日上午五点三十分。"

"电话还顺利吗？"塔利问道。

"又被她臭骂了一顿呗。"

"有一种电话服务，"迪昂提议道，"能够阻止你在过了某个时段之后拨打某些电话号码。"

麦克阿弗蒂嘟囔一声："你以为那个可以阻止得了我吗？"

故事说完后，酒保走了过来，问："你们要结账吗？"

麦克阿弗蒂抬起头，下巴的胡子抽动着："这么快就想赶我们走？"

"您千万别这么想。"酒保吓得脸色煞白，瞄了瞄站在他们身后角落的那十几个顾客。

"你替我给这几个罗兹学者①带句话，"麦克阿弗蒂说道，酒保

---

① Rhodes Scholars，指获得罗兹奖学金的人。罗兹奖学金是塞西尔·罗兹先生自1902年创设的世界级的奖学金，每年一度，奖励学术和品格优秀的学生，获得者将在牛津大学学习两到三年。

默默地把身上刚刚弄脏的围裙重新系了一下，"就说，边境巡逻队不负责抓捕酒后驾车者，不管他们因此伤得多重，我们也不会管的。说完这个，麻烦你给我们再上一瓶酒。"

除了布兰登外，所有人都回头和站在后面的那伙人交换了一下目光。酒吧里瞬间变得十分安静，最后爱迪·埃里克森喊了一声，打破这阵寂静："喂，'重复小子'！你都不和我打个招呼吗？"

布兰登的脸立刻红了起来，真希望没有人知道这个外号是在喊他，有些事实或者短语的确会从他的嘴里一遍又一遍地冒出来。丹尼·克劳福德花了好几年时间去宽慰他，让他不要理会这些调侃，可是到最后，他还是很在意。他感觉自己呼的一下站了起来，身体变得十分僵硬。等他鼓足勇气抬起头时，麦克阿弗蒂和迪昂正盯着他。然后塔利用低沉的声音说道："大个子，你就说'我很乐意一枪打死你这个讨厌鬼'。"

其他人还想继续说点什么，麦克阿弗蒂悄悄地挥了挥手，布兰登这才想起自己还在屏着呼吸呢。幸好，迪昂说她要到外面抽根烟，让他陪她出去一下。她用手勾着他的胳膊，一边吸烟，一边和他说着自己的女儿。布兰登的心里起伏不已，根本不知道她在说什么，可是听着她的声音，又感觉安心不少。"你还是太稚嫩了。"她最后总结一句，便拖着他的胳膊时向她的车子走去，"让我带你去我住的地方看看吧，然后我再把你送过来取你的车。"

她小心翼翼，尽量不发出一点声音，这让布兰登觉得他们像是准备潜入拐角处那栋小房子的小偷。这是一栋单层的、贴着塑料的房子，前面那些新建的车道看着都大同小异，他真不知道那些人怎么能分清楚哪个是自己的。

迪昂带着他匆匆参观了一间小小的房子，低声细语地跟他介绍了一番。房子里闻着有新地毯的味道，其他也没有什么特别之处。很快看完之后，迪昂就把他拉进了一间干净整齐的房间，里面摆满了动物饰品，还有一张大相框。照片上的女孩穿着女童子军的制服，眼睛有些斜视。发现自己并非生活中唯一的怪人，布兰登感觉很开心，可又觉得很茫然。然后他发现自己被她堵住了。

"如果达拉斯被吵醒了怎么办？"他低声说道。

"不会的。"

"如果警长或者其他人——"

"我不再是你的教练了，知道吗？我们也早就下班了，知道吗？所以这不是性骚扰，如果你磨磨唧唧，担心的就是这个问题的话，那就没有任何必要了。相信我，我知道自己在做什么。"

"那如果——"

"布兰登，我已经有整整二十七个月没有和男人上过床了！我们现在要上床，你明白吗？"

他欣赏着墙上挂着的那幅壁毯，发现里面的风景很似曾相识。为什么人们要把家里摆满这种无意义的艺术品呢？这个问题他一直都弄不明白。而对于迪昂来说，似乎这一切都只是让屋里的颜色和她的床单相匹配而已。

在她开始解警服的扣子时，布兰登很想告诉她周三中午要和玛德琳·卢梭吃饭的事。可最后他只是小声地说了一句："在这方面，我几乎没有任何经验。"

"嘘——"还剩下两颗扣子，"我们都一样。"

"我的意思是，我对这种事并不擅长。"

她窃笑了一下："你是一件艺术品，这就是你。"

"真的，在床上，我总是不知道该如何协调。"

"布兰登，光是听你说的这些热切的话，就已经让我很有感觉了。"她解开胸罩，呻吟一声，两只乳房像一对苍白的鸟饲料袋子一样跳了出来。他吓了一跳，如果现在从她的衬衣里飞出来一只猫头鹰，他反而会觉得正常一点吧——要知道，他以前连她穿便装的样子都没有看过。

她向他伸出手去，他迅速扫了一下房间，看看有没有什么隐藏的"暗礁"，比如台灯、吊扇、床柱子或其他什么危险的东西。除了他自己之外，他从来不知道还有什么人在做爱的时候也受过伤，还有谁会不小心把嘴唇咬破、扭到自己的重要部位，或是颧骨撞到床边的桌子上呢？他只和三个女人上过床，其中两个都是做动物救助工作的。一个是有着焦糖色皮肤的兽医助理，她在她住的那间大屋子里引诱了他，当时屋里还有她收养的十一只猫、两只澳洲鹦鹉和一只名叫甘地的猎兔狗。那段浪漫史只比另外两段持续的时间稍微长一点而已，却是他最念念不忘的一个。一部分的原因是，她有什么想法会全都写在脸上，所以他比较容易猜到她心里在想些什么。迪昂的嘴像橡胶一样黏在他的嘴巴上，头发上的小卷挑逗着他的指尖。他品尝着她嘴里的香烟味，也闻到了她身上烧烤和棉花糖的味道。她一边吻着他，一边继续脱衣服——她呻吟着，气喘吁吁，虽然想赶紧脱下来，可显然无法如愿。他尽量不看她的脸以外的部分，因为那些地方让他想起了科幻小说。事实上，和她离得这么近的时候，她的头看起来和往常也不太一样了。所以，他干脆闭上眼睛，内心不断告诫自己，一定要慢慢来。

　　她走到床边，猛地一下扯掉床单，如莲藕般雪白的身体斜躺在那张一米八长的双人床上——很不幸，床头和床尾都配有挡板。他双脚踢掉裤子，弓起身子向床上爬去，亲吻着她，可一双脚还留在地板上。她迅速爬到床的另一边，又向他拍了拍身边的空位，他只好侧着身子，艰难地向她爬去，不得不弯曲膝盖，才好不容易把两只脚都抬离了地面，悬在床沿边上。

　　她又开始亲吻他，舌头撬开他的牙齿，在他的嘴里不停地探索着。他竭力掩饰恐慌，可还是感觉自己跟不上节奏，也没法控制局面。他的两条腿紧紧地绷着。他想告诉迪昂，他必须躺在下面，而且两条腿要蜷缩起来，可她抓住了他的右胳膊，哄着他滚到她的上面去。所以，他只好一面抬起右膝盖，将她的身子纳在两腿之间，一面小心翼翼地控制自己起身，以免身体的全部重量都压在她的身上，并用膝盖去夹紧她的臀部。他弓着背和脖子去够她的嘴巴，慢慢地，他感觉到自己的身体有了反应，她那柔软的皮肤，以及有力的唇瓣都让他迷醉不已。

一定要慢慢来，让她开心——慢慢来，让她开心。他在心里不断告诫自己。可是她的臀部太胖了，夹的时间久了，大腿开始发出抗议。他想温柔地向她沉下自己的身子，可突然之间，一切都太迟了。

"布兰登，你压得我没法呼吸了！"

她在他身下扭动着身子，可他的小腿竟被床尾的挡板给卡住了。意识到她想把他往旁边推开，他猛地顺着迪昂往一边歪去，好帮她减少些麻烦。可砰的一声，嘴巴和下巴就撞上了木质床头板顶端的月牙形豁口。

"该死的！"她低声骂道，憋着笑的胸部上下震颤不已，"对不起。我实在是太……你没事吧？"

布兰登用舌头舔了舔嘴唇，不知道有没有流血。

"妈妈？"门把响了一下。

"等一会儿啊，小乖乖。"

迪昂把他推到床的另一边，他只好躺在那里，拼命压低自己的身体，这时听见一个细细的声音说起话来——从声音里可以听得出小孩的鼻子里憋着很多鼻涕——她说她喜欢乔治，可它总在轮子上面跑，害得她睡不着（布兰登很想告诉她，仓鼠一个晚上能跑上十一公里，但还是克制住了插嘴的冲动）。所以，如果她保证把笼子打扫干净，让外婆闻不到味道的话，能不能把乔治放在起居室呢？还没有得到妈妈的回答，小女孩就开始描述今天都发生了哪些糟糕的事情。最后，迪昂不得不打断她，让她把故事留到第二天上午再说给自己听："现在，我的小甜心，回去睡觉吧。你生病了，更要多休息，知道吗？所以——"

"怎么了？"一个很老的声音问道，"什么事情那么吵啊？"

迪昂叹了一口气，说："妈妈，是我和达拉斯。"

门旁边的一个柱形台灯突然亮了起来。

"上帝啊，妈妈你干什么呢！"

布兰登使劲蜷缩着自己的脚，拼命地把身体往那片小小的床单里面缩。

"我在做什么？"那个老人问道，"你才是那个把大家都吵醒的人。"

布兰登听到有人拖着重重的脚步向床边走来。他想把身体更多的部分都藏起来，却不小心被掉下来的壁架压到了肋骨。

"我们都回去睡觉吧。"老太太说道。然后一边叹气，一边说："里面的味道闻着像酒吧一样。"

"晚安，妈妈。"

她低声呼唤布兰登，让他出来，他闷闷地回了一句，让她先下床，否则他的身体就无法动弹——其实他很想在床单下藏一辈子。不过没有办法，他还是紧抿着嘴巴从下面出来了，嘴巴也不敢张开，害怕一张嘴鲜血就会流到她的床单上。他尴尬地向自己的衣服爬去。

"对不起。"迪昂说道，想笑又不敢笑，脸都憋红了。

26

诺姆听从她的安排，脸向下躺着，台灯把他的秃顶照得闪闪发光，花白的头发凌乱地散落在肩胛骨上，胳膊固定在身体的两侧，下半身则盖着一条床单。

她先点燃了六根蜡烛，弄了点油在手心搓了搓。精油的味道非常刺鼻，根本无法和除臭剂以及古龙香水相媲美，不过还是能冲淡这位六十二岁、皮肤呈粉色的奶牛场主身上所散发出来的臭味。这可是他生平第一次做按摩。"记住一定要放松，"她温柔地说，"这就是你来此的目的。"

"你说什么？"他用鼻音嘟囔了一句。

"诺姆，呼吸。"

"我头上戴着这个听不见你说什么。"

她低下头，将嘴唇贴在他的护脸圈上："保持正常的呼吸。"

她事前没有告诉他该穿什么，还是什么都不用穿，只说了一句"把衣服脱了，到上面躺着去"。所以想要自己看着不那么滑稽，也是不太可能的。穿着内裤吧，显得有点假正经；把内裤脱了吧，他又成了变态。

她从他的脚开始按摩——先把她那温暖的手掌心放在他那厚厚的足弓上，再稳稳地握住。难道他支付她每小时四十五美元就是来做这种脚部膜拜仪式的吗？光是想到这个，就已经让他双脚出汗了。

"放松，诺姆。脑子里什么都不要想。"

什么都不想？

苏菲开始按摩他的脚和脚踝，他不得不没话找话说，因为除此之外，他想不出还有什么事情能让他把注意力分散开来，让他不再去想她的手，在自己的皮肤上滑动所制造出来的感觉。他明白，如果他继续想下去，后果会是什么，但是目前他还不确定他们是不是会进行到那一步。他对她夸赞家中那头刚出生的、健康的小母牛——尽管语气里的乐观听着有点苍白。此刻的他十分的绝望，心里骂着自己的愚蠢。天知道他多么希望刚刚没有脱掉身上的拳击手短裤啊。

她小心翼翼地把他的双脚在床单下放好，动作轻柔得好像是在呵护易碎的瓷娃娃一样。迷醉之中，他听到她在手上抹油，仅仅是听到这种湿软的声音，就让他的内心骚动不已。她抹完油，又继续揉搓他的肩膀和肩胛处，两只手好像猫爪子在挠沙发一样，每一次用力，她的下腹部就会有节奏地碰触着他的脑袋。

"在做按摩之前，你都做过什么工作了？"他问道，极力想找个话题分散一下自己的注意力。

"各种工作都做过。"

"空姐呢？"

"诺姆，我几乎什么都做过了。"

"比如说？"

"你先放松下来。"

"说一个嘛。"

"开艺术博物馆。"

"绘画博物馆？"

"还有雕刻。"

"还有什么？"

"只要放松就行。"

一阵令人尴尬的安静之后，他又问道："你觉得华盛顿和杰弗逊可能会去种植大麻吗？"

"有可能。"

"但并不是用来取乐的，对吧？"

"错了。杰弗逊每逢周日写信之前，都会先抽点大麻取乐。乔治和玛莎①每逢复活节都会做大麻核桃巧克力饼当点心。"

"很有趣啊。"

"放松，诺姆。拜托了。"

他安静了几秒钟，又说道："所以你是突然决定在边境定居来给人们按摩的吗？"

"是为了给人们疗伤。"

"像个心灵治疗师一样吗？"

"不是的。"

"我听人说你曾经是个占星师。"

"诺姆，保持安静。不管怎么说，你这样的金牛座应该不会觉得这个很有意思吧？我只是你的邻居。而现在，你只要让我做好我的工作就行。"

她又加大了力道，使劲揉搓他肩膀附近的关节，揉完肩膀又转战下面，甚至连肩胛骨的下面也没有放过。每一次用力，她都会轻哼一下。她的按摩手法是，先用力按压关节，等你快感受到疼痛的时候，她就不再使力，而是一动不动地压在那里，让你的感觉游走在痛苦和快乐的边缘。诺姆吓得大气都不敢出，生怕一开口就会变成下流的呻吟。她摸到一块格外柔软的肿块时，就用大拇指的指腹轻轻地搓揉，再用力向下压，试图把它揉平了，就像要从玻璃纤维中挤出小泡泡一样。此刻，有了背上的那双手，诺姆感觉周围的一切——那奇怪的气味、仿造的喷泉和质朴的笛子乐曲——都不再是做作的摆设了。可是，他又感觉背上的手仿佛远不止两只——其中

---

① 即华盛顿夫妇。

一只像个小铲子一样轻轻地按压那个肿块，想把它抹平，另外还有两三只手正用那灵巧的手指在肿块的下面四处探索。帕特拉也好，教授或者其他别的什么人也好，似乎都无法像他这样在家门口就能买到这样的服务，并享有同等的待遇。

"呼吸，"她轻声细语道，"当我的手向下按压时，你要呼吸。"

当另一声温存软语告诉他该翻身的时候，他才意识到自己已经进入了一种似睡非睡的梦境之中。过去多长时间了？这么快就结束了？他笨拙地翻身，听见膝盖咯吱作响。她举起毯子，帮他遮着下身，这时他的自我意识就像发烧一样突然蹿了回来。他睡了多久？这可是他期待了好几个月的服务啊，可大半的时间居然就被他这样睡过去了。他花钱可不是为了来打盹的。她正从下往上给他的脖子推拿，先用手指使劲上下揉捏，再用一只手按着他的下巴，另一只手按着他的后脑勺，用力把他的头向上提，像是要把他的脑袋给拔掉一样。这双手的力道太大了，再一次让他觉得它们不可能属于苏菲·温斯洛。最后，他甚至还忍不住偷偷回头看了一眼。此时，她的双唇在他的上方还不到三十厘米的位置。谢天谢地，她终于开始说话了。

可是她刚刚说了什么呢？他绞尽脑汁也记不起来，幸好在他没有想到之前，她又问了另一个问题——对他儿子的艺术有什么看法。

诺姆一声叹息："让我很难堪。一直都是。"

"那你怎么知道他能在边境巡逻队获得如此出色的表现呢？"

"我当时真的不知道。到现在也没弄明白。"

她抬起他的左胳膊，慢慢地向他耳朵的方向拉伸，最后定在那里，开始按摩他左边的身子，那种按摩方式让他有种想跺脚的冲动。

"你担心他吗？"她一边慢慢地揉着他的肋骨，一边问道。

"自打他出生起，简奈特就特别宠着他，捧在手里怕飞走，含在嘴里怕化掉，基本上什么事情都帮他做。不管她怎么说，我知道，他的问题不仅仅是阅读困难。当然，更别说他的心智还不成熟，身体却比同龄的孩子要高得多。不过，这并不是全部的状况。

他一直都和动物更加亲近。人类对他而言就像是一个谜。他能看到一切，却又不知道它们有什么意义。"

"我们其实也是动物。"

"可是我们中的大多数人，还没有动物坦白直率。"

"还有什么？"

"哦，他能看见所有人看不见的流星，感觉到别人都感觉不到的地震。'感觉到了吗？'这句话他天天挂在嘴上，特别是在他十二三岁的那年夏天。当时，简奈特专门给地震局的人打了电话，他们说事实上我们那个区域确实有过一阵奇怪的震动，可是强度不大，人类是基本感觉不到的。他们很好奇，还特地派了一名害羞的年轻实习生过来和布兰登聊了聊。作为一位父亲，我能怎么去看待这一切呢？上中学的时候，他的阅读基本上算是过关了，行为也变得比较正常了，不过一旦过度兴奋或过度专注，就又不行了。当然，他还是会经常在学校挨训——特别是自从丹尼·克劳福德走了之后，再也没有人可以照顾他了。所以后来，简奈特就在家里自己教育他，一方面让他免于被人欺负，另一方面却也让他变得越来越孤僻。"

"那现在和他住在一起会有什么感觉吗？"

"现在啊，就像和一个永远无法从某个尴尬阶段中长大成人的孩子住在一起一样。那种感觉就像家里住了一位牧师。我从来没有见过他撒谎。当然，也不知道是不是他根本就不会撒谎。而且……"

"什么？"

"我经常会梦到他被枪击中，但我在梦里无能为力。"

她又转移到他的腿上。先是优雅地把床单折起来，卷到他左边的大腿上，再用那双光滑灵巧的手使劲揉搓着他左边的小腿肚，力道之大让他全身都震颤起来。诺姆不禁既害怕又渴望她的双手能爬到膝盖以上的位置。

"克利夫·埃里克森的情况是不是让你大吃一惊？"

"是的。"诺姆轻轻地说道。

"那希夫利夫妇呢？"

"没有。"

"数学老师皮尔森呢？"

"也不吃惊。老早就听说他因为和已经毕业的学生开派对，被学校开除了。"

"有没有一个自称迈克尔的年轻人去找过你？"

"有。"他说道，回答的时候还没有领会到这个问题的微妙含义。

"他有没有说要给你钱？"

"有。"

"你接受了吗？"

"没有。"

"你会接受吗？"

"现在他们装了摄像头了，我怀疑已经没有人愿意从我家的地里穿过了吧。"

她的双手来到他左边的膝盖处，先用手指研究着它的结构，然后并不温柔地来回挤压着他的肌肉以及膝盖周围的肌腱："你刚刚提到你家那些健康的小牛。情况是不是真的要好多了？"

他听见自己发出一阵叹息："只有一头小牛。"他艰难地说道，"我只是想休息一下。"他赶紧忍住嗓子里的一阵呜咽，"我真的真的需要休息一下。"

她的手指继续研究他那受伤的关节："如果你知道自己这么做不会被抓住，你会接受他的提议吗？"

"接受钱吗？"

"帮他们另谋一条路。"

"到了什么时候，想赢得别人的尊重会变得已经太迟了呢？"诺姆突然问道。

"维尼·卢梭认为他可以通过体验别人的伟大之处来获得荣耀。"

"通过什么？"

"诺姆，他说的那些钱对你而言，到底有多大的诱惑力？"苏菲又把话题转移回来了。

"让我每天时时刻刻都在想着。"

"你会驾驶帆船吗？"

"小时候玩过。"

"玩得多吗？"

"挺多的。"

"多到让你知道如何扬帆穿过——"

"维尼，"诺姆突然打断道，"是个浑球。"

"瞧。这就好多了。"

"两次。"他突然又冒出一句。

"什么两次？"

"我奶奶带我出去玩过两次。这就是我所有的帆船经历。只有两次。但是，那两天下午的事情，是我今生最难忘的一段记忆。"

"我在教堂里和简奈特说话的时候，发现她的灵魂还是和以前一样无比高尚。"

"有时候，"诺姆放慢语气，不想让这种按摩的感觉盖住了对自己妻子的回想，"还有些日子里，做饭都是一种冒险。她总是说：'我的思想出了一点问题。'而我总是说：'我们都老了，都会健忘的。'"

"诺姆，你曾经背叛过她吗？"

"背叛过一次。过了很久我才告诉她的，所以也没受到什么责难。"

"或者，你还想再一次背叛她？"

他忽然觉得透不过气来："男人都会情不自禁的，"他准备放手一搏，"只要他妻子以外的美丽女士愿意和他上床。"

录音机咔的一声停止了。

"那是什么？"

"音乐啊。"

"可是……音乐不是还在放吗？"

"这不是很好吗。嘘——"

她憋足了劲给他按摩了五分钟大腿后，说："诺姆？"她的声音如天籁般传到了他的耳畔，"让那种能量从你的脚底散发出去。"

"能量？"

"就是想象一下，有一种能量从你的脚底出去了。"

"什么——"

"或者想象一下你的贷款，你还欠了多少钱，诸如此类的事情。"

诺姆像鸭子一样，摆着两条腿穿过那片白杨树，向自家的农场走去。他捧起双手放在嘴上哈气，想检查一下刚刚有没有口臭。脑子里既能感受到雄性的勇猛，又觉得有点丢脸。实在是太尴尬了！哦，至少她知道了，他是可以完全被她操控的，不是吗？他为自己和她说了那么多的事情而感到羞耻——他可从没公开说过那些啊。可事实上，他的身体的确感觉充满了活力，一种奇怪但是幸福的轻松占据了他的身体。

"全身推拿？"有人喊道。

又是教授。"你说什么？"诺姆也喊道，可是并没有放慢脚步的意思，还是继续头也不回径直向放船的车库走去。可他就是忘不了那该死的礼节。

"全身的？"

"你在鬼叫什么呢？"诺姆吼了一句，脚却极不情愿地向水沟边上挪去。谅他也不敢再说一遍。

"是做全身按——摩吗？"维尼竟然唱了起来，"好了，我在这里都能闻到你身上的按摩精油味了。让我来猜猜啊：按摩的滋味棒极了，除了一点，她忽略了一个小地方，对吧？"

诺姆瞪着他，这个骨瘦如柴、爱开玩笑的恶人，正用那细细的手指夹着一根点燃的大麻烟呢。

"你在那儿脱光光了吧？还是留着内裤呢？不要觉得欲求不满啊，诺姆。据我掌握的情况来看，即使你和她上床，你也很有可能撑不到最后啊。"

"哈！"诺姆刚刚来得及发出这声叫唤，维尼紧接着说道："上次的那两个人啊，一个左眼暂时性失明，另一个则弄断了命根子。"

"胡——"

"哦，我的朋友，这种事情是有可能的。如果韧带壁坍塌了，膀胱破了，那么整个命根子就会充血的。"

诺姆想也没想，就一五一十地把帕特拉对他说的学了一遍："你吃的神奇药丸引发了你的精神病和惊恐失调症，以及两极性精神病、偏执型精神障碍还有妄想型精神分裂症！"

维尼听完仰天大笑："这真的是太美妙了。你能再说一遍吗？"

"你把摄像头打破了？"诺姆质问道，拇指向路的那边指去。

"我正想问你呢。"

"大家都说是你干的。"

"他们什么都说，不是吗？他们还说边境一带有一半的美国人都接受贿赂，还说环保局正在找你麻烦，而你儿子是新的盖世太保呢！①我才不管他们说什么。诺姆，你很怀念那个摄像头吗？"

"一点也不，"他坦承道，"不过，那有什么用呢，他们不还是又换了一个。"

"对啊，我听说他们很快就要在这一带放无人驾驶飞机和小型快艇了。就我个人而言，我也希望有人能把这些东西打下来。"维尼

---

① 德国纳粹时期的秘密警察。

压了压鼻子，又夸张地抽了一下："那是你的吗？"

诺姆一时间完全没有反应过来。承认了这种气味就等于承认他最近喷洒的化肥比以往要多，也就暴露了他最近的确惹上了麻烦——很明显，维尼已经知道了所有的一切。一件事总是能引出另一件事来。

"你家儿子最近抓的那个罪犯有没有什么最新消息啊？"维尼问道。

"你那些'重新发明'又怎么样了？"诺姆反唇相讥道，"一直在想我要不要也来点业余爱好，或许我可以学学大提琴，然后再参加一个在维也纳表演的交响乐团。"

维尼拿掉头上的棒球帽，摇了摇刚剃过的脑袋——这是他的最新装扮："你应该多做几次全身按摩。"

诺姆准备转身离开——这次膝盖居然完全不疼了——等着教授最后来一句反驳。这个人从来不会让他赢，每次到最后都会来一个撒手锏。

"诺姆，你不知道的是，"他不紧不慢地说道，"我很嫉妒你。你根本不用学习什么大提琴，或者读什么古典名著，或是沉迷于任何'最后一刻提高自我修养的艰苦旅程'。你做你自己，就已经十分完美了。"

诺姆将这一句赞美之词翻来覆去思索了好几遍，最后重新转过身来面对他："你的这句话，比以往所有你说过的话"——他故意以牙还牙，轻声细语地说着，迫使教授为了听得更清楚而把身子向前倾——"更加证明了，虽然我们隔着一条水沟共同生活了三十一年，可你还是一点都不了解我。"

"讲得好！"维尼喊了一句。

一架飞机在他的农场上低空盘旋飞行，一阵噪声打断了诺姆那渐渐消失的胜利感，也让他不得不扭过脖子，并且用左脚稍微使力以便让那个坏了的膝盖转过来。

一进屋，他就看见简奈特正坐在沙发上等他，脖子上因为着急起了一层皮疹，脸上也因为担忧而皱起了褶子——这样的她看着一点也不像自己的妻子。一瞬间，诺姆才意识到，他忘了带她去记忆诊所看病的事情了。

"你去哪儿了？"她问道。

　　在这间过份明亮的大房间里，简奈特觉得自己十分渺小和空虚。长长的桌子前坐着一位身穿白色实验室袍的年轻女士，她正拿那些问小孩的问题慢慢地试探自己。今天几号？什么季节？月份呢？你住在哪个国家，哪个州，哪个城市？问题的答案都非常简单，可她感受到来自问题背后的压力和结论。这个说话十分大声的女士让她把下面这些词重复说出来：小鸟、鼓、湖泊。下一步又指导她从一百数到零，每个数字之间隔八。可要考虑到她的脑袋里从来都做不好数学题，这显然是不公平的。

　　实验室女士打断了她——难道她这么快就数错了吗？——问她能不能拼写地球这个词。然后从后往前再拼写一遍。

　　"几分钟之前，"现在她又像录音磁带似的说了起来，"我让你记住三个单词。你能把这些单词再跟我说一遍吗？"

　　简奈特僵住了，那些词完全被恐惧筑起的高墙挡住了。

　　那女人还在不停地提问，告诉她按照什么要求来回答："请你把这一张纸上面的单词读一下，并且按照上面说的去做。"

　　这个地方太恐怖了！简奈特太紧张了，根本无法继续检查下去。剩下的这些东西根本就什么都证明不了！这女人甚至还要自己把一张纸上带有数字的小点点按顺序连接起来！

　　女士看了看手上的表，又表情严肃地抬起头来。

　　简奈特感觉此刻的自己，就像是正在接受药品测试的小白鼠，连每一次的呼吸声都能听得一清二楚。她又从上往下偷偷地瞟了一眼检查单上的标题：痴呆症全套检查报告表。

27

布兰登早到了二十分钟，闲来无事的他便开着车在那条街区上来来回回地绕了两圈，看看时间差不多了，才去停车。他在麦克基弗斯咖啡馆前晃了一圈，又把咖啡馆的里里外外都考察了一遍，心里反复斟酌着待会儿到底是坐在里面还是坐在外面。坐在里面要安静一些，可是坐在外面呢，他就能看到更多的风景。他想站在马路对面再观察一下，于是就瞅着一个空当，从车流之间穿了过去。他蹦蹦跳跳穿越马路的时候，无意之间还扫了一眼旁边的古董店、一家二手衣服店以及一间上了锁但没有名称的店面。那家店装着彩色的窗户，门上还贴着一张冗长的关于"把加拿大纳粹化"的宣言。第一句话就把他给弄糊涂了："禁毒让我们的孩子变成了匪徒、瘾君子和无家可归的人。"

他进进出出咖啡馆三次，最后终于挑中了一张人行道旁的锻铁桌子。他在凳子上坐了下来，一边自言自语地唱着歌，一边看着马路对面房顶上昂首阔步走来走去的野鸽子。等他的冰咖啡喝到第三杯的时候，她终于露面了。

"你真好找啊。"

他四处环顾了一下，脸上的表情有点迷惑，他是不是该坐在里面等她？布兰登很开心看见她来，尤其是见到她仍然别来无恙，但一瞬间又不知道该说些什么好。

"你的衬衣，"她解释道，"在这里这种夏威夷衬衣可不常见啊，我也不知道他们会把衣服做得那么红、那么宽大。"

一想到这个午餐，玛德琳就觉得十分尴尬，所以刚刚一直在不停地徘徊。可在她看见他之前，他肯定一眼就发现她了。令她讶异的是，他似乎还在长个儿，体积也变得更大了，胸部和肩膀都变得更宽厚，脸也越来越圆了，在那愈发结实的脖子上，喉结也更加突出。可他那斜着脸的微笑和无意之中弄出来的蓬巴杜发型①，一点都没有改变。现在怎么看，他都不再是一个发育过快的孩子，而是一个体形过大的年轻人了——当然，只要他一开口，一切仍是老样子。

光是见她一面就足以让他安心了，虽然她看起来已经不再是记忆中那个幽默的假小子了。不过，那瘦瘦的屁股、窄窄的肩膀、平坦的胸部和麻秆似的胳膊还是和从前一模一样。有那么一瞬间，他看着她，感觉就像是在婚礼之前看着新娘子一样。他还注意到，她的笑纹、眼眸里面的瞳孔、嘴唇的线条，又组成了新的几何图案。她那淡蓝色的虹膜更加明亮，声音也更加沙哑富有磁性。可是，她的特殊习惯，她那如折纸工艺般灵活的柔韧性——还是能轻轻松松地把盘着的两条腿中的一只压在屁股下。还有她那不安分的双手，啃指甲的动作，所有的这些都能给他带来安心的熟悉感。他环顾四周，很讶异四周没有别的男人在注视着她。一旦他开口说起话来，他就再也停不下来了。

他对她说了很多事情：他父亲那生病的牛；灵薄狱中的"乌有之乡公主"；躲在装鱼卡车下那群气愤的中国妇女；那满满一车、如同挤在鸟窝里取暖的山雀一样惊恐万分的外国人；他们是如何稽查大麻与不法分子的，虽然那就像是在阻止海潮、阳光或是风儿一样。这些话和故事源源不断地从他的嘴里冒出来。和她说话果然十分简单啊！

---

① Pompadour，一种从额部向后梳、高而直的男子发型，也称飞机头。

玛德琳意识到她再也装不下去了。太多的事情让她无法在整个午餐时间继续保持笑容。首先，她胃里还因为焦虑有点难受，脑袋也因为前天晚上的宿醉而不太清醒。当然除了宿醉，她还和某个圆滑世故、满嘴甜言蜜语的人光着上身下了一盘象棋，后来那伙还成功说服她打电话给他，跟他讲色情电话，而他当时——从声音来判断——正在浴缸里面玩爆气球。现在，她根本没有什么清醒的意志或耐心去和任何人交谈，更别说是和布兰登了。

　　他在那里一个人滔滔不绝地说着，刚开始还是一些非常有趣的小细节，后来就变成了毫不相干的内容，最后偶尔还冒出几句让人听不懂的话。不过他的声音倒是很大，每一个字都能让其他九个在户外用餐的人听得一清二楚。尽管现在他说话比以前有逻辑多了，可是有些地方的意思还是有些别扭。想到这里，她又无法自抑地想起了丹尼以前帮他当解说时的场景。不过说到现在，他还没有提到她父亲那疯狂的举动。其实这也没有什么好吃惊的，他本来就不善于掩饰自己。这就是布兰登·范德库尔，他能在阿伯茨福德的街道上把自己的心事一吐为快；他的眼睛依然在她的头顶上下或者前后左右游荡；他的身体在凳子上摇摇晃晃；他的鞋子敲打着水泥地面。一切都没有变，可她分明感觉到有些事情不一样了。

　　往来车辆的噪声太大，两个人根本无法说话。布兰登连自己说的都听不清楚，不过他知道自己有些地方说乱了。那有什么办法呢？周围那么多让他分心的东西，特别是那一群一群扎堆的鸟儿——那蹲在软趴趴的电话线上的画眉，把鸽子赶走占据屋顶的乌鸦，还有藏在人行道旁的卷叶树里的一群紫雀。他极力忍着把它们全都指给她看的冲动——他今天最不愿意做的事情，就是变成她眼中的"鸟迷"。突然，她向旁边瞟了一眼，然后又转过头来看看他，似乎准备要离开。

　　"你爸爸和姐姐怎么样了？"他赶紧问道。

"妮可还是老样子，只不过更有钱了。爸爸还是行动迟缓，当然这也不全都是多发性硬化症造成的。不过你上次在电话里提到一件很诡异的事情，说他用枪打了摄像头。你为什么会这么说呢？"

"一眼就能认出来那个人是他啊。"

她后来也问过父亲，从他笑的样子来看，应该是他干的没错。他虽然说自己反对美国，可是还没有到拿起武器反抗的地步，但这句话让她更加确信自己的判断："可是你也说过，不管是谁干的，那个人看着都像一个幽灵，那你怎么——"

"看他的体形和姿势就知道了。还有他的左边肩膀要低一些，胳膊肘是上翘的，还有他踩着脚上的肉瘤走路的姿态，以及——"

"好了，布兰登。"

"你戴了有色隐形眼镜吗？"他问道。

"没有。"

"真的吗？我还不知道眼睛会随着年龄增长而变得更加明亮呢。"

"谢谢你注意到这一点。"

"你在排卵期吗？"他大声地问道，周围的人纷纷侧目，向他们投来好奇的目光。

她不可置信地看着他。"那么——"她拖长声调说道，意识到这一刻自己很可能正在排卵了，"你为什么想来吃午饭？"

"我要去一下洗手间。"他一边说，一边猛地站了起来，动作幅度太大以至于身后的椅子都被他弄倒了。"请在这里等我一下。"他把椅子扶了起来，又抬头向她的身后看去。"请一定要留下来。"他又说了一遍，然后迈着重重的步子朝咖啡馆里走去。

直到他走远了，她才听到、看到身后的那些鸟儿。他对这些东西还是这么着迷吗？记得曾经有一次，他哄着她和丹尼同他一起，在天黑之后骑自行车去布雷恩的一个小墓地。等骑到那里的时候，每个人都已经满身大汗了，可他连气都没有喘一下，就忙着学他那些傻乎乎的鸟叫了。那声音听着有点像卡祖笛①，又有点像一个假装很有激情的小老头发出来的。嗯——呼——嗯——呼。她和丹尼开始时还窃笑不已，可是后来发现居然真的有鸟儿在回应他。他和那只鸟儿就这样来回叫唤了几个回合之后，一只胖乎乎的猫头鹰从茂密的树林里呼啦一声飞了出来——飞过那些刻着冰岛人名字的墓碑，例如本尼迪克逊、弗莱艾德雷福斯多蒂尔或古德芒恩松②——直直地向他们飞来。但是飞到一半，它意识到自己被愚弄了，就斜着转身飞回到林子里去了。正如丹尼常说的那样："和布兰登在一起，你从来不会忘记时间。"

她招了招手，把女服务员喊了过来，给自己和他都点了一份三明治，然后点了一根骆驼牌香烟抽了起来。只有香烟才能让她脑袋里那些乒乒乓乓的声音停下来。这顿午饭背后没有什么天大的阴谋。飘散的烟把她心头的不安也驱散了不少，一想到托比让她问布兰登的那些超级严肃的问题，她就觉得好笑。不过，好笑归好笑，她肯定还是会问的。她必须站在托比这边，只有这样，等她不想干的时候，托比才会放她离开。看见布兰登迈着大步回来，她赶紧把剩下的半截烟扔到地上，用鞋跟踩灭。他一边走还一边瞅着树上、屋顶上和电线上的鸟儿。走到她身边之后，他拿出两张照片，然后正面朝上摆在她的面前。

"你在执行公务吗？范德库尔警员。"她头也没抬地问了一句。

"穿着这身衬衣执行公务？我只是想提醒你，你的朋友很有可能在做毒品生意。不过可能你已经知道了。"

---

① kazoo，一种极为特殊的乐器，它通过人声哼唱发出的声音，依靠自身的膜片和共鸣管的声音放大，可以发出嘶哑的音色，有点类似萨克斯管。

② 在斯堪的那维亚语支的语言中，男子的父名以"-son"（松）结尾，意为"某人的儿子"；而女子的父名后缀则是"-dotter"（多蒂尔），意为"某人的女儿"。

"他是我在一个很奇怪的派对上碰到的，"她紧张地说道，小拇指点着照片上的人。托比说得对，他们中间的确有内鬼，"他自认为很讨女孩子喜欢吧，我猜的啊。就像展示狗一样领着我们四处转悠。不记得他的名字了。"

"托拜厄斯·C. 福斯特。"布兰登很开心地说道，她根本就不认识这个人嘛，"他们把他四号那天与'和平拱门地狱天使'组织的通话录下来了。你没有涉足毒品买卖吧，是不是，玛德琳？"

她闭上眼睛，轻轻颔首，那模样好像在听爵士音乐一样，然后又睁开眼，勉强给了他一个微笑。原来有人在秘密拍摄她的照片，过了好一会儿，她才消化这个警报，这也才意识到布兰登在提醒她，在向她透露信息。布兰登居然还那么相信她啊！

他几乎无法克制自己了。她一定是清白的——还在望着自己笑呢！"哦，我估计加拿大骑警队知道这个家伙在从事毒品交易，所以才怀疑你也在做这个，对吧？"

"随你怎么说。"说完把照片推了回去，其实心里已经记下了照片拍摄的时间、地点和角度。"那只唱歌的鸟儿是什么鸟？"她问道，想赶紧转移话题。

"那是椋鸟。你听到鸟叫声了啊，可能是椋鸟吧。人们都讨厌这种鸟，可是它们什么都会唱。莫扎特还专门养了一只宠物椋鸟，他还从中得到灵感把一首曲子改成了G大调呢。后来那只鸟儿死了，他还专门给它办了一个葬礼。葬礼办得非常正式，人们还特意穿上礼服去参加呢。"

太让人难以置信了。她又问了问他工作上的一些事，包括工作时间、轮班情况、有哪些有利因素和不利因素等，问完之后又想起托比的问题：关于边境巡逻队的装备和习惯之类的——有多少警员、警车、直升飞机和快艇，他们晚班会安排哪些人，每天在喀斯喀特山和海湾巡逻几次，等等。每问他一个问题，她内心的愧疚感就会增加一点。

她居然对他的工作感兴趣呢！记得最后几次见到她的时候，她对这些根本就一点也不关心。现在她居然觉得这些工作有趣极了！他兴高采烈地向她解释，在那些走私路径上所采取的循环蹲守策略，然后又告诉她哪些她认识的人被收买了，哪些因为查出贩毒而被抓了。

"我对毒品从来都不感兴趣。"她最后说道。

"我也是，"他说，"我只尝试过一次，那次还是和丹尼一起吸的。"

"那是在他上大学的第三年，他回家来过圣诞节，跟我说他弄到一种叫保罗·麦卡特尼①的大麻，让我无论如何尝试一下。他不停地和我说，无论何时保罗·麦卡特尼去纽约，都一定会吸这种东西。他还不停地说：'让你开心。开心！开心！开心！吸了这个，你会笑个不停！'"看到玛德琳听完咯咯地笑了，他又特意大声重复了一遍"开心！开心！开心！"如果不是她催促他停下来，他肯定还要哼哼唧唧地说下去，"所以，他离开家的那一天，我们吸了一点——只吸了一点点——因为我们都不想看着他登机的时候表现得过于兴奋。可是吸完后，我们还是一点也开心不起来。接下来的几小时里，我们谁都没有说话。丹尼一动不动的。后来我开车把他送到了机场，回家的时候，我还迷路了。"

玛德琳又大笑起来，其他桌上的人纷纷朝他们这边投来目光。他竭尽全力说着各种能逗她开心的话，可是到最后什么都想不起来了。"可能别人已经和你说过了，"他说道，"你非常美丽的时候是笑着的。"

她告诉他说错了，应该说"你笑着的时候是非常美丽的"。她记得别人夸她最多的就是"你很可爱"，或者"你很吸引人"，再或者——她最不喜欢的一句——"你也不是一点魅力都没有"。可是美

---

① 前"披头士"组合成员，1980年在日本宣传时，他曾因携带大麻遭到拘留。

丽？这个形容词应该是属于她姐姐的吧。她仰起头，不想让眼睛里的某种东西流淌下来。

布兰登想试着再说一遍："当你笑着的时候……我是说——"

"谢谢你，布兰登，我明白了。"她看着他吃完鲁宾三明治，又开始对付盘子里剩下的炸土豆条。他吃得如此专注，好像眼前只剩下他和这堆食物一样。"还在做你的艺术吗？"她问道。

"我不知道如何才能停下来。"他头也不抬地说道。

"还在画鸟儿吗？"

"还有人。"

"有没有进步？"

他耸了耸肩膀。

气氛忽然变得十分尴尬，她只好问道："你妈妈最近怎么样了？"

"她啊，就是去做一些记忆测试，看看到底哪里出了问题。可能就是更年期综合征吧，你知道的。可是前天晚上，她突然记不起来她最喜欢的那首歌了，这让她忧心忡忡。她记得调子，可是记不起歌名了，连一句歌词也都想不起来了。"

"什么歌？"

"一首披头士的歌。"

"又回到保罗上来了。"

"谁？"

"哪一首歌？"

"《黑鸟》①。"他说道，还情不自禁地哼起了开头的几句，其

---

① 这首歌是披头士乐队于1968年11月22日创作的。英文里的 "bird" 也代指女孩，"Blackbird" 意指黑人女孩。因此很多人认为保罗·麦卡特尼创作这首歌，用一只折断翅膀的黑色小鸟挣扎飞翔，来象征被压迫的弱势种族的奋发向上。

他桌的人再一次停止交谈。

"好了，布兰登。"她说道，脸红了起来。

他的嘴巴向着天空，正忙着唱出下一句"挥动着破碎的双翼，学着怎么去飞"，所以并没有看到她脸上的表情。

她一面尽力阻止他接着唱下去，一面想着要记住这一刻，脑子里还在忙着思考回去后要如何描述和评判这一场景，所以没有看到周围人脸上露出来的不可置信和同情。所有的高音布兰登都没有能唱上去，而且嘴角还堆满了炸薯条的碎末。"你用尽一生"——她向服务生示意，让她把账单拿过来——"等待展翅高飞的一刻。"

在布兰登看来，这首歌的曲子谱得太完美了，让他忍不住还想继续把高潮部分再唱一遍。可就在他开口之前，他感觉玛德琳正抓着他的手，于是他低头一看，发现她正向他靠过来。她看起来像是被太阳烤过一样，眼睛还在使劲地眨着，一看就是被他感动了。她靠得很近，都快能吻到她了。可是，他如何才能从这一步过渡到下一步呢？他敢打赌，其他桌上盯着他们看的人肯定也都想向她献殷勤。如果有必要，他真想也为玛德琳·卢梭每天把脑袋往水管上面撞五百下。[1]当他还想开口再唱一遍的时候，她又更加用力地捏了捏他的手。他感觉到她的手在发抖，于是就把自己的另一只手覆盖在上面，直到她不再颤抖。

---

[1] 前文提过，布兰登发现啄木鸟求偶的时候，总是把脑袋往水管上面撞。

28

她可以从那些呻吟叹息的顾客身上，感觉到压力和愤怒正在逐步升级。他们身上的斜方肌疙瘩、脖子软骨和僵硬的关节，无不透露出这样的信息。特别是从德克·霍夫曼的故事被传开以后，这一点就更明显了。

里克·塔利警员的辐射探测器被触动的时候，正好是半夜十二点半，那时他正在从酒吧回家的路上。这一点大家都可以作证。可是，具体到后来发生了什么事情，大家就不知道该相信谁了。

塔利警员的报告里说，是霍夫曼先生的卡车触动了他的辐射探测器，机器发出了闪光和嘟嘟警报声，所以他才按要求叫霍夫曼停车。当时，车主看起来十分兴奋。不仅对他的要求置之不理，还对他恶言相向，出言辱骂，因此，为了确保对霍夫曼先生和他的车辆进行正常搜查，他只好稍微用了一点力气将他制伏。

这位奶牛场主的版本则是：他快到家的时候，那位阿尔·卡彭[①]似的火暴警员突然尖叫着冲入了急转弯里，并打开警灯追赶他，然后又命令他下车，还让他闭上他的臭嘴。当德克问他到底发生了什么事情的时候，"火暴警员"还命令他脸朝下对着马路，然后一边拿枪指着他，一边搜他的身，嘴里还咆哮着西班牙语。

---

① Al Capone（1899—1947），20世纪30年代活跃于美国芝加哥的意大利黑手党教父，曾犯下轰动世界的1929年情人节大屠杀，他装扮成警察残酷枪杀了7个人。

最后，无论是德克的身上，还是他的车上，都没有发现核武器踪影。可就是这件事才让大家明白，原来挂在警察屁股上的这些价格不菲的新玩具，实在是太敏感了，敏感到连身患癌症的过路司机接受过放射性治疗都能测得出来。本来这位六十九岁的德克·霍夫曼正在接受放射治疗的事情谁都不知道，这下可好了，秘密完全被暴露了。

这次骚动也带出了其他原本不为人知的骚扰事件。野生动物学家马修·鲍斯特告诉苏菲，有一天晚上他沿着自家农场的边缘处独自散步，结果被他们抓住了，被盘问了得有二十多分钟。随后，亚历山德拉·科尔在玩同花顺游戏时透露，她弟弟上一次去和平路拜访了一位朋友，结果他的奥迪车遭到一名新警察的彻底搜索。那些在美国境内种植了几十年覆盆子的东印第安人现在也不敢去阿伯茨福德看望亲戚了，因为怕在回家的路上惹来令人羞耻的盘问或者搜查。

人们对边境摄像头的抱怨已经到达了白热化的程度。不论我们出门去哪里，都会被它们追踪！居民多次向地方理事会抱怨边境巡逻队和摄像头。"如果有摄像头一天到晚对着你，你是什么感觉？"梅兰妮·麦西克问道，"谁能保证没什么变态的蠢蛋用摄像头来偷窥我们的卧室？"

可是，帕特拉还是增强了巡逻的力度，让他那日益壮大的巡逻队每天从早忙到晚，同时也让安全措施和监督力度随之升级。现在，只要黄昏过后，在整个北部边境的路上来回行驶的车辆，基本都是那些白绿相间的警车。当那些小型无人驾驶飞机刚开始在北纬四十九度线周围巡视的时候，因为看着特别像在高空飞行的大鸟，所以很少有人会注意到它们。尽管已经有人告诫过他们，这些无人操作军用飞机的摄像头甚至能够在将近五公里外的高空，清楚拍摄到一个小小的燕麦盒子。

就这样，帕特拉还想增加装备，还督促布雷恩理事会拨款在最繁忙的十字路口上建立辐射探测警报系统。他还坚持认为，一定要给地方消防队和警察也配备那种可以把事件现场输入到联邦调查局资料库里的掌中电脑。

所以，当人们听说德克·霍夫曼请了一名顶尖的西雅图律师负责起诉该死的边境巡逻队时，大家全都觉得理所当然。每个人都在等待他的读写版上出现下一个解恨的标语：**欢迎来到警察之国**。

29

　　他慢慢吞吞地朝布雷恩酒馆走去，肯定是有什么残忍的巨人正拿着放大镜对准他的头顶聚焦呢，要不然他怎么会觉得那光秃秃的头皮都快被烤焦了呢。从酒馆出来的时候，他听到和平拱门公园里传来孩子的尖叫呼喊声，这才想起来今天刚好是一年一度的"女子童子军节"，每逢这一天，这个公园全天都只对来自两个国家的数千名唧唧喳喳的女童子军们开放。赶上这股热浪，还真是不幸。去往唯一开放的边境检查站的路上已经排起了长队，很多面带怒色的司机把头伸出窗外。这天气，热得连烟都没办法抽，他只好从排队的车子中间穿过，继续向东边的山谷方向驶去。

　　诺姆总觉得连天气都不放过他。风暴吧，总是吓唬住他；寒潮吧，又折磨他的膝盖；气温超过二十七度吧，太阳又像一个大火炉一样炙烤着他的皮肤。他要是在这种热浪下脱了衣服的话，不出三小时肯定就变成了一根焦炭了。天气预报的那个小姑娘很肯定地说，下午有降雨和大风天气，甚至可能还伴有雷电，持续两周的高温就要结束了。可到现在为止，山谷里依旧晴空万里。在这样一个全年最热的日子里，他还要开着没有空调的车往东边去，给雷·兰克哈尔补上一瓶"祝你早日康复"的酒，一想到这里，诺姆就觉得更加窝火。

　　一路沿着H街走，他看见五辆边境巡逻队的车子。虽然他并不苟同德克·霍夫曼的做法，也不赞同其他反对美国的疯狂举动，可是一想到他儿子也是这个越来越像占领军的边境巡逻队的一分子，他确实也很不舒服。他想起自己答应过雷要在下午三点钟左右去他家时，就告诉了鲁尼，让他下午记得挤奶。希望鲁尼能有足够的先见之明，记得给奶牛多放点水。

南关口路突然之间又多出来三个新的退休养殖场，它们那巨大的原木大门上醒目地写着"鸽子天堂"、"和平湿地"和"彩虹山脊"。诺姆发现，越是没有实用价值的养殖场，大门就做得越气派。他注意到县里最大的蓝莓农场上又新建了五个风车，鬼才知道它们在发什么电——这也似乎进一步证明了自己是整个山谷里最不具有想象力的家伙。虽然肚子里已经装了一杯热乎乎的咖啡，可当雷·兰克哈尔那海市蜃楼般的农场出现在他的挡风玻璃前时，他还是感觉有些晕眩。

首先映入眼帘是一排冷杉树和两个"拒绝赌博"的巨幅标语，就立在那条蜿蜒的私家车道两侧，车道的尽头是一个小山丘，上面有一栋相当大的金属屋顶的房子。房子后面是三个新刷了绿漆的牛棚和两个不锈钢材质的青贮塔，塔的旁边围着一圈新修剪过的柳树，这样，装饲料的卡车就可以毫无阻碍地从树丛里通过了。

诺姆喊了一声，可不管是雷，还是他那长得像杂志女郎似的、连看都懒得看诺姆一眼的妻子，没有一个人出来应门。于是，他不得不拖着沉重的步子朝牛棚走去，结果他又不可避免地看见了雷对奶牛无微不至的照顾，脸上仿佛又被扇了一巴掌。他先用水管冲了冲靴子——虽然它们本来就是干净的——免得待会儿又要被这个奶牛场主念叨。雷总是骄傲地说，他是整个山谷里唯一一位要求参观者进牛棚之前冲洗鞋子的养牛人。其实，这是他做事情的典型方式，所有事情都是如此。他买的精液和公牛都是最贵的；他每天要清理三次牛粪，而不是别人的一次；但是，最让他骄傲的还是他给牛的垫草——上帝保佑，是每个月都会换一次的沙子——这着实让诺姆大吃一惊。要知道除非是热带地区的度假圣地，否则沙子可不常见啊。他甚至还专门把每个牲畜棚给盖成尖角倾斜的，好让奶牛休息的时候头能够稍微抬高一点。为什么要这样呢？难道是要让它们在床上读书吗？最令人懊恼的是，他这些溺爱奶牛的方法居然管用。雷家里有十几头像"珍珠"这样珍宝级的奶牛，而且他家每头奶牛平均每天的产奶量都是全山谷最高的。

"雷！"诺姆喊道，心里很想在酒瓶上面贴上一张字条，告诉他这是礼物——当然，雷看到之后很有可能要在上面重新标上"佐餐酒"的标签——然后就直接把它放在门口算了。他又四处张望了一下，发现了那辆停在第二棵柳树树荫下，有着婴儿大便般颜色的奔驰车。雷明明约了医生，为什么还要喊他过来呢？他轻手轻脚地进了一间离他最近的牛棚，总算有阴凉处了，他一边高兴地想着，一边握着墨尔乐红葡萄酒的瓶颈处，拿在手里晃着。

"雷？"他喊了一声，声音放得很低，心里还是希望他没有发现自己的到来。突然，关在圈里的一头慢吞吞的公牛，发出了一阵杀人般的吼叫，吓了诺姆一大跳，就是这头牛把兰克哈尔给顶了吧？为什么雷还不把这头发疯的畜生给卖了呢？他小心翼翼正准备往回走，却听到越来越大的谈话声和其他杂音——这个奶牛场里出现这种场景可真是让人难以想象啊——比如奶牛发脾气的声音。他推开一扇半开的大门，里面的光线太刺眼了，一进去眼睛就被刺得生疼，雷正在里面隔着脸上的消毒面罩对着兽医喊着些什么，兽医也带着面罩，正蹲在一头倒在地上、肚子鼓胀的新泽西牛旁边。中暑了吗？还是生产瘫痪？可为什么要带面罩呢？他走近一些，才发现原来两人的身边还躺着其他三头肚子鼓胀、正在呻吟的奶牛。然后，又在别的地方发现了其他几头。

"诺姆！"雷尖声喊道，他身旁的那头奶牛的嘴里正喷着白气和泡沫，"快过来！"

斯特莱姆勒抬起头来，瞪了他一眼，头发凌乱地散落在他那"无所不知"的前额上，看他的眼神，好像眼前发生的一切都是诺姆的错一样。"戴个面罩！"他大声吼道，用戴着橡胶手套的手合上手机，然后向旁边的盒子指了指。

"生产瘫痪？"诺姆问道。

"把那个瓶子放下来，然后到这边来！"雷说道，一双眼睛瞪得比他那些生病的奶牛还要大。

诺姆吓得缩了一下身子，赶紧大踏步走了过去。因为戴着面罩，他立刻满头大汗。低血钙症？低镁血症？瘤胃酸中毒？虽然阳光非常耀眼，可是诺姆还是看见了雷头上的白色发根，还有他身后另一只瘫倒的奶牛。诺姆抓起其中一只奶牛的上嘴唇，使劲掰开它的嘴巴，然后把一根六十厘米长的管子塞到牛的嗓子里，朝里面灌发酵粉。这次居然看到连一向假正经的雷·兰克哈尔也会偶尔踩到狗屎，这一发现让他舒心不少，可是眼前的这一切究竟是怎么回事呢？他脱下衬衣，把它系在他那快被烤焦的头皮上，脑子里这才想明白眼前发生的状况——大家戴着面罩、斯特莱姆勒的焦急、帕特拉那严肃的警告。"怎么突然之间这么多牛倒下了？"他喊了一句。

"你以为我没有在找原因吗？"斯特莱姆勒吼道，然后又转向雷，"我们必须先切开一头牛看看。"

"什么？"

"马上！五十六号已经死了。我们必须马上动手。"

"哦，上帝啊！"雷哀号一声，"我要去拿……"

"我这里什么都有。"

诺姆又在脑子里把警长的警告过了一遍。他说政府非常重视奶产品；他说只要一个喷壶就能传播疯牛病；他还说只要在大奶罐里滴上一滴毒药，就能使五十万美国人丧命。

他呆若木鸡地盯着斯特莱姆勒快速的解剖过程。他不像平时那样先砍掉一条前腿，或从肩胛部位把牛解剖开来，而是直接在牛肚子处刺了一刀，再把肚子锯开。只听哗啦一声，所有内脏全都流到了地上。医生像在商店里买柠檬一样，在这摊流出来的刺鼻的东西当中挑挑拣拣，找到一袋鼓鼓的、蓝灰色的东西之后，就唰的一声把它割开了，然后又把手伸进去来来回回摸了好几次。雷着急地在旁边问到底怎么了，他也没有回答，最后才脱下面罩抬头问了一句：

"你这些饲料是从哪里弄来的？"

"饲料怎么了——"

"从哪里弄来的？"

"一个叫艾弗森的农民，叫帕——"

"干玉米，"斯特莱姆勒喊道，"吃了太多干玉米了！"

"你的意思是——"

"是的！我的意思是它们吃太多干玉米了，已经超过它们的承受能力了，谁知道还吃了什么其他东西没有。你给它们吃了多少？"医生一边说，一边四处看着，嘴巴一张一合地数着奶牛的数量。突然，又有一头奶牛瘫倒在地。

雷一把扯掉面罩，慌忙地向挤奶室跑去，诺姆这才想起来帕尔默对他说这天下午已经把廉价的饲料送过来了。"不，"他哀号一句，连滚带爬向阴凉处爬去，"不！"

"什么不？"斯特莱姆勒猛一下站了起来，以为诺姆在否定他的诊断结果，所以摆出一副泰然自若的样子准备和他争辩呢，这才看见诺姆正气急败坏地抓着手机敲打号码。一开始还把号码弄错了，然后又急忙重新拨了一次。"不要告诉我……"

他发狂似的向他的车子跑去，脑子里只想着赶紧回到家里的奶牛场去，除此之外，什么都不知道了。在山路上，他不顾一切地超过其他车子。等这辆老爷车一上直线跑道，就立刻把速度加到最快，车子一路发出抗议的噪声。还没有下车，他就一路狂喊"鲁尼！"然后一阵风似的冲进了挤奶室，发现鲁尼正靠着后头那面墙听着广播里的运动节目，声音开得太大了，以至于他既没有听到、也没有看见诺姆的到来，直到诺姆拍了他一下，他才反应过来。"帕尔默有没有送——"

"哦，送了，别担心，他来过了。"鲁尼一只手朝六个满满的厩挥了挥。

"快！不能再喂了！"诺姆喊道，然后猛地一下把五十七号乳腺上的水管给拔了下来，使劲把它那巨大的脑袋从饲料槽里推开。

"什么？"

"快把它们拉出来！"

"诺姆，告诉我，发生什么事了？"

"饲料有问题！你挤了多少头牛的奶了？"

"挤了两圈了，你怎么——"

"快把它们拉出来！"他又拔掉九十一号身下的管子，鲁尼也照他的样子把十七号的给拔了，所有的牛都开始咕哝着不满地叫了起来。其中一头愤怒地跳起，开始烦躁地踢着后腿，刚好踢到鲁尼左边的大腿，害得他嗷嗷大叫，直往墙边上退。

诺姆还是继续拍打着奶牛，一边愤怒地大喊大叫，把它们往外面轰。轰完后，他又像一阵风似的转身冲了回来，心里正想着幸好一切正常，却发现有三头牛已经侧身倒在地上了，包括——哦，上帝啊——珍珠。它抬起头，眼睛直直地看着他。肯定是这样的。第一个吃的肯定会第一个死去。他跑到它身边，跪倒下来，用那只没有坏的膝盖撑着地，耳边听到又有一头牛倒下了，这才意识到自己竟是如此的无能为力，只知道给他们灌发酵粉和一个劲地道歉。他从珍珠身边走开，去检查其他几头奶牛，发现珍珠的几个"姐妹"也都斜躺在地上，对天空翻着白眼。他弯下身子，用手轻轻安抚五十九号，鲁尼则像一个活过来的石像怪兽一样，一瘸一拐地走出了挤奶室。

诺姆觉得他犯得所有错误、所有的投机取巧、所有的懦弱和不忠，最终都报应在他的身上了。他抬起头仰望苍天，不是乞求宽恕，而是希望老天能给他一个解释。可天空还是一副漠然的样子，只看见一架小型飞机和侦察机在那里飞来飞去。

　　布兰登在几百个身高只到他屁股的小女孩之间费力地穿行。其中的几十个还一路跟着他，抓着他的制服，一个个抬着头张着嘴，像嗷嗷待哺的鸟儿，嚷着要和他合影。这么多天以来，除了那些懒得开口的海鸥、乌鸦和画眉之外，他什么鸟儿也没有听见或看见，似乎所有的鸣鸟都被这股热浪从山谷里赶走了，什么也没有留下。在这样一个无拘无束，却无鸟可看的日子里，诺姆身边，只剩下这群像风铃般响个不停的小童军、小学生和少年军校生了。

　　这是他生平第一次，没有在值班时打瞌睡。部分原因是值夜班是个苦差事，而大部分还是因为玛德琳。自从上次和她一起吃过午饭之后，他每天都要尽最大努力克制给她打电话的冲动。给她发的信息也都石沉大海。他已经在脑子里把那次午餐回味了几十遍，不停地寻找他可能遗漏或误解的肢体语言。有一点他很确定，那就是她的笑是发自内心的。玛德琳以前也是一个女童军——用加拿大人的话说叫"女童子军"——他现在还清楚地记得她十二岁时的样子，那时候的她身上戴满了徽章，看起来像个战争英雄。虽然他一直都知道有这个活动的存在，可是亲眼目睹那么多笑着、叫着的女孩在公园里和封锁的公路上来来往往交换工艺品，这还真是头一次。

　　拍照的时候他很想微笑，可是他的笑从来没有让任何人满意过，结果照片上的他仍是歪着脸笑着，也刚好把他在笑和不笑之间的犹豫给抓拍了下来。孩子们源源不断地要同他合影，有的要给布兰登拍张独照，有的则让他像座小塔似的站在一两个或是一大群孩子之中。其中一个孩子还高声喊道："我也要和恐龙拍照！"

　　结果，布兰登还是逃走了，这让那些颐指气使的领队们十分生气。他拍了拍空空如也的口袋，这才发现自己把钱包和手机都落下了。最后，他看见了麦克阿弗蒂和迪昂，两人明显正在争论着什么。

"你在这里干什么？"一看见布兰登，麦克马上问道。

"我被排班了。"

"废话。今晚所有人手都出动了！谁管你有没有熬夜值班到今天凌晨四点，谁管你是不是累得连扣子都没有扣、连牛棚大门都忘记关了啊。"说完朝布兰登眨眨眼，布兰登赶紧拉上裤子拉链，低头看了看衬衣的扣子，"可能会有大事发生，就像那些小童子军必然会口渴一样。小伙子，你赶紧去找个阴凉的地方打个盹。如果发现什么恋童癖，我会去叫醒你的。"

迪昂递给麦克阿弗蒂一把铲子："请问你能不能闭嘴啊？"

"算了吧，你必须要承认，这是一个变态的梦想。为什么——"

"你难道从来没有考虑过你的观众吗，特别是在——"

"从来没有考虑过，以后也不会。"

这个时候坎菲尔德警员闲逛着过来了。"麦克，你还剩下多少天退休？"他边问边使劲地抽着鼻子。

"一百五十六天。谢谢你问到这个。"

"以后有什么安排吗？"坎菲尔德说完又使劲地抽了一下。

"当然了，做点这个，干点那个，大多是一些很有创造性的事情。"

"哦，比如呢？"

麦克阿弗蒂用手绞着脸上那松散的小胡子："比如创造值得回味的时刻让顾客购买。"

"那你打算具体怎么做？"迪昂问道。

"好点子的首要原则：绝不把好点子告诉别人。"

"别这样，就随便透露一点吧。"

麦克阿弗蒂在他们的脸上扫了一圈，说："你们都滑过雪吧，对吧？"

坎菲尔德和迪昂齐声说起话来，而布兰登此时却在脑中想象着他和玛德琳以及丹尼·克劳福德三个人在暴雪中滑雪的样子，他肯定是一路追着她的声音滑下山的。不过，这和他说的主意有什么关系呢？

"好吧，"等坎菲尔德清理完他的鼻腔，麦克继续说道，"你们都知道或者能想象得到，当你们像头毛驴一样必须撒尿却被困在一个缓慢的滑雪电缆里时，是什么样子。你既不可能憋很长很长时间，也无法从山上下来，更不可能在滑雪小屋里上上下下四处跑着寻找厕所，因为你脚上的那双靴子，让你变成了弗兰肯斯坦[①]，根本没法好好走路。知道我在说什么了吗？"

布兰登在心里琢磨着像他这样故事说了一半又停下来，到底是想营造个怎样的悬念。

"你急切地渴望小便，可是你的脚趾已经快变成了一块疼痛不已的坚冰，这个问题也变得更加困难了，对吧？所以我的想法就是，"他慢慢地拉长音调，"向他们出售那种顺着腿下来的橡胶袋子，袋子的底部就到脚指头，这样你既不用费尽力气到小屋里寻找厕所，而且撒下来的热腾腾的尿，还可以帮你温暖冻僵的脚趾。你们觉得这个主意怎么样？"

虽然布兰登正在看着天上那块好几个星期都没有出现过的乌云——越来越浓密了——但他还是跟着大伙一起哼哼唧唧地笑了起来。

"如果你的尿很多，存储空间不够用怎么办？"坎菲尔德问道。

"那就会倒流到你的腿上了。"麦克阿弗蒂噼里啪啦地说道。

---

① Frankenstein，是英国诗人雪莱的妻子玛丽·雪莱在1818年创作的同名小说中的主角，又译作《科学怪人》，被认为是世界上第一部真正意义上的科幻小说。

"如果你摔倒了怎么办？"坎菲尔德又问道，"那尿不就全都撒到自己身上了吗？你就会像被人用尿气球砸中了一样。"

"现在，"迪昂说道，"听着有点像一个真正难忘的经历了。"

"每个人都很喜欢吹毛求疵，"麦克阿弗蒂抱怨道。

布兰登看着女孩子们手牵手排着队穿过拱门，从美国这边向加拿大那边走去。

"你不喜欢这个主意吗？那你觉得在机场开脱衣舞酒吧怎么样？"麦克阿弗蒂问道，"为那些**男男女女**们。在机场，哪一个人的心里不是既无聊又发情的？"

"当母猪发情的时候，"布兰登说道，心里正雀跃不已，终于能抓准一个时机插上一句有意义的话了，"它们的耳朵就会砰地竖起来：农场主们称之为'碰碰'。"

大家愣了好一会儿，才哈哈大笑起来，而麦克阿弗蒂更笑得像个心满意足的父亲一样。就在这个时候，所有人的无线电都同时响了起来。"请所有警员转为安全模式。"不到两秒钟，所有人的摩托罗拉里又传来了调度员的声音："电话联络部刚刚收到一个电话，称和平拱门附近发现一个炸弹。"说完又让麦克阿弗蒂将公园分为几个片，每一片都要派一名警员去搜查，"任何人身上的辐射检测器上收到信号，都要立即和我联系。"

迪昂一个箭步冲了出去，匆匆忙忙向人群里她女儿所在的那支队伍跑去。这也是布兰登这么多天以来第一次感到如此清醒。乱哄哄的人群立刻呼啦一下从四周向中间挤成一团，可他完全不知道搜索炸弹该从何处开始下手。

他开始检查自己负责区域里的所有可疑东西，可是无论如何，眼睛里看到的全是数百个背着袋子或双肩包、晒得满脸通红的孩子。难道他应该把每一个包都打开查一查吗？还有不少女孩想合影。他只好四处走动，想找找有没有什么看着就不像属于这里的人。可是放眼望去仍到处都是女孩！他是不是要开始对她们进行盘问呢？他就这样毫无头绪地搜索了十分钟，头就因为恐慌而疼了起来。就在这时，他听见迪昂在喊他。

看到迪昂正拿着无线电来回走着，他赶紧向她那边跑去，这才发现她正盯着一张野餐桌，那下面放着一个红白蓝相间的塑料冷却器。"是的，当然，它就在这儿！"她语无伦次地说道，"我说的是……对，我试了两次……没错，里面都是电线和电池……我已经把它打开了……不，我没有……我已经告诉你了，大家都说这个东西不是她们的。啊，不！看，它已经开始流水了。布兰登也过来了。我让他也测试一下。"

布兰登拔出自己的辐射检测器，站在离冷却器只有几步远的地方，检测器的灯闪了，还发出嘟嘟的声音。

"他刚刚也确认了，行了吧？"迪昂对着无线电喊道，"我要让我女儿马上从公园出去！他妈的马上！"

很快，每一个边境巡逻队、加拿大骑警队的警员和公园管理员都开始告诉女童子军、导游还有领队，让她们迅速从公园疏散。大部分女孩都诅咒起雨来，以为是因为要下雨才让她们离开的。可在布兰登听来，她们那高声聊天的声音已经变得不一样了。声音可能还是那个声音，但在他听来，这些尖叫声已经从开心变成了恐惧。当然，还有另一种声音，那就是远处天空中传来的轰隆雷声。突然，一阵地动山摇的炸响传了过来，似乎近在咫尺，是从公园东边的某个山林里传来的，一片火光也随之在森林边界上蹿了起来。

维尼独自一人站在长满野草的足球场上，看着被北风吹歪的小草和树木，一堆恶毒的乌云在他的头顶上向前翻滚着，似乎正急着赶到美国那边去赴一场约会一样。

富兰克林的实验步骤做起来十分简单：首先用两根很轻的杉木条做成一个十字架，并撑开固定住一大块薄薄的丝绸手帕的四角，做成了风筝的主干部分，再给它配上一个合适的尾巴，用丝绸和线绳放飞到空中……然后，本杰明·富兰克林这张有着二百五十年历史的骗人薄纸上，还解释着要如何在风筝的顶端拴上一根三十厘米长的铁丝，如何在丝绸与风筝线相连结的地方拴上一把钥匙。

虽然天上很热闹，可怎么看也不像天气预报说的那样会下雷阵雨。尽管此时狂风大作，但维尼动也没动。他就这样简简单单地放着风筝。看着风筝在天上忽左忽右地飘动着，用丝绸扎成的十字架看着好像一面风帆，上面的木棍被风吹得弯弯曲曲不成样子，最后盘旋着一头扎到了地上。维尼赶紧走过去看，幸好木棍还没有断。等到风势变缓的时候，他又试了一次。这一次，风筝飞得没有那么飘忽不定了，不过还是不够高，连一片最近的乌云都够不着。可他还是注意到——或许是他凭空想象的——北边的天空有一道闪电划过。

突然之间，风停了下来，雨就这样下了起来。他就这样站在草丛里，手里拿着风筝，样子十分滑稽。可他就是不想离去，他索性坐了下来，任由雨水淋湿他的身体，盼望着下一场大暴雨。

所谓的电活性实验看起来是那么的无望，那么的遥远。风又渐渐开始刮了起来。十五分钟后，维尼再一次把风筝放了起来，这一次倾斜角度最陡，只见它一会儿向下掉，一会儿又随着天空传来的一声闷哼向上升起。紧绷的丝线上有几股开始向上竖起，维尼估计这应该是风儿在作祟。可是，当它们第二次再竖起的时候，他抬起手，用手指节去碰了碰钥匙。

那一阵强烈的电波，让他想起了那次修理地下室的洗衣机电源时被电击倒的经历。等一下，为什么他会躺在湿漉漉的草地上呢？他动了动自己的脚趾、膝盖、屁股、手指、手腕、肩膀、脖子甚至是嘴唇。维尼的头脑从来没有如此清醒过，他心情愉快地盯着无垠苍穹下的雨幕，感觉自己整个身体都放松了。

第三章

30

　　苏菲询问了麦克阿弗蒂、迪昂和帕特拉，又根据他们说的情况，把整个事件发生的始末差不多拼凑完整了。可是不管她听到了多少消息，故事前后的情况仍然不完全一致，似乎在这一系列事件当中，对某一个环节的反应被过分夸大了。

　　实际上，考虑到当时有几千名孩子从公园里冲出来，整个疏散工作已经算是惊人的顺利了。幸运的是，当时所有的节日活动都已经接近尾声，大部分童子军都已经准备好要离开了，而那场瓢泼大雨又下得非常及时，它不仅催促孩子们回家，而且还帮助布雷恩的消防员扑灭了哈维街上那所房子的大火。

　　帕特拉正待在公园里，嘴里噼里啪啦地对着两部手机说着什么，过了好一会儿，ATF特种部队①才终于现身了，一个个穿着配套的夹克，看着就像一组上了年纪的棒球队。"这是我们发现的，"麦克阿弗蒂听见警长正朝着某个方向大声嚷道，"是**我们的警员**发现它的！"

　　麦克认为帕特拉的判断，被激增的肾上腺素扭曲了。只接受他领导的一位女警员竟然找到了一颗炸弹，这该是怎样的好运气啊——更别说还是在女童子军节日上找到的！这么说，你的下属并

---

① ATF即美国酒烟火器爆破物品局（Bureau of Alcohol, Tobacco, Firearms and Explosives）。

不都是男人？没错，兄弟。她不仅仅是一个女警员，而且还是一位母亲，她的女儿——一个无辜的小童子军——那天下午刚好也在事发公园里参加活动！

不幸的是，故事远没有这么简单。很多事情立刻爆发了，尽管其中一些潜在的联系还不是很清楚，但已经足以引起人们的警惕。电视新闻的动作总是那么迅速，还没等到西雅图拆弹部队赶来，就把事情给曝光了。结果，这一切让事情变得越来越复杂。

等到帕特拉最终公开承认自己犯了一个小错误和两个大错误的时候，他发誓说自己从来没有想过要故意误导众人。他说他只是想尽可能让每个人都知道发生了什么事情而已。问题出在当地的电视记者们身上，他们总是催命似的追问一切。据警长说，所有采访都是匆匆忙忙的，其中一个是这样的：

有没有进行疏散？

有。

为什么？

有人给布雷恩的相关部门打电话，报告说有炸弹。

什么样的炸弹？

一个"脏弹"。①

脏弹？

是的，大体上来说，就是那种和放射性物质相关的炸弹。

现在已经确认确实有炸弹了吗？

就是这里，帕特拉告诉苏菲，他就在这里犯了其中一个大错

———————

① dirty-bomb，又称放射性炸弹，爆炸后，可以引起放射性颗粒的广泛传播，对
人体造成伤害。

误。他本来应该说"不"——或者"没有"——就像后来麦克阿弗蒂提议的那样。可是,他说的是:边境警员已经确定,公园里那个像冰柜一样的可疑物体含有某些放射性物质。

拆弹部队的意见呢?

他们还没有给出意见。

附近有一家房屋是不是也遭受到燃烧弹的袭击?

地方消防局的确接到了火警警报,也出警了。现在还不知道这是不是蓄意纵火事件。

帕特拉在这里犯了第二个大错误,他不该对那个西雅图记者说他们还在调查另一件案子——这是他根据兽医尤金·斯特莱姆勒那通惊慌失措的电话留言所得出的结论——边境一带的几家美国养殖场很有可能被人下毒了。帕特拉的第三个错误——这个相对要小一点——就是在还没有确定的情况下告诉他有可能要实施宵禁。

一个"脏弹恐慌事件"迫使八千名女童子军从和平拱门公园疏散,光是这一条新闻,就足够大家心惊胆战地谈论一整天了,再加上突然出现的养殖场恐怖事件、一个燃烧弹纵火案件和即将实施的宵禁。一场某种意义上的战争——不然还可以怎么说呢?——似乎正在席卷加拿大边境,并波及整个太平洋西北部地区了。

与此同时,拆弹部队也在十分谨慎地处理这个野餐冷却器,好像它随时都有可能爆炸一样。迪昂之后,再也没有人直接朝里面看过,甚至连靠近都不敢了。他们拉起来一道四百多米长的围栏,然后又放出了一个装着轮子、配着摄像头和遥控胳膊的机器人。光是开冷却器的锁就花了不少时间,然后它又咯咯地响了十分钟。这时,帕特拉还在现场回答着更多十万火急的问题,他这边刚说完,那边的报道就立刻出来了。大概过了一小时,那位小心翼翼的拆弹部队长官才温和地宣布,所谓的"脏弹"其实就是两个六伏特的电池、几根散乱的电线和一堆猫砂，这些猫砂释放出来的铀和钍足以触动感应器。也就是说，冷却器里没有炸弹！

直到这时，帕特拉才收到斯特莱姆勒那局促不安的补充信息，说奶牛死亡事件应该是由劣质饲料的过度发酵造成的。而那栋着火的房子——警长也是后来才知道的——已经很多年都没有人住了，一直空着。结果，边境地区没有一个理事会在讨论宵禁的事情了。

好事不出门，坏事传千里，等到事实的真相开始消除山谷里的恐慌和迷茫时，已经是当天深夜了。大家都在疯狂地抢购罐头食品和弹药，汤姆·邓巴后来承认那天夜里他一直待在自己七十年代建造的一间防空洞里。其他人则启动了业余无线电装置，藏在地下室里和大家保持联系，等待进一步指示。更多人则睡觉去了，心里已经被他们的国家、他们这个县、甚至是他们这个区域正在受到攻击的这一认知给折磨得麻木了。虽然有些人在睡觉之前，已经清楚了事情的前因后果，可仍然觉得惶惶不安难以入睡。

第二天黎明时分，整个地区被一阵厚厚的大雾笼罩着，周围混沌一片，大雾压得很低，低到青贮塔和尖塔顶以外的天空都看不清了，要不是一群唧唧喳喳的鸟儿飞得很低的话，谁也不会注意到这些。

当费舍尔养的那群"保镖鸭子"突然叫起来的时候，玛德琳吓得跳了起来，还以为自己遭到伏击了。诺姆醒来的时候十分生气——那些该死的环保局的人又来找他的农场麻烦了。德克伸手在床边胡乱地摸着那支口径零点三五七的枪，心里当时的想法是：空袭。当喧闹声传来的时候，维尼正做着美梦，梦到自己和富兰克林还有凡高一起吸着大烟。苏菲则赶紧拿起自己的摄像机，跑到窗边记录一切。而布兰登正躺在床上，惊叹于那群红嘴巨鸥发出的前所未有的高亢叫声，脑子里想象着这些身体灵活、长着黑色脸孔和白色翅膀的鸟儿，如何靠着声音和信念凑成一个自由的队形，如何勇猛地在白色的大雾里穿梭。

31

还没有到吃晚饭的时间，狼月酒吧里就已经人满为患了。连那些平时不喝酒的人也过来，想喝点酒放松放松。人来得越多，事情就传得就越快，喝酒、抽烟和笑声很快就蔓延开来，连H街树木茂盛的山脊下停车场，都能听得一清二楚。

诺姆向那堆精神奕奕、没有任何变化的人群走去。他已经想尽办法去调理剩下那些母牛的身体健康了。这次事故让他损失了包括珍珠在内的八头牛，不过好在剩下的那些还活着，虽然有些幸存者以后的产量究竟如何还不得而知，可他已经很满足和感激了。事实上，雷·兰克哈尔家死的牛是他家的两倍，这也意味着，不管雷和他那位柏林翰律师能从帕尔默保险公司那儿捞到多少赔偿，诺姆和其他三位农场主都可以沾到他的光。当然，据他对雷的了解来看，这笔赔偿的金额绝对要超过奶牛的实际价值——而且像珍珠这样的奶牛，本身就是无法估价的。

珍珠死后，诺姆在自家的地里选了一个角落，从那里能够俯瞰整个贝克山最美的风景，然后用一辆反铲推土机给它挖了一个宽敞的洞穴。挖好后，他把珍珠拖了过去，放到里面，用土掩埋，最后还给它留下一个写着"谢谢"两字的碑文。忙完这一切，他就让鲁尼代他处理粉刷卡车的事情，自己好歹暂时放下烦人的日常工作，溜出来喝杯酒，放松一下。

原本当他看见那堆闹哄哄的人群时，是想离开的，可是，一看

271

到吧台上那闪亮的威士忌，他的酒瘾立刻就被勾了上来。他知道，即使狼月酒吧里空空如也，他也无法不停车直接从它面前开过去。毕竟，它是唯一一个服务于整个山谷的酒吧——它的位置刚好处在林登市与布雷恩市、荷兰人与冰岛人之间，或者按照林登市酒徒的话来说，恰好处于在天堂与地狱之间。他一瘸一拐地经过几个年轻人，这几个人长得太像他的那几个旧相识了，所以他就朝他们点了点头，可是人家没有理他。这让他想起一句话：陌生人总能毫不费力地说出你的年龄。不管别人用什么表情看你，抑或是看见你时连表情都没有，就能让你确切地知道：你到底身处何方，要去往何地，或者哪里你永远都不可能再去了。

酒吧里的气氛让人感觉不像是八月底的某个周日，而更像新年前夕或是情人节。当看见德克、"化粪土为电力"的戴尔·麦西克和其他几个年龄相仿的老家伙身影时，他感觉既宽慰又痛心。该死的，他们都已经比树皮还老，比电视的年龄还大了。可是大家都来了。首先，肯定是埃里克森家的小混混们，哦，连亚历山德拉·科尔都来啦，上帝啊！看她笑得多么带劲，前仰后合的，把身边的人都挤到一边去了。另外十几个都是他不认识的，或者是自从长大之后就没有再见过面的。这些人里，大部分年纪顶多是他的一半，或者比他还小，个个看着都青春闪耀，在他们身上似乎也很难找到岁月的痕迹。一年多了，这是他第一次到公共场合来喝酒，为了不引起别人的注意，他悄悄地找了一个高脚凳坐了下来，给自己点了一杯皇冠酒和一瓶蓝带啤酒，为第一轮的相互致意作准备。等德克和其他几个老家伙从旁边向他走过来时，他已经喝到第二杯了。"诺姆，你还真是稀客啊！这个地方运气不错啊，居然能得到你的赏光啊。"连莫里斯·克劳福德这样的大人物也晃悠过来，屈尊降贵地和诺姆打了个招呼，好像他做了什么英雄事迹一样。不就是买了那个叫艾弗森的人面兽心的家伙的廉价饲料，把他家的奶牛给毒死了嘛。他明白，其中的一部分原因在于兰克哈尔。天哪，如果雷都上当受骗了，那么谁都会被骗的！查斯·兰德斯——十五分钟前就在后视镜前面站着了——也露出嘴里那美白过的牙齿，脖子上带着一条粗粗的黄金项链跑过来问候他："诺姆，这样对你很有益啊。"他附和着，好像诺姆这样一瘸一拐地走出来喝上两杯皇冠，就能证明他大无畏的勇气一样。大家纷纷点头，似乎为了和他们这位老朋友喝酒，已经等了好多个月，甚至是好多年一样。

"能怎么办呢？"诺姆的脸上带着持枪歹徒才有的畏缩，一遍又一遍地重复着。他也不知道自己说这句话的用意何在，可是每一个人听完了都在点头，似乎坏运气让他一下子变成了一个洞悉一切的人。一个和他没有什么交情的农场主问他船造得怎么样了，又称赞他的船体形庞大，说完还咧嘴笑着，好像他才是那个在自家后院的车库里建造海洋游艇的聪明蛋一样。

诺姆在人群中看到了克林特·汉库普和克利夫·埃里克森，他们正晃着被太阳晒得黑亮的秃顶脑袋哈哈大笑。看他们的样子，好像他们已经获得了谅解，而被警察逮捕也不过是这次"大误会"造成的结果一样。

人们轮流模仿前天晚上那些表情严肃的新闻播音员，另外一些人则拿帕特拉调侃，大家笑得眼泪都出来了。最后德克又提醒一句，让他们不要小看了警长所克服的困难。"你们都无法想象这有多么困难——你必须要非常懂得随机应变——同时还要善于胡说八道，你们知道这有多难吗？"

"诺姆，说真的，""化粪土为电力"隔着三个高脚凳向他这边靠过来，"即使在昨天那样最低潮、最黑暗的时刻，你也不会想到恐怖分子要袭击你家农场。"

他说完又坐直了身子，脸上做出一副疯子般的鬼脸，大家都哄堂大笑起来，有那么好笑吗？他们怎么笑得好像这是天大的笑话一样。

"哦，老兰克哈尔怎么样了？"查斯问道，"他是怎么想的？"

诺姆只是抬了抬左边的眉毛,什么都没有说,他们却再一次笑开了,笑声传染到他身边半圈子的人。他们纷纷问道:**怎么了?诺姆说什么了?**

他觉得身上的疼痛和心里的担忧好像一下子都消失了。而且,他的境况明显不像他自己过去想象的那么悲惨了。于是他在心里暗下决心,以后一定要经常出来喝两杯,不为别的,就为了从自怨自艾中走出来。

查斯为他和其他十几个人各买了一杯酒,又摆摆手让他们省下感谢的话,可是诺姆还是抓住他的肩膀,把他拉到身边来:"你啊,与其像这样小气地给我们买几杯酒,为什么不直接承认你赚了不下一万美元呢?谁不知道小红莓多少钱一斤啊。"①说完朝查斯僵直的脖子拍了两下,似乎要为这个内部笑话画上句号一样。

"那么,你觉得你那位好兄弟帕特拉会怎么样?"德克试探性地问道,"你也知道他出什么意外了。"

大家又轰地大笑起来,整个酒吧吵闹得连说话声都听不见了,诺姆几乎是在大喊道:"我们谁不会犯一两次错误啊,你说是吧,德克?"说完就把免费的皇冠酒扔了回去,然后沉溺在那些三四十岁的女人湿润的微笑中了。不过才喝了三杯酒而已,就让他醉得变成二十年前的他了。"警长只不过是在尽全力做正确的事情,"他拉长音调说道,故意想把大家的注意力全都吸引过来,"在我看来,他唯一做错的一件事情就是看错了媒体,没有想到他们会完完全全地报道出来。除此以外,他还过分相信了那个兽医的匆忙结论,你我都知道这个兽医有多么的神经过敏。"

他感觉自己的嘴巴又开始把不住门了。清醒的时候,他是绝不

---

① 这里说的是查斯·兰德斯在自家的小红莓地里捡到钱的事。诺姆认为查斯虽然上缴了钱,但还是私吞了一部分。

会朝斯特莱姆勒开炮的。这也是他后来不在公共场合喝酒的主要原因之一——喝完之后，他就很讨厌自己。他父亲也喝酒，可是方式完全不同。他每天晚上都会偷偷地在他书房里喝上两杯威士忌酸酒。第一杯是为了他的关节炎，第二杯是为了能更加审慎地检查自己的财务和生活状况。而诺姆喝酒只是为了买醉。

"看到街上建起来的那家赌场，你肯定很兴奋吧？""化粪土为电力"问道。

"我一点也不喜欢那个，不过呢，我也从来没有诅咒过它。如果我是他们的话，我会努力让它离我们更近，然后再偶尔去玩个几次。"诺姆说道。接着他一字不漏地借用维尼·卢梭的豪言壮语："要是让我说的话，所有这些自以为是、反对赌博的改革运动，都带有种族主义的色彩！"

有人表示不同意，但也有更多的人点头表示赞许。"绝对正确。"一位身材苗条、有着浅黑色头发和皮肤的女子低声说道，亮晶晶的汗水顺着她的脖子窝流了下来，"某些人终于有勇气大声说出自己的想法了。"

诺姆感觉这个人说话的口气，好像是传达神谕的女祭司。终于，透过身边这堆观众，他看见了正在人群中绕着圈子，用热情、亲密的语气和专注的表情，挑起周围男人亢奋的苏菲·温斯洛——他曾经希望她能把这种对待男人的方式特别预留给自己。于是，他回头看着这位黑发女子，而她也还在继续朝他的方向点头，刹那间，他有种错觉，觉得苏菲配他太老了。第四杯皇冠喝下去的时候，好像在喝苹果汁。

之后的事情他还记得，有一位他不认识的年轻女士，在众人的哈哈大笑声中，昂首阔步地走进酒吧，胸口还绑着一个类似炸弹之类的东西。"你们都给人体炸弹让条道！"她喊道。等她走近了，诺姆才看清楚，原来她胸口上绑着的只是一块电脑电路板，手里拿的是陪乐多橡皮泥一类的东西。她想发表一篇醉后演说，可又不停地把

"恐怖分子"说成"可怖分子",这让包括她自己在内的所有人都笑得直不起腰来。

"对了,你家儿子抓的那位太空针塔爆炸犯后来怎么样了?"查斯趁大家笑完之后赶紧不怕死地问了一句,语气里有报复的得意,"后来就没有再听说过关于他的消息了嘛。"

诺姆张了张嘴,却不知道该说什么好,因为话题现在被转到了布兰登的身上了。还没有等他想到什么敷衍的话来搪塞一下,就被苏菲那不停闪烁的摄像机吓了一跳,她正在拍摄诺姆身后的镜子,镜子里是他那被太阳烤黑的脑袋,还有那些被他的突然停顿惹得焦急万分的粉红色脸庞,他们正伸长脖子等着听诺姆·范德库尔放出另一句惊人之语呢。刹那间,整个屋子像是变成了一艘漂在温柔的海上航行的小船,开始轻轻地、愉悦地向两边倾斜。

32

布兰登徒手拢起一堆桤树叶子，结结实实地抱在怀里，走到一个俯瞰山谷的山脊顶上，把它们抛了下去。他看着它们乘风远去——还是那股早上把大雾吹散的南风——最干燥、最大的叶子飞得最远。他又抱起一堆树枝如法炮制了一番，接着又换成树叶，一遍又一遍地把它们向山谷抛洒。间或有几个画面以不同的角度在他的脑海中定格。

他又给玛德琳打了一个电话，想和她说公园里的那次失败行动。她没有接，但是后来又给他回了一个电话。他兴奋不已，所以直到她挂了电话，才意识到原来她刚刚说的都是些伤人的话。"不要再打电话给我了，"她用虚弱的声音发着牢骚，"我又不是你的女朋友，知道吗？我们甚至连朋友都不是。"她的声音听着很嘶哑，似乎从很遥远的地方传来的一样，电话好像从她的嘴边滑了下来，"你必须离我远一点。"

他误解什么了吗？她的笑声不也是很真实的吗？难道她没有伸出手来，把手放在他的手上吗？可是，他越想他们吃的那顿午餐，就越觉得唱歌的事情很愚蠢。他在想什么呢？"我们甚至连朋友都不算。"她的话像肿瘤一样把他的内脏掏空了。如果他连玛德琳·卢梭都不懂，那他还指望自己能了解谁呢？

他在努克萨克河的上游找到了一片平静的水面，就蹚着河水走了下去，直到水快淹没靴子才停了下来，然后站在那里，用一根粗粗的棍子一遍又一遍地击打着光滑的水面，被激起的水花形成了一个又一个朦朦胧胧的彩虹。他不停地打着，直到两脚麻木、双肩酸痛、满脑子不再想玛德琳或者那些死去的奶牛才停了下来。

他转身回到河边，在地上挑拣各种颜色的枫叶，并用嘴巴把相同颜色的叶子的背面舔一下，在把它们粘在一起，最后做成了一个长二点五米、宽一米，颜色从红到黄依次变淡的厚被子。他找到好几堆橘黄色的白桦树叶，并把一百片树叶的叶柄纵向串起来，再把其中的一端系在陡峭的河岸处，把剩下的部分打开扔到河岸下面的旋涡里，形成了一块窄窄的橘黄色瀑布。可没过多久，瀑布就断了，什么也不是了。他又四处寻觅起来，想找到更多被太阳光晒褪色的黄色枫树叶，做一个更大的瀑布——清澈的河水犹如一面晃动的镜子，在它的放大下，黄色变得更加明艳动人了。

季节的转换总会让他十分沮丧。虽然现在，他知道整个过程发生了什么事情，可是仍然会因为自己眨了一下眼睛错失了某些关键的细节而无法释怀。就像他经常听人说的，家燕要成群结队飞到南方过冬，可从来没有亲眼目睹过它们大规模迁徙。而这回，他很可能再一次错过了。

他四处找了一些相对平坦的石块，试着在浅滩里堆砌一个圆锥体，可每次堆到一半就倒了。他看着上游的河水中那些像水榭一般巨大的石头，母亲曾经告诉他，这些石头是那些足足有一点五公里厚的浮冰融化之后留下来的。就像雪人融化后，身上的胡萝卜和焦炭会掉下来一样，这些巨石也是这样随机散落到地面上的。他把几块大小不一的石头——有脑袋那么大的，也有更大一点的——盖上湿漉漉的树叶，像包在纸巾里的巨型复活节彩蛋一样。接着他猛地一下脱掉上衣，把绵白杨的叶子粘在自己那湿漉漉的上身和脸上，最后，他屁股以上的部位除了树叶之外什么也看不见了。

"你为什么要这么做？"

布兰登吓了一跳，猛地抬起头。这才想起来苏菲一直跟着他，而且一直坐在河岸上，静静地拿着摄像机拍摄着。

"你说什么？"

"你做这些事情有什么特别的意义吗？"

他没有停下来，又开始给另外一块石头盖红色的枫叶："做这个让我很放松。而且，我越了解大地，就越感觉有什么事情要发生。是这样吗？不。又或者是这样？还是不对——"

"你能看见别人看不见的东西，是吗？"

"我怎么知道呢？"

"我觉得你知道。"

"真实的情况远比大家所知道的复杂。"

"谁告诉你的？"

布兰登皱了皱眉头，抬头四处看了看："这儿除了你和我，还有谁吗？"说完还没有等她问下一个问题，就又转身看向河面。这会儿已经对石头没什么兴趣了，不管怎么仔细找，他还是找不到足够平坦，能让他盖一个圆锥体的石头。他又试着盖了一次，可是眼看就要成功了，还是塌了，他只好沿河而下，想找一些更加平坦的石头。当那只黄眉林莺用它那高亢嘹亮的独唱打断他的注意力时，他已经尝试八次了。这才发现，天已经快黑了，而他的手早已疼痛不已，全身都冷得发抖，肚子也在咕咕叫。苏菲什么时候走的？

他把车里的暖风调到最高，开车沿着林登市区四处寻觅，想找一些吃的和一个浴室，可转了半天什么都没找到，这才想起今天是周日，所有的店铺都不开门。他只好继续向前开，路上看到了风车、一家老的理发店、邮局、红白蓝相间的旗帜，以及前沿街两边那庄重肃穆的榆木——那些靠近街道阴面的树叶已经开始变黄了。

到家的时候，他看见母亲正盯着餐桌上那一堆照片看。所有照片上都有她的影子：沙滩上骑在她爸爸肩膀上照的；高中毕业时照的；结婚时照的；在花园里微笑时照的；和诺姆在结婚三十周年纪念日上跳慢舞时照的。"我只想做一直以来的那个自己，"她说，"没有想过要变漂亮。我只想做我自己。"

"你还是你。"布兰登一边说，一边用一只湿漉漉的胳膊搂着她的肩膀，这足以让她扭过头来，让他在她做饭的空当先去洗个澡。

他狼吞虎咽地把几个肉块啃得只剩下骨头、消灭掉一整碗红皮马铃薯，又喝了一夸脱生牛奶，这才停下来告诉母亲，树叶在水下是什么样子的，说他越向河的上游走，就越能看见秋天的影子。他也不知道她有没有在听，只是听着她的呼吸声，并抬头瞥了一眼她那跷起的二郎腿，脚上的拖鞋正轻轻地上下摆着，频率和她的心跳保持一致。

"我知道那个测试被我搞砸了。"她说道。

"没有，你没有。"

"有，布兰登，我有。"

"那是因为你太紧张。"

停了还一会儿，只听见她说道："猫的每一只耳朵有二十块肌肉。"

"是的，"他答道，"鲨鱼比大树的寿命要长。"

苏菲接到维尼发来的两条紧急信息后，立即赶了回来了，因为他说一定要见到她。所以她就架好摄像机，然后打电话叫他过来喝一杯。

他看着比平时更加狂躁，两只眼睛也更加通红，一进门就手舞足蹈地说着一些让人听不懂的话，最后才告诉她，自己被风筝电到的事情。"当时，我感觉整个世界都变成了一个点，一点也不疼。真的。"

"你简直太疯狂了。"

"不是的，我只是更接近了。"

"更接近死亡？"

"更接近那些有意义的事情！苏，你知道什么是天才吧？这种感觉就像是意义重大的创造力给你带来的震颤，它能让你惊讶，也能使你感动，甚至能让你振奋。有多少人能听懂格伦·古尔德，能真正听懂他而不被感动？他开始识字之前，就已经能读懂音乐了。还有科尔特兰，他每天花十几小时写音阶，除此以外什么都不做。什么都不做啊，苏菲。还有爱因斯坦！那个改变我们对时间看法的怪人！别说话！去感受它！改变我们对时间的看法啊。还有富兰克林！他可能比他之后的十个伟人加起来都要聪明。这些人都会兴奋到难以入睡。听听这个。"说完拿出一张打印的纸，盯着它看了两秒钟，然后把它放到一边。"马克斯·佩鲁茨。"他说道。

苏菲面对着摄像机耸了耸肩。

"马克斯·佩鲁茨，奥地利人，一九六二年因为发现血红蛋白结构而获得诺贝尔奖。佩——鲁——茨。听听这个，我昨天晚上才看见的，这个滑稽的天才因为没有整理出更具有总结性的报告，而在得奖致辞当中道歉了。"他闭上眼睛，模仿着很糟糕的奥地利口音、凭着记忆背诵这一段话，"'请原谅我，在这样一个伟大的场合，给大家呈现了一份结果并不完整的发现。可是，完全准备的知识就像耀眼的太阳一样，那种光芒是十分无趣的，我们更容易因为暮色和期待黎明而雀跃不已。'"他抬起头，眼睛因为兴奋而过分睁大，"苏，这就是我想要的，我想要暮色的雀跃。即使这是我间接借助别人而感受到的！对黎明的期待！"他说完便腾地站了起来，双手触碰着天花板。

"坐下来。"

"什么？"

"坐。"

"哪里？"

"就坐这里。"

等他坐下之后，她打开电视，开始播放视频。

"这到底是——"

"光看，别说话。"

"哦，请告诉我，这不是布兰登。拜托。哦，我可爱的上帝啊。"

"嘘。你就只管看，顺便跟我说说玛德琳的近况。"

33

　　他们正在等直升飞机前来接应。她站在一旁，看着托比喘着粗气在草地上缓慢地做着俯卧撑，旁边就是他那辆黑斑羚汽车。

　　刚才，就在他们沿着这条别人砍伐树木开辟出来的道路颠簸，来到这儿时，她发现到处都是散落的落叶和猎枪留下的子弹壳。托比告诉她，他们一天之内要赶两班飞机。边境巡逻队在一夜之间就变得不再被人信任，只能忙于改变糟糕的公众形象。而这时，托比开始让每一个人加班，让他们尽可能收获和偷运更多的大麻。保藏处理次数减少了一半。种植者和修剪大麻的工人也要身兼走私工作。现在，海上有五条船在运作，地面员工也将每天的走私量增加了三倍。可是说起运货，什么都比不上直升飞机，因为只有它们才能将积压数日的不列颠哥伦比亚大麻成品，源源不断地运往西雅图的市场，甚至送到波特兰、旧金山和洛杉矶。

　　她还是摸不透托比的想法，他到底是在教导她，还是在向她献殷勤，抑或不过是想拴住她？她没有发现过他的生活中出现其他女孩，不过她也丧失了和他说话的能力，对他也从一开始的喜欢变成了后来的容忍。现在，她最害怕的就是他那反复无常的情感和对她奴隶般的控制。比如说，他甚至告诉她今天必须得穿哪一件衬衣。

　　她真的很后悔，不该把那次午饭时布兰登说的话全都告诉他。托比已经疯狂了，天天在调查谁是内奸。当时听完消息，他就立刻开除了三个人——一个是修剪大麻植株的、一个是走私者、还有一个是种植者——甚至连一句解释都没有。而这一切只是个开始。随后，他开始盘问每一个人，甚至连费舍尔也没有放过。她当时以为，既然她的身份曝光了，那么照片或许能帮她摆脱他。可他并不这么想，她反而成了唯一一个他确定不会拍这些照片的人。可是，这也没能阻止他继续一遍又一遍地拷问她，让她说出布兰登的事情。

那次午饭之后，布兰登给她发了好几条信息。他还想约她出去吃晚饭，和她多谈谈工作，还想给她看他刚养的狗。他的最后一通电话从头到尾都说得语无伦次："不是我想对你说废话，我的朋友，可是你真的比别人好很多。"她模模糊糊记得，自己醉醺醺地把他训斥了一通。从那之后，他再也没有给她打过电话。但真正让她不安的是，他已经被托比狠狠地盯上了。

他还在继续撑着他那颤抖的胳膊，身上挂满了亮晶晶的汗珠，这让她不禁想起了肉类冷藏库里那些刮了毛的、没有头的猪。直到天上传来直升飞机那呼呼的声音，他才站了起来，脸都憋紫了。"转身！"他说道，可是太迟了，她的眼睛和鼻子还是没能从滚滚的沙尘中幸免。

他砰的一声打开黑斑羚的后备厢，迅速拿了两个黑色曲棍球袋跑到直升飞机前，这时她注意到，飞机的牌照被胶带给封上了。他又来回跑了三次，这才把所有的货都装上了飞机，然后还没有等玛德琳扣上后座的安全带，他们就起飞了。"九十七秒！"托比喊道，黑斑羚车渐渐地在他们身下变小了。

她没办法盯着近在咫尺、一闪而过的一片片绿色看，实在令人头晕。"我们是不是飞得太低了？"她的两只眼睛都快被沙子给迷花了，可是一闭上眼吧，胃里就一阵翻滚。她试着盯着那片宁静的蔚蓝色的海洋看，可这让她更晕了。看着贝克山的景色也无法让她放松下来，因为半山腰以下的积雪全都化了，重新渗透到了土壤里，所以它今天看着像是没穿裤子一样。

"欢迎来到美国！"飞行员喊道，同时还斜着眼睛盯着她的大腿看了很长时间，长得足以让她能透过他脸上的护目镜看到那只布满血丝的眼球，以及长在脸颊和鼻孔中间橡皮擦般大小的痣。

托比对她大声说着什么。他们正以一百九十公里的时速朝东南边七十公里以外的华盛顿州飞去，他们要按照全球定位系统上显示的坐标将货放下去，这些都是事先和接货人说好的。她从来没有看到他这么兴奋过。"我们现在只有在阳光灿烂的周末，不会起飞。"他喊道，"因为会被那些徒步旅行者和公园管理人员发现的。"

直升飞机在绿色峡谷里忽高忽低地飞着。"我们是不是飞得太低了？"她再一次问道，这一次喊得更大声了。

托比转过脸，朝她咧嘴一笑："只有飞低一点才能够避开雷达。你看看，在这种高度，雷达上是不会显示出我们的。我们不存在。"

我们不存在？她别过头去，不想看他的笑脸。

十五分钟之后，他伸出一根手指，指着下面的一块绿色的开垦地，那块地比游艇停泊的港口大不了多少。飞机围绕着这块地飞了两圈，想看看接货的人有没有跟过来，然后又陡然降了下去，这让她的胃里又是一阵翻滚。她母亲走得特别突然——她也不知道为什么会突然想到这个，而且这居然会让她感到宽慰。谁会想连说一句再见的机会都没有，就离开人世呢？

原本水平飞行的直升飞机突然来了一个紧急转弯，再减速，然后在空中稳住，最后停在一片出奇宽阔和平坦的地上。离这块地十二米远的地方，停着一辆带黑色敞篷盖的绿色丰田。

托比一边向地上扔袋子，一边叮嘱她坐稳了。那个司机看起来很冷静，也很体面，就像一位正在跟别人炫耀房产的中介一样。那个不知名的飞行员一边不停地咂着嘴唇酝酿更多的唾液，一边死盯着她的大腿。

为什么她会被卷入这种事情中来？

托比扔完袋子就转身爬进了飞机，脸上笑得好不得意，兴奋得满面红光，然后屁股一拍就坐在了她的旁边。他一进来，飞机里又充满了夹杂着薄荷味的狐臭。等他坐好，飞机再次起飞，盘旋了一圈之后，又重新向峡谷飞去。玛德琳一直等到它飞行平稳后才把眼睛睁开。托比那强壮的身体又向她身上靠了过来，一直把她的安全带挤到她的盆骨处，然后半强迫地用他的嘴巴堵住了她的。她没有回吻，可这样也并不能让他的双手停下来不再摩挲她的大腿。

她一时间也不知道说什么好，但没过多久，她突然大声喊道："住手！"声音大得把自己也吓了一跳。她感觉直升飞机向下坠了一下，并听见飞行员也喊了一句。托比很快坐了回去，嘴里噼里啪啦地说着什么。在道歉吗？还是在抱怨？而此时此刻，玛德琳心里只剩下对他的厌恶，所以也不知他在说些什么。"我不干了！"她平息下来之后，就立即宣布道。

他点了点头："我们下个月再谈这个问题。"声音虽然很轻柔，可是眼睛并没有看着她，"而现在，你不能这样对我。"

34

　　无线电响个不停，一个任务刚刚过去，另一个就紧跟着传了过来。边境摄像头调度员在哈默路附近的田野里发现了一个汽车餐厅旅行车，在琼斯街看到三个背着粗呢包奔跑的人。当地人也打来电话，说在弗洛贝格路与和平路看见了可疑汽车。刚刚他们还传来一个消息，说福克斯豪斯特上行驶的一辆汽车原本载着两个人，结果出来时只有一个人。因为布兰登当时距离这条南北走向的路最近，所以他就加速追了上去。

　　他主动要求负责墓地附近的夜班，觉得只有这样才能安稳地过完八小时，不用面对假笑、别人的瞩目或者任何关于公园的"炸弹恐慌误报案件"的挖苦提问。他已经累了，不想再去读别人的心思，也不想和任何人说话——除了玛德琳和他妈妈。记忆诊所给他妈妈来了电话，说她的测试得分比较低，但是又说这个结果不排除受到紧张情绪影响所致。所以他们想让她再去做一个测试。虽然母亲非常高兴能获得第二次机会，可布兰登觉得自己的世界已经渐渐失去希望了。

　　他先沿着福克斯豪斯特街向边界线驶去，然后拐进了通往大沼泽的土路。下一段路没法开车，他只好下车步行。他戴着夜视镜，在树林和天空中搜索起来，想看看有没有生命痕迹。然后用无线电向调度员报告，说他在通往树林的方向发现大量的足迹，可是无法根据这些来判断他们的年龄。这招来了无线电里不满的嘟囔声，说鉴于最近山谷里发生了这么多事情，该不会这次追踪的是一位沼泽幽灵吧。

这个沼泽根本不能算作一个走私路径，因为没有路可以让人穿过或者绕过它。尽管在面积上，它比县里的大多数湖都要大，可并没什么大不了的。所以人们连名字都懒得给它取——虽然布兰登一直把它当成寻找沼泽鹬鹈和弗吉尼亚秧鸡的最佳场所。

他一头扎进潮湿的森林里，朝着边境方向走去，在夜视镜下，所有的足迹、轨迹或者任何非冷血的生命形式都会呈现出白色。脚下的靴子"咔嚓咔嚓"作响，让他很难听到任何其他声音，所以他只好走几步停一下，站住聆听一会儿，再继续向前走。中间有一次歇息的时候，他听到远处传来一只大角鸮尖锐且嘹亮的叫声，他费了很大的劲，才克制住和它对叫的冲动。

他专门挑树木和灌木长得横七竖八的地方走，对他而言这才是一条便捷的通道，因为地上的树根有足够的弹力，甚至可以帮他慢跑。一只大蓝鹭忽然嘎嘎叫了起来，惊起了一群绿头鸭，他赶紧站住不动，抬头把天空扫视了一遍，可是什么也没有看见。这叫声听着很近，可它们离他的距离很远。也有可能是被夜鹰或者猫头鹰什么的从巢里赶出来了吧，或者是被他的跑步声吓到了。不管怎样，他没有停留，继续大踏步向着那堆嘎嘎声走去，直到眼前出现了那个宽阔的沼泽地，他这才停下脚步，蹲下来在水面和天上搜索着。他看了看水面，想查查有什么动静，这次是缓慢且仔细地将水面彻底查看了一遍。或许是浣熊或者凶残的鲈鱼把这些鸟儿给吓着了吧，平时这也是有可能的，可是他从来没有在这片大粪水里看到过任何鱼啊。他正准备下水去检查一遍时，恰好看到前面有什么东西在移动。通过夜视镜，可以看见那发热的核心部分的位置。是海狸吗？或者是其他动物？——不像，这个体积太大了。就在这时，更多鸭子开始疯狂地扑腾起来，他赶紧摘下夜视镜，用手电筒朝那边一照，在电筒的强光下，看见一个体形庞大的男人蜷缩在稀泥里，只能看见屁股以上的部位和他那泥泞的后背。

那个男人似乎穿着军用的工作服，里面是一件把半个脑袋都紧裹着的潜水衣，背上捆着一个巨大的氯丁橡胶管，看起来好像一个蛙人。

"边境巡逻队！"布兰登喊道。

男人一头扎进了沼泽里。就在这个时候，零号公路上出现一辆车，它慢慢地行驶着，熄灭车头灯，然后滑了过去。那个男人还有不到三十米就能到公路上了，所以他拼命向前冲着。如果布兰登不能在他游到那里之前抓住他，那他不仅能够逃脱，而且还可以站在边界线那边取笑他。迪昂之前就碰到过这种事情，而且直到现在还耿耿于怀。

此时的布兰登在水里吃力地走着，正和那个人呈四十五度斜角向浅水的岸边走去，他一到岸边，立即狂奔了起来，他还差十五米就要到边境了，布兰登赶紧把手电别在身上，直直地朝那个男人扑了过去，在齐小腿深的水里拼命地跑着。水里有一根原木，他纵身跳了过去。可是计算错误，因为脚下一滑，他只站稳了一半的身子，于是砰的一声跌进水里，而且还是胸部先落水。他赶紧站了起来，扑腾着继续跑去。眼看就要抓到了，那个气喘吁吁的男人把手伸进了身后的背包里。就在这时，布兰登像个大熊似的一下子把他抱住了，而那辆在零号大道上等待的卡车则在此刻呼啦一下，冲出去，眨眼之间就跑到了六米开外。他们两人就这样在水里僵持了好一会儿，可是这个男人好像已经喘不过气了，布兰登觉得自己这样抱住他好像是在救他一样。布兰登拉着他——几乎是拽着的——把他带到了硬实点的地面上去，啪的一下给他拷上了手铐，并让他的身子顶在一根树桩前。

此时此刻，即使布兰登手里拿着电筒，也很难看清楚这个男人的模样，因为他的脸上涂得绿一块、黑一块的，眼睛使劲地睁着，胡子很长，嘴巴好像一个吵闹的漏斗一样叽里咕噜地说个不停。布兰登一边听他气喘吁吁地说着什么，一边检查他的背包。不知道包的顶上原来放着什么，现在不见了，可是在一个主要的袋子里，他搜到了一包包用塑料纸裹着的像砖块一样的钱，那堆钱下面还有两个裹了两层纸的包——后来他才慢慢意识到，那竟然是手枪。

35

看见三个年轻的挖掘工人躺在她那张破破烂烂的沙发上，玛德琳仿佛被人定住了一样——她的一万四千美元就藏在那张沙发下啊。他们脚下的地板上，汉堡包装纸、袋子、还有必胜客的盒子扔得到处都是，好像在埋地雷一样。旁边的咖啡桌上凌乱地堆满了各种沾着油渍的杂志和一些没有开封的邮件。为什么她的卧室门是完全敞开的，或者说为什么门开得那么大，可以让他们直接看到一切，甚至不用在她的牛仔裤、胸罩和毛巾下再探索一番？她的床看起来好像刚被人洗劫过一样。她刚刚睡过去了吗？她隐约记得一些对话的片段，可那是和谁说的呢？

不知是什么时候又多了一个人，四个人一起正抽着一根大麻，一个个兴奋地高声大语，就像是吸了氦气的小孩子一样。这几个人躺在沙发里，好像刚刚一起经历过一场沙尘暴。她又仔细看了一眼，这一次发现了一个熟悉的身影——"疯子"——这个人恰恰是她无法忍受的。坐在脚凳上那个稍微干净并且年纪稍长的家伙看着也很眼熟——是杜瓦尔。就在他上身前倾，准备给烟管装上一袋烟的时候，露出了藏在他上衣口袋、看着像非洲梳子一样的枪柄。

现在到底几点了呢？

差不多两个月前她刚搬过来的时候，从来没有看见过任何一个挖掘工人。本就应该如此。他们本来就应该从后门进来挖洞，有自己的独立厕所，都不应该进来喝水的。托比说他们正在挖一个地下种植场，而且这个种植场的面积是有鸭子"警报器"那个的两倍。他答应过她，说只要地下室挖好准备种大麻，就赶紧帮她搬家。而且，他还叫她不要靠近谷仓，说她知道的越少，人们就越相信她是清白无辜的。如果有人问起，她可以这么说："我只不过是想租一间离生病的父亲近一点的房子，房东在谷仓里做什么，我完全不知道。"

可是，托比越是不来这里，他定下的规则就越无人遵守。而且，自从上次直升飞机上的不愉快之后，他再也没来过这里过夜了。不仅如此，从那以后他都几乎没有再碰过她，还经常因为笨手笨脚不小心碰到她而道歉。可是，他给她安排的工作越来越多了。她知道，除非他让自己退出，否则这一切是不会结束的。

挖掘工们不停地在房间里进进出出，好像她是专门给建筑工人提供中途休息站一样。刚开始时还挺有趣的，因为不论何时都可以找到人玩——虽然对象不断地换来换去。直到其中一个人侧身转过来，她才注意到另一只沉甸甸的枪和空洞的枪口。

"大家都知道，七十年代的时候，中央情报局在老挝有一个实验室专门提炼海洛因。"杜瓦尔开口道，好像在回答某个问题一样，"然后，到了八十年代，大家都知道他们通过诺列加①利用枪支和反抗军交换可可。你们还记得吗？到了九十年代，众所周知，中央情报局又提供骆驼，用它们沿着阿富汗和巴基斯坦的边境往实验室运输鸦片。所以啊，美国如果知道自己将失去对世界的主宰权的话，它为什么要允许大麻合法化呢？"

---

① Noriega（1934— ），前巴拿马军事强人，1983年8月至1990年1月3日之间是巴拿马的实际领导人。1989年12月20日美军出兵巴拿马，诺列加被迫到美国受审，并被判处145年徒刑。2007年9月9日被美国政府释放。

"但是，这些和大麻有什么关系呢？"其中一个满身灰尘的人问道，"我是说，你知道的——"

"一切都是从大麻开始的，"杜瓦尔解释道，"一切。"

"阿门，""疯子"说道，"她惹大麻烦了。"

玛德琳的眼皮跳了一下。除了她，他们还能在说谁呢？

"他要么得把她从这里弄走，要么……"

他后面说了什么，玛德琳没有听见，但听到杜瓦尔又补充了一句："哦，她来这里可不是吃闲饭的。"

等她猛地睁开眼睛的时候，托比已经一阵风似的从前门闯了进来，旁边还跟着费舍尔。"我们走，"费舍尔对挖掘工说道，而托比则在厨房四处翻找，好不容易找到一个干净的杯子。"开慢点，"他伸出一只手，把他们赶了出去，"不要靠近零号大道。"

很快，这几个泥土人儿就不见了，似乎都想趁托比洗杯子的空当赶紧溜走。洗完杯子，他打开两扇窗户，然后站在她面前，像在品尝杜松子酒那样小口地喝着水："告诉过你不要在这里开派对的，难道我没有说过吗？房子里永远不能出现任何大麻。我发誓我绝对说过这句话。"他转向费舍尔，然后又看着她，"难道是我记错了？"

"这个你应该比我清楚。"

他瞪着她，然后又走进她的卧室，一边喝水，一边打开门看着地上待洗的衣服："你最好现在开始好好照顾你自己。"

"否则呢？"她反问道，一想到那些工人说的话，就觉得胆战心惊。她清了清嗓子，感觉自己快哭了，然后伸出那双布满老茧、伤痕累累的双手，说："还有谁会去帮你种那些该死的大麻？"

托比举起一只手，似乎准备扇她耳光，可是最后只说了一句："拜托你了。"

她的工资现在只有当初的一半。他告诉她这是因为美元贬值了，可是费舍尔告诉她，大部分原因是他被温哥华的警察敲了竹杠，而这更加坚定了托比找出内奸的决心。

"刚才有一只小鸟偷偷告诉了我一个消息。"他一边说一边像拳击运动员一样左右地摇晃着脑袋，"你那个大笨熊一样的青梅竹马玩伴——你也是这么形容他的吧——今天晚上又截获了一批大麻。想想吧。又是一大宗货啊。而且是很重要的一笔交易。"

　　"三十二万美元，"费舍尔补充一句，"十三——"

　　托比挑了一下眉毛，示意他不要多说，并仔细观察了她的表情："最近和他联系过吗？没有？哦，你或许可以问问他，到底是谁向他走漏的消息，因为那里既没有感应器，也没有摄像头——什么都没有！我们之前从来没有在那片沼泽丢过货。很明显，肯定有人向他泄密了，是吧？还是你又准备说这是那些呆头呆脑的鸭子泄的密？"说完他扭着脑袋、转着眼珠朝她逼了过来，"我不知道你还和蒙提约过会呢。挺凑巧的，不是吗？你那位笨拙的玩伴这次一脚踢到的走私贩，刚好是你曾经的约会对象！"

　　她瞟了一眼费舍尔，后者别过眼睛没敢看她，于是她又清了清嗓子。

　　"说不出话来了？"托比问道，"要不要我给你倒点水？"

　　"我已经很久没有和布兰登联系了，上次午餐的事情我已经全都告诉你了。"她含糊不清地说道——想说清楚谈何容易啊。

　　托比举起左手，做出一个射击的姿势，手指指着她的胸口："哦，如果正如你所说，既然你的朋友那么谦逊，那你为什么不直接问问他，他到底从哪里得到这些消息的？我相信，你应该很想帮我找出这个答案。"

　　"我还有几个问题要问你呢！"她粗声粗气地说道。

　　"洗耳恭听。"

　　"你不是一直坚持不用农药的吗？你的原则呢？"

　　他左眼下的青紫色皮肤抽搐了一下。而在他后方，费舍尔正一边摇头拍打空气，一边对着口型无声地说道："别在今晚说这些。"

　　"还有你那个不用武器的原则呢？"她没有理费舍尔，紧追不舍说道，"都哪儿去了？"

"让我知道布兰登是怎么说的！"托比死死地盯着她很长时间，之后甩下这句话，便猛地转身带着费舍尔出去了。

半小时后，她把身子靠着厨房的水槽上，听着电话里的留言。第一条是妮可的，提醒她不要忘了父亲的生日派对。她还好意思说！第二条是托儿所的海伦，问她是不是生病了。父亲也给她打电话了，"只是想看看你过得怎么样"——听得出他在尽力克制语气中的担忧。她透过窗户看着边境，克劳福德和莫法特家的灯都亮着呢。而在他们两家后面的范德库尔家门廊上的灯泡也亮着。地下室的灯也亮着吗？她向脸上泼了一点水，再把头发浸湿，然后刷了刷牙。打理完自己后，玛德琳走出了房门。

36

　　布兰登一边思索一边画着。刚开始想画一幅写实主义风格的，可画着画着，就成了一张绿色与黑色相间的脸庞、专横的眉毛、还有一撮长长的小胡子。最后，布兰登只好把它画成抽象画。一阵疯狂的创作灵感出乎意料地涌了上来，他赶紧马不停蹄地挥洒着画笔。

　　晚上的事情一幕又一幕地不停在脑海里闪现：野鸭那歇斯底里的叫声；走私者那起伏不定的喘息声；欣喜若狂的警长衣衫不整地闯进犯人候审室——穿着牛仔裤，脸上戴着他妻子的老花眼镜——绞尽脑汁要给走私贩取一个引人瞩目的别名，再三斟酌，终于敲定"沼泽人"这个名称。

　　外面传来一阵轻轻的敲门声，虽然很轻，可还是立刻惊动了那三只狗，里奥最先开始狂吠起来，随后玛吉也叫了起来，最后是克莱德那令人害怕的半咆哮声。这并非错误的警报，因为布兰登看见了站在玻璃门外面的玛德琳。她双脚交叉着站在那里，并把双手环抱在胸前，似乎在那里看着他有一会儿了。她看起来虽然疲惫不堪，可那千真万确是她！

　　他对着狗龇牙咧嘴地做了个鬼脸，让它们停下来，然后把门拉开："你没事吧？"

　　"我吗？"她一边说，一边看着他：他正赤着脚，光着膀子，身上的牛仔裤沾满了厚厚一层油彩，结实的上身到处都是绿色和黑色的颜料，眼睛里充满疑问。屋里混杂着各种气味，油彩的味道，脏衣服的酸臭味，湿漉漉的狗身上的腥臭味，还有地下室的霉味。从他身后传来一个单调的声音，"蓝色松鸡"，接下来是了一个空洞的声响，好似某人对着空啤酒瓶说话一样。

"你的头发有一半都湿了，"他说道，"你看起来……"

她蹲了下来，抚摸着那只摇着尾巴的杂种狗，脸上的笑变得不太自然："醉醺醺的？希望我没有触动任何感应器。"

"你从哪里穿过来的？"布兰登说完打了一个响指，几条狗立即蹲了下来。

她和他说了。他抿了抿嘴巴，然后摇了摇头。

那个单调的声音又开始说话了——"红胸五子雀"——紧接着是节奏均匀的嘟嘟声，和卡车倒车时发出的声音一样。

"我们现在听的是什么？"

"《普吉特湾飞鸟之歌》……"他说完向立体声走去，"我现在就把它关了。"

"听着吧。"她说道。

他开始说话，但又只是略带笑容地看着她，似乎想告诉她一件有趣的事情，可话到嘴边又不知道该怎么说了。

她随着他的目光看向其中一幅得意之作——她也不知道这幅画是已经完成了，还是正在画着。两只冰冷的眼睛下面是一撮熟悉的小胡子："哇！你这画的是什么？"

"是一个今天晚上在沼泽里发现的人。"

她止住了笑："你画的人都是你——"

"所有这些都是。"他用手在屋里指了一圈，"每发现一个就赶紧画下来。"

她第一次这么仔细地打量整个屋子：一张加长、加大尺码的床，没有床头板，也没有床尾隔板；床边堆着一摞书；一张与她肩膀同高的桌子和画架；几个装满了水的大罐子；三只狗蜷缩在按照大小排列的三张飞碟形的垫子上；每一块墙边都堆放着半打画布；房子中间吊着一盏灯，灯的阴影处挂着一只驼鹿的剪影。

"双冠鸬鹚"——耳边又传来那机械的声音，随后是一声刺耳的尖叫，好像把钉子从木头上拔出时发出的一样。

布兰登一边给她展示其他堆在浴室旁边的画布，一边叽里呱啦地说，他在哪里抓到了谁，他们说了或者做了什么事情。

"这太让人叹为观止了。"玛德琳说道，蹲在地上，屁股向他那边挪了挪。

"真的吗？"

"不仅仅是对你，对任何人都是。可是，既然你有能力把人物画得这么神似，那为什么又要把大部分人都画得那么奇怪呢？"

他犹豫了一下，说："我不想做一个摄像头。"

"布兰登，你今天晚上是怎么抓住那个家伙的？"他斜着眼睛看着她，她开始担心起来，难道他已经知道她的意图了吗？"我是说，是因为感应器被触动了，或是他被摄像头拍下来了？还是其他什么原因呢？"

"都不是。"

"有人出卖消息给你？某个房主？还是某个加拿大人？"

他再一次观察她的脸，似乎在努力破解一种他完全不明白的语言："不是的。"

"我只是在找猫头鹰。"他说道。

"猫头鹰？"她笑了起来，"这就是你去那边的原因？"

"对的。"她到底醉得有多厉害？她一句话没有说完就卡在那里，这样的她看着有一种柔若无骨的气质。而他也决定这一次连任何一个小小的肢体语言都不放过。

"所以没有任何人向你泄密或者其他的？"

"是那些苍鹭和野鸭，"他说道，"野鸭全被吓坏了。嘎嘎嘎地叫

296

个不停!"

她靠在一幅画上,上面似乎是几个举着手的孩子,皮肤的颜色让人有种恍惚的感觉,那姿势好像刚从一个看不见的蹦床上跳起来一样。她转到第二幅画上,然后又扭头看了看那两个蹦起来的孩子:那是一个体形巨大的男孩和一个瘦弱的黑头发女孩。"布兰登,你相信有天堂吗?"她突然感觉自己就快要放声大哭了。

"我相信轮回。"

她朝他露齿一笑,说:"那么,上辈子得做了什么事情,这辈子才会投胎成你呢?"

他顿了一下:"我怀疑我上辈子根本就不是人吧。"他说道,然后开始细数他感觉最亲近的动物——新泽西奶牛、雪鸮、澳大利亚牧羊犬、蓝苍鹭等——直到看见她皱起来的前额和飘忽不定的眼神时,才停了下来。音箱里传来西部云雀那焦虑的歌声,这让他十分后悔刚刚为什么没有把那盘CD关上。

"你为什么不停地打电话给我?"她问道,眼睛盯着另一幅惊人的油画,那是一群长着亚洲人脸孔的鸟儿,"难道你到现在为止还没有被我吓跑吗?"

"我喜欢你,玛蒂。"

"什么样的喜欢?"

"什么都喜欢。"

她再一次紧盯那些油画,特别注意了一下那副很小、却画着许多生动脸孔的画,里面的人都吃惊地张大嘴巴,似乎都挤在某个货车里面。她一回头,刚好看到他正歪嘴对自己笑着:"即使在我说过让你从我面前消失之后,你还是喜欢我吗?"

"我不应该在餐馆里唱那首《黑鸟》的,"他说道,"那真的很愚蠢。"

她真的觉得自己快要哭出来了:"不,那真的没关系。虽然是有点诡异,但也很甜蜜。布兰登,我想躺一会儿。"

她说完便在床上躺了下来，而他就这样瞪大双眼地看着她，看了很长时间。于是她又坐了起来，双手交叉放在臀部上，然后向上一拉，准备把上衣脱掉。

　　"我不擅长——"

　　"要我停下来吗？"她的手在半路上僵住了，衣服刚好脱到肚脐旁边那粉红色的胎记上。

　　"我擅长不——"①

　　"你很棒的。"

　　"我不认为——"

　　"不要吗？"

　　"玛蒂，我床上的表现很差劲。我是说，我——"

　　"你想在地板上？"

　　"不是的，只是——"

　　她脱掉衬衣，把它丢到地板上。

　　"狐色雀鹞。"立体声再次响起，然后是一声下流的口哨。

　　她帮他把裤子和内裤从那粗长的大腿和巨大的平足上脱了下来，布兰登尽量一动不动地躺在那里。不知是因为太害羞了，还是太害怕了，布兰登完全不敢看她下巴以下的位置。玛德琳咻咻地笑了起来。她爬了回来，靠在他的脑袋边上，伏在他的耳边低声说道："西蒙说你要吻我。"②

　　他模仿着她的每一个动作。她把嘴唇用力地覆在他的上面，吮吸着。他也用力地回吻着，但同时还得小心翼翼地不让自己的牙齿露出来。他想把这一切都烙印在脑里：头发上的烟熏味和嘴里的薄

------

① 布兰登在紧张之下又把话说反了，他想说的是："我不擅长——"

② 原文为"Simon says kiss me."其中"Simon says"是一个英国传统的儿童游戏，一般由3个或更多的人参加。其中一人充当"Simon"来发布命令，其他人必须按照命令做出相应动作。

荷香；弓形的脖子上起了一层薄薄的鸡皮疙瘩，让他想起了某种鸟儿；圆圆的下巴；椭圆形的鼻孔；半闭着的双眼露出的白色缝隙；右边的乳房像个可口的甜薯，左边的略小一些；两只乳房微微向外张着，好像在指着屋里的某件东西一样。

他慢慢地举起手，覆上她的左胸，向右边轻轻地揉搓着，心里惊讶于那滑腻的触感，竟是这般的舒服。这次再也不会突然出现什么壁架，也不用担心什么床头板、或者床边的桌子了。在这令人安心的缓慢动作之下，一切都是如此的飘飘欲仙。

十分钟过后——或许是二十分钟、三十分钟之后，正当他想着不能再继续了，否则会伤到她或是自己时，他绝不能错过任何一次细节的感受时——她突然之间，令他惊讶地趴在了他的上面。她几乎是从容不迫地半骑在他身上，让他感受不到一点点重量。原来做爱并不是令人尴尬的胳膊肘、膝盖和牙齿之间的战争啊，原来他只要让她来做所有的动作就好了啊。做爱是如此的简单啊！他看到她纤细的左胳膊肘附近有一颗痣，她把左手放到一边，撑着身体。他看着她渐渐融入其中，那种认真的样子让他想起小时候，有一次她想让他和丹尼相信自己能够用冥想移动物品，比如说打开音箱，那时的她就是这副认真的模样。声音！她的声音！是玛德琳·卢梭的声音！她那轻轻的呻吟让几只狗再次叫了起来，先是里奥，然后是玛吉，布兰登赶紧又打了个响指。她前倾着身子，轻声细语地在他耳边说，她想让他来动一小会儿。这次没有什么"西蒙说"了，只是一句轻轻的祈求，祈求他动一动——可他还是不知道该怎么办才好。最后，她气喘吁吁地告诉他该怎么动，他照做了。随后她全身发出的战栗让他想起那些古老的火箭，它们通常会一直颤抖下去，直到被撕裂成千亿个碎片，才会摆脱地球，砰的一声冲上天空，轻飘飘地遨游在蓝色的地球上。

"玛蒂？"他说道，他再也无法承受这种寂静，"你有没有感觉像在漂浮？"

"嗯——啊——"

"你还记不记得，上学的时候曾经看过那些旧的阿波罗号飞船视频，那个时候——"

"布兰登？"她的思绪在两件事情上跳来跳去，一边想着这是她有过的最正常也是最温柔的性爱，一边却感觉自己陷入了一个可耻的低潮。

"怎么了？"他答道。

"请你一定、一定要安静。"

他没有听出她声音里的蹊跷，也没有看见她那滚到耳边的眼泪。"宇航员。"他低声说道。

"安静！"

"只有一句话。你肯定会喜欢的。"

"好吧。"

"宇航员把脚印永远地留在了月亮上，"他低声说道，"因为再也没有风可以把它们吹散。"

37

　　苏菲听着托尼·帕特拉控诉媒体，说他们故意没有广泛报道"沼泽人"的案子，以及他缴获的十三支手枪和三十二万美元。可是，他们现在没有时间对这个大案子进行深度挖掘，因为中午之前，全国人民都在讨论《西雅图时报》上一个不相关的故事，它已经在全国引发了轩然大波。

　　今年夏天，因为一个"太空针瞭望塔爆炸犯"，政府加强了北部边境的安全维护，增加了数百万美元的投入，甚至让美加两国的关系变得紧张起来。不过，此人并非联邦探员最初怀疑的阿尔及利亚恐怖分子，而是住在西雅图郊区一处豪宅里，一对富有夫妇的叛逆儿子。

　　美国政府最初以为自己扣押的是沙里夫·哈桑·奥马尔，可事实上是二十六岁的迈克尔·T.罗塞利尼。他从小就生活在布罗德莫，那里是西雅图最富有的郊区之一。他的父亲是美国第一移动通讯公司的副总裁，母亲是微软的程序师。

　　四月八日当天，罗塞利尼在林登市附近因被警察追捕而撞车，后来就一直昏迷不醒。他昏睡的这二十三天让他的身份变成一个难解之谜，也因此被误解。警方的进一步搜索显示，他的后备厢里装有整箱的炸药，车门的夹板层里藏有一点四公斤的大麻。

报道里还称，罗塞利尼之前的朋友和合伙人称他为喜欢制造麻烦的反叛分子，说他喜欢大麻，从来没有过稳定的工作。他的一个朋友说："二十二岁的时候，他已经尝试过五种职业了。"他做过朋克摇滚乐手，喜欢读尼采，喜欢在废弃的石矿引爆自制的手工炸弹。就在最近，他还经常去西雅图的一家清真寺向穆斯林教徒表示支持，也为了惹怒他那对长老会教徒的父母。报纸上还放了三张照片，上面的罗塞利尼曾经是一位有着清澈眼神的高中毕业生，之后变成了一位衣衫褴褛的阿拉斯加船上水手，后来又成了一个满脸大胡子的科思科连锁店员工。不得不承认，遗传了母亲那种东印度人肤色的他，在这张照片里非常像沙里夫·哈桑·奥马尔。

不过，他这次的目标究竟是什么，这无从得知。在他车里发现的那张西雅图太空针塔地图只是一份旅游宣传册。从罗塞利尼那失去知觉的手指上取下来的指纹也没有多大用处，因为不管是他，还是奥马尔，从来都没有被抓过，指纹也没有记录。不过，所有这些谜团在他醒来之后就全被解开了。联邦调查局发表的公开评论中只提到他现在因为涉嫌藏匿毒品、炸药而被拘捕，说他可能还将面临其他指控，例如阴谋对美国发动战争。

罗塞利尼是否是一个骗子，或是一个盲目崇拜者，在这个问题上他的朋友意见不一，不过没有一个人认为他有能力伤害除他自己以外的任何人。

苏菲看着新闻铺天盖地袭来，没有人知道究竟该如何回应。每个人都是道听途说，最后连总统大人都抑制不住地笑了——当时有人问他，因为这一事件加拿大受尽了华盛顿特区的指责，可最后发现这个人竟然是一名美国居民，是不是觉得很讽刺。

苏菲收到好几份加拿大《麦克林斯》杂志的影印文件，都是关于那篇题为《美国禁毒和反恐的粗劣之战》的封面故事的。这篇文章还引用了不列颠哥伦比亚大学已退休教授维尼·卢梭的一句话："美国就是世界上最疑心重重、最喜欢恃强凌弱的国家。就我的观点来看，所谓的反恐，其实是美国人自己害怕自己罢了。这就是他们根据富兰克林·德拉诺·罗斯福的那句名言'我们要害怕的人……就是我们自己'，所想出来的新点子。"

38

    那种作为父亲，看见两个女儿同时出现在他的屋里的激动，很快就消失殆尽了。面对玛德琳的熊抱，妮可只是稍稍伸了伸前臂搂了她一下，于是，过去那种一触即发的紧张气氛立即冒了出来——以前这种气氛一般得过了好几小时才会出现。同时，妮可那人形模特儿般的丈夫也来了，脸上还挂着僵硬的微笑，那表情和某人第一次在救世军组织^①里给人盛汤时一样。而维尼的两个朋友，莱尼和洛克，从一开始就表现得有点勉强，一直待在厨房里吃东西，偶尔抬头瞟他一眼，看看是否错过了屋子里的暗流涌动。

    妮可一直主导着饭桌上的所有交谈，滔滔不绝地说着温哥华的街坊邻居重新修整房子的事情，好像害怕没有她的指引，话就谈不下去了一样。维尼极力忍着，才没有指出"住宅高级化"并非进步的同义词。他眨了眨眼睛，挤出一个微笑，又把玛蒂煮的咖喱蔬菜递给妮可和米切尔——洛克和莱尼对这菜可是赞不绝口——可他们两人却在里面挑挑拣拣。

    这些维尼都忍住了，可是有一点还是让他很生气——妮可居然

---

① 救世军是国际基督教慈善组织。1865年由威廉·布思创建，其目的是为伦敦的穷人提供食物和住处。1878年开始采用救世军之名，并以军队形式建立该组织，为全世界100多个国家提供广泛的社会服务。

没有提到《麦克林斯》杂志引用了他所说的话。要知道，自从那次退休派对之后，他就很少听到别人的赞美之词了，这让他不禁沉溺在这样的美梦当中——说不定最后他会因为解释了美国的自大虚伪而被世人铭记在心呢。谁知道？或许两国的关系会恶化到一触即发的地步，到那个时候，加拿大广播公司指不定会想到他，那些制片人可能会争先恐后地引用他这些见解独到的慷慨陈词，甚至还会追踪发现苏菲·温斯洛独家拍摄到的、他和美国国会议员那场精彩绝伦的激烈辩论呢。他前天晚上又通宵没睡，为以后的论文做笔记。他的笔记本身都是英勇无畏的点子，而且一个比一个更具有煽动性。人们应该会很喜欢听他的想法的。所以，这些东西何时出版，或者说出版与否，对他而言都无所谓。他们想听就好！所以他不停地写啊写，直到手里的大麻烟越来越短，他才感觉自己一下子从现代版的门肯①变成了一个一贫如洗的笨蛋。他第一次注意到，《麦克林斯》上面刊登的的评论并非和他的原话一字不差，突然觉得这不过是一种傲慢的下流手段罢了。

毫无疑问，这正是妮可心里所想的。他在心里告诉自己随他去吧，可他们怎么能连提都不提呢？他耐心等着那位人形模特儿嚼完嘴里的东西："米切尔，那个令人胆战心惊的加拿大恐怖分子，结果却是任性的美国人，你对这件事情是怎么看的？"

"哦，维尼，"他开始用那种不自然的男中音说着，"我们自身也的确存在问题，我们的庇护政策的确是世界上最慷慨也是最愚蠢的。不管事情结果如何，这个事实也是无法改变的。"

"这就是你的想法？"维尼竭力控制住自己的音调，"不管怎么

---

① Mencken（1880—1956），美国著名辩论家、幽默的新闻记者和评论家。他是美国20世纪20年代最有影响力的文学评论家，常常用评论来嘲笑国家、社会的文化弱点。

样，错的都是我们加拿大？”

“维尼，我想我们只是看这个问题的角度不一样罢了。我们不用事事都坚持同一个观点，你说是吗？”

维尼看到妮可正盯着自己，于是只好抿了下嘴巴。

莱尼赶紧把话题转到了零号大道的房地产和疯涨的价格上：“连拖车场地都比三年前涨了一倍。”

“好位置，好地点，好场所，”妮可反复强调道，“如果你是做毒品走私生意的，那最佳位置应该是在哪儿呢？”她说完后瞟了一眼妹妹，然后又继续和大家宣传外国指数基金的好处，暗示维尼迫切需要对他手里所剩不多的钱做个聪明的处理。

那样你就可以赚钱了？他很想问一句。

“维尼，我觉得这一点，她说的还是比较对的，”米切尔赞许地加了一句，“你可能真的需要一些关于这些方面的指导性意见，虽然这不是你的主要兴趣或者专业领域。”

钱财对于维尼来说从来都不是最重要的，即便到死也是如此。“或许我会考虑找个人帮我的。”他从牙缝里挤出一句。

“哦，我就是经纪人啊。”妮可脱口而出，转动着眼珠子，“亲爱的爸爸啊！你的女儿可是孔科尔—布雷德福证券公司的经纪人呢。”

玛德琳朝莱尼笑了一下，说道：“欢迎参观我们的家庭动态学。如果你在这里待的时间足够长，你或许会发现我姐姐从来不为自己的建议感到害臊。”

妮可放下叉子：“是的，拉里，在这里多待一会儿你就会发现，原来我的妹妹是一个毒贩子。”

“是莱尼。”玛德琳更正道。

“什么？”妮可厉声说道。

“另外，仅供参考，我不贩毒。但是我宁愿去贩毒，也不愿意接受任何你逼我做的事。”

“你到底知不知道——”

"闭嘴，"维尼斥责道，"你们两个都给我闭嘴。"

"这可是个生日派对啊。"洛克面带微笑地插了一句。

妮可使劲地切着一块鸡胸肉，直到那块肉薄得不能再切为止。"你难道一点都不好奇吗？她怎么会有钱租那套达曼特的房子？"她向维尼问道，"你难道一点点都不觉得奇怪？还有，她为什么想要住在那里？"

"想住得离她的老父亲更近一点？"他的眼睛在两个女儿身上跳来跳去，她们两个人的脸上都有他妻子的影子，"并且拥有更大的空间？"

"爸爸，你就继续吸你那个大麻吧。她那辆尼桑车是从哪儿来的？她这样一个没工作的人居然能开得起这么好的车子。啊？哦，对不起，你还不知道她从托儿所辞职了，是吧？"

"哦，这倒提醒我了，"维尼说道，"你到底养了几个孩子？"

"这就是你的回应吗？"她扯了扯衬衣上面的领子，"一位医生和一位经纪人的工作实在是太忙了，他们没有时间去给这个地球添丁。当然了，一周工作六十四小时的生活是你根本无法想象得到的。"

维尼看了看莱尼："谁会想到我的一个女儿居然过着美国梦①的生活？"

"爸爸，你已经说过几百遍了，这一点也不好笑！"

"一个经纪人和一个麻醉师。"他眼睛盯着自己盘中的食物说道。

"什么？"

---

① 美国梦是一种相信只要在美国经过努力不懈的奋斗便能获致更好生活的理想，即人们必须通过自己的工作勤奋、勇气、创意和决心迈向繁荣，而非依赖于特定的社会阶级和背景获得成功。

"也就是你常说的医生。"他又咕咚一声喝下一大口酒。

"爸爸,这太没有礼貌了。"

维尼再也忍不住了:"我猜如果你需要把一只狗放倒的话,他倒是可以过去帮个忙。不对,等一等,对啊,你们两个根本没有时间养狗。"

妮可猛地一下站直了身子,身后的椅子砰的一声倒了:"爸爸,慢慢欣赏你的礼物吧!"接着又对玛德琳说道,"你要是坐牢了或者进了戒毒所,可别指望我去看你。"

玛德琳夸张地呼了一口气:"谢天谢地。"

妮可扶起椅子:"爸爸,你变了,她现在可是瘾君子啊!"

"你已经不厌其烦地说过很多遍了。"

"但是你没有说过,对吗?"

维尼拼命挤出一个僵硬的微笑:"拜托你了,让我们试着重新开始吧。拜托了。"

米切尔也站了起来,脸色苍白,下颌的肌肉哆嗦着:"我想现在说这个太晚了吧。"

他们火速收起包和上衣,妮可把蛋糕放在另一个盘子里,好把自己带来的盘子拿走。然后轰隆一声带上门,消失了。

维尼忽然意识到,下次他们再到家里来,可能要等到他闭眼的那一天了吧。他走到厨房的窗户前,想目送他们开车离去,可刚好看到诺姆·范德库尔一瘸一拐地走到邮箱前,一副如丧考妣的样子。他在心里默默地对着妻子说了声抱歉,然后又大声对洛克和莱尼吼了一句。他叹了一口气,极不情愿地转过身对着玛蒂,牙齿咬着嘴角。"拜托你告诉我,"他轻声说道,"你没有从托儿所辞职。"

39

好消息通常都是被人捎过来的，而坏消息则是通过邮件传递的。但凡事都有例外。诺姆看到环保局女士的来信时感到十分震惊，因为她在来信中告诉他，经过一个月的检测和两次空中飞机的拍照，他们得出的结论是他家的粪池并没有污染小溪。他不敢相信自己的眼睛，把信又从头到尾细读了一遍，最后的结论让他欣喜若狂。里面还有寥寥几句暗示道，现在检测还在进行中，如果有问题，未来还是可能会面临罚款，等等。撇开这些不说，这场较量的结果是：诺姆一分，美国政府零分。

这封信的到来恰逢其时，一切刚好都走上了正轨。家里新添了三头健康的小牛，那十几例普通的乳腺炎也治疗得差不多了，其中只有三头疑似感染了葡萄球菌。至于那件"饲料案"，兰克哈尔聘请的律师，已经把那个叫艾弗森的农民的承保公司给唬住了，最终诺姆可以拿到两倍的补偿，也就是说即便把那八头牛拉去拍卖，得到的也不过是赔偿金的一半——哪怕其中一头是珍珠。而现在他正等着去兑现三张一万两千美元支票中的第一张：这些钱足够去买几头两岁的小牛了。或许——没错，是或许！——剩下的钱还可以向那个住在阿纳科特斯市①的家伙买桅杆和索具——谁知道呢？——也许

---

① Anacortes，位于美国华盛顿州的斯卡吉特县，有著名的华盛顿州渡轮公司，船运和旅游业都很发达。

还可以去买一个二十五马力的雅马哈发动机。所有的事情似乎都在朝着好的方向发展。简奈特似乎也慢慢好转了。尽管边境巡逻队最近遭遇很多尴尬事件，可是布兰登仍然好好地活着，不仅如此，他仍然在职，也在帮忙补贴家用。连牛奶的价格现在都猛涨了百分之二十三。

所以，当同一天下午，这个蓄着可憎的鬓角和长长小胡子的边境巡逻员，出现在他面前，并用严肃的口吻说请他去总部走一趟时，诺姆一下子没有反应过来。最后，等他终于反应过来时，他的第一想法是，布兰登的好运到头了。就像布兰登抓住那个带着一大堆手枪的家伙的第二天晚上，简奈特喊道："你以为他有多少条命啊？"面对跟前这位脸色阴沉的警员……"布兰登？"诺姆犹豫地问道。

麦克阿弗蒂警员似乎明白了他的意思："他很好。范德库尔先生，这件事情和你有关。警长想和你谈谈。"

"让他打电话和我谈。"诺姆说道，长长地松了一口气，可还是有点搞不清状况，"我还有——"

"你必须去总部一趟，先生。"

先生？他仔细打量眼前这个健硕的警员，再一次看了看他的名牌，心里的火气开始往上冒了。

"请！"麦克阿弗蒂一边说，一边做了一个手势，让诺姆以为他是想要抓住自己的胳膊一样。

"我觉得你最好还是和我们一块去一趟吧，先生。"

他叹了口气，朝房子后面看了看，然后一瘸一拐地向停在一边的白绿相间警车走去，就在这时，他的膝盖开始咯咯作响。他下意识地抬头向边境公路看了一眼，看见苏菲正在假装修剪篱笆。然后，他又极不情愿地向水沟那边看去，"大烟枪教授"正穿着格子短裤站在门廊上，他的两条腿看着和骨头一样瘦弱苍白。

和上一次他来的时候相比，这次的总部看着十分荒废。犯人候审间里只有两个警员，一位瘦骨嶙峋的检测员正背对着门重重地敲打电脑键盘。诺姆跟着麦克阿弗蒂走进大厅，并注意到坐在那里拿着钢笔的男人看着十分眼熟，连背影都很熟悉。

"路德？"

麦克阿弗蒂意识到诺姆在那边磨磨蹭蹭没有跟上来的时候，也停了下来，然后开始像一个失去耐心的交警一样，朝他挥着胳膊。

那个男人不情愿地转头面对诺姆——事实上，他根本就是把脸转开了。路德·史蒂文斯？那个前任高中校长？那个诺姆曾经害怕简奈特会看上的男人？

"先生，这边请。"麦克阿弗蒂说道，然后唐突地领着他穿过了大厅。

帕特拉看着比上次诺姆见到时又苍老了十岁。他没有像往常那样，好像给人礼物一样伸出手来，反而是紧紧地抓住诺姆的肩膀，好像要把他稳住一样。

"到底怎么了？"诺姆问道，"为什么路德会在——"

"过来。"

帕特拉领着他进了另一间屋子，里面那个狗娘养的麦克阿弗蒂和一个叫罗林斯的家伙——他还故意露出了一副冰冷的表情——拉开了椅子。他们的头儿用笼统模糊的话告诉诺姆——毫无疑问诺姆也了解这些——最近巡逻队正在处理一些相当复杂的情况，而他们又不能草率行事。他说完瞟了一眼罗林斯，用眼神求证他刚刚的用词没有问题："但是，你看我们还是有很多工作要做。而且，嗯，坎菲尔德警员昨天晚上抓到三个不法分子，他们当时正从你家农场穿过。"

诺姆感觉呼吸一紧。

"他们正在接受审问，你看啊，嗯，其中一个人说，嗯，这家地的主人——也就是，你，诺姆——曾经——"

"收过他们的钱，并且允许他们通过。"麦克阿弗蒂受不了帕特拉的谨慎怕事，直接打断了他的话，"说他了解你——知道你的名字，范德库尔先生——每一个月可以因此拿到一万美元的补偿。"

"不！那是……"诺姆又感觉到一阵晕眩袭来，忽然听不见周围的任何声音了。他摆了摆下颚，想甩甩耳朵，可没有用。他只好闭上眼睛等着，这时想起，他爸爸就是比他现在的年纪大十九个月的时候中风的。

"诺姆？"

"我从来没有同意过任何——"

"我也是这么想的。"帕特拉一边说，一边看着麦克阿弗蒂，"但目前这种情况相当微妙，因为其中一个被拘捕的不法分子正是几年前我们不小心给驱逐出境的人。我们也是后来才知道，原来他是阿默德·赛义德·贾巴拉赫的左膀右臂。"

"我没有……那是谁？"

"贾巴拉赫在蒙特利尔市以外的地方为他们的组织招募人员。他们称他为'阿卡纳地'，也就是阿拉伯语里'加拿大人'的意思。所以，出于对你的尊重，诺姆，你最好在这一切很有可能将由联邦调查局来负责之前……而且，你看这里还有一个棘手的问题，那就是你的支票账户突然富裕了起来。"

"你们查了我的——"

"诺姆，在这种时刻这是很正常的，以防万一啊，像这种——"

诺姆听完傻笑了起来，感觉头晕得快不行了，他连喘了好几口气才缓过劲来。

就在诺姆接受调查询问的几天里，他感觉周围一直有人在盯着他看，还有人露出一副恍然大悟的样子。可是他也没怎么出门，所以不清楚大家是怎么想的，或者知道了什么、听说了什么。他一直尽量避免出现在公共场合里，除非不得已要路过某地——比如此刻。

虽然，他后来和他们解释了，告诉他们那些钱是变质饲料案件的赔偿金，可那个狗娘养的家伙还是不肯放过他。他当时听完后，把椅子向后一倒，两腿叉开坐着，直截了当地问他以前有没有和谁接触过，要给他钱以便从他家的农场上通过。

诺姆犹豫了一下。他没有办法就这样欺骗自己说不知道。可他终究还是摇了摇头。他没有发过誓吧，对吧？如果他从来没有拿到过任何报酬，那到底还有什么问题呢？

"范德库尔先生，你是不是在告诉我们，从来没有过任何试图通过你家农场运输毒品，或是进行不法活动的人，和你接触过？"

诺姆迅速地眨巴了几下眼睛。如果他说"哦，有"，那就等于承认自己刚刚撒谎了。可是，如果他含糊地说"没有，从来没有过"，那就等于撒了两次谎。帕特拉似乎很支持他的借口，听完他那欺人之谈之后，附和地点了点头，甚至还告诉麦克阿弗蒂"已经够了"，好像他自己的判断也在等着其他人裁定一样。

"没有说过在每个月二十三日会收到汇款之类的事情？"那个狗娘养的仍然不死心，脸上的小胡子像个测谎仪一样颤抖着，"你刚刚是这个意思吗？从来没有一个自称安德鲁或者迈克尔、威廉姆的年轻人和你说过这样的话？"

诺姆的心狂跳不已，支支吾吾地盯着这位警员。他竟敢这样问，可是最后他还是嘟囔了几句："我想边境公路附近的任何人都听过这些屁话。"他浅浅地连续喘了几口气，"但是，这个骗子，这个孩子，从来没有说过什么。我，当然，也从来没有应允过什么。事实恰恰相反。"

突然之间，帕特拉不再拦着麦克阿弗蒂，屋里的氧气好像突然被抽离了一样，诺姆说起他在自家门廊上和那个孩子的所有对话，以及后来又怎么在教堂看见了他，还有随后那说不清道不明的点头。说完后，他的衣服像在水里泡过了一样，那几个警员走出屋子讨论去了。

开车送他回家的还是那个让人无法忍受的警员。车里安静得可怕，他把车窗调低，想呼吸一下新鲜空气，顺便减少一点身上的臭味。真希望车子能开快一点，哪怕不超过限速也行啊。

"先生，你让我吃了一惊。"麦克阿弗蒂最后开口道，将车从北伍德路转到边境公路上，又和苏菲·温斯洛用小食指打了个亲密的招呼，最后慢慢减速向诺姆家开去，"我原来以为布兰登·范德库尔的父亲应该会更加坦诚的。"

诺姆试图笑一声，可最后只是轻哼了一下："不用这么费劲去想这些。"诺姆看都没有看他一眼就说道，"我的期望也经常落空的。"

这一次，在公众面前吃瘪的边境巡逻队没有再公布抓到恐怖分子嫌疑人的消息了。大家知道的都是口口相传得来的。诺姆从苏菲闪烁的眼睛里看见了那些流言——"请过来聊一聊"——除此以外，维尼·卢梭还挥手催促他到水沟边上去。有一次在林登，他鼓起勇气去谢夫隆加油站时，大家都盯着他看。他只好连教堂都不去了。

伯爵牛排餐厅是他第一次真正的尝试，所以他努力打起精神。这次出门是简奈特的主意，而布兰登已经去那儿等着了。那他还能怎么办，总不能要她煮饭吧？

她当时戴着一条喜庆的印花围巾。当她兴致勃勃地告诉布兰登，就在贝克山东部发现了化石时，她的脸上也是笑靥如花。当天下午，她做了第二次记忆力测试，回家的时候雀跃不已，自信地说这次肯定不会再有任何问题。她开心得连牙齿都在闪闪发亮，好像所有的健康食品以及练习不仅治好了她的失忆，还让她变得更年轻了。

与此同时，诺姆感觉自己已经有一百零九岁了——只需要把他劈开，数一数年轮就知道了。他尽最大努力做出和蔼可亲、专注倾听的样子,其实汗水已经爬到他那刚刚刮过的脖子上了。布兰登和简奈特都不知道他在巡逻队的总部经历了什么,他们只当这是一长串糊涂案子中的另一桩可笑错案,所以干脆置之不理。但是,布兰登比平常更难以读书了。他的内心似乎在过去几天被深深的忧郁占据了。有一次,他一直到早上都郁郁寡欢。他似乎也变老了,看上去像一个隐忍痛苦的男人,正和内心试图隐藏的问题纠结着。诺姆把这个看做他成熟的标志。

他们点的菜还没有上桌的时候,莫里斯·克劳福德走了过来,穿着袖子卷到胳膊肘前的花格子衬衣和剪裁非常合体的长牛仔裤,看着很像山姆·夏普德[1]。

诺姆站起来和这位广受欢迎的覆盆子农场主互致问候,突然之间有一点头晕。这个男人身上有一种东西总会让诺姆产生一种不想被他超过的强烈愿望。

"船长,你的游艇怎么样了?"

诺姆已经是第几十次听到克劳福德这么问了,可他一直都无法确定,这老家伙的言下之意是羡慕还是觉得好笑。

"非常漂亮,"简奈特在他没有来得及开口之前说道,"我们还想明年要不要去参加一项环游世界的竞赛呢。"

简真是让他感激涕零啊。克劳福德不在意地拍了拍简奈特的左手,又和他握了握手,再面带笑容地对布兰登说:"丹尼还问起你呢。他说让我看见你的话,替他和你打声招呼。嘿!"这时的诺姆,都不知道该说什么好了。

"他什么时候回来呢?"布兰登问道,每次见到这个人,他都会问这个问题。"或许圣诞节吧?"克劳福德满怀希望地答道,"再看吧。还有,你能帮我们一个忙吗?能不能叫你那帮巡逻队的兄弟,

---

[1] Sam Shepard(1943—),出生于美国伊利诺伊州,好莱坞资深男演员。

他们应该有更重要的事情去做，所以不要再去骚扰你的老父亲了？"

就这样，他像个露齿微笑的国会议员一样把事情摆了出来，表明他知道这件事情，而且还是用最圆滑的方式说出来的。诺姆的脑子一片混乱，连布兰登怎么回答的都没有听到，可是，从克劳福德那抽搐的前额可以看出，布兰登根本没有听懂他的话。于是这位覆盆子大亨走开了，走的时候还像个总统似的朝女服务员讨好地挥了挥手，连下楼的时候也是一副闲庭信步的样子，好像在走自家的楼梯一样。

诺姆没有吃午饭，可仍然没有足够胃口去消灭眼前的牛腰肉，于是只好四处张望——噢，拜托，千万不要——戴尔·麦西克正把自己指给他那位保养得有点可疑的妻子看，而且还迈着沉重的步子走了过来。几乎任何人都是人前一张脸，人后一张脸——除了这位"化粪土为电力"，他永远都是同一副面孔。

"嘿，诺姆。"他开口道。他那个染着金发的芭比娃娃，正站在他身后不到两步远的地方，用她的舌头剔着卡在明亮牙齿上的菠菜。"我的朋友，很高兴看见你和你的家人啊。你们都还记得梅兰妮吧？"

诺姆正想把放在盘子旁边的餐布打开，可是不知道是因为这块布太硬，还是他的手指不受控制，总之就是打不开。所以他干脆不去理会手中的难题，直接站起来正面问候对方。

"这堆胡话到底是打哪儿来的啊？"这个身材短胖的浑蛋大声问道——有必要这么大声吗？"先是听说斯特莱姆勒医生运送毒品，然后又听说某个头号恐怖分子要从你家农场借过，还给你钱？"

诺姆的身体还没能站直三分之一，就听见那只坏了的膝盖咔嚓一声。而他的另一只脚在地毯上努力寻找一个支点，可不知为什么，就是找不到。碰到这种尴尬的状况，他本想顺势调侃自己一番，可嗓子里什么声音都发不出来了，似乎身体里出现了奇怪的电力故障，而他却在极力忍着不让它爆发。在那阵晕眩完全袭来之前，在顶上的枝形吊灯旋转之前，在他向后趔趄跌倒失去意识之前，诺姆突然看见一阵转瞬即逝的幻觉——虽然短暂，可他还是看明白了，只是没有时间说出自己的要求——他感觉布兰登像抱孩子一样，一只胳膊放在他的脖子下面，另一只放在膝盖下面，静静地把他从闷热的餐厅抱进了凉爽的夜色中。

40

在诺姆中风之前，有越来越多的当地人被查处了，这一情况既让人们兴奋难耐，又让他们有些惴惴不安。尤金·斯特莱姆勒被逮捕的消息简直就是爆炸性新闻，让所有人都大惊失色，特别是那些曾经让他来给家畜看过病的农场主，以及那些参加过他的"反赌博纵队"的人们。可是"有钱兽医变坏了"这一不同寻常的故事——有一次海关突然对在车道上排队等候的车辆进行随机搜查，结果在他的奔驰车后备厢里查到了十八公斤重的大麻——很快就被另一则更劲爆的关于路德·史蒂文斯的新闻给取代了。这位受人爱戴的校长的木工工厂被搜查出将近七十三公斤重的大麻。可是，就苏菲来看，诺姆被指控涉嫌参与案件似乎更让人们震惊。

关于不法分子从诺姆那里购买他的土地"穿越权"的流言第一次被传开的时候，苏菲听到了义愤填膺的声音。事情真的是越来越离谱了，怎么可能连诺姆这样的坚定分子都被会被人诽谤呢？不过，也有另一种声音是这么说的——如果诺姆、路德和医生真的被牵涉进去了，这就意味着所有的原则都改变了，对吧？如果他们都认为从这里分一杯羹是可以的，那我们还有什么理由不那么做呢？

那些流言和查处行动引发了一场大规模的忏悔行为——人们一个接一个地跑到苏菲那里，诉说他们做的那些鲁莽举动。连那些最胆小如鼠的当地人也突然之间有故事可讲了。刚开始说的都是些比较平淡的事情，无非是向边境那边偷运了几箱没有交税的威士忌，但说到后来就开始变得十分怪诞了。养蜂人塔妮·梅斯承认自己曾经往维多利亚①偷运过八千只蜂王，并在那里卖了十万美元。另一个违法故事是利用九十年代人们对豆豆娃玩具②的狂热并从中获益。还有几个农场主坦承自己曾从加拿大偷偷运进来过几百公升的加拿大除草剂。上了年纪的夫妻告诉苏菲，他们曾经多次到加拿大的药店购买打折的立普妥、西乐葆和舍曲林③。还有一些人，自己没什么故事好说，只好和她分享祖上的陈年秘密，比如现在大麻偷运的路线正是他家那些走私朗姆酒的叔叔和爷爷们开辟出来的。还有少数几个人告诉她，最近将一些索价过高的边境包裹卖给了形迹可疑的镇外来客。

在苏菲看来，整个小镇的居民似乎正在经历某种集体治疗一样，连一向很安静的弗恩·莫法特都会稍稍放下手中清扫落叶的活儿，跑来告诉她，他的弟弟曾经用马拖车的夹层板偷运过三十六公斤的大麻。"没有人会想要把那上面的动物粪便铲出来再检查。"而那些芝麻绿豆的小错误——这个人说一堆，那个人谈一点——其实更为常见。这是一定的，毕竟以前的边境巡逻没有现在那么严。还有一些奇奇怪怪的东西是人们自己或者他们的"朋友"偷运过境的——什么都有：灰熊皮、黑熊牙齿、鲸须、狼的颅骨、驼鹿肉、鹤肉干、古巴香烟，等等。卡崔娜·蒙特福特甚至连不相干的事情都拿来说。什么一个尘封了二十五年的故事啦，说她在少女时代如何与一个种榛子的农场主有染，那个人又如何经常跳过水沟，偷偷

---

① 加拿大西南部港市。

② Beanie Baby，也称为豆豆公仔，是一种使用豆状PVC（聚氯乙烯）材料作为填充物的绒毛玩具。因其独一无二的造型设计、精美的制作工艺，1996年底欧美地区曾掀起一股非常惊人的收藏、交易与炒作旋风。

③ 西乐葆是一种抗关节炎的药，而舍曲林是一种抗抑郁的药物。这几种药的成分里都有大麻。

溜进她父母在和平大道上的房子和她幽会啦。

苏菲把这些全都记录下来，越来越多的人要求她给他们录影。连亚历山德拉·科尔也在喝了三杯伏特加酒壮胆之后冒险站了出来，详细叙述银行是如何识别那些当地人在洗钱的。虽然她没有指名道姓地说出具体是哪些人或者企业，可仍然半遮掩地指出了谁将会受到警方的查处。

然而，一个小小的血块，被发现寄居在诺姆·范德库尔脑子里的一根狭窄血管里。一切发生时，他们一家三口正在伯爵餐厅享受周二的"买二送一"优惠活动，而他正准备站起来和戴尔·麦西克握手。这件事让这场大型的忏悔活动变得索然无味，特别是诺姆看着越来越像无辜受害者或是遭受了他人的冤枉诽谤。他们甚至连他的银行账户都查过！

好在那个血块在诺姆的脑子里没有待多久，刚好属于医生所说的"缺血性中风"，可它制造了足够的杀伤力，燃起了一个新的广为接受的观点：日益严密的安全措施正在夺取我们的生命。苏菲听到传闻，有一个反政府的民兵团正准备"把县城夺回来"，德克·霍夫曼把这种心情总结了一下，写在了新的读写板上：**边境巡逻队滚回家去！**

就像这个标语所说的，很多警员已经在作准备了。一个星期之内，总部调了十四个警员去南部，又从首都华盛顿空降了一名成本分析师来核查这个地区的账目，而且会重点检查边境摄像头运作过程中的开支情况，因为据说只要温度超过二十二摄氏度，这批摄像头就会出现运转异常。边境巡逻队被精简了，很快，那些白绿相间的车子就和边境公路、H街道及其他路上行驶缓慢的拖拉机与卡车混在一起了。

当布兰登·范德库尔的父亲处于康复期，而他安静地辞去职务回家照料家庭农场的时候，很多人都觉得，一个异常的时代就要这么结束了。

41

　　他在奶牛场里漫不经心地晃着，又一次在鲁尼后面收拾烂摊子——这边踢倒了一个桶，那边留下了一个空果汁瓶，挤奶室的出口处还挂着一个明亮的漂白剂罐子以及一双破旧的黄色橡胶手套——哦，原来早上他把牛从屋里唤出去的时候，有几头奶牛变得有点暴躁的原因就在这里啊。他从后面拿出一个亮银色的梯子，用喷漆把它喷成灰色，然后又把挤奶室出口旁边的挡板重新排列了一下，防止东北风迫使有些奶牛转身把屁股对着风口，那样的话事情就会变得更糟糕了。

　　他跳上超级牌切片机，开始切草包，然后装上满满一拖车的草走到饲料槽前。他注意到七十三号牛的左眼肿了，便开始茫然地检查其他奶牛的眼睛，随后发现十七号和六十九号的蹄子瘸了，之前他还没注意过这个。现在想让那些上了年纪的奶牛不掉膘变得更难了，特别是十一号和二十八号。看完之后，他转身回去拿起奶瓶给最小的那头奶牛喂奶。

　　迪昂、麦克阿弗蒂和其他警员都劝他不要辞职，都难过地说，这样就白白浪费了他接受过的训练和这方面的才能，以及他那些工作上的技巧和天赋了。帕特拉刚刚开始还拒绝接受他的辞职，坚持让他休一个星期的带薪假好好想清楚。不过，警长最终还是让步了，因为有人劝他要看开一点，更何况有人说十一月前还要再调走十五名警员。除此之外，布兰登的父亲很显然也需要更多的时间休养康复。

　　诺姆平时说话很正常，身体看着也很健康，可是他身上的那种安静非常诡异。他慢慢地吃饭、穿衣和听别人说话。他也会出门，但都是沿着奶牛场走来走去，像个追忆往事的小老头一样。当布兰登给他留下几本书，然后接管他手里的活儿的时候，诺姆一句话都没有说。他就是每天睡睡懒觉，一吃完早饭就去装船的车库里待着，自从上次一辆平板车把银光闪闪的船外壳拉过来，一小撮不相信它能被塞进车库里的人过来观看之后，他就很少去那里了。

　　当布兰登打电话给玛德琳说他父亲中风了的时候，她一听到他的声音就不满地抱怨了一句，很显然她接电话时没有检查来电显示。她会接电话也让他很吃惊，所以他当时完全不知道该说些什么，然后她就开始对他说教了——再一次——说那次完全是一个错误。可是照现在的情况来看，那不仅仅是一个错误，而且还是一个"天大的错误"。或许他生命中最开心的时刻已经沦为一个无与伦比的错误了。"我们是两种完全不同的人！"说完后她的声音稍微变得温柔了一些，可听着还是很烦躁、很冷漠，"我已经完全是一团糟了。拜托你忘了吧！"

　　说得好像人可以选择记忆一样。

　　在她挂电话之前，他只能脱口而出的一句话是："可是我，忘不了。"

　　他花了很长时间去组织词语句子，希望这些话能让她回心转意，最后终于想到了一个完美的故事，去回应她所谓的"两个人完全不同"的结论。他可以和她说母亲曾经告诉过他的一个故事，说在佛蒙特有一只驼鹿如何爱上了一只名叫杰西卡的奶牛，而且还求爱了七十六天。一头驼鹿和奶牛啊！整整七十六天啊！可是一想到玛德琳会问接下来怎么样，他又开始犯糊涂了。他试过把所有的想法都写下来，希望他的话在纸上能看着更有说服力一些——或许他还可以在电话里读给她听。可是他越是修改，越是反复诵读，就越觉得这些文字看着像断章取义。他强迫自己不要再想这件事，可结果发现自己会不由自主地飞快摇头，快到脖子都跟着摇晃起来。

幸运的是，奶牛场的节奏可以让他暂时麻痹自己。他总是不停地干活，把所有的垫草更换掉，把牛棚里的小径全部修整一遍，把两扇推拉门的金属滑道换成了噪声小一点的塑料滑道，清理真空控制器，说服父亲买了更好的奶牛精液。而今天，他打算利用好不容易出现的干燥无风天气给地里撒点药，这样就不会污染到山谷了。那天早上，他可以看见自己呼出的白气，树叶似乎都在眨眼之间变黄了。也应了那句话：逝者如斯。

不在奶牛场工作的时候，他都会全身心地投入到他的绘画和做各种"结构"艺术的爱好当中。那些石头、杂草搭建的形状，树叶拼制图画和油画总是不断地给他带来惊奇。苏菲总是尾随着他，总是带着那种奇怪的强烈情感在他旁边拍照和录像。他已经习惯了这些，所以有时候没有她在身边摆弄三脚架或者调试摄像机时，他还真觉得少了点什么。

看那个新来的脾气火暴的饲料卡车司机，噼里啪啦地把谷物青贮塔装满之后，布兰登就脱掉脚上的橡胶靴子和身上的围裙，走出牛棚，抬头看了看安静得连一只鸟儿都没有的天空。然后把几条狗放在车子前座上，把车朝镇子方向开去。他打算多买一点抗生素。一路上看着水沟旁边那一圈一圈的电线，他母亲发誓说曾经有一年九月，曾有几千只家燕在这里聚集。如果它们已经飞去过冬了，那为什么海鸟还没有来呢？假如所有的黑雁、野鸭、黑凫、巨头雀鸭、秋沙鸭和喇叭鸟都想放弃那让它们筋疲力尽的飞行，而决定在北方过冬，又该怎么办呢？

再次看见那辆饲料卡车让他很吃惊，他的车就停在那粗糙且肮脏的草地车道上，车道通往德克·霍夫曼在路边那间外屋，距离边境公路只有几个街区。那辆大卡车是突然刹车停下来的，最后面的三个轮子还懒散地瘫在车道上。布兰登从车旁随意路过时，注意到卡车的尾部严重向左边倾斜。在斜坡上似乎不应该这样的啊。

"他的车胎爆了吗？"布兰登对着狗说了一句，几只狗的耳朵立即竖了起来。他停下车，从车上爬了下来，几条狗也紧跟着，吧嗒一声跳到他的身边。他关上车门，然后横穿过边境公路，走过去看了看左边那两个瘪了的古德伊尔牌后车轮。司机正在驾驶室里吼着什么，布兰登想，可能是在对着电话那头的某个人咆哮抱怨那些轮胎吧。他一边向驾驶室走去，一边想着这样的情况大概得要多大的千斤顶，几只狗就这么从小到大纵行排列着跟在他的屁股后面。

那个男人的车窗是开着的，布兰登不用踩上面的搁脚台就可以将头伸进去："车胎爆了吗？"

司机看到他时吓了一大跳，手里的手机都掉了下来，然后又狂乱地在脚边一阵摸索，手机里传来细细的声音。"等一会儿！"他低声咆哮着，便把手机关了，塞到胸口的口袋里，"正和我老婆吵架呢。不介意吧？"

他的语气很粗暴，连里奥都被他吓得吠了起来，玛吉和克莱德则意兴阑珊地跟着叫了几声。布兰登后退一步，挥了挥手，三条狗立刻噤声不动。接着他大步走回到车后轮处，里奥跟他旁边，那模样好像是它们刚刚看见了一只浣熊一样。走近一看，他才发现轮胎虽然瘪了，可似乎还没有压到轮胎钢圈，地上的土看起来很干燥硬实。他绕着卡车转了一圈，却听见刚刚在发牢骚的司机竟然大声痛哭起来。另外几个轮胎还胀鼓鼓地、坚挺地立在被太阳晒烤的地面上。

布兰登向边境公路和零号大道那边看了一眼。她在里面吗？窗帘拉上了，门口也没有停着车子。达曼特家的这座房子好像被人废弃了一样——自从一年前那对开心的夫妻离开这里去养老院之后一直如此了。那间被人遗忘的谷仓已经有点向左后方倾斜了，看样子也已经很久没被人使用过了。

那个饲料男终于下了车，一下来就挥舞着胳膊问他究竟在干什么，直到这个时候，布兰登的眼睛才看到那条窄窄的土路，路从德克家的外房后面起步，穿过出租的覆盆子地曲径，一直来到庞宝公路上。等他回头向水沟那边的达曼特家谷仓看了一眼，又转过来看了看下沉的车轮之后，立即明白了所有的事情。

可现在的问题是：他究竟应该先给谁打电话？

42

　　玛德琳感觉自己的脑袋和身体好像分了家似的。她完全不知道现在是什么时间，自己身处何地，她甚至都感觉不到自己的存在了。她第一个微弱的感觉就是听出了电话里布兰登那紧急仓促的声音，问她是否还待在"达曼特家的老房子里"。

　　她抬头看看空气中飘浮的灰尘和被烟熏黑的天花板，说了一句"是的"。然后注意到身上有很多汗，也意识到自己又睡过了头。但是，他说的第二句话却让她听得清清楚楚，她立即猛地坐了起来，迅速使劲地摇了摇脑袋，恢复了意识。

　　挂了电话，她拼命想着布兰登说的话，再看看身边的状况，果然和他所说的一样。她赶紧踩着地上的衣服，跌跌撞撞地穿过一堆碎片——事情更加清楚明朗了。一只巨大的黑蚊子不知死活地向一扇小小的玻璃窗上撞去，死了。她把厨房的窗帘掀开一角，向外面看去，发现一辆沃尔沃汽车从零号大道上呼啸而过，然后一辆饲料车正远远地从边境公路上向水沟这边开过来。车子旁边毫无疑问正是布兰登·范德库尔那熟悉的身影，此刻他就像向日葵一样低着头，面前站着一个脑袋和苹果一样圆的男人，那个男人正仰着头扯着脖子和他说着什么。布兰登身后，呈扇形排开的、盯着他看的正是他那三条忠心不二的流浪狗——一条腊肠狗、一条小牧羊犬，还有一条拉布拉多犬。

　　该死的！没有晕眩袭来的时候，她完全可以跑得更快一点。她匆匆忙忙穿上裤子，又把衣服、书和盘子装在垃圾口袋里，再把所有自己带来的东西拿走。其他的则原封不动放在原处。她就着水龙头咕噜咕噜地喝了两口水，又瞟了一眼墙上的挂钟。一眨眼，五分钟就过去了。零号大道上有两辆大卡车轰隆隆地开了过来，把房子震得直晃。

她把手伸到洗手盆下面的储藏柜里，找到她的洗漱用品袋子，可是袋子轻飘飘的，这让她惊慌不已。她赶紧慌乱地拉开袋子的拉链，才发现里面空空如也。于是她又伸手在洗发水、肥皂和除臭剂中翻来翻去，还是没有找到。难道被她挪到其他地方去了？她又把所有曾经藏过的、或者想到过的隐蔽之处都检查了一遍——沙发底下、供暖器后面的管子里、冰箱上面的储藏柜里以及办公柜的板子后面。他妈的！又是六分钟过去了。她必须现在就离开这里。马上！于是她迅速抓起三个大垃圾袋，赤着脚从屋子里匆忙跑了出来。

她爬进自己那辆尼桑马克西姆车，盯着左边那个被弄碎了的仪表板，具体怎么弄碎的她并没有想过，只是向东边和西边看了一眼，四处搜寻加拿大骑警队。布兰登正背朝着她，她赶紧加速沿着零号大道驶去，嘎吱一声停在父亲的碎石铺成的院子里，这时脑海中才浮现出昨天晚上见到的那张愤怒的面孔。那张脸对她大喊大叫，说就在他迷上她之前，她就已经人不敷出了。她把车停在篱笆后面，用快速拨号打了费舍尔的电话。电话接通之后，她大喊了一句："一辆卡车刚刚陷进那个该死的、你从来没有告诉过我的隧道里了！"说完就向她父亲门廊上的推拉门跑去，嗓子干得像被火烧过一样疼。

她又对着水龙头狂灌起水来，直到感觉自己又像个人后才停了下来。这时从地下室传来一阵狂乱的钢琴声。终于，她还是向那个满是油彩味的地下室走去，里面乱七八糟地堆着各种油画布，每一块布上都是用黑色、蓝色、黄色、金色、绿色和棕色泼溅而成的、相似的、旋转的破折号，还有一幅接一幅可怕的临摹画，全是梵·高著名的最后一幅作品——一群乌鸦从农田的上空掠过，朝着慑人的天空飞去。[1]

她父亲被呛到了，脸上憋得通红，两只手抓着那瘦骨嶙峋的胸部，深陷的脸颊和瘦弱的胳膊到处都沾着油彩，看着就像是他正在临摹的那幅画的真人版。但玛德琳从他那挫败的表情中看出，自己的样子可能要更糟糕。

他扔掉刷子，伸出孩子般的胳膊环抱着自己。油彩还没有干，但她什么也不在乎了。她渐渐地如释重负，感觉好像已经麻木，直到最后才大声痛哭出来，那声音可以和古尔德绝望的钢琴曲相媲美了。

---

① 这里说的是梵·高于1890年7月创作的《麦田群鸦》，通常被认为是梵·高最后的作品，是一部充满了绝望与死亡的画作。

43

事情过去之后，他们才像事后诸葛亮般对决策的过程进行批判和挖苦。为什么他们就不能等到确定能抓到人的时候，才对那条隧道发动突袭呢？那可是迄今为止在加拿大边界线上发现的第一条隧道啊。为什么他们要强迫加拿大骑警队出手，让边境警察没有抓到任何人，除了那个饱受化疗摧残的德克·霍夫曼呢？

帕特拉的观点是，那些深陷下去的卡车车轮让突袭逮捕的机会变成了泡影。不过，实际情况下，在早上十一点抓获走私贩的概率本来也就微乎其微。正如麦克阿弗蒂向苏菲提出的问题那样："哪个笨蛋会在中午之前去做这种工作？"

德克声称他和那条几乎快完工的八十二米长的隧道没有丝毫关系，虽然这条隧道从零号大道北边的达曼特家外屋，直接延伸到大道南边他家的大棚屋下。他不停地解释，说他已经将他家整个一点二公顷的地转租给一位名叫丹尼尔·斯蒂克尼的覆盆子农场主了。"你们自己去问他！"德克咆哮道。

隧道里和隧道两头都没有发现任何大麻。不过，加拿大骑警队在达曼特家那边发现了一个满是木材和泥土的谷仓。旁边临近的"派对之屋"——他们给起的名字——属于罗兰德·P. 尼克尔斯，但很明显，这个人根本就不存在。玛德琳·卢梭倒是被人发现去过那里两次，可是问到她的时候，她声称自己去那里只是为了看望一个名叫玛丽莲的熟人，而这个朋友当时和其他人一起合租了房子。

不，她不知道玛丽莲的姓是什么，也不知道她的下落，更不知道所谓的隧道。她的父亲给她作证，发誓说她过去的两个月里一直住在他的小别墅里，一直在照顾他，每天都给他煮饭。

不过三天之后，当警察突袭了温哥华东边一座废弃的莫尔森酿酒厂之后，这个隧道调查案就无人理会了。当时，七十三名骑警队队员参与了围捕行动，发现的那个室内大麻农场面积之大，让骑警队都不知该如何形容才好。"成千上万棵大麻植株，"他们公开说的只有这一句话，"价值上千万美元。"他们共逮捕了十九个人，其中包括臭名昭著的首脑人物伊曼纽尔·曼尼·帕卡庄和托拜厄斯·C. 福斯特。加拿大骑警队称之前已经对他们有过一年的秘密调查，而这次行动则将整个事件推向高潮。他们暗示，酿酒厂农场和边境隧道都同属于这次行动。

而在美国这边，当地人对有人竟敢挖掘这么一条长长的地下隧道而大为震惊，而且里面还用一厘米厚的胶合板、一米八高的立柱和钢筋支撑着。这个建造者竟然还想到在隧道里通电和通风，虽然他明显没有考虑到另一个因素——一辆二十吨重的饲料车居然会停在上面。如果这个耗尽百万美元的隧道——很快大会都开始这么称呼它——早一个月前被人发现的话，帕特拉或许就会在北部安全方面安排更多的投资了。可现在除了对那个租下德克家土地的浆果农场主，进行模棱两可的合谋罪指控之外，就没有什么可值得宣扬的了。没有国会代表飞过来目瞪口呆地看着这个骇人事件；没有所谓的预算调整被提出来；没有社论呼吁加强边境安全措施；也没有后备民兵提倡彻夜巡逻。美国媒体把它当成一个充满戏剧性的小品来报道，把它当成另一个顺带一提的边境丑事。特别是一位记者意识到，原来那位被惹毛了、但是仍然没有遭到指控的德克·霍夫曼就是之前引发假警报的癌症病人时，戏剧效果就显得更加浓厚了。

他到底是有罪还是无罪，大多数当地人也无法断定，可是他对事情的立场仍然一如既往的清晰。"欢迎来到奥斯威辛"——这句问候语挂在那里的时间越久，就越让人觉得格格不入。因为边境巡逻队加快了驱逐非法人员出境的力度，覆盆子地的工作暂停了，非法农场工人被遣返回了家乡，"只能同甘，不能共苦"的居民放弃了他们的玩具饲养场。海关的盘问没有那么严格了，剩下的为数不多的警员也越来越不愿意和人起正面冲突，特别是自从移民拘留中心的人被大量遣返之后，更是如此。

上个星期，那位"乌有之乡"公主被送回了巴西，人们最后终于查出来她说的是一种很奇怪口音，既有葡萄牙语，又有她的母语图皮语①。现在，被抓捕的不法分子只要承诺会自己离开美国，就会被放回到街上。因此，逮捕不过就是写几张令人厌烦的报告和一个不足为信的承诺。"一抓一放"——麦克阿弗蒂就是这样概括的。

边境摄像头——开始让大家害怕，后来则是让人觉得可笑——现在完全被人忘记了。十九岁的美国人又开始跨过水沟，跑到加拿大去体验合法饮酒的刺激。越来越多的加拿大人敢于到南边买杂货和天然气，也开始期待边境上的"幸运儿赌场"——它将于九月十日盛大开业。大麻走私放缓了，好像是两边达成了停火协议，或是不法分子自己对它失去了兴趣一样。不过，《经济学家》就这种情况给出了一个更好的解释——它总结说，日益增值的加元办成了缉毒官员、边境巡逻队以及警察无法办到的事情。

只是关于布兰登的八卦仍然没有从人们的生活中退出。大家对他发现地下隧道那超人般的能力仍然念念不忘，要知道别人经过那里时，看到的不过是一些泥土、人行道和一条水沟而已。他们分享着彼此看到的证据，也就是他建造的那些奇形怪状的东西——你能管它们叫雕像吗？——整个城镇里到处都有。

---

① Tupian，南美洲的一个语系。包括在巴西、巴拉圭、玻利维亚、秘鲁等总共70多种语言。

苏菲最终成功说服了简奈特·范德库尔在摄像机前谈论一下布兰登,可是事情发展并非如她所愿。她刚开口询问布兰登童年的故事,简奈特就坚持要和她换一个位置。苏菲心领神会般地露齿一笑,坐在了摄像机的旁边。

"每个人都和你分享他们的故事,"简奈特说道,"可是你和谁分享你的故事呢?"

"和死去的人,大部分情况下。"她微笑着看向摄像机,"我的第一个伴侣不断要求更多的个人空间,他终于得逞了。他死了。得了动脉瘤。我们谈了很多。第二个伴侣和一个不会质问他的金发女郎跑了。两年之后死在了一个敞篷车里。我们也谈过。哦,当然,还有我父亲。我们一起做了一个二战口述历史,当时每搬到一个空军镇子,我们就会去退伍军人管理局做调查。我记录,他来提问。"

"你是为了谁而做这些事情呢?"

"是这样的,我也没有想过这个问题,我收到的都是电视台和出版社的回绝信。其实这也无所谓的。大部分人不会去询问或者也不太关心这么做是为了谁,为了什么。我的父亲就是那种让人想和他分享一切故事的人。"

"他是在战争中去世的吗?"

"不是的。当时在休斯敦,他骑在除草机上,一辆卡车的轮胎弹出来了,从坡道上滚下来,跳过他的篱笆,把他当场砸死了。"

"这是你随便编出来的故事吗?"

"谁会编造这种——"

"哦,只是感觉这很奇怪——"

"奇怪的事故吗?在我的生活中,这种事情一直很正常。十四岁的时候,我把我的溜冰鞋挂起来了……本来小的时候,我非常喜欢溜冰的,梦想有一天能参加奥运会之类的。所以,当我把溜冰鞋悬挂在储藏柜里的时候,有人过来问我一个问题。我就像这样旋转了一下,结果一只冰鞋掉了下来,上面的冰刀把我的手腕划开了。"

她边说边对着摄像机举起了手上的刀疤，"做了两个手术才把断开的韧带缝到了一起。每个人都以为我想自杀。一年之后，我和一个朋友睡在帐篷里——其实只是一个熟人——一棵橡胶树倒了下来，压在她身上，把她当场压死了，可那棵树连碰都没有碰到我。你还要听其他的吗？"

"你在哪里定居过？"

"十九个州。你想知道多少个城市吗？"

"你做过哪些工作呢？"

"空姐、图书馆研究员、护理员、代课历史老师、性教育老师、按摩师……很多很多。"

"你在学校里教性教育？"

"不是的，我教一群女性，告诉她们如何更好地适应自己的性欲。"

"你说的是真的吗？有这么多男人为了你打扮得光鲜体面，可你没有和其中任何一人上过床，是吗？"

"玛丽莲·梦露曾经说过，性和爱是相反的。我觉得这句话用在男人身上很有道理。"

"可怜的人儿。你从来没有碰到过好男人，是吗？"

"诺姆算一个好男人吗？"

"是一个了不起的男人。一个担心得太多的好男人。"她的脸上瞬间出现一种绝望的表情，就好像她失去了某种东西一样。"你，"简奈特开口道，"你回答我的问题了吗？"

苏菲苦笑了一下，用小指在脸上绕了一圈："我是同性恋。"

简奈特顿了一下，然后偏了偏头："哦，真讨人喜欢啊。"

"为什么呢？"

"我才是今天问问题的人啊，苏菲·温斯洛。那么，你到底用这些东西做什么呢？"

"爸爸一直说他想做一个*现在*的口述历史。要在同一个地方和时间内做很多采访，直到故事的真相显露出来。这让我有点犯难。我在想，如果能知道同一架飞机上的人同一时刻在想什么事情，会是什么样子。如果你将所有那些思想串连起来，会得出什么结论呢？所以，当我来到这个地方时，我觉得这是一个绝佳的尝试机会，让我第一次接触这样的一群人、一个地方和一个时间段。你知道吗，就像某种社区时空胶囊一样。只不过，这次我有幸碰对了时间。可我还是花了很长一段时间才找到我真正想要的主体对象。"

"那么，到底是什么呢？"

"你的儿子。"

简奈特偏着脑袋，仿佛要把左耳朵里的水甩出来一样："你再说一遍？"

"他是你的儿子，也是我们的故事。他不仅与众不同，让人尊重，而且还是唯一一个——"

"一个什么？"

"一个很有型的人。简奈特，你还能再空出来半小时吗？"

44

　　诺姆呆呆地站在装船的车库里，沿着那根长十七米、宽十五厘米的船桅走着，这是他和布兰登绑起来——一截一截地绑上去的——用卡车从阿纳科特斯市拉回来的，一路上他们走的是慢行车道，一直开着危险标灯。为什么他不再一直等下去，直到找到一个价格合理的短桅杆为止呢？的确，长桅杆在一级风里用着更顺手，可是像这样足足有十七米长的呢？上帝啊！他从书上学到的东西足以告诉他，桅杆越大，风帆就越大，但相应的麻烦也就越大。

　　剩下的桅杆他也张罗得差不多了，他准备从萨克拉门托市①——竟然是这样一个地方——某个海上救助人员手里买来，他发誓说他的桅杆是全新的，而且下个周末就能到货。他顺手翻着雅马哈的产品宣传册，想再看一眼那个二十五马力的双缸马达，想象着这个闪亮的小帆船在码头起船机的吊索上晃悠的样子。他一边想着，一边轻轻地摇着脑袋，希望能让这个幻觉更加真实一些。

　　他也不知道具体该怎么解释，不知道是这次中风把他的脑子清理了一遍，还是因为他身上的重担被布兰登接走了，或者用简奈特的话说，这叫做因果报应。他只知道，自从下了第一场雪之后，事情都变得完全不一样了。特别是布兰登。他把农场经营得比诺姆预

---

① Sacramento，美国加利福尼亚州首府。

想的要好得多，而且似乎也比以前要更容易交流了。但是诺姆仍然不理解那些发生在他儿子身上的糟糕透顶的事情。发现隧道本身就是个怪事，就因为这个，一直有人过来奉承他。他更加完全无法相信苏菲告诉他的事情——那个瘾君子教授对布兰登的艺术有着非常浓厚的兴趣。而且，苏菲现在正在举办一场艺术展览鸡尾酒会，特意把酒会安排在赌场盛大开业活动之前的几小时。简奈特说酒会上要特别展示他儿子的几幅作品，据说这些作品之前从来没有人看到过。他的邮箱里连一封邀请函都没有收到呢。酒会到底什么时候结束啊？

一想到大家围成一圈，盯着布兰登的油画看，那感觉就像吞了蓖麻油一样。他从来都不知道艺术是什么，他只会觉得艺术很无聊，只会偷偷嘲笑那些疯狂购买艺术品的笨蛋。布兰登能在艺术上有所造诣，这让他非常困惑，也很尴尬，就好像暴露了范德库尔家基因库中不光彩的一面一样。

当晨曦闪烁着照进车库里时，诺姆听到隔壁房子传来的越来越大的笑声。即使按照苏菲的标准来看，这个派对也显得过于吵闹了。所以很明显，连那些反对赌博的"灾难论者"也全都跑到她那儿去了，大概只想看看里面那些"拉斯维加斯式"的怪胎到底有多庸俗，肯定是先进去看看艺术品，然后再顺便喝几杯免费的酒。

"布兰登？"

这么年轻的声音让他一时没有反应过来，他以为是简奈特要来责备他居然还没去酒会。丁是他从那间半封闭的工作室里走了出来，向下看了看，却一个人也没有发现。"有人吗？"他犹豫地问道。

过了一会，一个身材瘦瘦的短发女子从船身的宽大拱形板下走了出来，这个女孩的眼睛十分明亮。诺姆仔细瞅了好几眼才认出是玛德琳·卢梭。

"对不起，"她说道，"没有想到会打扰您——"

"没关系。"

"看见灯亮着，就忍不住偷偷跑来看看。"她解释道，"我不知道这个船有这么大。乘着它哪里都可以去了，是吧？"

"那也要我能把它从车库里弄出去才行。"

"我能进里面看看吗？"

"当然可以了。"

于是她沿着船上的梯子爬了上去，自信地上了船，将那个露玛牌绞盘旋转了一下："看看这些进油管，很壮观啊。"说完她就消失在船舱里，只听她在里面不停地发出感叹声和口哨声。"真没想到它……是如此令人惊叹啊。"

诺姆也赶紧走到船底，忘却了膝盖上的刺痛。

"青铜的门架，层层叠叠的大梁，柚木的装饰。范德库尔先生，您真是一个了不起的工匠啊！"

诺姆的脸不好意思地红了起来："经不起细看的。"他听说教授把她送进戒毒所待了几个星期，还听说她去安大略省念大学，或是到马尼托巴省看望她阿姨去了。他打开装电器零部件的盒子，招手让她过去看看那些颜色各异的线路，那模样就像一个满头大汗的孩子，在向伙伴炫耀他的科学展览项目一样："你看，我把它都标上记号了。这是旗杆灯的，这是停泊灯的，这是特高频电台的。"

她至少应该假装感兴趣的。"我在犹豫，"终于，在他关上盒子之后，她开始说了起来，"我感觉自己还没有准备好到苏菲那里去。"

"我也是。"

她听完后笑了，诺姆这时候才纳闷起来，为什么他到现在才意识到她原来也是这么漂亮的，他之前一直认为她的姐姐才是个标致的可人儿："你在找布兰登吧？"

她微笑着说："最近，常常会想到他。"

诺姆连忙揣测她这句话和微笑的含义。

"我又回到托儿所工作了。如果我能继续保持冷静的话，"她说着用指关节敲了一下船身上的木饰条，"我会申请冬半学期的课程。"

他点了点头，很欣赏她的坦率。

"所以我的部分计划是，"她继续说道，"继续弄我的帆船——不是参加比赛了，就是单纯去航行——所以我才对您的这个工程感兴趣。还有什么需要的东西吗？"

"还有很多。"诺姆吸了一口气，苏菲那边的派对又一阵高潮迭起，"首先，就是引擎，所以我——"

"还有呢？"

"一些小东西，最重要的就是风帆了，但是估计连一个雅马哈马达我都要等很久才能买得起，所以——"

"为什么不直接在网上买那些二手风帆先安上，然后就把它放到海湾里呢？"

他尴尬地笑了笑："我估计就连用引擎操纵它，我都要学很长时间了。玛德琳，你看，我对使用风帆可是一点经验都没有。"

"我很乐意教您，"她说道，"我能教您怎么用风帆驾驶，诺姆——不管是在港口里，还是港口外。如果必要的话，直到我们能给它安上一个引擎为止。"

他转过身子，假装吸了一下鼻子。中风之后，他最大的改变就是变得容易感伤了。记得前一周，当那个穿着白色试验工作服的高个子医生，把简奈特的病情判决书给他的时候，他完全崩溃了，那是他一生中最绝望的时刻："看起来像早期老年痴呆症。"

"*看起来像*——"诺姆烦躁地一遍又一遍重复这几个字，紧紧地揪住诊断书中的这个小小漏洞，"也就是说你不确定这到底是不是喽。"

那个医生沉着耐心看着他们两个："根据我的经验，就是这样，但是你们还没有做血液测试，或者——"

"那也就是你并*不知道*。"他猛地打断道。

"是的，可是——"

"那么，为什么你要——"

"诺姆，"简奈特心平气和地说道，"没关系的。我知道了。现在反而松了一口气。真的，没关系的。我前一阵子就知道了。"

与其说这句话表明她优雅地接受了事实，还不如说是她是在试图安慰他。只是，这让诺姆号啕大哭。而现在，连一件小小的事情都能打开诺姆的情感阀门。简奈特在屋子里到处贴着的那些帮她记忆的便条，布兰登用奶瓶喂小奶牛，就连玛德琳·卢梭第一次偶然之间喊他的一声"诺姆"都能感动他，更别说她提议帮助他的事情了。她用了他能想到的最温柔的方式来告诉他，要教他怎么使用风帆航行。

45

　　布兰登被两个他几乎不认识的来自林登的女士，夹在一个角落里，她俩正异口同声地感叹墙上的照片和油画是多么的"不同寻常"，还极力想把布兰登也拉进她们的对话里。

　　他从来都不知道，像此番受人关注的时候该如何回应。从幼儿园开始，他就听人说他的作品"不同寻常"和"奇异"，或者更难听的是"让人毛骨悚然"。除了耸耸肩或者面无表情地看着别人外，他从来没有过其他反应。这似乎不像是那种需要讨论的事情。而且，丹尼·克劳福德总是说，艺术家的话说得越少越好。

　　"你是出于什么原因才创作了这些东西的？"那个口红上沾着酥饼碎片的女人问道。

　　"是啊，是什么驱使你做这些东西的？"另一个甲状腺肿大的女人也跟着问道。

　　她们或许还可以问问人为什么要呼吸吧。他犹豫了一会之后，这么回答了这个问题："因为我需要，"他嘟囔着继续说道，"还因为我想要这么做。"他低头盯着这两个女士看了一会儿，她们那浓重的睫毛像蜂鸟的翅膀一样上下扑腾着——这几只蜂鸟应该是正努力想从地板上飞起来吧。

　　布兰登没有想到会碰到现在这种状况。当时，苏菲只是不经意地问他，是否能把他的一些作品放到一个"小型聚会"上展示。他以为，她也就是要把他的几幅油画和其他的艺术品放在一起，然后让几个人一边吃着奶酪和饼干，一边看着它们。可是，结果却是这里面全都是他的东西。每一面墙上都是——连浴室里都有。包括二十三幅最近的油画和五十多张户外作品的照片。甚至还有一些系列照片，包括他在河里和平地上搭建的圆锥体，有他用刺穿的树叶组成的形状被河水冲断的情景，还有他用木棍在河里打击水面制作彩虹的场景，以及很多河岸上、树上与山谷里那些奇特结构的真实记录。然后还有一些他的行为照片，既有特写，又有远景，照片里的他或者正向天空挥舞着棍子，或者挂着那个树叶做成的有缝隙的挂毯——这些他自己都完全不记得了。那些画有的是一群外国人的脸庞——与其说是脸庞，更像是表情——另一些则是成群的鸟儿，最大的那幅油画是由一群闪亮的滨鹬组成的银色小球。还有三幅他最近刚完成的画——上面都是玛德琳的肖像，第一幅画得和真人一模一样，像是用照相机拍摄的一样；第二幅要更抽象一点，上面的脸充满着苦闷；而第三幅几乎是超现实的风格了，上面的她正吐出粉红的舌头大笑着。

幸运的是，几乎没有一个人——除了那些表情困惑、上了年纪的妇女之外——特别关注这些艺术品，当然，他们倒是挺喜欢看摆在门口的那些更加容易理解的油画。一张是他母亲躺在蒲公英丛里，另一张是一长串长着人脸的奶牛，依次是他的父亲、德克·霍夫曼、克利夫·埃里克森、雷·兰克哈尔、鲁尼·莫伊尔斯以及当地的其他奶牛场主，不过后面的脸太小了，已经分辨不出谁是谁了。

大部分时间，人们都在聊天和说笑，而不是在看画。渐渐地，屋里的人越来越多，吵闹声也越来越大，这些让人头晕的叽里呱啦的谈话，大部分都是关于二十一点、掷骰子和老虎机赌博的，要不就是他们将要赢得或输掉多少钱，还有就是卡崔娜·蒙特福特打听到的关于赌场装修和自助餐的情况。每一个人从头到尾都在狂喝苏菲的免费酒水。

布兰登看到母亲进了门。她的头上戴着小金属亮片，脸上画着很浓的妆，以至于他差点没有认出来。她看上去有点迟疑，不过，当她认出众人之后，脸上立即绽放了一个如花般的微笑。她先抱了抱苏菲，然后是亚历山德拉·科尔，接着是离她比较近的每一个人。有些人被抱了两次，她肯定是忘记了。他怕母亲会需要他帮忙，所以就抬脚向她那边走去，可又被那些脸上满怀期待的人群挡住了。屋里很快就挤满人，他提醒自己千万不要同时看和听同一件事情。

他之所以同意过来，是因为苏菲告诉他玛德琳可能也会来。虽然他在脑子里已经把那些晓之以理的话演练过无数次了，可都并没有真正和她说过。他在心里不断提醒自己，自从上次因为隧道的事情给她打过电话之后，他就再也没有和她说过话。当他终于开口向她父亲打听她的时候，她父亲只说她很快就回来了，然后就没有下文了。现在他倒是希望苏菲打一开始就没有向他提过玛德琳，这样他就不用费尽心思去搜罗那些简单的、不会让他说得磕磕巴巴的一长串话——例如，那种让人赞叹的美妙经历，绝不能当成一种错误。可是，似乎说这句话比什么都不说还要糟糕。所以他就想把一些想法组合起来，合成一个道歉——虽然他也不知道自己具体错在了哪里。此刻，他真后悔过去没有多听听丹尼·克劳福德是怎么道歉的，那样他就能知道一个好的道歉应该要怎么说了。

他看到麦克阿弗蒂正在厨房里，和迪昂还有坎菲尔德聊得起劲。"这就是一场耗时两天的婚礼。两天！它还是那种非常小，小到过分亲密的婚礼呢。知道我的意思吧？特别是当你谁都不认识的情况下——而我就是谁都不认识。只是这次聚会没有按照传统的新娘新郎分成两大阵营——这次的两个阵营是喜欢做猜字谜的人以及同性恋。"他说完和大家碰了碰酒杯，一抬眼看见了布兰登，"怎么样，毕加索？我早上醒来，就在这个过于特殊的婚礼日里，跌跌撞撞地来到这个过于亲密的小屋——我就是一个宿醉的、不喜欢猜字谜、喜欢异性、没有地方可去的老家伙。知道我的意思吗？同性恋们都是那些坐在沙发上卿卿我我的相思鸟。而那些喜欢沉思、异常聪明的人都在早餐桌旁边偏执地猜测纵列第三十七个数字是什么。"

"那么你要做些什么呢？"

"问对了，坎蒂①。你觉得我做了什么？"

"我可能会和那一群猜字谜的人出去玩。"迪昂说道。

"这个我们知道。但现在说的是我会做什么！"

"你走狗屎运，然后把纵列第三十七个数字猜了出来，"坎菲尔德说道，"然后那群猜字谜的人就采纳了你的意见。"

麦克阿弗蒂听完绷着脸，转头看向布兰登。

"你说服同性恋喝血腥玛丽②，"布兰登说道，"然后过得很开心。"

麦克阿弗蒂听完对着迪昂大笑起来："我有没有和你说过，这孩子天生是个被人误解的天才？"

布兰登正在研究麦克阿弗蒂如何漫不经心地用一只手握住迪昂的手腕，就在这时，一位身高不到他胸口、满脸胡子的男子，突然闯进了他们这堆人当中，嘴里还用着各种丰富的词语说抱歉，然后又介绍说自己是某个院长。他告诉布兰登，一定要在他方便的时候和他好好聊一聊，然后一边用同样丰富的词语说着告辞的话，一边蹒跚地走开了。

"据我判断，"麦克阿弗蒂说道，"你十分受到老女人和侏儒的欢迎。"

"你们也都是侏儒啊。"布兰登说道，然后在这些圆乎乎的人中，搜寻那个长着栗色头发、身体敏捷的假小子，耳朵也竖起来，在所有笑语中仔细辨认那唯一的笑声。"你还剩下多少天？"

---

① 坎蒂是坎菲尔德的昵称。

② 一种鸡尾酒名，由伏特加、番茄汁、柠檬片、芹菜根混合制成，鲜红的蕃茄汁看起来很像鲜血，故得其名。

他问道。

"一百二十二天。"麦克阿弗蒂说道,"谢谢你会问到。谁能想到我剩下的日子会比警长还要长呢?"

"这可不一定啊。"迪昂接着说道。

布雷恩市准备重新安排警力,按照他们的计划,帕特拉将会被转调到巴吞鲁日①去,那里——按照麦克阿弗蒂的话说——周围没有什么接壤的地方。不过,自从美国联邦总审计局出台的一份报告上说,美国和加拿大边境有数公里的地方都没有所谓的分界线后,国会已经将所有的人事调动权收回来了。而且很多边界线上都长满了茂密的植被,都要重新侦测。也就是说,不仅仅要解决在边界线安排警力的问题,还要先确定边界线究竟在哪里。内务委员会还公布了一部分某个不法组织的训练手册——里面建议恐怖分子通过加拿大进入这个"野兽"②的腹地——这听着更像是一个不祥的预兆。竞选即将结束的时候传出这样的新闻,很多北方各州的在职人员和孤注一掷的竞选者,开始竞相要求立即加强对边境安全事务的监管力度。

苏菲抓着布兰登的胳膊,把他介绍给她的赌伴们。那是六位热情奔放的中年妇女,她们正站在一旁喝酒,窃笑着偷偷看他,眼睛在酒精的刺激下放着光芒。

"来吧,"她说,"问他吧。"

一位笑得像重型机床一般的妇女想知道,"是否会有机会"让他在她家的地上搭建一个"结构"。看到他露出迷茫的表情,她又赶紧补充一句:"当然,我会付你工钱的。"说完她指着一幅照片里他搭建的那个板岩圆锥体。

"你家地上有板岩吗?"他问道。

---

① Baton Rouge,巴吞鲁日是美国路易斯安那州首府,位于密西西比河河畔。

② 这里指的是美国。

"你说什么?"她说。

"你家有什么样的石头?"

"我不知道……"她看了看身边的其他人,想看有没有人听懂了他的话,"我们没有。但是当然,无论你要什么,我们都可以把它们弄来。"

"我需要地上原本就有的。"

"什么?"

他耸了耸肩。

她们等着他解释。

在经历过这样一个早上后,他对聊天失去了兴趣。早上,他数了三十二种鸟类,包括干瘦的蛎鹬、黑腹行鸟、西方滨鹬和刚从北边飞过来的太平洋潜鸟。山谷仿佛又恢复了生机。前天晚上,他在太阳落山之前开车去了以前的萨默斯海关大楼,在那里等了三十五分钟,终于等到一只孤独的沃克斯雨燕飞进了他的视线。那只纤弱的小鸟最后消失在一个巨型烟囱的洞里,过了一会儿,又有十二只雨燕也飞了进去,紧接着是几百只。它们伶俐地转身回旋,在暮色中捕捉昆虫。那几百只雨燕组成了一个高高的漏斗,旋转着钻进烟囱,仿佛是飞回瓶子里的妖怪。

当诺姆和玛德琳到达派对的时候,屋子里面已经挤满了人,很多人正来来回回地向临时酒吧台走去,不停地说着"请让一让"。莫里斯·克劳福德正在倒两人份的酒,一边还不忘向每个人献上恭维之词。诺姆花了五分钟才找到简奈特。她一看见他,就把他拉到一面墙边,把照片指给他看,上面似乎是一个光着膀子、从屁股以上被树叶覆盖着的男人。他渐渐意识到里面的主角竟是自己的儿子,脸立刻红了起来。他转过身去,一下子就看到了矗立在人群中的布兰登,他被一群女士包围在远远的角落里。那一群格外开心的人中掺杂着几个他不愿意见到的家伙：卢梭教授、"化粪土为电力"、雷·兰克哈尔和——上帝啊！——还有麦克阿弗蒂警员。

"全都是布兰登！"简奈特兴高采烈地说着，好像某个奇迹正在发生，而他到目前为止还没发现似的。

他瞥了一眼玛德琳，发现她正被门口那一堆狂笑的人包围着。实际上，他自己也被人围住了，好像都把他错认成了其他人一样，他们那尖利的声音不停地在他的耳边响着。竟然连维尼都抓着他，向他恭喜他儿子的展出成功——这一次脸上并没有带着得意的笑，那只郑重地伸出来的手里也没有任何大麻烟。诺姆被这些关注弄得全身发热，眼睛的焦距也不是那么清楚了。他突然有种想冲回车库的冲动，就那样一个人待着，看着他的船，然后在玛德琳·卢梭那自信的眼睛里重新做人。

布兰登的眼睛向她那边飘过去两次，才把她认了出来。她穿着长袖衬衣和一条新的牛仔裤，头发变薄了，蜷曲着贴在她的脸上。她的皮肤也晒黑了，不过站姿更直了。他看着玛德琳拍了一下母亲的肩膀，突然之间，两个人拥抱了一下，还左右摇晃着，好像刚刚获得了什么大奖一样。然后苏菲把玛德琳拉到他为她画的三张肖像画前。她看到之后，用两只手盖住了眼睛。是不是那些画太糟糕了，让她无法接受？面前那几位站着的女士问了什么，他根本没有听见。他只好向下瞟了一眼，请那位加拿大女士再重复一遍。他又抬头看去，却已经找不到玛德琳的身影了。耳边充斥着太多的声音，结果他又没能听见那位女士的问话。

"布兰登，拜托了，请解释一下这幅画。"

他转身看向人们所问的那幅画。这种感觉就像是在显微镜下研究自己的血液，同时还要接受别人的提问。

另一位头发稀薄的女士不耐烦地嘟囔着，说艺术根本就是"情人眼里出西施"的东西，而且坦承自己不理解艺术。"我很抱歉，可这里的大多数东西在我看来都像是小孩子的游戏。"

布兰登看着母亲领着他那脸色通红的父亲走到一幅油画前，画里的她正伸出手想努力抓住各种文字。另一幅画里的诺姆正在轻拍珍珠那与众不同的脑袋——上面有着棕色和白色相间的花纹。即使隔着整个屋子，布兰登也可以看清他父亲的脸，他正咬紧牙关阻止自己哽咽出声。他又转而四处寻找玛德琳的身影，感觉自己像是得了幽闭恐惧症似的。他的脑袋里，不停冒出一些新的词语，翻腾搅动着。忽然他看见一个阴影在屋里闪烁，接着又是一个，最后闪出很多拍着翅膀的影像，他赶紧半蹲下去，终于看见窗户外面那些小剪子般的燕尾。他向前看了看，那些女士正背对着他，热烈讨论"二十一点"的策略呢。他赶紧偷偷向推拉门边溜去，静悄悄地潜入到暮色之中。景色是如此的清晰，就像是经过数码处理一般。

从苏菲家到北伍德公路的电话线及电缆上，聚集了十几只家燕。而另外十几只正从水沟北边由远及近地飞了过来，然后是黑压压的一大片——不，应该是几大片。快飞到电线上时，它们分散开来，像溜冰选手或特技飞行员一样忽左忽右地盘旋了好一会儿，才成排地站在了一起。那刺耳的高声尖叫，像是玻璃球互相摩擦时所发出来的一样。他沿着四十五度角，朝那些鸟儿的临时栖息地走去。在这群聚集的杂技选手那令人兴奋的把戏下，苏菲派对上的声音渐渐变得不那么真切了。松松垮垮的电线上聚集的鸟儿越来越多，这让他忽然有种幻觉，好像这些小鸟儿想利用自己的重量把两端的电线杆拉到一起去，或是索性把电线弯成一把弹弓，好把自己弹射出去。

苏菲让亚历山德拉·科尔打了一个响指，好让大家都安静下来听她说话："我想在这里宣布一件事情，给大家介绍一位特别的嘉宾。"她说道，周围的人听到这里又开始唧唧喳喳地私语起来，亚历山德拉不得不又打了一个响指。

"布兰登，"苏菲喊道，"你在哪里？"

　嗡嗡响的人群中响起一个声音："我想他出去了。"

　"哦，那好，"苏菲对着笑成一片的人们说道，"因为我正准备打破一个承诺。我向他保证过，不会给他的作品引来过分的关注，可我实在忍不住了。我想让你们所有人都能有机会看一看其中的一些作品，我希望你们中的一些人能够和我一样惊为天人。"一时间，嘈杂的欢歔声和笑声又起来了，人们都拿着鸡尾酒拥到墙边，其中很多人进来后都完全没看过这些作品。"听着！"她恳求道，"我擅自做主，邀请了一位更好的专家来到这里，他就是西华盛顿大学美术学院的院长，令人尊敬的马修·伊根博士。伊根博士？"

　对于大部分人而言，这只是个"只闻其声，不见其人"的小个子男人。"我相信，年轻的范德库尔先生的艺术品，和我曾经见过的任何作品一样，都很好地反映了二十一世纪的美国精神。"他对越来越多的窃笑声说道，"我是很认真的！"直到交谈声渐渐平静下去后，他继续说道，"比如说，他固定鸟巢的这一行为，明显反映了人们对安全问题的极大关注。"

　一时之间，屋里冒出了更多的轰笑声。不过，现在每一幅油画和照片都有人在仔细查看了。"看，那些鸟巢碎了！" 突然有人故意一本正经地大喊出声。

　"他那些树叶的作品，"院长继续说道，"显示出，他明显受到了伟大的安迪·高兹沃斯①的影响。不过范德库尔先生缝制的树叶更像一面国旗，似乎一阵最轻柔的微风都能让它们飘动一样。"他那自信的声音忽然抬高了，盖住了周围的嘈杂声。"而这些表情惊讶的走私贩和不法偷渡客的油画呢？"他指着那幅"乌有之乡公主"的肖像画说道，"再一次的，他似乎把关注点落在人们崩溃前

---

① Andy Goldsworthy，英国著名雕刻家、摄影家、环保主义者，被誉为与自然共同创作的艺术家。

的瞬间——或者说是投降的瞬间。我还没有来得及有这个荣幸和原作者交谈，不过，考虑到他绘画的人物和鸟儿的多样性，就我看来，他显然是在为所有的生命喝彩。至于他的个人肖像画嘛，"他向人们看了一圈，"很明显，这些树叶就是羽毛……"

笑声和咂舌声四起。接下来，他的声音又被各种谈论赌场、足球、天气和柏林翰十月啤酒节的声音所淹没了。可是，维尼·卢梭感觉自己才刚刚热过身呢，此刻他正在自己的角落里摆出一副架子，周围有不少人靠过来，听着他与院长截然相反的意见。他评论布兰登的艺术不过是将规则扭曲成无秩序、把混乱变成有迹可循的形状罢了——潜台词是，所有的一切都是一瞬即逝的。听到这里，周围的人散开了，只剩下的几个女士还在试图弄懂他随后的宣言是什么意思。他大肆谈论着有阅读障碍症的天才，活着时常常被人当做古怪的异类；风景艺术又开展了什么最新运动；达芬奇对飞行有着怎样的痴迷；梵·高的最后一幅画是如何——

"哦，上帝啊！"亚历山德拉·科尔尖叫起来，呆呆地看着窗外，"他把那些鸟儿怎么了？"

他估计，电线上肩并肩地站着一千四百只鸟儿，空中还有几千只在相互嬉戏，而远处还有更多的鸟儿逐渐聚拢过来。他正笔直地站在那里，那群喧哗的鸟儿的西边，不过这个距离足以让他看清楚鸟儿们午夜蓝色般的纤长翅膀，以及肉桂色的胸脯。有几只刚飞来的小鸟先在他的头顶上盘旋两圈，再猛地飞回到黑色的电线上。这似乎成了一个游戏，所有的燕子都在争先恐后地比赛，看谁能飞到离他的头、屁股、弯曲且伸开的胳膊最近的地方。燕子们转着圈儿，从天上俯冲下来，最后又掉转方向回到电线上。它们的叫声越来越大，却立即被一阵疯狂的、同时扑扇翅膀的呼啸声淹没了。仿佛是被一阵枪声惊动了似的，突然间，它们全都成群结队地向天上飞去。那一片乌云渐渐向东南方散开了。它们穿过山谷，降低了高度，朝着贝

349

克山两翼的石头山脊飞去，隐身于那片长满树木的山坡之中。

他看着它们渐渐远去；宛如烟雾般消失在金黄色的田野上，藏匿于蓝黑色的天空之中。他感觉自己早已成为它们中的一员，所以当他低下头，发现自己仍然站在原地，像个落单的音节一样孤零零的嗡鸣时，几乎被吓了一跳。他深深地吸了一口气，挪动双脚，这才发现身后的派对声，仍近在耳边。他决定在自己还没有失去勇气和无话可说之前，回去找玛德琳。可是，当他转身回头时，却发现大家已经全都拥到苏菲的院子里和街道上了，所有人似乎都在盯着他。他回头扫视了一圈，想看看他们是不是在看他身后的其他东西，可什么也没看见。他再转过身来，在人群中看到了戴着亮片的母亲，她正倚在父亲的身上。他又看到苏菲正在拍摄，然后听见和看见麦克阿弗蒂与迪昂在拍手。其他人也跟着拍了起来。但是，过了一小会儿，他才意识到，那个正大步向他走过来的孤单的身影，正是玛德琳·卢梭。她的胳膊从身侧伸展开来，好像要诉说一件令她惊叹的事情，又好像正准备给某人送上一个大大的拥抱——大到需要一个煞费苦心的摆臂动作。

显然，他无须再去搜索词语，把它们按照最神奇的顺序组合起来了。他什么也不必说，只要他一直那么静静地站着、等待着，她一定会笔直地走进他的怀里。